於今为仰先贤迹

黄河清 著

海峡出版发行集团
海峡文艺出版社

图书在版编目(CIP)数据

於今为仰先贤迹/ 黄河清著. —福州:海峡文艺出版社,2024.11
ISBN 978-7-5550-3846-7

Ⅰ.I267

中国国家版本馆 CIP 数据核字第 2024HD8704 号

於今为仰先贤迹

黄河清　著

出 版 人	林　滨
责任编辑	何　莉
出版发行	海峡文艺出版社
经　　销	福建新华发行(集团)有限责任公司
社　　址	福州市东水路 76 号 14 层　　邮编　350001
发 行 部	0591－87536797
印　　刷	福州力人彩印有限公司
厂　　址	福州市晋安区新店镇健康村西庄 580 号 9 栋
开　　本	720 毫米×1020 毫米　1/16
字　　数	290 千字
印　　张	22.5
版　　次	2024 年 11 月第 1 版
印　　次	2024 年 11 月第 1 次印刷
书　　号	ISBN 978-7-5550-3846-7
定　　价	68.00 元

如发现印装质量问题,请寄承印厂调换

序

陈济谋

散文集《於今为仰先贤迹》汇集了黄河清近年来散文的精品之作，这些作品报刊上都发表过，主要内容包括自然景观和人文景观两大类，约有30万字，这也是他的第三本散文集。不久前，他郑重其事交给我书稿，请我为之写个序。作为他的老领导、同乡，自然义不容辞。

黄河清还在少年时期就开始发表散文作品，他散文的题材多来自亲身经历和感受。读他的自然景观散文，首先感受到的是他文字的绮丽、精美和大气，一个接一个的新奇比喻如串联在一起的粒粒珍珠，让人不得不佩服他观察的细致入微和想象的丰富奇特。如在《漈水成烟不羡仙》中，"壁立的两座山崖，执手可牵，可不知何故？谁也不首先伸出自己的手，就这么凝目相望。一千年，一万年，上亿年，无法挣脱心灵上的羁绊投进对方的怀抱，但是谁也不愿离开谁，一腔痴情借了山溪倾诉，托了山风传递，天空的辽阔因了这份苦恋变成了狭窄"。在《半烟半雨合龙桥》中，"合龙桥，是绿水的围巾，青山的秀眉，更是历史的插图，岁月的风帆！在时光的流逝中，合龙桥就这样历经磨难而愈加沧桑，故事也因不断积累而愈发深邃。一头扎在历史深处，一头承接遥远未来的合龙桥，始终在默默地诉说着自己的光荣与梦想，显现出自己特有的古朴与厚重……"。

这些新奇的比喻让作品呈现生动明亮、蓬勃鲜活的艺术特点，作者细腻的情感巧妙地融化于富有想象意味的文字中,极富表现力和感染力。读者在体会作者爱自然、爱祖国的真挚感情的同时,也会不由地升起爱我大好河山的豪情壮志。因而,这一系列写景抒情的散文佳作,便成为作者为祖国山河大地谱写的一曲曲赤子颂歌。

读黄河清的人文景观散文,则又是另一种风格,宏大、厚重、沉郁、顿挫。黄河清曾从事过史志工作,许多的史志研究和英烈文章在社会上引起好评,这也奠定了他的一种不凡的叙述能力,用来写作历史文化散文如鱼得水,挥洒自如,读起来令人荡气回肠,浮想联翩。如在《镇水亭边留伟迹》中,"如今,这口天然泉井被当地人称为'圣水'。我蹲下身子,用双手掬一把泉水送入口中,一种凉爽清新的感觉直抵肺腑。放眼望去,蛟洋溪水在正午的阳光下波澜不惊,一群散放的山羊闲适地在布满青草的田地里啃食,一丛丛不知名的黄花安然地绽放在山坡上。久远的伟迹与现代的气息错落有致地依山傍水,和谐且安宁"。这些细节加上充分的想象力,现场感和带入感很强,有一种抓人心魄的力量,读者的情感会在不知不觉中被他的文字牵着走,时而欣慰,时而激动,时而坦然,令人难以释卷。

难能可贵的是,作者没有一味地沉湎于自然和历史的荣光中,而是把神话故事、自然风貌、人文历史、时代伦理熔于一炉,可谓内容广博丰富。同时,在探幽历史的过程中,又能清醒地审视着现状,因而拓展了作品的思辨空间,为作品增添了哲理韵味。就拿《於今为仰先贤迹》一文来说,作者以霍童千年的水利灌溉工程为叙述的基点,紧紧围绕黄鞠这位忠言直谏,忧国忧民,弃官入闽,大兴水利,开发霍地,造福四方的先人历经磨难的历程,从逃难、定居、规划、开凿的先后顺序和一个个动人的故事,最终告诉我们一个道理:王侯将相、胜负成败皆虚妄,唯有蕴含在大自然中的人文精神,唯有真正造福民众,顺应民心的人,才能成为人民心中永远歌颂的神祇。"渠是一座碑,碑是一道渠。如今,静静流淌着的水渠，安详的犹如一位饱经世事风霜，从容淡泊的仙灵贤达的老者，任天上流云往来舒卷，以不变之初心，泽及霍地，千年不息，福佑百姓每一个平凡的日子"。

文学是看生活的另一种眼光，让人留心发现和保存那些赋予生活以意义的东西，生活因此也就变得充满意义了。所以，文学是莫大的恩惠，它产生的不只是文字作品，它还陶冶心灵的气质，提升生活的品质。因此，一个出色的作家不仅要有过硬的文字功底，还要有开阔的文化视野，独到的才情识见。正是具备了这些，黄河清的散文才获得了一定的成就。这除了天赋外，与他的勤奋和坚韧有关。腹有诗书气自华，读书万卷始通神。几十年的勤奋读书，勤于耕耘，成就了他写作的才气，驾驭文字的娴熟，加上观察的细致入微，思考的周到邃远，让他的散文作品脱颖而出，令人眼前一亮。

黄河清不仅是一位有才气的作家，也是一位有才气的画家。正因为有扎实的文学功底，他的小写意水墨花鸟画透出浓厚的文人画气息，有内涵，有感想，有个性，有才情，能使阅者产生联想，找到情感的契合点。

从事文艺创作，不断攀登高峰，除了上天赋予的灵性，更在于文艺家的勤勉上进，愿黄河清继续努力，更上一层楼！

是为序！

2024年6月

（作者系原中共福建省文联党组书记）

目 录

於今为仰先贤迹…………………………………………1
照彻清宵漾白塘…………………………………………8
半烟半雨合龙桥…………………………………………13
笔尖刷却世间尘…………………………………………17
笔墨沉浮一介眉…………………………………………27
彩眉岭上枫叶红…………………………………………33
茶亭寂寂…………………………………………………39
唱得梨园乾坤福…………………………………………46
赤子之心…………………………………………………51
翠影共烟浮………………………………………………60
淡水夕照…………………………………………………66
一汪秋水漾碧波…………………………………………70
圳湖映碧颂丰功…………………………………………74
飞虹千丈横江垂…………………………………………78
凤凰传奇…………………………………………………82
福粉………………………………………………………89
高高的井冈………………………………………………93
高天厚土作大福…………………………………………96
古厝茶魂…………………………………………………102

过岭烟霞开画卷………	106
海上桃源别有天………	111
海湾鏖战写风流………	116
鹤炉风云旗杆厝………	125
潆水成烟不羡仙………	129
兰汤三尺即蓬瀛………	134
老街记忆………	141
老树春深更著花………	146
莲花上的村庄………	152
灵宫肃神心………	159
梦魂五夜萦乡绪………	164
闽中瑞云神仙居………	168
墨点无多泪点多………	173
千载流传颂美诗………	184
傩狮送福显威灵………	189
青山着意化为云………	193
清明时节思纷纷………	198
落雨黑糜峰………	201
秋雨石门湖………	207
身向三湖那畔行………	211
獭渚经闻昼曲声………	217
踏浪鱼龙舞………	224
丹霞石壁一线天………	229
风水流韵迪坑溪………	234
烟雨九龙湖………	238
寒雨云霄岩………	244

古道雄关	249
探幽石井坑	256
神奇的龟石	262
春韵八仙岩	266
古厝深味山水间	270
听雨仙岩山	274
围住幸福的屋	278
文人画之趣	281
心叩步云书院庄重的门	285
杏林春暖救生堂	290
虚竹逸气腕底生	295
一缕奇香似倾城	298
银轮飞舞见雄魁	305
印象台北	310
犹见桃李醉春风	312
与一片森林的邂逅	317
雨落采峰楼	323
园丁四时花枝绽	328
云淡风轻东岳庙	333
镇水亭边留伟迹	338
吟写工夫直有神	343
后　记	348

於今为仰先贤迹

霍童山巍峨耸立在宁德的霍童古镇，山脉连绵，千峰凝翠，高崖凌空，洞壑幽深，风光旖旎。唐代杜光庭《洞天福地岳渎名山记》称其为"霍林洞天"，列为道家三十六洞天之首。山脚下的霍童溪涓涓流淌、蜿蜒而下，两岸冲积平原稻浪翻滚，瓜果飘香，炊烟袅袅，生机勃勃，这一切，要归功于遥远的看不出面影的黄鞠。

黄鞠（569－657），河南光州固始县人。公元604年，隋炀帝杨广登基。隋炀帝与黄鞠同年生，这一年，两人都已35岁，隋炀帝登基后开创科举制度，修隋朝大运河，营建东都迁都洛阳，改州为郡，改度量衡为古式，开创大隋盛世。然而由于常年穷兵黩武，滥用民力，致民变频起，又残害忠良，骄奢淫逸，造成天下大乱。黄鞠此时也官至谏议大夫，正血气方刚，于是上疏谏表，隋炀帝龙颜不悦。黄鞠父亲黄隆此时任内阁大学士，复进宫面谏时被拘禁于天牢之中。黄隆见国家大势已去，于是对探监的黄鞠说："帝非明君……尔等兄弟应遣散他乡，以免无穷后患。"并遗诗八句，以供子孙相传认祖："骏马堂堂出外疆，任从随地立纲常；身居异境犹吾境，志在他乡即故乡；早晚莫忘亲嘱语，晨昏须荐祖蒸尝；愿言托庇苍天福，三七男儿大吉昌。"不久后的重阳节之夜，黄隆屈死狱中，他的21个儿子则纷纷逃往各地避难。

黄鞠在21个兄弟中排行第十，这一年，已44岁的黄鞠遵照父命，携家眷一路跋涉南下来到宁德，先是客居于宁德蕉城区的七都埔源，后闻说姑丈朱福已在霍童定居十余年，于是黄鞠沿霍童溪逆流而上，寻亲来到霍童的石桥。朱福是河南宝丰人，娶黄隆之妹黄小丹。隋文帝开皇二年（582）入朝侄仕，累升至吏部天官，因与朝制流弊不合，恐祸及身，于45岁（603）弃官隐居于霍童山之下，躬耕训读。亲戚在异乡相见，倍感亲切，痛叙离别情怀和逃难跋涉的艰辛。认亲之后，黄鞠暂寓朱宅，其间，他留意察看霍水童山，喜爱霍地广袤，霍水如带，是理想中的桃源之境，于是在自己十月十四日生辰之时，特设筵宴请朱福，席间谈及流离颠沛之苦，父黄隆之嘱，至现在尚居无定所，同时，谈及察看霍童四周地势，拟修通水利，开发霍童的雄才大略。

朱福被黄鞠所论深深吸引和感动，当即同意让出石桥，惠其定居，以便让黄鞠施展为民造福的伟大抱负。在朱福举族迁至霍童溪上游咸源（今周宁咸村洋中）之日，黄鞠设宴为朱福饯行，席间，黄鞠为感谢朱福让地之情，定下每年二月初一，朱福诞辰之期必迎朱福回石桥，石桥张灯结彩，唱戏三天，一为朱福祝寿，二者感念让地之情。此情延续了千年，形成了霍童独特的二月初一迎灯赛会的习俗。

修建大运河，隋朝必定诞生出一大批能工巧匠，必定培养出一大批懂规划、善管理的水利工程项目专家和官员。黄鞠就是此类的专家与官员，当他对隋朝的政治彻底绝望后，就把一生的聪慧与才干都倾注到对霍童溪流域的规划与开发上。此时的霍地虽然广袤，但由于山峦阻挡，水位高差所限，霍童溪近在咫尺，却无法利用灌溉。黄鞠翻山越岭观地势、察风水，认定狮子峰下的霍童溪支流大石溪可以利用。于是，他带领村民在大石溪上筑坝拦水，挖了近三里的渠道，至村后地名叫"龙腰"的山脉时，全是坚硬的花岗岩，只有穿过龙腰，才能将水引到石桥来。这时有人说"龙腰就是龙脉，斩断龙腰就要斩断官贵"，然而黄鞠却掷地有声地说"不要世代官贵，只求万家香火"。于是叮叮当当的开凿声又在山野响起。然而要凿通坚硬的花岗岩谈何容易，民间传说，因为龙身过脉，第一天凿开的山石，隔了一夜，第二天又生长合拢起来，虽是传说，但从一个侧面反映了当时工程之艰巨。那时没有测量仪器，采取土办法，挖上一段放上一个小石佛作为标高，据说整整放了三十七个小石佛。

经过几个春秋的努力，龙腰处被凿开了近百米长的引水渠道，就是志书上所说的"渡泉渠"。黄鞠把水引到龙腰后，对水头、水力又做了科学的安排，采用五级跌水，建了五个水碓楼，用水力搞起了舂米、磨麦、榨油等农副产品的加工，这在生产力低下的千余年前，是个了不起的创举。1956年，县水利电力部门还利用龙腰水渠五级水碓之落差，建起了闽东地区第一座小水电站，解决了霍童的用电问题。黄鞠还在石桥村建了日、月、星三个湖，蓄水防旱、防火，将灌溉用水引进村里，从每家每户门前经过，既方便农家洗刷，又能使水中增加肥料。水到村内分为九曲，每曲镇一个石蛤蟆，其意用于挡住急流，提高水位，这些安排足见黄鞠用水之巧。渡泉渠的涓涓流水灌溉了霍童溪右岸的七千多亩田园，村民种上了黄鞠从中原带来的油菜、小麦、大豆等农作物，石桥村呈现出欣欣向荣的景象。

渡泉渠工程完工后不久，黄鞠又把目光投向霍童溪左岸的松岸洋。这里的面积更大，由于缺水灌溉，还没有被开发利用，这片广袤之地才是霍童富庶的粮仓，于是黄鞠又开始了一项更加浩大的水利工程。

开发左岸需从霍童溪褚坪湖引水，最艰巨的便是要在仙人峰下凿出隧洞，那时没有火药，没有爆破技术，更没有什么先进设备，靠着原始的生产工具，要在花岗岩中开凿隧洞，其难度是可想而知。但黄鞠不畏艰难，带领乡民采用了火烧水激凿石方法，当无数的柴枝堆积在花岗岩上，燃烧起数天数夜的熊熊烈火后，从远处运来冰冷的河水，选好角度顺着炙热的岩石骤然浇下，一股青烟腾起，数声巨响回荡，仙人峰下，顽石开花，挖掘、清理、整修，一年又一年，一日又一日，清澈的霍童溪水终于绕过楮坪湖，顺着耗了十年之功凿通的宽1米、高2.5米、长达几百米的隧洞，流进了松岸洋。从此荒坡山野变成了良田沃土，成为一方富庶之地。福建现存最早最完整的郡书——南宋的《三山志》记载：仙湖、楮平湖、塘腹湖，会小溪水。隋，谏议黄公创，溉田千余顷。淳熙二年，有请佃者。官以其妨民，不给，仍搜获。储知县诗云"咫尺仙湖号堵坪，先贤曾此劝农耕。若教一日归豪右，敢向黄公庙下行。"

可见，当年的县令储淳叙曾经出面干预占渠为田一事，明令禁止在湖的高处耕种，以免妨碍水利。这位储知县对先贤的功业感佩有加，在其所著的《晓喻》中也记文：仙湖，又名杜湖，在十二都松岸洋，隋谏议大夫黄鞠所凿，长里许，广百有余丈，引大溪水溉田千余顷。湖，源远流长，岁旱不竭，附近之田，尽成沃壤。

一千四百多年前，福建还属蛮夷之地，不能说"刀耕火种"，但可以肯定地说，农业生产非常落后，大概只能种些杂粮之类。黄鞠把中原先进的农业技术带到了霍童，他最善于套种，引进优良品种如油菜、麦、豆作为旱地作物，进行间作套种，提高了土地利用率，增加了效益。水利的开发和水稻的引进，霍童溪两岸成了万亩良田，同时也成就了石桥十二景：大林利薮、石笼宝藏、凤凰展翅、狮子回头、眠牛踞地、啸虎朝天、龙腰渡水、金牌镇洋、乘凉石屋、炼丹洞岩、蝙蝠洞、仙人戴，真正成为一处花雕玉琢的世外桃源。黄鞠不仅带来了先进生产技艺，还将中原的文化、礼仪、习俗等传到霍童，婚、丧、喜、庆及春节习俗，和河南固始相同，甚至方言也部分相通。

时间横亘在一泓清澈的溪水里，溪畔翠林逶迤，洲青河白，悠悠的石桥古村被糅合进荡漾的碧波，泛出静穆的光泽，如风吹罗带。村的入口处，"黄鞠故里"的石牌坊静然矗立。穿过牌坊，便是建于明代飞檐翘角的益后亭，当年又称哭亭，农历九月九重阳节这天，正是黄鞠的父亲黄隆在狱中遇难的日子，过去村中老人们会在重阳节这天聚在这里哭奠。直至今日，石桥人为了避讳，依然要推迟到农历九月十二日才过重阳节。过益后亭，便是古色古香的黄鞠故居，故居于唐开元十二年（724）扩建为鞠公祠，也称龙首堂，堂门上有明进士陈帮授题写的"谏议大夫黄公之祠"，及一面写着"明德馨香"的匾额。祠堂正中端坐着黄鞠全身塑像，左右两侧立有陈、梁两位太尉的塑像，据说当年唐皇朝获悉黄鞠避居霍童，大兴水利，造福于民，遂派陈、梁两位太尉奉旨来到石桥，请黄鞠到户部任职，黄鞠婉言谢绝。在黄鞠精神的感召下，两位太尉毅然留居石桥，佐黄鞠描山绣水。

堂前有一株千年古樟树，亭亭如盖，虽历尽沧桑，依然屹立挺拔，罩着四季轮回，诉说着千年来黄鞠后裔的繁衍与变迁。侧旁红墙碧丽、雕梁画栋的仿古建筑就是"姑婆宫"，是为纪念黄鞠的两个女儿丹鸾和碧凤修建的，她俩早出晚归地奔波，为了水利工程过了芳龄误了佳期，最后终身未嫁，青丝变白发，姑娘成姑婆。《支提志》将黄鞠和女儿丹鸾、碧凤列入仙目，后世的景仰只能以累世不绝的香火祭祀来表达。

走在村中幽静弯曲的小巷里，仿佛置身于隋唐的时空，古老而又充满生机的气息从黛青的瓦楞、斑驳的墙体、窄小的柴扉、凹陷的门槛、光滑的卵石中袭来。小巷旁的水渠中，当年黄鞠"斩龙腰"引进的大石溪水依然穿行于房前屋后，时而靠左，时而靠右，形成九曲，兼顾着两旁人家的用水。村民在清澈的溪水里洗菜、淘米，浣衣涤物，汇成一曲悦耳的交响在黄墙黛瓦间回荡。

黄鞠，这位忠言直谏，忧国忧民，弃官入闽，大兴水利，开发霍地，造福四方的先人，至今为人们所惊叹和颂扬。2015 年中央电视台《记住乡愁》栏目拍摄了以"滴水穿石，坚韧不拔"为主题的纪录片，传播了黄鞠千年水利文化，引起了巨大的反响。2016 年 6 月，中国水利博物馆专家对黄鞠水利龙腰渠、琵琶洞遗址、石桥村水系等进行实地考察，查阅了历史及家谱等资料，一致认为黄鞠水利遗址及石桥村水系保存尚好，工程系统中堰坝、渠系、陂池布局合理，是迄今发现的系统最完备、技术水平最高的隋代灌溉工程遗址，填补了我国隋代水利空白。从整体规划上来看，水利工程对水力、民生、灌溉的三阶梯级利用当属工程本身的最大亮点，对水资源、水生态的合理利用，充分体现了对人水和谐的坚守。当年11月，该馆完成《水利千秋》馆布展，黄鞠水利工程简介、遗址图文、实物形式代表中国隋代水利，在该馆"隋、唐、宋"展柜做永久性展览。2017年5月，中国国家灌排委员会组织水利、考古、地质等方面顶级专家组成专家组，来黄鞠水利工程进行勘察、考核，并申报世界灌溉工程遗产。2017年10月，在墨西哥召开的第23届国际灌排大会暨国际灌排委员会68届国际执行理事会上，"黄鞠灌溉工程"入选"世界灌溉工程遗产"名录。2019年10月，黄鞠"霍童灌溉工程"被列为第八批全国重点文物保护单位。

黄鞠水利灌溉工程，是人、地、水三者高度统一的伟大生态工程，是隋代世界灌溉工程的最佳作品，被称为"中国水利隧道第一人"。我看过许多的水利工程，那里的水要比黄鞠水利工程多得多，即使是这样，当我站在龙腰水渠、琵琶洞前仍能强烈地领受到水的魅力，股股清流，朵朵浪花都精神焕发，踊跃着喧嚣的生命。

遥望石桥彭童山上黄鞠墓亭，仿佛看到一位神情矍然、目光深远的老人正矗立着，那不就是黄鞠吗，他把自己的血肉之躯连同他的精神根植于霍童水利灌溉工程，将其血液化作渠中的缕缕清流遍浸了霍童大地，引领闽东乃至福建的农业开发历史。作为黄鞠的后人，我为自己的先人感到莫大的自豪，不由得想起了杨慎的名句：滚滚长江东逝水，浪花淘尽英雄，是非成败转头空，青山依旧在，几度夕阳红。此刻的景致，与这千古的名篇何其相似。任你金戈铁马的英雄，末了也只能变成寻常百姓闲暇时的谈资，而他们丰功伟绩的象征，终究也将化为尘土，唯有真正造福民众，顺应民心的人，才能成为人民心中永远歌颂的神祇。时至今日，不论朝代如何更迭，黄鞠都始终被尊为霍地的"开山黄公"，成为十里八乡膜拜的土主神灵，成为百姓精神的信仰。每年农历二月二，霍童都举行隆重的灯节活动，不同姓氏的村民抬着各式花灯，踩着铁枝，舞动着线狮，诵念者先人的恩泽。看到如此景象，我突然心生感叹，只要千年涵渠不坍，黄鞠的精魂就不会消散，黄鞠的后人会代代繁衍，哗哗流淌的清水便是至圣至善的遗言。

渠是一座碑，碑是一道渠，如今，静静流淌着的水渠，安详得犹如一位饱经世事风霜，从容淡泊的仙灵贤达的老者，任天上流云往来舒卷，以不变之初心，泽及霍地，千年而不怠，福佑百姓每一个平凡的日子。

照彻清宵漾白塘

白塘湖位于莆田市涵江区南郊约 2 千米处，主湖面积 385 亩，水面宽阔，河道纵横，是福建省唯一的天然湖，也是全省最大的淡水湖。白塘自古是中秋赏月的好去处，"白塘秋月"列为莆田旧二十四景之一。白塘湖祠、社、宫、寺众多，并与历史上的民族英雄抗金名臣李富、抗元名臣文天祥、抗倭英雄戚继光等有关，特别是宋代抗金英雄李富回乡后，修水利、造桥梁、济贫困、兴儒学，形成了许多以古建筑为载体的人文景观。如今，白塘湖风景如画，湖面碧水盈盈、澄净如镜，湖岸干净整洁，草木葱茏，呈现一条"人—水—城"相依相伴、和谐共生的绿色滨水景观廊道，成为莆田生态绿心的一张名片。

八月的白塘湖恬静的像是一泓止水，水波不兴，山水澄明，泱泱辽阔。偶有一两只白鹭掠过水面，惊起一圈圈浅浅的涟漪，缓缓地向四周散去。弯曲的堤岸或是一片绿色的树林，或是精致的有些令人感叹的石拱桥，或是一排草木葱茂的行道风景，流逝的时光仿佛定格在这一汪水镜上。

宋代白塘只是莆田忠孝名臣李富花园中的一个池子，称"池半月""注月池"。后因池水渐涨，在阳光的照耀下，呈现白茫茫一片，人们便称之为白水塘、白塘沟，简称白塘。白塘广纳莒溪、渔沧溪、绶溪之水由池变塘，由塘成湖，以其宽敞或窄幅的水系伸向周边村庄丰沛的内心，洋尾、镇前、上梧，这三个古色古香的古村落，以其生机盎然的炊烟、人影、书声，与一年三熟的农耕，养育着白塘四季如春的蓬勃与希望。

临水的瓦屋,窗上的花格,久未萦绕的烟囱,三、五棵枝繁叶茂的水榕树,与这安静的白塘水如此贴切地交融着,构成一幅人文与自然相互辉映的景观,这是天地与大自然的杰作,也是人类征服自然、改造自然的杰作。

白塘注定是一个有故事的湖泊,也注定是一个神奇与传说共同缔造的文化之地。白塘圣墩神女庙创建于宋元祐之年(1086),是妈祖庙较早分灵的庙宇之一,也是最早保佑涵江之地老百姓风调雨顺的神庙。"岁水旱则祷之,疠疫崇降祷之,海寇盘亘则祷之,其应如响。"(宋.廖鹏飞:《圣墩祖庙重建顺济庙记》)白塘之畔,木兰溪之滨,圣墩神女庙从传说中走来,又在传说中不断丰富其深厚的精神内涵。在这个过程中,又是一个白塘人,把圣墩圣女庙推向历史的高点。宋宣和五年(1123),朝廷派给事中路允迪率船队出使高丽,船队行至东海,突遇暴风,所掀起的巨浪,吞没了七条巨船,唯有路允迪乘坐的船只,仿佛有一神祇屹立在桅杆上,整个海面风平浪静。路允迪感到十分诧异,连声问道:"是何路神仙保佑?",船上有一个保义郎叫李振,莆田白塘人,平素信奉圣墩女神,马上向路允迪报告,是湄洲神女显圣相救。事后,路允迪返朝复命之时,便把一路上风高浪急的遭遇及女神妈祖显灵救难一事,奏报了宋徽宗。于是,宋徽宗下圣旨诏赐圣墩神女祠"顺济"庙额,圣墩神女祠从此改称圣墩顺济庙。从此,妈祖信仰从白塘圣墩一个压仄的神女祠走上朝廷的诏文上,成为全国性的神祇的信仰,这是妈祖信仰一次历史性的跨越,奠定了其海上女神至高无上的地位。圣墩,或许在白塘湖畔的某个角落,静静地守望着历史掩不住的辉煌。

同样也在宋朝,那一年,宋室南渡,兵戈仍在北方的土地上蔓延,烽火与硝烟考验着一个民族的决心和毅力。在这宋王朝生死存亡的历史关口,白塘又一次登上历史舞台,成为一个时代爱国主义出发与诞生的人文码头。李富字子成,号澹轩,生于宋神宗元丰八年(1085),系唐宗室江安王李元祥的后裔,在他的身上流动着李氏皇室豪气长存,侠肝义胆的血液。宋建炎元（1127）的春天，白塘的柳树还未吐芽抽叶，白塘的桃花尚未吐蕊含苞。李富接获宰相李纲的书信，要他募兵偕同韩世忠北伐，恢复中原，韩世忠也劝李富举兵勤王。于是李富捐献家财，招募兴化义兵三千，从宁海渡缓缓地驶出兴化湾，驶向北方厮杀的战场。

苍茫辽阔的大海，无边无际的波涛，李富的船队日夜兼程，赶赴烽烟四起的前线。突然，大海刮起狂风暴雨，滔天巨浪将船只高高举起，又重重地摔下。危急时刻，李富率义兵跪在船头，对着大海高声祈祷：神女保佑！神女显灵！助我北上抗金！又一个突然，有一神女长袖拂过，顿时云开风息，海平浪静。李富率兵抵达前线后，配合韩世忠兵马突破金兵包围，收复建州，后又攻克大仪，屡建战功。宣抚使张渊很赏识李富的才华，荐他任殿前统制司干办公事官。后因受主降派秦桧的压制，李富愤而辞官，解甲返乡。

阔别三年的白塘依然烟雨如画，李富一下子又拥有了美好的心境，他把满腔的热忱放在家乡的公益事业上。他创建的梅峰书院，"远近之贤且贫者，咸厚赖焉"成为南宋初期莆阳贫民子弟的读书之所。正是李富的远见卓识，莆田教育无缝连接贫与富之间深深的鸿沟，更多有才华的寒门学子不问饥与寒，只读圣贤书，心无旁骛地成就平生夙愿，也为莆田赢得科举进士、举人天下第一县的荣耀。众多的莆田名人如王进之、龚茂良、黄公度、林现、刘礼修等等这些进士，都是从李富的书院走出来的。

"天眷莆邦生圣母，地钟浮屿一湄洲。"这是白塘湖上的浮屿，那座李富以虔诚之心，感恩妈祖显灵相救而建设的妈祖祖庙门前石柱上的一对楹联，从这副楹联和古旧的石柱、石鼓、拜石上，人们读懂了世间最珍贵的立德、向善、大爱和感恩。李富还修水利、筑海堤、建凉亭，建造了三十四座大小石桥，形成了许多以古建筑为载体的人文景观。李富并不是高官，也不是富豪，但历史却把这么一个平凡的人物展示在高光之中，让千秋万代的乡人敬仰、铭记、缅怀。正是李富的爱国爱乡、造福桑梓、乐善好施，为我们留下了珍贵的精神财富，也为白塘李氏矗立起令人仰慕的精神坐标。

美丽而又辽阔的白塘湖，自古就是中秋赏月的好去处，"白塘秋月"以其美妙胜景和人文积淀，被列为莆田旧二十四景之一，在众多文人笔下流连着无法忘却的魅力。邑人、旅居台湾的李嘉谟在《莆田二十四景.第七景白塘秋月》中生动地描绘了白塘赏月的生动景象："中秋节届，波静潭清，白云连野，碧月接天，梧桐树影，蟋蟀虫声，浅寒浮蟾桂，碧影露嫦娥，秋夜郊虚气象，以白塘为最能凝情之处，故又称注月池，邑人多泛舟其中，或远从十数里外，摇橹买棹来湖者，船设方桌，对酒吟歌，举杯望月，携伎呼朋，或三五，或成群，通宵弦管，岸上戏文，隔帆杯箸，游艇之中，放浪形骸，自成天地，其于尧天舜日升平之时，始有如此游观之乐。"清代邑人、大理寺卿郭尚先有首《题白塘秋月》诗云："晴波皎洁挂蟾光，照彻清宵漾白塘。玉镜平铺秋浦阔，银河远浸夜珠凉。杯邀皓月明千里，露湿兼葭水一方。有客吹箫移桂棹，潜蛟舞罢影茫茫。"

白塘湖边的人们源于古人对火的图腾信仰，产生了赤脚跑炭火的民俗。每年农历正月十九，人们先用红纸点燃堆起的柴垛，柴尽炭生，蹈火者在宫前水池浸洗后，绕炭堆疾走，"乩童"边沿着炭堆俯身小跑，边持剑划过炭火，盛大的元宵蹈火拉开了序幕。首先领队打着宫伞率先跑过炭堆，随后扛棕轿的四人组同时快跑过炭堆，棕轿在肩上癫狂，锣鼓声一阵紧似一阵，跑炭火者往复数趟，火星在脚后飞舞，欢呼声一浪高过一浪。炭堆渐冷，火星渐稀，欢呼的人们将未尽的"火宝"带回家，祈求兴旺发达。

为了鼓舞人们继续保家卫国，白塘湖人还诞生了"打铁球"习俗。每年农历正月二十四中午，"僮身"赤身赤足登上刀轿后背，压在三把钢刀上，手持铁球左右甩打背部，并绕境布福，一路锣鼓喧天、人声鼎沸。

途中不断变换手势,根据指挥铃的节奏,甩打的频率也越来越高,全过程甩打达200多次,场面极其震撼。游行结束后,"僮身"返回大路宫,僮伴们抬着刀轿猛冲正殿,祈望新年风调雨顺、年丰岁足。

如今的白塘湖不只是赏月的好去处,湖周边还形成了花草树木园林景观带,桃花、紫薇、丹桂、梅花等花朵四季姹紫嫣红,水杉、红豆杉、大叶榕、小叶榄仁等树木四时绿荫浮动,白塘湖呈现"人—水—城"和谐共生的亲水体系。走进白塘湖,仿佛走进了千年农耕文明的阡陌,四周飘溢着一缕缕幽远的淡香,领略着云影徘徊,情意缱绻,诗意绵延的慢时光。

半烟半雨合龙桥

踏着春天的润色,迎着飘逸的凉风,去拜会山中那座穿过千百年岁月的廊桥—合龙桥。在烟雾弥漫细雨绵绵的时节游古桥,别有一番风韵,别有一份引诱心魂的多情。

古桥似虹,横跨在闽清县省璜村古官道的合龙溪上,距桥西百米处,梅溪与迤逦而来的下坜溪汇合后向东流去,大小俩溪宛如大小龙汇合,故称合龙溪,古桥也称为合龙桥。据《闽清县志》记载:宋代木拱式廊桥合龙桥,又称屋桥、风雨桥,"架木成虹,宛如天成"。《合龙桥碑志》记载:合龙桥首建于宋乾道年间(1165－1173),毁于元延祐年间,重建于明万历年,再毁于清甲寅之岁;清康熙三十八年(1696),由里人郑克承乡绅倡募重建。

合龙桥中间唯一的桥墩插入溪中,迎水面设计为尖三角护墩,用以抵御洪水和木头杂物的冲击。拱架设计用大圆杉木构成,桥的东孔跨度14.6米,西孔跨度12.5米,在木质古桥中,跨度之大,实属罕见。每孔为五节拱骨,交错搭置,纵横相架而相互承托,形成坚固独特的四分之三制式结构的桥拱。再用规格大杉木纵向并排为梁,用厚杉木条横向并排为桥面,再铺上"三合土"路面,在拱梁外侧置以杉木板,涂刷红漆,起遮风挡雨作用,形成二块一墩二孔木拱廊桥。这种桥具有简便、短构长跨、预制装配、强度好的特点,为世界桥梁史上的独创。而四分之三制式结构的木拱桥,过去人们仅在北宋画家张择端描绘的《清明上河图》

中见过，原以为这种结构的木拱桥已永远定格在图画中，不曾想，宋室南移后，这种造桥技术也随之传到了南方的山野之中。因此，合龙桥的木拱成了中国唯一的，也是世界唯一的桥梁建筑技术的"活化石"和典范。

合龙桥的造桥工匠不用一钉一铆与其他的铁件，以繁复的工艺和讲究的装饰，不仅赋予了廊桥优美的造型和实用的功能，还在桥面上进行了精心的雕饰。桥长53米、宽3.2米，东端铺青石台阶8级，西端左右各铺青石阶31级，均有青石扶手栏杆。桥面两旁用46根立柱分里外两行，构成11个亭架，每架有4根立柱，用横坊、额坊贯穿而成。亭高3.8米，长廊的柱子、亭架上不雕花，不描金，简简单单，朴朴素素，一如牵着水牛赤脚过桥的淳朴村民。

长廊的屋顶为单檐硬山顶，青蓝砖瓦覆盖，中脊有五个燕尾型装饰，中镇葫芦刹，造型古朴、典雅、大方，颇具艺术观赏价值。桥两端各有一扇火焰式封火墙，封火墙帽均为燕尾翘，摇曳着独特美观的外形，闪耀着民俗文化的光芒。东西两端封火墙正中刻有近代著名书法家沈觐寿的"合龙桥"题字，苍劲有力，平添了一道风景。

合龙桥两端短短的古街上，居住着王、邱、吴、黄、林、刘、阮、池八姓居民，几百年来和睦相处。古街上山货店、裁缝店、油坊、客栈鳞次栉比，杏旗飘扬，人来人往，买卖声不绝于耳，热闹非常。而这座风雨廊桥又正好扼古街的出口处，古街上各色人流，南北商家尽收眼底，活生生地构成了一幅江南特色的"清明上河图"画卷。廊桥置景中，人置廊桥中，人可谓是景中之景。

本来，廊桥不仅起到了过渡的功能，还兼具祭祀、集散、交往、游览、配景、娱乐、商贸等多种礼仪性功能。既是造桥技艺得以延续的源泉，也是当地群众信仰、精神的图腾，有时还被赋予拦截风水、蓄福纳财、保佑村庄等美好的意义，表达了建桥者和百姓祈盼风调雨顺、国泰民安的朴素愿望。藏在大山里的合龙桥，不仅是避冰躲雪之所，歇脚憩息之地,更是让身与心、灵与肉快乐的天堂。在酷热的盛夏,繁忙的劳作之后,村民们将疲惫已极的躯体放倒在廊桥内两侧悠长的长凳上,让溪水蛙鼓响在耳畔,让清风林涛吹在身上,让丰收喜悦荡漾在梦里……而外地跋涉而来的旅人,走进廊桥就仿佛来到一座庇护的驿站,歇一下长途走痛的脚板,喝一口桥头陶缸里的热茶,低头回想走过的蜿蜒山道,抬眼瞭望前面遥远的路途,云朵能飘来他的喜悦,溪水能洗去他的忧愁。

薄暮细雨中,我钻进了合龙桥,邂逅的不是一次艳遇,而是一段纯净的古典时光。每一座廊桥都有着传奇、曲折的民间故事,合龙桥也不例外。传说当年有一拨工匠刚接下造桥的活,就有一个衣衫褴褛的老人找上门来,说自己也有木工手艺,想讨一口饭吃,工匠们可怜他一大把年纪还流落在外讨生活,皱了皱眉头也就收留他了。整个造桥过程老人也只是打造了一根梁柱,别的工匠们倒也没怎么嫌弃他。工程即将完工的头天夜里老人忽然不辞而别了,工匠们奇怪,谁也没见他如何走的,连工钱都没结。第二天廊桥合拢,可最后一节圆方木怎么也嵌不合适,掌墨师急得团团转,一回头看见老人留下的那根梁柱,忙叫人抬来,结果严丝合缝、浑然天成。匠人们想起老人的种种行为,愈觉神奇,以为是鲁班祖师爷幻化来点化工程的。

传说不可信,可人们却宁可信其有呢!有了传说就平添了桥的几分神秘,而这清冽的溪水有了桥,又愈发出奇的活泛。溪里的礁石、溪岸的花草,皆因有了这桥,便有了些许灵性。而桥有了水的滋润,才显得那么泛意抒情,有了绿的陪伴,才那么充满诱人的灵韵。

春雨似沙,细细地洒在布满青苔的拱梁外的木板上,汇聚成水珠滴落到溪水中,发出清脆的声音。溪水如一条缓缓摆动的幕布,从古桥下静谧地流去,而悦耳酥脆的流水声,让你舒心畅气!古街上的厝屋弥漫于烟雨之中,那么古朴、那么幽静、那么迷人。风风雨雨近千年,合龙桥上不知走过了多少脚步,碾过了多少车轮,总是寂寞地迎来雨雾雷电,送走春夏秋冬。也许，寂寞是一种境界，是一种心灵纯净的境界，是一种超越尘俗的境界，是一种甘于寂寞而获得的殷实与快乐的境界，是一切斤斤计较、患得患失者所不能达到的境界。

合龙桥，是绿水的围巾，青山的秀眉，更是历史的插图，岁月的风帆！在时光的流逝中，合龙桥就这样历经磨难而愈加沧桑，故事也因不断积累而愈发深邃。一头扎在历史深处，一头承接遥远未来的合龙桥，始终在默默地述说着自己的光荣与梦想，显现出自己特有的古朴与厚重，而这正是我们今天要去探寻的价值所在。

回望半烟半雨中的合龙桥，怡然成为一种艺术的结晶和智慧的写照，永远定格成岁月留痕里的闽清风骨。这风骨凝聚成一种精神、一种气韵、一种风情，常常凭借四季的风、霜、雨、雪，在百姓厚重的情感世界里激荡不已，成为心灵的家园、梦魂的依恋，即便人世沉浮、岁月如风，都将挥之不去。

笔尖刷却世间尘

（一）

在上杭城人来人往热闹的瓦子街中心，有一座高高的用青石雕成的人像，屈膝蹲坐在一块硕大的黑色玄武岩基石上，双手斜叠于膝盖上方，一袭青衣，两颊清瘦，眉宇微蹙，表情忧郁，凝神静思，双目饱含思念，眺望着远处的家乡。他就是华嵒，清代康乾盛世时期的画家，以诗、书、画三绝而著称。他博采各家各派之长，创造了清新隽秀、率意疏宕、文质相兼而又超出畦畛之外的艺术风格，开创了一代新风，对"扬州八怪"的构建完善起到重要的推动作用。

暮春时节，与画友李君一起寻访华嵒故里。车子在蜿蜒的山道上行驶，起起伏伏的山坳里升腾着薄雾，缥缥缈缈、朦朦胧胧，宛若一幅大写意的春山水墨长卷舒展铺陈在天地之间。

车抵上杭蛟洋华佳，只见村口耸立着一座六角亭，朱漆亭柱、翘角飞檐，亭梁黑色牌匾上书"华嵒亭"三个行书大字，遒劲洒脱，此亭是村民为纪念华嵒所建，此处便是华嵒故里。放眼望去，华佳村坐落于一处山坳中，被两座长条状山梁合围，错落的新楼间有数幢古宅点缀其间，村庄四周竹树环合，嘉木秀美，一条小溪穿村而过，清水潺潺，鱼草游动。村民介绍说，全村有两千余人，皆姓华，早在明代，先祖由连城姑田迁居于此。

村庄右侧山坡上，两棵唐代"银杏王"高耸入云，主干粗壮挺拔，旁枝纵横有致，周身叶片刚冒出不久，像无数停歇在枝条间的轻盈的翠绿蝴蝶。两棵古树彼此相挨紧连，相互厮守了千年时光。树身上系着的红绸带，在暮春乍暖还寒的风中缠绵着，絮絮叨叨着千年的情愫，不禁让人百感交集。我想，三百多年前的华喦应该也曾无数次地抚摸观瞻着这两棵古银杏树，触发出亘古的灵感吧。

清康熙二十年（1682），华喦出生在华佳村一个贫苦的造纸工人之家，幼时即天资聪颖过人，酷爱绘画与书法，也善吟诗。《华喦与闽汀华氏族谱》中记述："华喦，性灵慧，涉笔成趣，常以书画为事，多以淡墨挥洒，天真发露。诗务淡雅，妙极自然，画成必有题。书法整整斜斜，别有逸气。"由于父亲早逝，家境贫困，仅入私塾两年的华喦便辍学，到父亲生前做工的纸坊去做小徒工，由于年纪太小，只好天天为纸坊老板放牛。有一天，小华喦牵着大水牛过桥。走到木桥中间时，他突然发现溪水中倒映的大水牛和青山、翠竹、鲜花交织成一幅美不胜收的图画。小华喦被这奇妙的画面迷住了，久久舍不得离开，把过桥的人都挡住了。小华喦心里想：要是我能把它画下来该有多好啊！从此以后，小华喦每天放牛的时候都坐在树荫下练习画牛，日复一日，年复一年，小华喦勤学苦练，画出来的牛一天比一天逼真了。

一天，小华喦用纸坊扔掉的废纸画了一头大水牛，画成之后，把它挂在村口的凉亭里，自己躲在凉亭的墙背后，想偷偷听一听来往行人对他的画有什么评价。一会儿，来了不少人，大家都说："画得好，画得太像了。"这时，一位胸前飘着白须的老先生却说："画得还可以，可惜牛的肚子画得太大了。"说完就匆匆忙忙地赶路去了。围观的人都走光了，小华喦从墙后钻了出来，仔细看了看挂在凉亭里的画，牛的肚子果然画得太大了，怎么办呢？小华喦坐在凉亭里想了好久都想不出办法来。突然，他的眼光落在远处一棵苍劲的松树上。他灵机一动，有办法了。

小华嵒一跃而起，取下画，拿起笔在大水牛的背后添了一棵大松树，整个画面就变成了大水牛在松树干上擦痒。牛在擦痒时由于用气，肚子一边自然会鼓起来。刚画完，之前那个提意见的白须老人办完事又回来了，看到小华嵒改好的画如此生动，他赞不绝口，对华嵒的聪明伶俐和绘画天赋更是大加赞赏。原来，这位老人是附近的一位老画师。此后，老画师把自己收藏的古画让华嵒临摹，并给予指导，华嵒的绘画技艺大长。17岁时，华嵒开始为附近的土地庙、龙王庙作壁画，也为百姓家画些门神和吉祥画，能够以画维持生计。

离古银杏树百米之遥，有座华氏寅山祠，沙石铺成的村道将古树和祠堂连在一起，遥相呼应着。康熙四十二年（1703），华家重修这座宗祠，乡人推举华嵒为祠堂正厅作画。但族长认为华嵒出身卑贱，"乃轻薄后生，一介布衣，有何能耐？"要重金聘请举人出身的汀州府钟姓画师为宗祠做壁画。时年21岁的华嵒正是血气方刚，哪堪族长当众诋贬，气愤之余，决定离开家乡，到外面去寻求更广阔的艺术天地。临行前，华嵒披着皓洁的月光来到祠堂，他翻墙而入，左手举执火把，右手挥动画笔，在祠堂雪白的墙上画下了《高山云鹤》《水国浮牛》《青松悬崖》《倚马题诗》四幅大壁画，然后毅然走上了客寓异乡的羁旅生涯。

天亮以后，族长陪着钟举人前呼后拥地来到了华家祠堂，一进祠堂，只见四大壁画光彩照人，把大家都看呆了。族长一看就知道，这准是华嵒干的，就叫人把华嵒抓来按族规治罪。不一会儿，派去的人回来禀报说华嵒早已逃之夭夭了。族长气急败坏地命人把华嵒的画统统铲掉，重新粉墙，请钟举人再画。不料钟举人慌忙阻拦，连说："不必，不必，若是重画，恐功力、才气不如其人也。"这时，族长看到众族人的不满之色，只好悻然而去。这个故事不免有一些传奇色彩，但从1889年罗嘉杰刊印《离垢集》的序言中有一段话："上杭华氏祠堂垩壁，至今墨迹犹存，盖山人所作也。"证实了故事的真实性。从中我们可以看出，二十出头的华嵒在绘画上已有相当的造诣。

（二）

华嵒背井离乡后，先流寓于杭州，以卖画为生，他自号新罗山人，白沙道人，东园生、布衣生、离垢居士等。在杭州，华嵒很快就结识了一批富有才学的文人，如忘年之交诗人徐逢吉，以读书、吟诗为乐的文人蒋雪樵，老名士吴石仓，以诗文、学术在当时非常出名的厉鹗等。他们都是出身下层的文人，最能深切体味人间悲苦，同时又不贪图荣华富贵，甘于且乐于在诗文、学术中平静、平凡地度过一生。一方面，他们身上有庄子和佛家的隐逸出世之风，生活洒脱飘逸；另一方面，他们又对黑暗现实有着清醒的认识，绝不向当权者低头，也绝不同流合污。这样一批有骨气、有品行的文人对华嵒的影响是巨大的，不仅体现在学识上，更体现在思想品格的形成上。可以说，正是在徐逢吉等一批名士的影响之下，华嵒的绘画才逐渐脱离了"匠气"，具有了"灵气"。在其内心，理性与感性变得更加圆融，对外在世界和内心精神的表达也变得更加畅阔、舒展，加之品格的提升，为其后来取得诗、书、画三绝的成就打下了坚实的基础。

绘画友人对华嵒也产生了积极影响，其中影响最大的就是马和之。华嵒在绘画艺术上主张效法前人，这一点与马和之一拍即合，而马和之往上可以追溯到吴道子，所以华嵒也算得上师法名人了。除了马和之，华嵒对夏圭、刘松年、马远、蓝瑛、王绎和戴进等人也多有学习和借鉴。华嵒客居的杭州，具有悠久且富有特色的绘画传统，也曾为南宋的都城，浙派绘画一度非常流行。工整妍丽的画风对于初至杭州的华嵒来说既比较符合他当时的审美取向，又对他接下来一段时期画法画技的进步有很大的帮助。同时华嵒在杭州还广取各家之长，题画中常有"仿唐解元画法""仿向阳山人法"等字样。这其中恽寿平对于华喦的影响最为深远，恽的绘画设色清丽，笔墨润秀，画虽工细然笔韵生动，且采用了蓄笔与逸笔的结合，给华喦的绘画，尤其是花鸟画创作带来了很大的启发，华喦在学习恽画上下了很大的功夫。在杭州，与其交往最密的画友当属郑岱。郑岱擅长画仕女和花卉，但却能画得遒劲而不婉转，表现出郑岱柔中带刚、不从流俗、特立独行的品性，这无疑深深感染了脾性相投的华喦。

雍正八年（1730），年近五十的华喦由于生活所迫，来到扬州卖画谋生。此时的扬州经济繁荣，也是"扬州八怪"活动比较集中、密集的一个时期。"扬州八怪"已在社会范围内造成了一定的影响，带动了百姓阶层对文人画欣赏能力的提高，并已形成了一定的文人画买卖氛围。初至扬州，华喦居住在家境比较宽裕的布衣员果堂家中。史书上称员果堂"安处幽素、守默善和，绝不为世喧所攘，而惟以山水云鸟自娱"。志趣相投让华喦与员果堂一见如故。华喦在他家中教书作画，两个既有雇佣关系，但更多的是朋友的关系。员果堂不仅为华喦提供了安身做事的场所，也常作他绘画上的经济人，为华喦售画作中介，这对华喦在扬州的生活给予了很大的支持。在扬州，华喦认识了不少的知名画家和诗人，其中就有金农、郑板桥、高翔在内的"扬州八怪"流派画家及诗人马日璐兄弟。这说明华喦此时已经成为职业画家中颇有影响力的人物，而与著名艺术家的交往也表明华喦受文人画家的影响正越来越深，对他中年以后艺术风格的成熟起着积极的促进作用。不过，华喦是个头脑清醒的艺术家，他从来不会简单地模仿，而是不停地将外来收益转化为自身血肉，用以再造自我的独特风格，最后"力脱时习、融会古法、标新立异、机趣天然"，形成了具有俊逸清新特色的鲜明艺术风格。

艺术修养的熏陶对华喦的影响也是极其深刻的，他向来重视观察和体悟，对于自然万物更是充满向往和喜爱。他在自己创作的很多画册上都标记过创作因由，如外出游玩，或者是在自家庭院内偶得一景，又或者偶有感悟时，便会立刻作画记录。这充分反映了华喦对大自然的热爱及对美好事物的珍爱。也表明了华喦已经具备了足够的绘画技能和借景抒情的艺术自觉。

华喦不慕名利，也不汲汲于仕途，而是一心一意钻研文学与绘画艺术，他以一颗平淡的心对待生活，认真观察生活，将自己对生活的所感所悟融于艺术创作中，这也为提升他作品的艺术价值埋下了伏笔。华喦不仅喜欢山川风物，也对风情民俗感兴趣，这在他的《离垢集》中多有记述。他时常到乡野中采风，回到寓所后再凭借记忆进行书画和诗文的创作。因此，他的作品无不妙趣横生、跌宕生姿，令人有身临其境之感。

华喦对人生的能动作用格外重视，他曾经自况"笔尖刷却世间尘，能使江山面目新"，这说明其艺术思想已然有了质的变化。他已经认识到，不能简单、机械地摹写外物，而应该由自己的笔触来抒发理想和志趣。刷新江山面目所表达的正是对现实的愤懑和渴望改天换地，还世间以清明的豪情壮志，这就足以让欣赏者心潮澎湃、意气风发，进而起到陶冶和启迪之功。可以说，对绘画和人生意义的探讨也是华喦艺术思想中的重要闪光点。

（三）

春天孩儿脸，刚才还是艳阳高照，突然就飘起了细雨，阳光透过雨丝闪烁出七彩光晕。沿曲折的沙石路，向华喦当年留下壁画墨宝的华氏宗祠走去。还能看到华喦的墨迹吗？我心怀忐忑，同行的乡人告诉我，四幅壁画的墨迹一直到清末还清晰可辨，历百年而不坏，可惜在20世纪60年代被毁，现在已是荡然无存了。我的心不由得一沉。

华氏宗祠为歇山顶穿梁式两进厅建筑，正檐翘角，宗祠前的水泥空坪上有半轮碧水池塘。塘中泉水汩汩，绿草浮动。对门修竹掩映，青山如屏。宗祠背倚后龙山，山腰上数棵古樟连着竹林并肩耸立，形成一道天然的绿色屏障，挡住了背面袭来的山风。拾级而上，朱漆大门两边悬挂着一幅黑底金字对联，上联是"甲山怀木本"，下联是"锡水溯泉源"，门上方横批是"源远流长"，大门两旁立有双狮拱瑞。走进大门，屏风遮挡，白灰粉壁，两侧是对称厢房，属客家祠居合一的古建筑。天井中苔痕染绿，瓦檐下雨声淅淅，井沿由精心打造的青石条围护。宗祠既没有深宅大院之气派，亦无精美的雕饰，空间也算不上宽敞，但干净、简洁、精致、敞亮，别有一番韵致。

三百多年前华喦悄悄绘上壁画的那几面墙已装饰一新，整齐地悬挂着几幅华喦绘画的高清仿品。在《天山积雪图》前，你会感到阵阵寒意中透出一股温暖，华喦没有着意渲染重峦叠嶂上的皑皑积雪，而是精心描绘画面当中身穿红袍、手牵骆驼的旅人。他仰着脖子凝视着那掠空而过的孤雁，四周不见草木，没有人烟，只有背景上水墨勾成的两座冰峰。细品画作，可以使人想到一个任重道远者，只要意志坚强，不畏艰辛，凭着一峰骆驼做伴，就能踏平一路坎坷，穿过千里戈壁，来到这大山之麓的琼玉世界，而南飞的孤雁，是寄托着对这远方故乡的思念，其意境十分深远，耐人寻味。

《桃花鸳鸯》中的桃枝是淡墨中略带淡赭，桃花用白色染，而鸳鸯用石青、石绿，因此，在整幅画中非常醒目。他的花卉画，叶色常用花青，这样衬以白色或朱色的花显得非常淡雅。

《桃潭浴鸭图》描绘了一只鸭子在水中嬉戏的场景，画面中鸭子腹部接触水面的地方以平淡墨皴擦，水下的鸭腹以淡墨晕开，鸭子周围的水是花青色，画幅三分之二的部分凭空点缀了几株枝干扭曲的桃花，天空和水面浑然一体，落款一角浮动着些许的柳丝。整幅作品有一种将花鸟画物象按照山水画的处理方式呈现出来，简逸的笔墨呈现出意趣和意态的审美境界。

《梧桐鹦鹉》中，叶片是带着淡赭色的淡墨，鹦鹉以深绿色着底色，羽毛则以石绿敷色，两种色彩相互叠加，羽毛的立体蓬松感跃然纸上，颜色醒目之中又带着沉厚古朴，这同华嵒借鉴民间艺术赋色的风格是分不开的。画中他善于用干笔枯墨皴擦的技法画禽鸟的羽毛，羽毛显得非常淡雅，但眼部等需要突出的部分却施以浓墨，这样作品便焕发出了生机，沉闷之中凸显灵动。

《溪山云岭图》中，画面上描绘峭壁大岭，飞泉激湍，新松天骄，丛枝滴翠；水阁凉亭间，主客晤对长夜，静观万象，不觉轻风拂露，微曦既开。画中山草向左偃伏，松枝逆势右出，竹条左右摇曳，似吹来轻风，伴随着淙淙流水，仿佛有交响的音响溢出画外，糅入观者的心田。如此纯粹而自信的笔法，在疏朗痛快的整体氛围下尽可能简括使用，牵引着强悍的生命力踏过纸张，扑面而来。华嵒用自己的画笔创造了一个理想化和人文化的境地。

华嵒是一位才能广博的画家，花鸟、人物、山水兼擅，并都能突破陈习，具有自己的风格体貌，这在清代画家中并不多见。华嵒用笔锐中有钝、巧中有拙、曲中有直、断中有连，其行笔特点是多顺拖、少逆托、多裹笔、少铺毫，惜墨如金、干湿结合，五色中求统一，惜墨胜于泼墨。其画设色妍雅而鲜丽，布局工稳，多空白，虚中求实，表现出独特的意趣和风格。花鸟画尤为时人所珍重，他的花鸟画从学习恽寿平清丽的没骨花卉入手，设色运笔均广取诸家，用纵逸骀宕的笔墨表达自己对生活的独到理解。特别注意捕捉和创造瞬间富有情志的场景，使画面趣味盎然。他的花鸟画以小写意画法最为杰出，通过干笔和湿笔、水色和石色的结合，描绘了许多生动自然、活泼有趣、健康动人的花鸟形象。

华嵒一生酷爱山水，他除了在所著《离垢集》中表露出对美好境地的向往外，在他众多描绘文人逸士生活的山水作品中，有更直观的体现。他的山水画传世较少，但艺术造诣颇深，能习诸家之法，形成自己简率、松秀、迥劲、俊逸的主体风格。厉颚曾将他的山水画比之元代的倪云林："华君墨戏今倪瓒，下笔烟云互凌乱。"即以有意无意之中常给人以清空、幽寂之感。他将米点山水和青绿山水结合起来，既有色彩的明艳感，又含迷蒙、流润的笔墨趣味。吸收了斧劈皴、倒挂皴、长笔斧劈、长折带皴等入山水画体系中。特别是其反映自然风光和生活小品的山水画册页，虽则寥寥数笔，似信手拈来，但却隽秀娟美，充满浓郁的生活情趣。

在人物画方面，华嵒也取得了相当的成就，不仅选材广泛，民间神话、历史故事、社会风俗均有所涉，或写嬉戏孩童，或写隐逸之士，或写娴雅仕女，形象十分生动。技法上他吸收了马和之"蚂蟥描""兰叶描"的线描法，圆润、宛转，起伏抑扬。其晚年的人物画更是含有松秀、柔韧、含蓄、灵巧的笔墨意味。

自从踏上漫漫离乡路，华嵒成了远方一游子，成了此去经年回不了头的"飘篷者"，成了独在异乡的"白沙道人"。第一次出离，却成了他永远想回也回不去的故乡。他的缕缕思乡心绪，只能在诗词中吟哦："我望乡，乡何处；隔春烟，渺春雾；此时闲坐绿窗前，梅子累累不知数。何处抛愁好，穿庭复绕廊。东西经夜月，南北梦高堂。有眼含清泪，无山望故乡。纷纷头上雁，联络自成行。"《丁酉九月客都门思亲兼怀昆弟作》。乾隆二十一年(1756)华嵒以75岁寿龄，在贫病交加中逝于杭州，葬钱干埠岭之上。

作为扬州画派的代表人物，三百多年来，华嵒的画风不仅影响当时的扬州画家，也影响到后来的"海上画派"，如任伯年、赵子谦、吴昌硕等。不少后世画家喜欢在自己的画幅上写明"效新罗山人笔意"，表达了对华嵒的师承和尊敬。华嵒的名字还激励了如齐白石等出身于工匠的人努力奋进，成为著名画家。华嵒的遗作现今被珍藏于故宫博物院和日、美、法等外国博物馆、美术馆中。华嵒的遗诗600余首收在《离垢集》《解弢馆诗集》中，亦受到后人的喜爱和推崇，华嵒在绘画艺术上的贡献是划时代的。

  蹲坐于瓦子街上的华喦,以这种冷峻、坚毅、永恒的形象回到了故乡。他不会再走了,永远氤氲在这块"自有小天容我乐"生于斯、长于斯的土地上。

笔墨沉浮一介眉

微曦的晨光，探过霞浦县城东街一座名为炳烛斋的百年老屋后花园的低矮城墙，洒进了游寿的床头，又是一个通宵偷读小说，她赶快吹熄了洋灯子，抱了书去上课。

"坐在课堂上，心想着深宵的小说，我竟是一个小小傻瓜。教师问我的书，什么也不懂，骂我也不在意，只看教师上下唇在动……从深宵看小说，我想我将来准备做一个小说人物。"这是游寿1934年在《灯塔》第一卷第一期上发表的《深宵断片》一文中，为我们提供的小学阶段游寿的俏皮状况。她的爱好在于文学，一定读了不少小说，因此，语文基础很好，但是，学校的其他功课可能并没有出类拔萃。

游寿的小学阶段正是新文化运动时期，由于父亲游学诚思想开明、博学远见，游寿与其他女子大不相同，她不仅未曾缠足、扎耳，而且"少慕狂狷，率性任情"，口无遮拦，坦荡豪放。可以说，游寿从小没有受到旧中国妇女所受到的清规戒律的束缚。这些"深宵的智慧"交织的成长岁月，赋予了游寿细腻与坚韧，在她心底，搭建出一座既柔软又坚固的心桥。这座桥，通向每一个绯红的黎明，一步一步构成了关于成长的引渡，也是后来游寿只身外出求学，思想倾向革命，学术成就卓然的一个基础。

1920年那莺飞草长的春天，山光水色烂漫得像童话，15岁的游寿告别炳烛斋，告别龙首山，告别对自己寄托着深切希望的父亲，从县女子高等小学考入了福州女子师范学校。她万分珍惜这生命中来之不易的阳面，像一株桃树，春风来了，便摇曳出满树彩霞。船，推开碧波，那是一剪悲欢；鸥，衔来白云，那是一缕离愁。波帆、云影，岸上挥别的手势，在游寿的秋水双眸里，渐渐模糊成了远行者的日暮乡关。

此时，担任福州女师国文教员的是前清举人邓仪中（邓拓之父），邓仪中文章书法俱佳，授徒教学以严正著称。开学不久，有一天，邓仪中拿着游寿的作文本走到游寿的课桌旁，"文章词句皆可范，只是字写得太差、太差，拿回去再抄"，说着把作文本摔到课桌上。游寿的自尊心受到重挫，想到自己的高祖游光绎、曾祖游大琛均进士出身，父亲游学诚也是清末举人，他们均文、字俱佳，真是愧对先人。于是，邓仪中这一"逼"，逼出了游寿一辈子挂在嘴边的一句话："你是师范生吧！那就要把字写好！"也逼出了游寿在女师5年，每天临池不辍。毕业时，她的颜体字已形神兼备。

谁说少年不识愁滋味，但见烟波江上使人愁。游寿在女师求学时期正是中国近现代革命与变革最为激烈的时期。游寿如饥似渴地阅读能够看到的进步刊物，革命的热情在胸中激荡，她在力所能及的范围内宣传新思想。"从做工，从读书，我们工读互助去改造社会，各尽所能，各取所需……"这是游寿当年最喜欢唱的歌。

1924年，游寿本应毕业，但因教师欠薪罢课，学生毕业考试等事无法进行。福州的学生都回家了，游寿作为外地学生并未离开学校。9月她加入了福州学生联合会，次年6月加入中国共产主义青年团，不久，担任女师的团支部书记，10月福州团地委改选，游寿任妇委书记。也是在此时，福州军阀开始逮捕进步学生，游寿和学联的同学们分散转移出福州。于是游寿回到了海涛阵阵、帆影点点的故乡。可她刚到家就被父亲病重的阴影笼罩了。

不久，游寿的父亲去世，由谁来接替县立女子高等小学的校长，乡人把目光集中到了游寿身上。游寿来到父亲亲手创办的这所学校，摊卷翻册、触砖抚瓦，追索父亲的心血旧迹，缅怀父亲的英年早逝，她决定担起这副担子，这一年游寿刚好20岁。这一段时光，因为涓涓亲情的浸润，竟有了山河不改、天地无恙的岁永月长。

然而在蕉叶蔓蔓的炳烛斋故居与孤栖独宿的母亲共度的温馨日子并不长久，游寿接到福州学联主席林铁民的急召，重返福州参加革命。她被安排在国民党省党部做宣传、妇女和青年工作，但这革命激情的时光又是那么短暂。国民党右派在福州抢先发动"四三"反革命事变，大批共产党人和进步人士惨遭杀害。游寿在地下党的掩护下，女扮男装，回到霞浦的乡间暂避，从此与党组织失去了联系。22岁的游寿面临的是难以想象的苦闷和彷徨，她最终选择了"聊寄愤慨，以逃现实"，去求学，做学者。这个选择，不仅有书香门第家族传统的影响，而且在那个年代的救国道路上，既有革命救国的行动，也有学术救国的主张，在革命救国遭受挫折，转而从事学术救国，仍是游寿忧国忧民的社会责任感使然。她为自己取字介眉，应是希望自己介入须眉而不屈。

22岁的游寿在陈幻云的陪同下，再次走出霞浦，进入南京中央大学中文系，也进入了游寿思想上的一个蜕变期，由一个激进的革命青年向一个传统的中国型学者的转变。中大是当时国内古典文学大师聚集之地，在这里游寿眼界日益开阔辽远，青春更加饱满多汁。最重要的是从中找到了人生的方向，研究古文字、先秦文学、考古和书法，她继承了胡小石的古文字学及秦文学诸多领域的成就，成为继往开来的一代学人。

时光策马，一晃27岁的游寿中大毕业来到福建省立建瓯中学任教员，教高中、初中国文。一盏盏梨花娴静地端捧千年雪，春风伸出小手试探花朵的定力，有一些，禁不住撩拨，雀跃成纸鸢，泊荡在天空的深海里。花开成锦的世界，可以深欢，可以浅喜，可以踏歌，可以寻梦。两年间，游寿辗转于三所学校，在集美师范学校任教时与冰心等人共同创办诗社和《灯塔》月刊，参加当地文化界的爱国文化活动。这时她既是诗人又是教师，如果按照爱好文学的路径发展下去，游寿很可能成为一个与冰心齐名的文学家。然而，29岁的游寿做出了一件让许多人难以理解的人生抉择，她由厦门至南京与已有发妻和四个儿子的陈幻云结婚，照片中的游寿披一肩柔曼的白纱，点洒耳鬓幽香和梨涡浅笑，沉醉在辽阔的浓烈里，沉湎在恒久的安守中。

　　婚后的游寿犹然记得父亲的遗业、母亲的迎养和族亲的守望，报考了金陵大学国学研究班，向学者的道路大步迈进。期间发表了《殷契札记》《释甲子》等论文，并整理了胡小石讲授的《书学史》，这本《书学史》誊写在红方格宣纸稿子上，书法瘦硬挺秀，字细若蝇、点划精到，可以看出游寿的书法尊老师教诲，游刃于甲骨、金文、汉魏石刻，隶书于《礼器碑》用功最深，取其瘦劲俊逸，真书则舍颜体而攻北碑，对《张猛龙碑》临摹尤深，尤爱钟繇书风古雅高醇，对《戎路》《还示》诸表心摹年追。游寿的书学观及书风首先是延续了李瑞清、胡小石一脉，"求篆于金、求隶于石"的书学理念，从篆隶讨用笔本源；书体以行楷书写魏隋碑刻、墓志等碑体为主，兼金文。其次，用笔以篆隶笔法书写碑体行楷，运笔略施颤掣。第三，在手法上采用胡小石书风惯用的布白方式"有纵行无横行者"。游寿还与研究生班同学曾昭燏一起用蝉翼笺影写了《甲骨文前后编》，胡小石欣然为之作序、题词，可惜因战乱丢失了，但是，可以从《书学史》手稿中，想见用蝉翼笺影写的作品之精彩。

　　岁月如梭织绵云，这是多么瑰丽的一页！时光年轮吱吱呀呀旋转不停，金陵大学那爬满窗框的丹藤翠蔓，让光阴辗转成歌，流散如花。学有所成，获硕士学位的游寿，本应有一个安静的环境使研究有所依托，然而，抗战爆发，南京失陷，游寿随丈夫辗转江西临川、河口。在临川，她参加了"抗日后援会"的组织。因积劳成疾，游寿边养病边整理阅读资治通鉴札记，着手撰写《李德裕年谱》，并针对当时学术界地位很高的陈寅恪关于李德裕卒年结论提出考辨，有理有据，体现了她的学术胆识。

光阴缓缓如河，幽暗穿行，35岁的游寿应胡小石之邀赴四川国立女子师范学院任教，临行前，她提笔给丈夫写下七律一首："江潭摇落殒微霜，送我西行六载强。今日君行谁送别，只应红树对斜阳。"情见乎诗，依依面别。从35岁到40岁的5年，巴山蜀水，孕育了游寿苍凉的诗篇。她大量的诗作收入到了《沙溪集》与《白沙集》中。正如她强调的"任何一种真正的文学艺术，都有着自己历史的和自然的背景，都是经过社会陶冶出来的，不是偶然地用一些熟识的词语、同一模式编缀、排比出来的"。这一时期也是她在学术上的第一个辉煌期。

时间踩着朝阳夕晦的鼓点，快步向前。51岁的游寿和丈夫前往哈尔滨师范学院任教，他们为何选择东北，那片广袤黑土，那片辽原白雪，是否真切地流着他们的心绪。在这里，游寿主讲考古学、古文字学、书法艺术等课程，创建了历史系文物室。课余，她重拾考古，把主要精力投入田野考古，足迹几遍东北大地。她从发现的猛犸脑骨和腭骨制成的瓢状取水器，从而推断远在17.5万年前黑龙江一带就有古人类生活。她通过对靺鞨族的考证，提出了由歌舞服色而产生族名的观点，再一次明确提出了黑龙江"在旧石器时代他们征服猛犸开始，便有一定人群组织"的观点，奠定了在这一研究领域举足轻重的学术地位。这一时期成为游寿第二辉煌期。

"一代新声又唱酬"73岁的游寿真正迎来新生，也迎来了自己的第三辉煌期。她以自己对拓跋鲜卑人的起源及发祥地的考古研究所得，证实了内蒙古发现的"嘎仙洞"就是鲜卑人发祥地的"旧墟石室"，成为新中国考古史上的重大发现。当她再次回到霞浦，住进父亲创办的县立女子高等小学教师宿舍，她写下了《致霞浦一中》律诗。断句间舒展着欢颜，均衡的书法以及碎影流年中的皎之无瑕，分明是钻石闪光，是韶光里鸣响不息的钟鼓之声。她证实了霞浦赤岸为空海和尚登陆地,撰写《吾乡赤岸》并序。此时,游寿的书法艺术已经达到炉火纯青之境,熔篆、隶、真、草于一炉,汇数法而归一家,编众工以成己妙。显出儒雅的学者风度和浩然磊落的君子之气。"秦风汉骨"耐人寻味;"南萧北游"载入书史。

"寿长所历识弥多,胸腹诗书星斗罗。奇字古文通者几,遥知北国有姮娥。"这是沈鹏为《游寿书法集》所写的《寿长》诗作。夜色宁静,新月一弯,眺望北国,星空闪耀,介眉之星,永不陨落,这一点毫无怀疑,历史已经或将会告诉我们。

彩眉岭上枫叶红

已是深秋，其实已过了立冬节气。但这几天的阳光分外和煦，太阳暖暖地照着没有一丝寒意，空气也是温柔的。来到古田邓家坊采风，村里人告诉我说，彩眉岭的枫叶此时最美了，于是在老乡的带领下，往彩眉岭而去。

彩眉岭是上杭、连城、长汀往龙岩的千年古道的一段，西起古田邓家坊，东至龙岩小池黄斜村，全长约15华里，全部都是弯弯曲曲由青石块砌成的山道。来到彩眉岭脚，往小道进去，不一会儿两旁青山上出现了零星分布的枫树，越往上爬枫树的分布越来越密。

古道静得出奇，沙沙的脚步声清晰可闻，自己听着觉得有如在踩响一支隐秘的独奏。偶尔有几声鸟啼从林间传来，像是在如镜一样安宁的空间里划过了一个波痕，有余音缭绕地扩散着。消失的音符在枝叶间穿梭回荡，经久不息。红枫树包围着我，近的在高处张开婆娑的树影，看去像一个遥远的情圣；远的以深深浅浅的绛红互相缠绵，无声无息地酝酿深沉的诗。满山的诗在铺展，铺展得很远，好像有很多的思念，一时都无法说出来。那些高大的古枫香树，散发着类似于薄荷一样的清香，轻舔我的肌肤，弥漫进汗腺，沁入呼吸，瞬时间火红的汁流糅合了血液，所有的凡尘愁肠都被清洗。

拾级而上，没有往日爬山的劳累，却有着品味的闲适。远望彩眉岭拗口两边岔开，似一把张开的剪刀。山顶两端石级共有两千多级台阶，在没有公路的时候是省道一样的角色。一块块、一条条不规则的青石紧密拼铺而成的古道，像一条酣睡的银蛇在山间蜿蜒了千年。千年来多少代人的足迹，把一块块石头都磨得光滑圆润，千年里风霜雨雪的雕琢，把一条条凿痕都侵蚀得荡然无存。这些大大小小的块石，多像一个个方块文字，书写着世事沧桑和风土人情。

和许多风景一样，向往与抵近的感受是不一样的，就如现在，古道隐没在丛林深处，偶尔几块巨大的石头就耸立在浓密丛林里，在被遮蔽掉阳光的大山深处给人森森的感觉。忽而一小片空阔处，秋阳肆无忌惮地直入丛林，反把一树树、一枝枝浓淡不一的红黄枫叶照射成养眼的景致，摇曳在深秋淡淡的风里，生气也油然而生。

一座古老的石桥横跨溪间，灰褐色的石头上，长满了苔藓，遍布着藤萝。桥与路平，不注意很难发现，桥很短，几步就跨过去，桥下的水几近枯竭。不远处有一茶亭叫石缝亭，亭建在古道边，亭子里一位八十多岁的老人正坐在那里休息。他的脚边有一捆的杂木条，细细的直直的，每根都有二米多长，老人说这是从山里砍来的，准备拿回去做豆棚的。老人告诉我，他父亲是老赤卫队员，从小就听父亲说1929年初夏，中国工农红军第四军军长朱德、党代表毛泽东、政治部主任陈毅率领英勇善战的红军战士三打三克龙岩城的故事，而三次攻打龙岩都是从彩眉岭出发的。

告别老人，重新踏上彩眉岭，那漫山的红枫仿佛就是一面面迎风飘舞的军旗。这是一条红军踏过多次的岭，这是一条铸就军魂的岭，这是一条通往胜利的岭。那种揭示真相的厚重多么使人动容，因为有了这红色的故事，彩眉岭的枫叶让人一往情深。多少岁月的洗礼，它依然千年红透，无数人间故事尽收红枫的目光，人也在这样的信念里，走着，一直走到今天。

峰回路转，来到石缝亭，这是一个双拱门式茶亭，前后各有一个拱门，亭内两侧各有四对石柱，彩眉岭的石径从亭中贯穿而过，单脊双坡的屋顶长满了野草，在秋风中摇曳着。茶亭已显露出斑驳的老态，然而总是让人充满敬畏和遐想。往不远处的山顶仰视，半山腰有一块巨石，像一只苍鹰蹲立，俯视着山下，眼里放射出敏锐的光，仿佛随时都要腾起飞翔。

再往上爬行约二里路，头顶的光线突然明亮起来，眼前出现了一个平坡，来到坡上才发觉出了一身汗，人也有些气喘吁吁。这里有一群奇石布满山坡，有的像龟，有的似猪，有的如蛤蟆……老乡告诉我，这满坡的怪石中有一块石头叫"出米石"。关于出米石还有一个非常有意思的传说：在唐朝的时候，有一位高僧在"出米石"附近建造了一座寺庙广纳参佛之人。偶然间，一位僧人发现了寺庙附近有一块神奇的石头，从石头缝里每天都会流出白色的物质，走近一看才发现流出来的居然是大米，而且不多不少每天只流一碗米就不再流了！寺庙决定用这里流出的大米广为布施翻越彩眉岭的难民，不少难民都曾受此恩泽！一直到了近代的几十年前，还有人每天都会到这里收取大米。有一天，一个贪心的人觉得大米出的实在是太慢了，想拥有更多的大米，恼怒之下，就把石缝凿开一些，结果，自那以后大米就再也没有流出来过。据说出米石旁还有一个仙人脚印，如果你的脚踩上去大小正合适，那么你将长生不老。

走出百米远，前面有一个尖尖耸立的陡峭的小山，足有百米高，似一把直立的雨伞,老乡告诉我,这就是传说中的"仙人伞"。关于这个"伞"，也有一段神奇的传说：唐末黄巢起义军路过彩眉岭，正遇电闪雷鸣，乌天黑地，一场倾盆大雨眼看着就要狂泻下来。正在起义军无处躲避之时，突然，有一把巨伞悄悄地撑开了，黑压压的一片，遮住起义军大队人马。人们仿佛走进了室内，里面有各种摆设，琳琅满目，目不暇接，起义军走走停停地过完了这段山岭，不知不觉能看到岭下灯火通明的村庄。

这时这把伞悄悄地收了起来，正当起义军诧异地仰望时，远远地看到这把伞正矗立在彩眉岭的山顶上。于是人们把这个传说编成客家山歌流传下来：

> 路过山岭穿过雾，
> 倾盆大雨头顶过。
> 只见仙人撑开伞，
> 徒步进屋似室坐。

老乡指着不远处的三棵大香樟树说，那树下原来有一户人家。我定眼一看，果然有一道低矮的石墙几乎淹没在草木丛中，逐渐枯萎掉叶子的藤萝布满了墙根。老乡接着说：那年红军长征出发时也是这样的秋日，一天下午，有二三十人的红军小队翻越彩眉岭去追赶大部队，他们来到古岭边这户人家的大香樟树下歇脚。这户人家只有爷爷和孙女两人，孙女叫阿英，战士们到阿英家买了一只鸡和粮食，借阿英家煮饭吃，吃完饭太阳已经落山了，这时部队整装要出发。老人告诉指挥员，往龙岩方向的古道已有国民党重兵把守，只有走小路往温坊方向，指挥员犯愁了，这小路怎么走？有个向导就好了。阿英看出指挥员犯难了，就自告奋勇地说："我给你们带路吧！"

指挥员抬头一看眼前的这个小姑娘，有些诧异，问："你多大了？"

"我十四了。"阿英说的是虚岁，乡下人都是这样子说年龄。阿英说："这条路，我和阿公赶墟的时候走过，沿着彩眉岭走五里，改走小路，我记得。"

指挥员还是摇摇头，不答应。阿英的爷爷说，阿英这孩子，记得路的，可以带路。

天黑之前，阿英和队伍沿着彩眉岭古道走了。走五里左右，改走小路，走了一晚，天亮前到距温坊有十来里路的地方。前面探知，温坊已有国民党的部队把守，只能另找机会北上与主力红军会合。

这时，指挥员看天亮了，叫战士给阿英一块银圆，让她回去。

阿英说，我不回去了，我要跟你们走，顺便找我的妈妈。

指挥员说前面打仗很危险，你年纪太小还是回去。可任指挥员怎么劝说，阿英死活都不愿回去了，要跟着队伍走。指挥员心软，竟然答应了。阿英成了红军的一员，她跟着队伍走温坊、渡湘江、过贵州、进四川、翻雪山、过草地，一路风餐露宿，九死一生，来到了陕北窑洞。

后来她被编入了红军西路军，队伍开进河西走廊，夜宿黄河边，占高台，攻古浪。后来队伍被打散了，阿英被俘，受尽折磨，被卖到青海西宁当丫鬟，从此隐姓埋名，与组织失去联系……

光阴似箭，弹指一挥间，半个世纪过去了，当年红军西路军浴血奋战的悲壮历史最终得到了组织的正确认定。组织上派人找到了阿英，承认了她的红军身份。

少小离家老大回，乡音无改鬓毛衰。凭着对彩眉岭、石木房，以及三棵大香樟树的记忆，20世纪80年代，阿英在组织的帮助下，沿着彩眉岭，终于回到了阔别半个多世纪的老家……

彩眉岭悠久的历史里隐藏着多少故事，人们永远无从知晓。如同这漫山的枫叶，从相传到今天多少年多少代，多少岁月的洗礼，它依然秋来叶红，红叶知秋，心有灵犀，好像如爱的故事永远不会衰老。在春花里，枫叶沉默不语，在夏夜里，枫叶默默注视，在长久的飘荡和迷离中，枫叶坦荡着胸襟，当深沉的秋终于来临，默默爱了一生的枫叶终于以生命的喷薄诠释了红透的信念，并代代传承下去。

站在峰顶的古道上，放眼望去，远山衔着远山，山峰簇着山峰，跌宕起伏，绵延不绝。朝山下看去，那一条条公路就像一条条带子，在山间蜿蜒、飘扬。山脚下的农田象棋盘里一格格小小的方块，空谷平地中的村庄农舍时尚而漂亮，整齐而俨然，大山安详而宁静。依恋在山边的小溪流，毓秀而清娴，静静无声地流淌着。山风会呼啸而来，掠过林莽发出波涛般的响声,自然在这里悄悄地传递着物语。这时,心旷神怡会涌上你的心胸。也许你会发出感慨,真愿做一个这里的山里人家,与山为抱,与树为伴,与风吟唱。

彩眉岭古道,蜿蜒不绝地铺向大山的深处,那里林深云谲,不知它还要盘亘多少座大山。它像一条线串起多少山村人家,串起多少古往今来的故事,串起多少世事的沧桑与变迁。人生要走过无数的路,心中永远不能忘记历史,没有历史,能够有今天吗?今天的我们是昨天人们的继承,未来的明天,又将是今天的延续。

可喜的是,彩眉岭古道已作为革命文物进行修复和保护。一条古道,蛰伏在大地,也蛰伏在无数人的心中。不久的将来会有更多的人探寻到这里,就着火红的枫叶和微弱的烛光,听它缓缓道来,诉说着它的前世今生。

茶亭寂寂

"长亭外,古道边,芳草碧连天,晚风拂柳笛声残……今宵别梦寒",每次读到李叔同这首词的时候,脑海中自然而然浮现出许多温馨唯美的画面:长亭内,一张桌几,数斤家醅,衣衫长袖,巾带飘然,数位身影浅斟吟唱,惺惺惜别,他们以天为琴,以地为弦,抚琴而歌,折柳而别,在夕阳中挥手,从此天涯别离。好一幅凄婉缠绵的人生离恨图。然而,在闽西上杭采风的日子里,让我见识了另一种亭,那就是茶亭。

客家人的茶亭,不是文人雅士表达朋友之间挥手相送的骊歌,它是山坳里古道上流动的一泓清泉。历史上客家人的祖先,为了躲避中原战乱,千里迢迢,跋山涉水,从祖地郡望向南迁徙。他们扶老携幼,肩挑手提,栉风沐雨,一路风尘,四处漂泊,来到瘴疠流行、疟疾高发的南方山区,寻找安身立命之所。在漫漫的征途中,经受千难万险,历尽千辛万苦。幸亏在迁徙的旅程中,可以迁到路上大大小小的驿亭,在风雨中泰然挺立。这些样式不一的长亭和短亭,虽然外观普通平凡,看上去不太起眼,一副质朴简陋的模样。但是,它却可以供过路的人们避风挡雨,遮阳歇脚,抵御高温的炙烤,遮挡风雨的肆虐,躲避冰雪的侵袭。在漫长的旅途中,有一个稍事休憩的地方,可以得到短暂的停留,使漂泊不定的心得到些许的慰藉。

有着强烈感恩心态的客家人在生活安稳后,便在族士乡贤的率领下,筹钱出物,捐工出力,在官道甚至偏僻山径上,请风水先生看好位置,修建起一座座给行人避风躲雨的客家茶亭。这些茶亭，林林总总，样式各有不同。归纳起来，基本可分为四大类：双拱门式、敞墙式、石结构式以及廊桥式。双拱门式在茶亭中最为常见，尤其在主官道及人流较多的古道上。其最明显的特征是前后各有一个拱门，通常亭内两侧各有四对立柱，道路从亭中贯穿而过，侧面开窗，上铺瓦，单脊双坡，四壁一般础座垒石、墙体叠砖，垒石往往较高，底宽厚，呈梯形向上收缩；敞墙式茶亭比较简陋，用料及工艺方面往往也比较粗糙，常建在一些相对荒僻的古道上。这种茶亭都是建在道旁而非骑跨，三面立墙，向路一面敞开，无门无窗。瓦顶一般双坡，也有更简易的单坡，亭内开阔，但空间一般都不大，立柱也不成对；石结构亭的顶部一般比较平缓，用条石对搭排列，有的甚至直接平铺。外观造型类似双拱门式，但规模一般会小一圈，墙面纯垒石不叠砖，亭内立柱横梁也全都是石料，整体敦实厚重；而廊桥式则横跨于溪流之上，兼具桥和亭的功能。在一些离村庄较远，跨度较小的廊桥，其内部构造与双拱门式茶亭一样，也有标准的四对立柱，故也归为茶亭。当然，也有个别属于例外，如在人口密集的通衢大道，有些茶亭就豪华多了，由官府或者乡绅出钱捐建，但毕竟是极少数。茶亭的设施尽管简陋，但在山高路远的地方建一座茶亭，还是相当费功夫的。

这些大大小小的茶亭，是山间路途的温暖，每一个过来人或多或少都有些许体会。在赶路的过程中，当远远地看到茶亭就在前方的时候，心就特别容易激动，尤其是当临近茶亭之时，步子会迈得更快一些的，嘴里还会不由自主地念叨：快了，快了，到茶亭了，可以休息一会儿了。此时，茶亭就成了你旅途中一个非同寻常的目标，是在你走得疲惫不堪后找到的一个温馨依靠，无论如何会让你感到很亲切。走累了，你可以在这里歇歇脚，在长凳上坐也好，躺也行，它能帮你补充一些体力；口渴了，可以喝喝茶，这里茶桶里的茶水，永远都是温热的。在寒冷的冬日，你还可以暖暖身子，火塘里的火整天都是通红通红的，不会有熄灭的时候，至于风雨交加的时候，那茶亭当然就是最好的避风港了……

过去，茶亭多由村族捐建，也有个人行善积德、发愿建亭的。茶亭建好后除供路人遮风避雨外，还得施茶，即无偿为茶亭提供茶水。客地陡峭，村庄不大，多者几十户，小则十几户，甚至三两户。一座茶亭建好后，一年365天茶水皆由邻近村庄的村民供应，这事说来简单，要长此以往，非得有大慈悲心不可。所以旧时茶亭有专人管理，村中的茶亭传牌上书全村户主的姓名，按牌上的名字轮流为茶亭供茶。供茶的村民每天早早地烧好一锅开水，投下几两清热败火的山茶，这些山茶是用几种树叶制作而成的，包括野山茶、苦丁茶、石壁茶、九节茶（草珊瑚）等等，有时还会放鱼腥草、夏枯草之类的草药。沸煮后挑到茶亭，先清洗茶桶，然后倒入滚烫的新茶，浓郁的茶香顿时弥漫了整座茶亭。

听村里老一辈人说，为了保证有一个稳定的、长期维持茶亭运转的资金来源，过去绝大多数的茶亭都有一片独立的山林，有的列入宗族费用，更多的情况是另捐田地，以稳定的田租收入维持茶亭的长期运作，即"捐田养亭"。这是约定俗成的，也是人所共知的，即便是盗贼也不会打茶亭山林、田地的主意，因为如果让人知道了，是会指脊背的，那可不是一般的指，而是千夫所指了，谁受得了呢？"惠"人不倦，这种涓流般的淳朴善良，随行旅接踵传递而远播四方。可以说，茶亭凝结着客家人最朴实的乡土文化，承载了客家人急公好义的淳朴民风，这种普惠式的实践模式今天仍闪烁着温暖的光芒。

处于山间僻壤的茶亭是不寂寞的，经常有那么多的人经过茶亭，无论是陌生的还是熟悉的，大家拿起长把竹筒，舀起浓俨的茶水，"嘶哈嘶哈"着饮下，因此，"茶亭碗"便人人得以取用，从不计较它的不干净。客家人俗信茶亭之物自有神佑，百毒不敢侵袭。几碗茶水下肚，顿时两肺顺通，舒适惬意，出山入谷、过沟越岭的艰辛顿时消散，大家有一句没一句地交流着，无拘无束，谈笑风生，说着生活中的家长里短，说着一些远古的、陈旧的故事，也谈着沿途新鲜的、有趣的事儿，在短暂的休整中打发着快乐的时光。爽朗的、揶揄的笑声，给寂静的山水增添了人气，让林中的鸟儿欢腾跳跃，山水也因之生动，自然与人和谐为一体了。这么聊着、聊着，你原来有些灰暗的心境一下变得开朗起来，疲劳的感觉也在不知不觉中消失得无影无踪。再抬眼时，只见满目青翠，天开地阔，重新获得了神奇的力量，从这里再出发，朝着你要去的方向继续前行。

茶亭就是这样一个场所，聚集着来自四面的人流，交融着来自八方的信息，因此也就形成了茶亭独特的文化。茶亭的墙壁上总是留有用木炭书写的五花八门的文字，最为常见的是民间即兴创作的歌诀，其中大多为情歌：如"新做茶亭四四方，做起茶亭等情郎。月光还在西坑口，怎得一夜到天光"。有的路人还在情诗后写上诸如"送给某某"和"我爱某某"的字眼，却总是没有落款，含蓄地表达自己对意中人的爱慕。劝善惩恶的言论也占据了相当重要的地位，如一个供有菩萨的茶亭的对联：做事奸邪任你烧香无益，为人正直见我不拜何妨。在客家民间流行着这样的小巫术：如果小孩哭夜，就在茶亭上写下这样的歌谣："天皇皇、地皇皇，我家有个夜哭郎，过往行人念一遍，夜夜安睡到天光。"于是，时至今日，大多数客家茶亭里仍能见到大同小异的字迹。茶亭的墙壁还起到传递信息的留言板作用，如"某某，我已挑米一担，到古田圩厨子店面见。""某某老叔：我于某日将牛赶到南阳牛岗墟，请你牵回"。像这样留言每个茶亭皆有，有的茶亭还有山歌，通俗而耐人寻味，如："穿心茶亭自家坐，坐久爱防背莫驼。起来到处看一看，山歌未唱先莳禾。"在客家茶亭中还留有不少有趣的对联，如："通汀去武进亭歇歇，谈价问路入席坐坐""茶熟正宜留顾客，亭小何须问主人""松荫亦清心何寻世外桃源方为乐事，风凉堪却暑且饮桶中茶水好洗渴怀""四在皆空，坐片刻无分你我；两头是路，吃一盏各自东西""野鸟啼风，絮语劝君姑且息；山花媚月，点头笑客不须忙"在客家茶亭文学中，最为著名的当属"客家才子"宋湘的长联。清嘉庆十年（1805），宋湘从南粤重返京城，途经闽粤赣交界的南雄地界时，在一茶亭小憩，望着匆匆过客，文思泉涌，在茶亭壁上题写了一副150字的长联，上联是："今日之东，明日之西，青山叠叠，绿水悠悠，走不尽楚峡秦关，填不满心潭欲壑。力兮项羽，智兮曹操，乌江赤壁空烦恼；忙什么？请君静坐片时，把寸心想后思前，得安闲处且安闲，莫放春秋佳日过。"下联是："这条路来，那条路去，风尘扰扰，驿站迢迢，带不去白璧黄金，留不住朱颜皓齿。富若石崇，贵若杨素，绿珠江拂终成梦！恨怎的？劝汝解下数文，沽一壶猜三度四，遇畅饮时需畅饮，最难风雨故人来。"

关于茶亭，我还从一个客家老人那里听过这样一件真事：一只受伤的母山獐躲到了一间茶亭中，有村民见了，想抱回去卖肉，但当他弯下身子去抱时，山獐居然泪流满面，跪在他面前，他觉得很奇怪，凝神细看，才发现獐子腹中有孕。他出去采来一把青草作为獐食，然后离开了。一个年轻的猎人知道后，竟然向跪着的母獐扣响了猎铳的扳机。猎人的未婚妻得知此事后与他解除了婚约，附近也不再有人愿意将女儿嫁给他。数年后猎人离开了山村，不知所终。按照客家人的习俗，谁要是对那些到茶亭避难的动物萌出杀机，谁就要遭天罚。

给我讲故事的老人，说他父辈曾经是一个守亭人，从他的讲述中让我知道了过去坚守在茶亭的人，是很不容易的，他们有的年事已高，以至风烛残年，有的可能还是孤身一人，形影相吊。他们的家也许在远方，也许就是这个茶亭，他们是山中岁月真正的守望者。他们年年岁岁甚至一辈子守候在这人烟稀少的地方，迎来匆匆过客，又送走匆匆过客，独自煎熬着北风萧萧的寒夜和"天阴雨湿声啾啾"的日子，为过路者营造温情，把孤单和落寞留给自己。对于他们而言，风霜雨雪实在算不了什么，难耐的是有时候找不到一个能与之说话的人。但不论怎样，他们强挺着，凭着一副热心肠、一颗善良心，也凭着一种社会赋予的责任感，他们没有辜负广大乡民对他们的期望，日日夜夜履行着这特殊的使命。他们的坚守与付出，对于处在旅途中独行踽踽的人们显得无比珍贵，不可或缺，因而令人肃然起敬。

时至今日，道路交通变得快捷发达，散落在山间的古道早已失去原有的使用价值，其间多数的茶亭早已寂寥破落，并正在一步一步走向它的消亡。尚未消失的，都被冷落在山之一隅，如同天涯海角，几乎没有人想来理睬它们了，它们不得不承受真正意义上的孤单与寂寞。一切恍如春梦百年，乍醒时，当初光景已不在，难不叫人慨叹一声"沧海桑田"。

深秋时节，我到大源村采访，村支书告诉我，大源曾经唯一通道——枫树凹古道靠近大源的牛鼻石山上还保留着一个茶亭，这个茶亭叫枫树亭。抬眼望去，茶亭孤零零地立在高高的山巅上，屋瓦零落，墙体斑驳，20世纪六七十年代残留的标语依稀可见，隐现这里曾经的喧闹，也给人无比沧桑之感。我静静地注目良久，感觉是在面对一尊来自遥远年代的图腾。由于公路从古道旁侧身而过，去茶亭就得绕道，现在恐怕极少有人再去亭中光顾了，更少有人会在乎它的处境与内在的凄凉。茶亭仍在与风雨做着顽强的抗争，但到底能在这个世界上存在多久，就不得而知了，也许它还能有一些时日，也许它会在明天的风雨中坍塌。而客家更多的茶亭，却早已在时光的悄然流逝中渐行渐远了，我们已很难再看到它们留下的踪影，即便幸存者，也因为地处偏僻，离我们越来越远了。

随着岁月的延伸和山区交通状况的改观，山间茶亭将会慢慢老去，直至完全消失。但人间风雨是不会消失的，跋涉者的步伐更不会轻易停顿。茶亭，已经成了客家人传递温情的驿站，承载着客家人延续千百年的朴素友好的固有基因，庇护着一代又一代客家人。期盼昔日的茶亭能以另外一种形式出现，将其精髓永远传承，以安慰我们多少有些疲惫的人生旅途。

我有些怀念，希望还能在茶亭里喝上一盏义茶，还能在茶亭里听到客家情人相互唱和的《茶亭相送》："送郎送到枫树亭，再送五里难舍情。再送五里情难舍，十分难舍有情人。"

唱得梨园乾坤福

福建戏曲文化是中华民族优秀传统文化重要的组成部分，植根于八闽大地，赓续着福建历史文化血脉，是福建乃至全国一张亮丽的文化名片。福建也是戏剧大省，种类繁多、特色鲜明、内涵丰富，现有20多个地方剧种，以闽剧、莆仙戏、梨园戏、南音、高甲戏、芗剧（歌仔戏）、客家木偶等最为出名。目前拥有省级以上传统戏剧类非遗49项，存有1万多种戏曲剧目抄本。

一帧帧蹑影舞春、广袖拂尘的身影，挥洒淋漓的是人世间的悲欢离合，看戏，就是享一场人生的嘉年华。不少群众欢迎的优秀代表剧目中，对祈福纳祥、阖家团圆、国泰民安等主题的呈现是其中重要的内容。在舞台上对积德行善、祛病消灾、亲情爱情等在内的福文化进行褒扬与宣传。

"扮仙"是祈福纳祥非常深入民心的一个环节，民间信仰中的仪式活动都有民众驱凶纳福的寄托，作为进献神明的"大礼"，民间戏曲的演剧活动必然也参与到这一主题的表达中。民间演戏无论何剧种在式戏上演之前，特别是在春节，作为一年之始，最重要的习俗就是祈福纳祥，人们都希望在新的一年里风调雨顺，诸事顺遂，所以一定先扮仙为民众祈福，然后再表演正式戏文。

所谓的"扮仙"，顾名思义就是演员扮演天上神仙，向神明祈求赐福。如歌仔戏扮仙"三出头"指的是《排三仙》《跳加冠》和《送子》。

《排三仙》即"福禄寿"三星，演出蟠桃大会为王母祝寿。日戏开锣都必须先演这三个吉祥的节目，来为请戏者诵福，接下来才演出其他节目。闽剧《仙官庆会》等几出戏在祈福纳祥的节目中非常明显。《仙官庆会》是朱元璋的孙子朱有燉专门为春节创作的作品。朱有燉通晓音律，有自己的家班，写完即可上演。作品也从皇宫大内流传到民间，范围极广。《仙官庆会》演的是大年三十，福、禄、寿三星到民间赐福，请钟馗作驱邪使者，在一阵隆重的舞蹈后，钟馗制服了邪魔鬼怪，福、禄、寿三星分别献瑞呈祥，祈福纳祥的意味十分浓厚。

钟馗作为驱鬼除邪的人物，早在唐代就经常与新年联系在一起。如张说的《谢赐钟馗及历日表》、刘禹锡的《为淮南杜相公谢赐钟馗历日表》，都是感谢皇帝赐给钟馗像和新年的历日表，从中可以看出钟馗象征着新年平安吉祥。南宋淳熙九年（1182）知福州梁克家、通判陈傅良纂修的《三山志》在"岁除"条明确记载，除夕当天百姓有在门上悬挂钟馗画像以驱邪的习俗。唐开元年间的"钟馗碑"记载玄宗封钟馗为"赐福镇宅圣君"，钟馗被赋予吉祥寓意，从避害转为趋利，说明先民以更加积极的心态去迎接新年的到来。

其他常见的扮仙戏还有《封王》《封相》《富贵长春》《五福天官》等，从剧目名字可以看出都是取悦观众、祝福喜庆的内容。在禳灾、祈福方面客家木偶戏历史久远，宋代朱熹任职漳州时就见过木偶演剧，至今，木偶戏仍在建庙谢土、制煞、丧礼、庆典、还愿等场合中演出。

祈求国泰民安中莆仙戏《喜朝五位》和梨园戏《岁发四时》等都有表现。在《喜朝五位》中，五男五女分别扮演十方喜神，拿着甲、乙、丙、丁等十天干令旗，身着与五行相配的青、红、黄、白、黑五色衣服，按五行方位，绕场一周，唱出"喜迎着第一韶光，遍人间喜气洋洋"的唱词，象征着十方喜气的到来。普通百姓也是"比屋焚香，换桃符万户相当。老人多小儿又长，醉饮屠苏休让"，描绘出一幅千家万户纷纷拜谢神灵，更换桃符,长寿老者越来越多,儿童健康成长的喜乐祥和图景。

《岁发四时》演述象征着"四时喜庆""八节平安"的太岁星经过60年的轮回,再次上位,他分别召唤春、夏、秋、冬四官,吩咐他们各自尽职,保佑国家风调雨顺。除了人数众多的大戏外,还有一出名为《如愿迎新》的小戏,几乎每年都会上演。"如愿"故事,最早见于东晋干宝的《搜神记》,到南朝时期,民间已经形成了"打如愿"的风俗,《如愿迎新》就表达了"如愿"重现人间,人人愿望得以实现的美好愿景。

与朝廷希望天下太平、国泰民安的宏愿不同,老百姓最大的愿望就是家庭幸福、邻里和睦、生活美满。高甲戏《文氏家庆》以文征明为主角,讲述了这位高寿文人过年的场景:翰林待诏文征明,因年满90岁告老返乡。儿子文彭为国子监博士、文嘉为和州学正,孙子文震孟又新中状元,可谓诗书传家,福寿双全。时逢春节,儿子、孙子、曾孙纷纷拜年,门生也纷纷前来拜贺,报儿孙满堂之最。20世纪50年代创作演出的芗剧《三家福》充分体现了这一情结。剧目讲述了船工施洋之妻告贷无门,于除夕黄昏投水自杀。塾师苏义将她救起来,托词施洋寄来家信与安家银,将自己年终所收的学费慨然赠送。而苏义回家后柴米俱无,与妻孙氏饥饿难忍,无奈于夜间去偷挖番薯。途经土地庙,向"土地公"表述自己的苦衷,恰被守薯园的孩童林吉听到。林吉十分同情,暗中帮助苏义偷挖自家地里的番薯。大年初一,正当苏义夫妇把番薯当猪蹄,薯汤作美酒之时,林吉偕母送来年货,施妻也上门拜年要取家信,此时,正好施洋回乡,一切真相大白,三家方知彼此相助情谊。该剧表达了老百姓在艰难生活时也不放弃对美好生活的期待,传递了邻里之间互帮互助的传统美德,展现了劳动人民朴素和鲜活的生命力。

中国人在情感的表达方式上重含蓄,并以含蓄为美,传统"福"文化以一个"福"字来表达远远不够,需要一系列人人皆能意会的象征符号来传递。如自然界中的蝙蝠,其形状与颜色并不美甚至丑陋,但因"蝠"

与"福"谐音,因此"有幸"成为中国传统文化中一个吉祥的符号。传统戏曲脸谱吸收了蝙蝠形之后进行了大胆的创作和变形,在对蝙蝠图形展开种种变化的同时,蝙蝠形的寓意也发生了一些变化,最后产生出新的造型。如闽剧《铁笼山》中的姜维,额头上有太极凰,嘴角有判官的蝙蝠嘴;如《嫁妹》中的钟馗,脑门上勾画一个金色蝙蝠图案,代表着辨别忠奸等等,戏曲服装上也绣着"蝙蝠"喻为福在眼前。

在传统戏曲的道具中,福文化的影响几乎如影相随,无处不在,诸如福禄寿、天官赐福、五福临门、迎祥纳福、百福、花开富贵、富贵连绵、瓜瓞绵绵等,这些传统的祈福图案出现在舞台上,像一幅幅多彩的画卷,从一个侧面显示了福建传统戏曲的历史面貌。"盘常"是吉祥图纹的一种,本为佛家"八宝"之一,本身含有"事事顺、路路通"的意思,其图纹本身盘曲连接、无头无尾、无休无止,显示绵延不断的连续感,因而戏曲上将其取作吉祥符,作为富贵不断头的象征。"盘常"的适用性很强,在表现世代绵延、福禄承袭、福寿永续、财富源源不断,以至于爱情之树常青等场景时,都可以用它来表达和象征;"方胜",吉祥图符的一种。古人认为八件宝物,其数多于八,其物诸如珠宝、古钱、玉罄、祥云、犀角、红珊瑚、艾叶、蕉叶、铜鼎、灵芝、银锭、方胜,任取其中八种即为"八宝",这些图纹应用在戏曲的服装、扇子等方面;"如意",为人人皆知的吉祥物,它不仅以实物的形式出现在舞台上,而且还造就了工艺和传统图纹。"如意头"或"如意结",多为心形、芝形、云形,多用于道具的桌椅腿脚、靠背等,应用十分广泛。除此之外,还有"吉祥如意""和合如意"的图纹;"古钱",古钱与蝙蝠图,叫"福在眼前",古钱与喜字谓之"喜在眼前","金玉满堂"为古树枝上挂古钱。钱,古称泉,泉与全同意,因此,蝙蝠衔着用绳子穿起来的两枚古钱,称"福寿双全"。古钱的形意图样多表现在舞台桌椅的围板漆画中。

此外,戏曲道具中还有"八仙"。八仙有明八仙,专门画出八位仙人的图饰，还有"暗八仙"，暗八仙是指八位仙人的器物造型，也常出现在道具上；如葫芦，李铁拐的宝物药葫芦，传说可以吸尽大海之水；渔鼓，张果老的宝物渔鼓和毛驴，传说听了它的声音可以了解前生后世的事情；阴阳板，曹国舅的宝物，传说听了它的声音可以起死回生；荷花，何仙姑的宝物，传说因何仙姑是八仙中唯一的女仙，用荷花作法宝可使人复生和长生不老；芭蕉扇，钟汉离的宝物，传说可避大风大雨；宝剑，吕洞宾的宝物，传说每遇妖怪可自动出鞘除妖；花篮，韩湘子的宝物，传说可以吸尽海水，配以仙桃，可使人长寿；笛子，蓝采和的宝物，传说可以顺风千里找知音。

　　福禄寿喜的文字及祥云图纹，多出现在道具的座屏，挂屏等地方，或者变形后，作为吉祥文字出现，如"囍"习惯称为"双喜"，又有变形的或长或圆，表达欢庆喜悦，还有"禧"，这些多用在表现新婚嫁娶的场景。"寿"也由于人们的观念，不仅字意延伸丰富，字体也变化多端，但主题仍表达"五福"之一。除此之外，舞台上还常出现寿的组合图案，如万字符和寿字组成"万寿图"，如意与寿字组成"如意万寿图"，蝙蝠和寿字组成"多福多寿""五福捧寿"等等。祥云在戏曲服装上表现最为广泛。"如意云"为相互连接而曲折者，表示绵绵不断；"流云纹"，由流畅的回旋形状线条组成复杂多变化的带状纹饰，"升云纹"，犹如流动上升的云彩等。

赤子之心

吴崇,字俊夫,诏安县四都镇大梧村人,1905年出生在一户世代贫穷的农家。吴崇从小喜欢读书,由于家境清贫,父母根本无法让他上学,吴崇就借来别人的书,晚上借供神桌上的小油灯的灯光埋头攻读,直至深夜。热心的邻居和亲友们见他年小志高,聪明好学,很受感动,终于下了决心,宁愿节衣缩食,也要支持吴崇上学,好让他将来能为"睁眼瞎"的穷人们争口气。这样,吴崇总算在本村的私塾里读了几年书。

1922年,吴崇以优异的成绩考进了厦门集美学校师范部,在厦门学习期间,正是革命形势蓬勃发展的时期,集美学校有一批先进分子从事革命活动,吴崇结识了许多进步同学,阅读了《新青年》《向导》等进步书刊,在校刊和报纸上发表揭露现实、抨击时弊的文章,并积极参加国民党左派组织的活动。1925年五一节,集美学校采取干涉、压迫的态度,逼迫进步学生罗明离校,这引起全体同学的愤慨。1926年春夏间,正当广东北伐军出发前后,学生们一批批要求参加国民党左派,然而学校当局宣布规定,严禁学生入党,已经入党的应填写誓词停止活动,这就更加"火上烧油",加剧了学校党团组织和进步学生与叶校长的对抗。1926年冬,东路北伐军从广东梅县经闽西进入漳州,几天后到达同安,集美学校的党团支部负责人率领吴崇等左派进步分子二十多人,立即赶赴同安向北伐军祝捷,并邀请北伐军三个"代表"到集美学校演讲。那一天整个大礼堂座无虚席,群情激昂。这次大会对集美学校第三次学潮起决定性的推动作用。

当时学生和学校当局的主要矛盾是"读书与革命"的问题，学校要求学生埋头读书，可以自由研究，但不能参加革命的实际行动，然而学生们要求既要认真学习，又必须参加革命的实践。鲁迅于1926年底来集美学校演说，曾写道"前一夜就有秘书来迎接，此公和我谈起校长的意见是以为学生应该专门埋头读书的，我就说，那么我却以为也应该留心世事，和校长的尊意正相反"。这就直接导致了第三次学潮的爆发，即反对校长叶渊，倒叶。学生们推选吴崇等十五人组成"罢课委员会"后改为"倒叶全权代表会"，并于12月2日和5日发表了罢课宣言。由于校方坚持不撤换叶校长，并下令学校放假，同时学生代表的主要骨干又于1927年1月奉命去担任中共闽南特委的领导工作。在这种情况下，吴崇等学生全权代表以大局为重，遂于1927年3月电请校方继续办学，并与来校视察的教育部部长蔡元培等进行会谈，蔡元培接受了吴崇等学生代表的意见，并及时转达校方，校方同意复课，第三次学潮就此宣告结束。这也是集美学校三次学潮中，唯一一次在共产党领导下进行和结束的，学潮进一步普及了马列主义在青年学生中的传播。这次学潮的罢课代表中有不少人后来成为中国共产党的优秀党员，忠诚的无产阶级战士，有的献出了年轻的生命。

1927年夏，吴崇以第一名的优异成绩从集美学校师范部毕业。他决定回到家乡，从事教育事业，走"教育救国"的道路，让更多穷人家的孩子接受教育。他应聘担任了诏安城关集英小学的校长，积极开展艰苦的文化启蒙活动。后赴南靖县担任督学，更广泛地开展教育工作。

1934年，吴崇担任了诏安四都区区长。上任伊始，他就和社会上的有识之士一起创办了大梧小学，采取了新式的教育方法，在办学主体、办学方式、课程设置、教学目的、教学形式、管理机制等方面与传统的私塾学堂有很大的差异，有力地推动了乡村教育知识结构的更新，思想理念的进步，乃至整个乡村社会形态的转型。吴崇聘请了他当年的老师李幻津到大梧小学任教，李幻津才华横溢、安贫乐道，写有一手好书法，吴崇对他敬重有加。李幻津去世后，由于清贫，家中无钱安葬，吴崇拿出自己的薪金帮助安葬了恩师，并撰写了《李幻津先生事略》留存后人纪念。

吴崇在担任区长期间，廉洁自律、体恤百姓、办事公道，在群众中颇有威望。1935年春，马厝城村有人报告说遗失了两头耕牛，并言明是郊县广东的梅州村人所盗。而梅州村人以不知道盗者是谁，且无证据为由，置之不理。马厝城村和梅州村历史积怨很深，早在清宣统年间，"因细故而酝酿械斗，蔓延至广（东），演成红旗、白旗之变，互相残杀，经年累月，死伤各以百计，其状至惨！"由于历史积怨，再加上这次的耕牛事件相互怀疑、指责，两村群众的矛盾骤增，剑拔弩张，一触即发。马厝城村村民聚集共饭，准备以武力劫持梅州人为人质，而梅州村人亦摩拳擦掌、严阵以待。在这一危急关头，吴崇不顾个人安危，赶往马厝城村，在村民集会之处，他晓之以理，动之以情，制止了一场流血事件的发生。随后，他个人慷慨解囊，并发动四都区仗义的富人捐资，共募集了银圆八十元，作为马厝城村人所失耕牛的款项。梅州村村民闻知此消息，也大为感动。吴崇"亏本区长"的称呼也由此传开来。

在此期间，吴崇广泛接触了农村社会各阶层，目睹了工人、农民的悲惨景况，以及军阀地主、土豪劣绅的横行霸道，他常常扪心自问：为什么社会那么黑暗呢，他感到自己不能改变现实，也对官场的腐败深恶痛绝。一位友人书赠他一副对联："雅集茶烟酒，名流书画诗"，他回信友人说："雅集是清高的，官场是富贵的，清高的人不会做官，如陶渊明、袁子才、郑板桥，做官的未必清高，这是一般的现象。拟将对联改为官场茶烟酒。"从吴崇给友人的信中可以看出,他对官场的态度显然是厌恶的。

1937年底,吴崇辞去了四都区区长之职,应友人之邀南渡至马来西亚,在中华中学等多所中小学任教。此时,国内抗日浪潮方兴,在中华民族生死存亡关键时刻,他与同在中华中学任教的梁灵光(新中国成立后任广东省省长),组建了"华侨抗日求国会",组织当地教育界、文化界进行大规模的反日集会,揭露日本在中国的侵略暴行,开展抵制日货运动,打击了日本的对外贸易,一定程度上起到了遏制日本对华侵略的作用。吴崇奔走城乡,勤于呼号,组织华侨捐款捐物,自己带头倾其所有,支持祖国的抗战。

太平洋战争爆发后,马来西亚很快沦陷,整个马来群岛的华人都陷入日军的魔爪之中,日军借"与华人同宗同文"等口号来收买华人,骗取信任。吴崇坚持民族气节,与友人一起隐蔽到偏远的山村,在长达三年多的时间里,他们垦荒种地建房,并把初具规模的小村庄命名为"适耕庄",后来马来西亚的地图采用了这一名称。二十年后,吴崇重游适耕庄,感慨万千,写下了《重游适耕庄感兴》详细地记录了当年华侨同胞含辛茹苦、相濡以沫的垦荒生活。

> 昔日开荒西海滨,披荆斩棘倍艰辛。
> 书生数辈共斯役,辟得桃源好避秦。
> 断干残枝错杂陈,几经收拾化云烟。
> 参差茅舍从心筑,昔在天涯今毗邻。
> 患难相逢四海亲,耕余共话往来频。
> 三年八月同休戚,俗美风醇一片心。

1945年抗战胜利后,吴崇来到马来西亚首府吉隆坡,与新中国成立后曾在中央对外友好协会工作的林芳声等一起在当地的《民声报》工作。报纸编辑部设在报社三楼,一堵墙隔开两边,电讯翻译、新闻编辑、采访记者、主笔、主编都挤在这不到四十平方的顶层。平日，阳光暴晒，热气熏人，吴崇和同事们多半摇把蒲扇，穿件汗衫就坐下来编写稿子，习惯了，也不以为苦。吴崇任该报的副刊编辑，他在报纸上对日本侵略者的罪行进行谴责，写下了《为星州中华总商会重收被日寇坑杀同胞枯骨而作》：

人已同由天地先，噬人肥已埋何平。

岛夷不解世间耻，聊作惺惺说共荣。

坑儒坑卒已伤天，今又坑民罪万千。

重收枯骨添愁苦，恨海何曾一石填。

此时正值抗战胜利不久，国民党派特使到海外，名为"宣抚"侨胞，实则大干其制造摩擦、搞分裂的勾当，为它在国内大打内战做准备。吴崇在报纸上发表文章，戳穿国民党特使的嘴脸。同时，吴崇还写了大量盛赞战后重建，维护华侨利益的诗文。读者们对这些诗文颇为赞赏，加上战前报纸的威望，报纸销路大有起色。

日本侵略者统治马来西亚三年多时间，华侨学校被关闭，华侨子女学业荒废，中华文化在海外的延续面临绝境。为此，吴崇痛心疾首，他首先想到的是应尽快恢复华文教育，他深知教育事业乃民族希望、国家强盛之本。1946年，吴崇辞去报社工作，不惜花费更多精力投向华侨子女的教育工作。马来西亚是除了中国之外，华文教育保留最完整，开展得最好的国家。马来西亚今天之所以能够保留相对系统的华文教育，与一代又一代华侨的坚守、维护、推动有着密切的关系。

为维护华人学习母语的权力，继承和弘扬中华文化，吴崇和华人社团积极投身于华文教育的事业当中，经常举办各种活动向社会募捐。奔走于华文教育的最前线，积极争取将华文列为马来西亚官方语文之一。维护华校生存、发展和权益，谋求华教同仁的福利，为华文教育进行了不懈的抗争。吴崇还为当地诸多华文学校撰写对联，为华人学校毕业生题赠诗句，以此表达自己的教育和教学的理念，如：他为庇劳中华中学的撰联："确保中华文化，发扬民族精神。"为启文中学撰联："启智培才冀做中流砥柱；文章经国毋忘学海津梁。"为仁敬学校撰联："仁以利人敬以修已；学可益智校可育材。"为毕业生的题赠诗如："世态炎凉眼底收，昂然迈步莫低头。雄心应逐新潮去，海阔天空自在游。"

吴崇还积极游说华文报刊配合华文教育，开设了教育专版、专刊和文学副刊，为华文中小学生提供了课后练习题，传播优秀的华文文学作品。吴崇还积极指导华文报纸根据学生的学习进度，通过新颖的内容编排，图片化学习内容，故事化知识点，使学生在获得知识之余，还收获了一份愉悦。由于专刊的学习内容设计别致、富有情趣、生动活泼，许多学生因此把专刊保存下来，把它作为成长路上一份珍贵的礼物。教育专刊就这样陪伴学生的成长一路走来，配合华文教育的发展。

吴崇还积极宣传华文教育的重要性，发表演说，撰写文章，他呼吁华文教育是马来西亚华人社会的文化认同与身份认同基础，它对于华人社会的文化传承起着基础性的教育作用，是缓解华人母语危机的主要手段。马来西亚华人接受华文教育，社会化的背景能够使他们形成宽阔的文化胸怀，较为正面的中国形象，对中国产生良好的感情，也能够自觉地承担起维护华人与中国形象的责任。由于吴崇的工作业绩，他在当地的教育界有着相当的影响和威望，深受侨胞、侨眷的赞许和敬重。

吴崇退休后，应友人之邀赴新加坡，当时正值新加坡独立不久。新加坡没有任何的天然资源，要持续地经济增长，有赖于人力资源的开发，所以十分重视教育。吴崇在报刊上发表大量诗文来阐述自己教育理念，提出新加坡的教育要集合东西文化之所长，采取灵活的教学方法使学生的潜能得到培养和发挥，教育要有利于每个学生循序渐进地发展自己独特的天赋和兴趣。同时吴崇也对自己既往人生进行总结反思,他的《书怀》五言绝句反映了他晚年的心境和思想。

念载风尘里,更事亦已多。

不学附膻蚁,不做扑灯蛾。

恬淡安所遇,富贵等闲过。

知高三五辈,晚节重磋磨。

1984年,八旬在望的吴崇归国定居,他深情地说:"在国外多年,才知道乡情有多深。"居家之日,吴崇仍坚持读书看报,笔耕不辍,他多方收集资料,遍访友人,整理了恩师李幻津先生事略,表达了对恩师的崇敬之情。在周总理逝世十五周年之际,他深情写下了一副怀念周总理的嵌字对联:恩及苍生不遑宁日奔驰切,来归净土乐就大江南北亲。上联赞颂总理为国操劳不息,下联歌颂总理和人民群众亲密无间的关系。一个耄耋之年的归侨,对共和国总理能有这样的认识和评价,怀念之情又是如此之深切,诚属难得。足见老人政治见解的清明,襟怀的坦荡。

吴崇经常来到他亲手创办的大梧小学,心系乡村教育。他和教师们座谈时说,乡村教育在资源要素上不如城市,但我们同时要看到,乡村有着城市无法比拟的独特的教育资源,比如乡村的自然条件、生态环境、社会文化、生活机会、产业特征、生产条件等,这些都可以成为乡村儿童学习和发展的机会,关键是我们要确立以问题为导向、以项目为抓手的探究式、合作式、参与式的学习方式,让学校与乡村社区紧密联合起来,共同实现既现代又田园的在地化教育,共同来教育我们自己的孩子。只要全社会共同努力,就可以创造一个现代化的乡村教育。

1998年,已是九十五岁高龄的吴崇给《丹诏乡讯》寄去一首《祖国计划生育颂》的诗稿:

国四千年,民十二亿。

严防膨胀，定以大计。

原产均六，裁减其四。

一胎开端，二胎维系。

上可娱亲，下可延嗣。

家家欢乐，代代满意。

从兹确定，毋须更替。

泱泱大国，雄立国际。

吴崇以敏锐的眼光看到了计划生育工作中存在的问题，他在一篇文章的附言中写道：新中国成立以来，人口少死多生，因而生育率逐年增长。到了七十年代，哲人马寅初恐人口祸国，乃倡议节育限制，七三年十二月全国第一次计划生育汇报，曾定每对夫妇生育两个孩子正好，后因急于制止膨胀，改定每对夫妇只生一个孩子。执行至今二十七年，节减胎数足于抵销多年来的增长，若再执行下去，生女之家于女儿嫁出之后，膝下无儿便成绝后，民族半数成为偏枯，国族前途不堪设想。老拙认为最好于此时改为"两胎制"，同样可以制止膨胀，每对夫妇生了两胎，易于婚配，且无膨胀之虞。故先后上书北京给计划生育委员会主任及国务院总理，请求接纳民意，但未获复，国族前途，难于逆料，兹姑敝帚自珍，录存于此，以为纪念。西马归侨九五老人吴崇志，一九九八年。

这些文字吴崇还以端正的小楷认真抄录下来留存。从文中可以看到吴崇高瞻远瞩的忧国忧民之心和无私无畏的坦荡胸襟。吴崇对家乡的山水人文爱之真切，他不顾年事已高，遍访名胜古迹，搜集整理这些名胜古迹的历史资料，并撰写嵌字对联。这些对联或结合其地理位置的特点，或借用历史典故，抒发胸臆，颂扬美好，充分表达了一个老归侨对家乡对生活的热爱。在分水关，他写下了"分水东西千顷浪，关津上下一条心"。在祥麟塔，他写下了"祥发海滨扬邹鲁，麟登梅岭义薄天"。在七贤庵，他写下了"七子来居山增秀色，贤人在位海不扬波"。在九猴山，他写下了"九鲤跃龙门成仙隐去，侯山留胜迹雅客当临"。

吴崇还应亲友的邀请，用端庄大气、遒劲有力、行云流水般的行书题写了一批对联馈送，如"倚窗邀月饮，松榻抛书眠""松风远去云千里，阴影低回月一轮"，不仅言浅意深，还传播了优秀的中华传统文化，其从容处世的淡泊襟怀袒露无遗。

1999年吴崇长眠于故土，享年95岁。

翠影共烟浮

在福州，令我着迷的植物当属榕树，那一棵棵高大的榕树，远远望去就是一座座绿色的山峰，一道道绿色的山岭。当你走近时，就会被那飘飘洒洒婆娑多姿的气根所吸引。阳光穿过树叶形成斑驳的光影，投射在一条条褐色柔美的气根上，发出幽亮的光泽，仿佛置身于一个迷幻的宫殿中。

福州的榕树以树龄长、历史久、数量多而著称，因此被冠以"榕城"的美称。史书载，汉高祖五年（前202），越王勾践后裔元诸被封为闽越王，在福州冶山周围建起了福建第一座城郭——冶城，并将它作为王都。"冶山旧有古榕，传为汉时物，其干淡白，枝多亦萧疏。道光初，风折而枯，其木焚不生焰。"根据这条史料的记载，可见冶山这棵古榕当时的树龄就有两千多年之久，如果活到现在可称得上全国最古老的榕树。

时至唐朝之前，榕树在福州已经繁衍生长得十分繁茂。唐代诗人陈翊登上福州城楼，放眼望去，不禁心旷神怡，感慨良多，写下《登郡城楼》五律一首："井邑白云间，岩城远带山。沙墟阴欲暮，郊色淡方闲。孤径回榕岸，层峦破积关。寥寥分远望，智得一开颜。"而最早被冠以"榕城"这一别称的，从目前发现的史料来看是在唐末五代时期，当时福州福清人翁承赞在他的一首诗的题目中，就出现了"榕城"二字了。唐天复年间（901），闽王王审知大规模扩城，把屏山、乌山、于山等括入新城，形成后来三坊七巷的雏形。在建城的同时，王审知发动民众整治城内外河道，使内外水道与江海相通，并广植榕树，宽阔的土地和丰沛的水源为榕树的生长提供了良好环境。因此，翁承赞于唐昭宗天祐元年（904），受诏回福州封王审知为琅琊王。当翁承赞离开福州时，王审知为他饯行，席间，翁承赞感慨颇多，此地一别，何时才能重返故乡，写下了"登庸楼上方停乐，新市堤边又举杯。正是离情伤远别，忽闻台旨许重来。此身替与交亲好，今日还将简册回。争得长房犹在世，缩教地近钓龙台。"诗作，诗题为《甲子岁，衔命到家，至榕城册封，次日，闽王降旌旗于新丰市堤饯别》。榕城之名，就这么一叫千年。

宋庆历四年（1044），蔡襄任福州太守时倡导植榕，据《三山志》记载："蔡密学知州日，令请邑傍皆植之，又自大义渡夹道至漳泉，人称颂之。"诗云："夹道松，夹道松，问谁栽之？我蔡公。行人六月不知暑，千古万古摇清风。"这里所记载的松树，就是榕树，至今闽南一带和莆仙等地仍然把榕树叫松树。

宋治平二年（1065），62岁的张伯玉从绍兴转任福州太守。他到任时，正值夏天，酷热难耐，病患者多。如何解民之困？张伯玉心里着急。当他了解到榕树的特性后，采取了"令通衢编户浚沟六尺，外植榕为樾，岁暮不凋"。这项"编户植榕"并辅以奖惩的政策，效果非常明显。张伯玉自己也身体力行，在衙门前种植榕树，以至于福州"熙宁以来，绿荫满城，行者暑不张盖。"这浓墨重彩的一笔，为后人所津津乐道。

熙宁元年（1068）程师孟接任张伯玉任福州太守，他继承前任植榕的好传统，继续倡导植榕，并亲自题诗颂扬张伯玉"三楼相望枕城隅，临去重栽木万株。试问国人行往处，不知曾忆使君无？"随后的黄裳、梁克家等等地方官员不但倡导民众植榕，且率先广植。

福州人工植榕，自汉唐宋元明清民国至新中国成立，蔚成薪火传承的政风民俗。如今榕树遍布于全城各个区域和城市重要记忆点，拥有16万棵之巨，树龄在百年以上的就有近千棵，城市行道树50%以上为榕树。

拥有古榕名榕不少于千棵,且全国著名的有多棵,有的列入世界园艺史,有的列入中华名木名录。走在福州的大街小巷,随处可见郁郁葱葱,高大苍劲的榕树,不经意间就会遇到那些"明星"榕树。

要说榕城最大最有名的榕树,当属福州国家森林公园内的"榕树王"。相传此树为张伯玉倡导植榕时所栽,至今已近千年,树干围径8米多,树高20多米,占地2亩,可纳千人于树下,其冠幅达1300多平方米,可谓"榕荫遮半天"。奇特的是,两边树冠会轮流落叶,也许是当年种下的两棵树苗,日久年深,相互缠绕而成的结果,如今这棵榕树已成为榕城的象征。

而最有"胸径"的榕树,当属肃威路裴仙宫里的"第一古榕"。这棵小叶榕王树干围径14.4米,8个人方可合抱,虽"蜗居"在宫内,却长年香火鼎盛,这里还有一段神话故事。相传当年闽浙总督署的师爷姓裴,平素勤政爱民,行善恩泽乡里。后来弃官修道,道行日深,在这棵古榕旁羽化成仙。众人感其功德,在榕树旁建造了"仙爷楼"号"督署裴真人",这棵古榕也被认作裴仙君的化身。无巧不成书,抗日战争时期日军在福州城投下一枚炸弹,就曾被这棵古榕茂密的枝丫拦截而未炸,保护了周边群众的生命安全,似乎再次印证了榕树的神话。

在人潮涌动的杨桥路上曾经有条小巷,巷口有座桥,叫"双抛桥",据清代施鸿保的《闽杂记》记述:"相传昔有王氏子与陶氏女相好,父母夺取志,月夜同投此桥下,故名"。王、陶二人殉情后化身为两棵榕树,分别从桥的两侧发芽,并在桥中结为连理,再续前缘。虽然只是传说,但"合抱榕"的奇特景观使它们成为最会"秀恩爱"的古榕。不论世事如何变迁,双抛桥上的这两棵合抱榕依然紧紧相拥,成为青年男女见证爱情的打卡地。

古老的安泰河边的朱紫坊内,有一棵最奇特的古榕。以前朱紫坊沿河是有土墙围挡着,榕树籽落在围墙上,生根发芽,长成骑墙榕。后来风吹雨打土墙倒塌，这棵榕树的根系完全裸露，蜿蜒的裸根如一道天然屏障立于安泰河沿，铁干虬枝，盘根错节，宛如蟠龙腾跃，被称作"龙墙榕"。

俗话说"独木不成林"，可这句话在榕城却不适用。在马尾的罗星塔公园内，有一片占地上千平方米的独木成林榕。只见三四十棵大小不一的榕树拔地而起，须根丛生，既相互独立，又相互依存，这些榕树是由一棵因台风摧倒的古榕繁衍的。这卧地的榕，将气根一条条地扎入地下，顽强地生长着，当长成很长很粗壮的枝干后又生出气根扎入地下，变成支柱根，活脱脱的一根柱子支在了枝干下，再往前伸又会有一个新的支柱根接应，这个支柱根不分支不长叶，只做支柱，就这样，一根接着一根，向四面八方伸展开来，形成了一片榕树林。

传说有一棵榕树因其奇特的造型引得慈禧太后的关注，这棵榕树位于五一中路冠正大厦门口，是一棵三树合一奇榕，名曰"双龙（榕）戏凤（枫）"，这里的"龙"是一棵小叶榕和一棵笔管榕，"凤"是一棵枫树，榕树寄生在枫树的主干上，三树合抱共生，不同季节的树叶呈现出深绿、浅绿、淡红等不同颜色，别有一番情趣。相传，最初只有一棵榕树寄生在枫树上，百姓戏称"龙戏凤"，慈禧太后闻听后不悦，硬是将枫树移到榕树上，改为"凤骑龙"。一位叫胡孟的隐士得知后，便在枫树上种了一棵小叶榕，便成了"双龙戏凤"。实际上，这是鸟儿或风儿的杰作，无意中将这棵榕树挤进了"十大奇榕"之列。

榕树，它的确太过平凡了，平凡到每一个走过它身旁的人都似乎没有感觉到它的存在。它没有伟岸挺拔的躯干，没有妙曼婀娜的枝叶，没有鲜艳夺目的花朵，没有香气四溢的果实，更没有什么连城的价值。翠绿的小叶，不惊不乍，默默地度过每一个冬夏，用那巨大的树冠为往来的人们撑起一片阴凉，为鸟儿孕育满树的果实。雨水稀少时叶子也不泛黄给世界以脸色，只是默默地在每一棵的枝干上吐出细细的气根，迎风飘舞，吮吸着空气中丝丝的湿润，去滋润庞大的树冠。这些气根一旦着地，会迅速扎入土地并长成枝干，支撑属于它的那棵树干，日久天长，一棵树就会演化成一片树林。不管是风或鸟，只要把它的果实带走，无论是落在墙垣、石缝还是树杈、屋顶，这颗种子都会不辱使命，静待时机，发芽生根，撑出一方葱翠，演绎着生命的无限繁衍。

有时想：人们常苦恼于雾霾的升腾，浮躁于人世的狂热，在本若昙花一现的人生里，努力刻意地追逐后悔，不遗余力地寻觅遗憾。何不让榕树住进心里，让青春永驻。或是栖息于榕叶诗意的怀里，吮吸阳光的浓暖，沐浴清风的悠闲，听年轮裹紧故事，看枝丫长满感悟，领略永恒的春天。

历朝历代，文人墨客盛赞榕树的诗词歌赋不胜枚举。唐代诗人柳宗元写有："宦情羁思共凄凄，春半如秋意转迷。山城过雨百花尽，榕叶满庭莺乱啼。"宋代诗人王守遂写道："清阴随日远，翠影共烟浮。物荫均荣贱，安人异品流。幄帷临大道，冠盖俯高楼。避暑疑无夏，当风别等秋。"宋丞相李纲赞之："垂一方之美荫，来万里之清风。"明末理学家、书画家黄道周目睹漳州沿海风大沙多水缺，许多树种难以成活，唯独榕树不畏风沙肆虐，不择环境优劣。于是他极力宣传种榕树的好处，还仿屈原《橘颂》文体，写下传世名篇《榕颂》，他赞颂榕树的枝、叶、根、实，还将榕树"远避虫族、不受世悦、誉之不喜、经霜不凋"比喻为"仁、清、智、静"的四美，勉已教人要似榕之高尚、学榕之利人、树榕之坚定。现代作家冰心感叹："故乡的'绿'，最使我倾倒！……其实最伟大的还是榕树。"

榕树最具灵性，最能造福庇荫乡人，世人称之为榕荫。千百年来，福州人世代生活繁衍在榕荫、福荫之中，并演绎成一种独特有趣的崇榕文化，这种文化绵延至海峡两岸，充满着人情味和神圣感。

金秋季节，福州裴仙宫，要为宫内第一榕过古榕节，古榕树上披着大红寿字，两边的对联上写着："胜地清风盖万里，古树美景著千秋。"市民们纷纷来到树下，为其祝寿，主祭身穿汉服，演绎"三献"仪式，气氛隆重热烈。乡村的祖庙和神祇旁，多植有榕树，每逢节庆，会在榕树上披挂红布条，善男信女顶礼膜拜，或求子赐福，或祈求一方平安。

福州、闽南、台湾民间视榕树为长寿、吉祥的象征，每逢盛大的节庆，人们会采撷榕枝扎彩楼烘托节日喜庆气氛。端午节这天，人们用榕枝蘸着雄黄酒喷洒庭院以驱"五毒"。举凡红白喜事也都要用到榕枝，如向亲友贺婚时，传统的贺礼上要放一桠箍着红纸条的榕枝，红绿相间，分外耀眼，以此寄寓爱情、友谊像榕树万古长青。旧时嫁娶，在花轿后面，总有一青年后生拖着一把枝繁叶茂的榕枝跟随，谓之"拖青"，寓意新娘进门后子孙繁衍、家业兴旺。新娘进洞房后，要把榕枝放置床顶上，表示新娘从此在这里长住下来。老人寿终，也习惯摆放榕树盆景，表示老人如老榕树一样活在人间。说来有趣，民间还有个禁忌，烧火做饭不能烧榕树的枝叶，俗信"烧榕万年穷"，还认为古榕树如人，有着与人一样的灵魂和灵气，在村庄入口处都要种植榕树，视榕树为庇荫人的灵树。福州、闽南一带在有数百年树龄的榕树下，往往都设有"榕树公"。逢年过节，人们常常带小孩到树下拜祀，然后取一片榕叶用红线贯穿起来，挂在小孩脖颈以求吉利。台湾同胞到祖国大陆寻根认祖挂香分灵时，最有特色的是将采撷的榕树枝叶缚在高高的旗子顶端带回台湾。

榕树文化是榕城最传统、底蕴最丰富的文化之一，源远流长、博大精深、仪态万千；榕树性格是榕城人最出色、最卓越的性格体现，有容乃大、不屈不挠、开拓进取。榕城因榕树而声名远播，榕树因榕城而多姿多彩。榕树，就是一首首诗，一曲曲词，一幅幅绝尘于世的美丽风景；榕城，就是一个个故事，一段段历史，一本本回味无穷的人间天书。榕城与榕树，是柔韧与坚强的结合，是曲回与苍劲的造型，将继续携手穿越古今，传承历史与实现，谱写新的华章！

淡水夕照

闻名遐迩的"淡水夕照"是台湾八大盛景之一,明天就要离开台湾了,这个景致不能错过。早就无数次在照片中领略过台北"母亲河"淡水河的美,那是一种特别干净的美,一种叫人陶醉的美。在台湾,淡水河畔,是美丽的代名词,渔人码头,更是营造浪漫风情之地。

去淡水最好的交通方式就是捷运,坐捷运淡水信义线,终点站就是淡水站,途经十多个车站,飞架起的捷运线,让人还未到淡水,就已赏水景。淡水捷运站是一座朱红色瓦砾建筑,站内人来人往,好不热闹。步出捷运站,左手大海,右手老街。时间尚早,我选择先去烙印着百年历史记忆的老街走走,再去码头体验夕阳的景致。

淡水老街是中正路、重建街、清水街等大小老街巷的统称,闽南宅院、欧式洋楼、日式建筑杂陈于街道两旁。建于清乾隆末年,竣工于嘉庆元年的"福佑宫"、妈祖宫与已有百年历史的西方教堂并存于老街。中正观光市场上人们摩肩接踵,爱玉冰、青草茶、烧酒螺、铁蛋、麻薯、凤梨酥等美食云集,勾起游人的阵阵食欲。这些从历史深处走来的小街巷,弯弯绕绕间,竟然真的让我有些迷离。

不远处就是1628年由西班牙人始建的红毛城,记录了西班牙人、荷兰人、英国人在台湾留下的历史,这也是台湾现存最古老的建筑之一。登城眺望,真理大学理学堂大书院、淡水龙山寺、沪尾炮台等古迹尽收眼底。淡水古称沪尾,开埠通商已160多年,与广州、厦门、福州、宁波、上海等五口通商口岸一样，因清朝政府在西方列强威逼下被迫开放。海风吹拂着城边高大的榕树，发出阵阵沙沙的响声，仿佛是在向我叙叨着这座古城的历史。

迎着特有腥味的海风，向渔人码头走去，首先映入眼帘的是一个大大的红色的爱心，这里就是情人桥，因为该桥于2003年2月14日情人节当天正式启用，便用情人为其命名。情人桥为一座流线弯曲型的单面斜张人行跨海大桥，全长196米，白色风帆式的造型象征着一帆风顺。码头上各种渔船相互依偎着，淡水口岸在中国近现代海上贸易中占有重要地位，被称为"台湾历史上第一大港。"

桥下淡水河水波光粼粼，这条河发源于台湾中部雪山山脉，流经台北、新北后，一路奔向这里流入大海。二十世纪以前，淡水河流域是台湾北部交通最大的动脉。它的三大支流：大汉溪、新店溪和基隆河分别通往不同的平原、丘陵和山区。沿着这些河道，不仅出现了景美、艋舺、大道埕等热门的街市，稻米、蔗糖、樟脑、茶叶、硫黄等重要物产也经由淡水河流域活跃地交易，并由淡水口岸运往海峡对岸或出口其他国家。如今，群舟云集的艋舺、十里洋场的大道埕，都逐渐褪去了昔日经济中心的荣耀，而用沉淀的历史记忆吸引游人，淡水的渔人码头也成功转型为多功能的休闲渔港和观光码头。

走过情人桥，就是一条笔直的木栈道，木栈道沿防洪堤上架设，全部采用原木施工，长约320米，宽约10米。漫步于木栈道，耳边隐约传来街头艺人的吉他弹唱："一起长大的约定，那样清晰，拉过钩的我相信。说好要一起旅行，是你如今唯一坚持的任性……"这是周杰伦的《蒲公英的约定》。眼前有一对对的小情侣手牵手走过，有家长带着孩子在嬉戏，有一个人望着海水发呆，有三、五好友一起愉快谈论。目光被凉篷下的一对老夫妻锁定，男的身体已经佝偻成一个问号，脚踏一双半旧的人字拖鞋，头戴一顶赭色的绒帽，帽檐的钩花饰边已经粘黏在一起，辨别不出是菊瓣还是莲朵，浅蓝色薄衫洗得泛白，藏青色马甲上的纽扣茫然无存，只剩下扣眼不瞑目。此时，他正戴着老花镜，全神贯注地翻看一本像集，紫色的绒布封面已被摩挲出道道裂纹。他的身边一位满头银发的老妪坐在轮椅上正打着盹，脚边一条毛色喑哑的京巴，小狗半立着身躯，不时向她摇尾示好，伸出柔软的舌头时不时温顺地舔着她垂着的枯枝般的手，没有一丝嫌弃与犹豫。老伯转过头不紧不慢地帮她掖一下盖在双腿上的毛毯，此时任何言语都是节外生枝，只需一个眼神便注定一生托付。

两位老者成为我在木栈道上匆匆一瞥的短暂聚焦，没有寒暄，没有留恋，路在脚下，我在路上，无论我是身披晚霞与他们相逢，还是隐入夜色与他们告别，他们的眼中只有彼此，并不可爱却唯一的彼此。

远眺对面的观音山和出海口尽头的台湾海峡，发觉黄昏已经来临。无垠的大海，它的颜色开始变了，变成深绿了，就在刚才太阳离它更远更高时，它还是湛蓝晶莹透亮的。这时海面上静悄悄，海风吹拂，水中飘浮着层层的波纹，如镶嵌在水上的花朵，但又在不断改变着姿态。时而一些快速向前的小浪花匆匆地奔向木栈道边的岩石，猛力地撞击成更大的花，却又百折不挠回头招呼着后面的同伴。

这时候的海感觉更加的广阔，一望无际，但它上面的天比它还大，你看那遥远的天把海罩住了，海天一线，苍穹高悬，彰显出天的博大深远。此时，天与海的边际一片通红，漫天释出霞光如艳丽的锦缎织绣在天幕。落日慢慢成大而圆的红盘，红的可爱，红的神奇，徐徐在海与天间徘徊。海面上，一道道鎏金射在波光粼粼的水面，海水由深绿变成了金黄，流光溢彩，金晃晃的在漂浮嬉戏，如渡在大海中的金箭。大海笼罩在令人眩晕的金光中，恍惚着、跳动着，让人陶醉着。

夕阳轻柔地亲吻着大海，恋恋不舍地向大海告别，它牵拉着朝夕相伴的亲密朋友，好似喃喃低语；而大海也拥抱着给予它斑斓色彩的使者诉说着友情，盼望来日的相聚。渐渐地那红盘落入海的一边，慢慢消逝着，最后一丝光亮闪耀一下，天幕立时进入了黑色中，给人留下了震撼的力量和无限的遐想。淡水的夕阳虽然没有朝阳炽热，但比朝阳矜持，没有朝阳鲜亮，但比朝阳红火；淡水的晚霞虽然没有朝霞灿烂，但比朝霞浓艳，没有朝霞明快，但比朝霞凝重。

情人桥和木栈道上亮起了点点灯火，夜色下的海边，没有了白天的喧嚣，显得安静而美丽，夜色下的海，没有了阳光的照耀，显得朴实而亮丽。倚靠在木栈道的护栏上，望着情人桥上的巨大风帆随着灯光的不断变幻，或高或低，或远或近地漂浮着，美轮美奂、让人着迷。桥上歌手空灵的嗓音掠过晶莹剔透的灯火，飘过灯火倒映的粼粼波光，穿过一艘艘相互依偎的渔船，轻轻地在我的脸上吻了一下。忽然间，它让我不知所措，莫名的，一股爱的暖流在我身上划过，那么温暖，那么甜蜜，那么深沉，仿佛迷失了方向一般。

卧听海涛和礁石的对话，默观逐浪与河床的拥吻。淡水，一个美丽的名字，平淡如水方能品人生真谛。这一刻，我是真实的，这一刻，我是放松的，这一刻，我是幸福的。游轮的汽笛刺破清寂的海空，停泊、等候、迎接一个新的轮回。该回来的一定会回来，该相遇的一定会再相遇，而我只是留下匆匆一瞥的过客。

一汪秋水漾碧波

　　沿着逶迤绵延的大帽山下古驿道前行，不远处就是有着丰厚历史文化底蕴的东大村，这个村素有"福泉古驿道，入莆第一村"的美誉。从20世纪二三十年代开始，村里相当一部分人，都是从古驿道走到江阴港坐船，然后远渡重洋打拼，多年之后，又顺着古驿道回到了家乡。他们带回财富和当地文化在村里盖起大厝，这些百年的房子具有典型的南洋风格，分布在村中的各个地方。红砖瓦、雕花楼，即朴素又多彩、雅致，处处都是凝练的质感，散发着浓浓的侨乡文化特色，东大村因此被称为"小南洋"。现在，东大村还是省级美丽乡村和莆田市"幸福家园"建设双试点村。早在宋朝，莆田籍诗人工部尚书刘克庄就有诗称赞东大村："日烁千山草树然，海乡极目少炊烟。蒜溪一脉消消水，只绿庵西数丈田。"

　　溯蒜溪步道而上，浓浓的南洋风情，让你仿佛沉浸在温柔的梦乡；丰富的负氧离子，让你的呼吸变得贪婪；秋枫古树隆起的根块，让你感受着历史的诗雨。走到步道尽头，远处郁郁葱葱的两山溪谷之间，一条大坝如长龙般横亘在你眼前，坝坡上"为人民服务"五个毛泽东经典书法大字在阳光的照射下熠熠生辉，这就是东方红水库的大坝，水库名称与经典书法相得益彰，令人顿感庄重而又亲切。

　　来到坝梁上，你会眼睛一亮，豁然开朗，在这万山丛中竟然掩藏着一大片碧汪汪的水，如一块翠玉，镶嵌在山岭之间。此时，轻纱般的晨雾还罩在湖面和树林中，宛如仙境一般妩媚。吹拂的晨风，隐隐送来沙沙的声响，不知是巡湖的小船在游弋，还是醒来的鱼儿在嬉戏，或是湖水的心弦让那轻柔的树枝拨响。

沿着430多米长的坝顶缓缓前行，这是截断莆田涵江江口镇与福清市新厝镇交界的萩芦溪的支流蒜溪中段而建设的水库。20世纪60年代由福建省水电厅设计院进行勘察，因条件较好，当地干部群众也迫切要求修建水库，以解决江口公社等旱地灌溉需要。1966年，福州军区、福建省水电厅召集莆田、福清两县领导召开协调会，决定由福清塘边军垦农场、莆田县、福清县3家共同兴建。确定水量分摊比例：莆田县占60%，福清县(包括军垦)占40%。由5020部队牵头，师首长担任总指挥，两县各派县委常委1人为副指挥，于1966年10月破土动工。在百废初兴，物质匮乏，人们缺吃少穿的情况下，军民同心协力，硬是咬牙勒腰，开山劈石，肩扛手推，用简易笨重的工具，仅用2年多的时间，一鼓作气建成了这座惠及千秋万代的伟大工程，涌现出许许多多无私奉献、可歌可泣的事迹。

水库工程采用百年一遇洪水设计，正常水位为75米，相应库容2120万立方米；2000年一遇洪水校核，校核水位为76.55米，相应库容2275万立方米；水库死水位46.1米，相应库容162万立方米。溢洪道设计最大泄洪量为每秒1311立方米。拦河坝为主坝和副坝，主坝坝型为黏土心墙土石混合坝，坝顶长度431米，副坝位于左岸，为多种土质坝，坝顶长度182.5米。厂房布置在左岸输水涵管的尾部，分为上下厂房，上厂房安装3台0.2MW、下厂房安装1台0.4MW的水轮发电机组。是一座集防洪、灌溉、供水、发电于一体，受益涵江区与福清市的不完全年调节特别重要中型水库。流域范围主要为涵江区的江口镇、新县镇和福清市的新厝镇、东张镇，库区流域面积62.3平方千米。工程设计灌溉农田面积4.2万亩，最大实际灌溉面积3万多亩，同时向江口镇提供生活与工业用水，目前日供水量达4万吨。保护水库下游人口

8万多人，农田3.5万亩，同时水库安全运行涉及下游福厦高速公路、福厦高铁、国道324线等重要建筑物和防洪安全。东方红水库在保护下游区域防洪安全和民生保障方面起到十分重要的作用，社会效益和经济效益非常显著。

来到大坝中部，这是大坝的最高点，达47.4米，每到汛期，湖水暴涨，闸门会启动泄洪，碧绿的湖水倾泻而下，在山谷间飞散成千万银珠，晶莹剔透，蔚为壮观。可惜，来得不是时候，只能从描述中去体味了。此时，雾已散去，阳光的万条金线撒向湖面，泛起了嶙峋的湖光，一点点、一道道、一团团……湖面变成一个巨大的金光闪闪的明镜，闪耀着、跳动着，显现出变幻莫测的图案。不一会儿，金光隐去，靠近坝根的水变得清澈碧透，而稍远的湖水则银光耀目，再往远看，那水，淡蓝、青蓝、深蓝，一层深过一层，将山川秀色、蓝天白云统统地摄入到自己博大的胸膛之中。

来到大坝的西头，这儿的水更浓更酽。透过水波纹往深处看，有数不清的鱼儿自由自在地游来游去。那鱼时而摇头摆尾，时而吐出几串水珠，时而又跃出水面，溅起雪白的浪花，荡出阵阵涟漪，玩的那样开心，那样的无拘无束。忽然间，一只白鹭从林子里窜出，擦着水面低飞，只见它时而用尾拍击水面，时而又振翅腾空，忽高忽低，那么的随意，那么的自如。这时，一叶小舟驶出绿荫，破浪而行，"船行丝锦裂，浆动浪花飞"，小舟的尾部留下了清晰的人字形波纹，少顷，那碎裂的锦片又慢慢地融合，湖面依旧是那样翠绿晶莹，鲜亮耀目，宁静可人。

不久前，东方红水库已完成了除险加固的工程任务，大坝进行了防渗处理，溢洪道更换了闸门启用设备，输水系统重新建设……排除了水库隐患，恢复了水库各建筑的正常功能，最终实现了水库安全运行，发挥出水库最佳效益。

离开东方红水库时已是傍晚时分，晚霞给湖面披上了蝉翼般彤红的光彩，染着金辉的云朵倒映在湖水中，宛如片片莲花鲜艳夺目，仿佛走进了海市蜃楼的幻境。不远处，鼓峰山的湧源寺传来"当当当"的钟声，清越悠扬，声振林稍，敲碎了这方宁静。钟声似来自天上，又似起于湖中，渐行渐近，又渐行渐远，悠悠地在湖山间回荡，弥散在山峦层林，消融于万顷碧波，是东方红水库，营造了这湖光山色的云水禅心。

圳湖映碧颂丰功

登上堤基，只见一汪碧水，镶嵌在拥绿抱翠的群山之中。朝阳从东山口慢慢地爬了上来，初时如同滴水的银盘，继而慢慢地变为淡红、枣红、深红，倏地，它又如一个光芒四射的火球，傲然斜挂在水库的上空。在耀眼的阳光照射下，浩瀚的水面金光跳跃，胜景纷呈。缥缥缈缈的晨雾，如潮起潮落的烟波，随风在山腰间飘荡，青黛如螺的山峦在云蒸雾遮的青纱中若隐若现，宛如仙境一般。赞叹人类自己，竟然创造出东圳水库这样的人间杰作，将崇高的原始，天然的奇美和本原的纯净巧妙地和大自然融为一体。

走进不远处的东圳精神教育基地，一帧帧的图片，一件件的实物，一句句的话语让你仿佛置身于当年那战天斗地、惊心动魄的建设现场。1956年，莆田夏旱40天无雨，9月暴雨成灾，莆田平原受淹三天三夜，损失惨重。时任莆田县县长原鲁山决心从根本上改善莆田的水利设施，提高抗涝防旱能力，经过一番座谈、讨论、考评、分析，最终决定在延寿溪中游兴建东圳水库。

在木兰溪众多的支流中，延寿溪当坐第一把交椅。它发源于仙游钟山，一出生便穿山裂谷、惊天动地、大气磅礴，营造了九鲤湖、九漈瀑布、九龙谷等自然景观，以及九仙与九鲤的神奇传说，成为所谓"梦文化"的重要发祥地。穷尽天下奇景的徐霞客高度评价延寿溪景色："湖不甚浩荡，而澄碧一泓，于万山之上，围青漾翠。""湖穷而水由此飞坠深峡，峡石如壁，两崖壁立万仞。水初出湖，为石所扼，势不得出，怒从空坠，飞喷冲激，水石各极雄观。""即匡庐三叠，雁荡龙湫，各以一长擅胜，未若此微体皆具也。"

延寿溪从九龙谷冲出，不多远，就到了"常太湖"。1958年6月东圳水库便在这里正式破土动工。十多万莆田人民自备口粮从各地浩浩荡荡奔赴东圳工地，参建干部与人民群众一起同吃同住同劳动，当地驻军部队大力支持，演绎着可歌可泣的"鱼水情深"。建库大军们不计报酬，以工地为家，以建库为荣。当时正值国家困难时期，生产条件和劳动工具都十分落后，而东圳水库的建设工程量浩大、地质复杂、工期短、汛期紧逼。于是，勤劳智慧的莆田人民在建库过程中发明了大量施工新工具、新技术、新方法，极大地提高了劳动效率，如：石滚碾压法提高工效16倍，木槽滑石法提高工效5倍，还有铁轨翻斗车、竹轨滑土法、自制木质抖灰机等。东圳水库大坝是土石坝，由方整石、块石、砂卵石、黏土心墙组成，大坝中间黏土心墙的部分就是以人力打夯的方式一点一点慢慢夯实的，历经60余年风雨的考验，依然固若金汤。

建库时，工地上歇人不歇工，日夜抢战，当时工地上流传着各种战斗口号："大雨巧干、小雨大干、阴天晴天猛干！""水涨一寸，坝高一尺""暴雨倾盆，披蓑戴笠"等。1959年7月，台风暴雨接连侵袭莆田，东圳水库的水位猛涨，此时大坝的黏土心墙刚刚合龙不久，溢洪道工程正在施工不能启用，一旦洪水冲垮大坝，后果不堪设想。危急关头，总指挥原鲁山挺身而出，下达命令："我们要誓与大坝共存亡！"同时从各地急调2万条草袋、麻袋到坝头，原鲁山连雨衣也不披亲自在坝上指挥装沙垒坝，坚决不让洪水漫过大坝。在他以身作则的精神鼓舞下，全场2万多干部、民工和解放军指战员迎着暴风雨，经过十几个小时奋战，山洪终于被驯服，大坝保住了，下游平原免遭一场巨大的洪水灾害。

为了使莆田人民过上安康幸福的生活，水库周边的常太人民作出了巨大的贡献。当时库内共迁出有148个村庄，人口13000多人，他们舍小家，顾大家，没有谈价议价，快速迁出库区，搬迁他乡，为水库建设做出巨大牺牲和奉献。建库过程中，还有39名建库英雄献出了宝贵生命，但没有一个家庭向政府提出任何要求。1959年除夕，25000多名参建干群响应"紧抓施工好时机，就地过好光荣年"的号召，坚持奋战在工地第一线，在零度的严冬中打赢了一场"突击堵口"的战役。主持修建东圳水库的莆田县县长原鲁山，是一位经历战火洗礼的老革命，主政莆田13年，始终勤政廉政，心系百姓，关注民疾，为发展地方经济、改善民生、造福百姓而呕心沥血、鞠躬尽瘁，尤其是主持建设东圳水库、填海造堤、胜利围垦等一系列水利工程，为莆田人民创下千秋基业。东坝水库仅用了22个月就建成堪称一流的水库大坝，完成了当时全省的第一大水利工程。东圳水库的建设凝结着党和人民群众的集体智慧，孕育出"团结协作、艰苦奋斗、无私奉献"的东圳精神。

东圳水库坝长367米，顶宽8米，最大坝高58.6米，坝址以上流域面积321平方千米，总库容4.35亿立方米，有效库容2.79亿立方米。面对如此浩大的"常太湖"，要是徐霞客在世，定然毫不犹豫地即刻冠以"浩荡"二字。郭沫若1962年来莆田视察时曾写下著名的《题东圳水库》，盛赞这一福泽万代的水利工程：

北濑飞泉今化龙，木兰横跨起长虹。

九华凿破壶公劈，天马羁衔凤继通。

名继四陂成伟业，泽流半岛颂丰功。

荻芦南水东连海，万顷田园灌溉中。

诗中描写的北濑飞泉位于延寿溪上游，两岸悬崖峭壁，溪底巨石密布，千孔百洞，形态各异，上下落差约有二丈左右，水流飞泻而下，撞在石上，腾起的水花方圆约有一亩之广，其状如飞珠，如溅玉，如蟠龙争斗，如狮子吐雾……其声或叮当，或铿锵，或澎湃，或轰隆，景观十分壮丽，为莆田旧时二十四景之一。飞泉之上有一巨石，刻有明代莆田知县何南金的题记："莆西北诸泉，则使华陂为之尾，诉陂而溪，以达于濑。"记载了北濑飞泉的具体位置。飞泉之下有一深潭，名曰九龙潭，为九龙集会之处，旁建有龙王庙一座，祀管束九龙之龙王。南宋莆藉诗人方耒诗云："濑寒隐鱼鳖，庙古动龙蛇。"南宋莆藉名相、诗人陈俊卿亦有诗云："飞泉日夜涤成长，洗马早知有此池；弹雀随珠轮得失，平吏戌代上林枝。"如今的"北濑飞泉"已化成"圳湖映碧"新二十四景之一，但其飞泉点，和相传为仙人留下的灶、鼎、桌、井、浴足桶、足布、面桶等奇石以及九龙潭等依然横卧于水电站前约 30 米处的溪底内，依稀展现着当年的壮观景象。

作为莆田人民的"大水缸"和临港产业发展的生命线，东圳水库保护历来是莆田市委、市政府工作重心之一，东圳水库水源保护区环境综合整治工程常年列入为民办实事项目进行推进。近年来，先后在东圳库区全面构建"生态保护、生态治理、生态修复、生态立法"等"四道防线"，实施"生态林改造、大坝加固及分层取水、城乡污水治理、河流综合治理、居民拆迁安置、库滨缓冲带修建等""六大工程"完善"河道四乱清理、面源污染治理、乡村垃圾清运、畜禽养殖禁养、保护区划定、水体生物净化"等"六项管理措施"，东圳水库饮用水源保护区环境问题已得到基本解决，水库取水口水质达标率多年保持在 100%。

漫步在长长的坝堤上，凝望着烟波浩渺的湖面，恍若看到当年手拉肩挑筑坝的奋斗场景，恍若看到那个筑坝带头人正缓缓远去的背影。此时，你会热血沸腾，你感觉到了堤坝的温度，你聆听到了历史长河中那铿锵的号子声，一声声，如战鼓在岁月中擂响。长长的堤坝又如一座卧着的丰碑，她平静地横亘在那里，久久地诉说着圳湖映碧的浩然正气。

飞虹千丈横江垂

夕阳下，晚风里，宁海古桥静静地横卧在母亲河上。远远望去，披着晚霞的它，透着矜持的微笑，迎接红红斜阳，亲吻隐隐星光。古桥位于涵江与黄石交界处的木兰溪入海口，自古以来就是南来北往的交通咽喉。元代以前这里没有宁海桥，只有宁海渡，许多北上福州，南下泉州的商贾行旅，都在这里乘船过渡，两岸的百姓，生产生活，你来我往，更是离不开渡口。顺流而下的河水，逆流而上的潮水，在这里交汇出了复杂多变的诡异江流，同时，兴化湾的海风，和着下游的江风，顺着河道长驱直入。因此，这个渡口经常风高浪急，来往的商旅视宁海渡为畏途，当地百姓也是望江兴叹。

宁海渡变成宁海桥，是在元朝元统二年（1334）。意想不到的是，主持募建宁海桥的竟是莆田华亭龟山寺的越浦和尚。越浦禅师因为修建龟山寺，多次在这里过渡，目睹并经历了一幕幕可怕的场景，发愿要在宁海渡口建造一座大石桥，解众生之忧，度众生脱离苦海。越浦禅师一诺千金，造好了龟山寺，立即着手募金造桥。他广结善缘，四处募款，不断地解决一次又一次出现的资金困难；日夜操劳，与有识之士，能工巧匠一起，攻克了前无古人的一道道技术难关……历经寒暑，几经周折，大桥终于落成，"宁海"成真，故名曰"宁海桥"，民间亲切地呼它"桥兜桥"。"天堑变通途"，八方行旅、两岸百姓，无不赞叹越浦禅师的大功大德。

从元至清康熙十九年（1680）的三百年间，宁海桥六建六圮；到清雍正十年（1732）第七次修建，历时15年才建成功。新中国成立后，地方政府多次拨款维修，1961年，被列为省级文物保护单位，2013年列为全国重点文物保护单位。1983年，国道324线涵江至黄石段开工建设，为了省钱省工省时，竟然利用宁海古桥作为公路桥基础，尽数拆除两边桥栏上的石幢、石狮，在古桥身上加高二米多，并加宽另造钢筋水泥桥面，成双车道双向通行。从此，宁海古桥桥墩除了承担自身压力，还要长年承受现代钢筋水泥的重压以及多吨位客货车辆的日夜来回碾压。人们既佩服古桥建筑的高质量和承载力，更担心古桥的不堪重负。可喜的是，宁海新桥已正式动工建设，不久，压在古桥身上的公路桥将拆除，并修复古桥旧貌，真正保护好了老祖宗留下的无价之宝。

站在宁海桥头，那气势有如雄姿焕发的苍龙，横卧于宽阔的江水之上，正以沧桑、朴实的面容与我对望。现有的桥，为全石构桥梁，仿泉州洛阳桥构造，全长225.7米、宽5.8米，距水面高10多米，桥下有14座船型流线体桥墩，15个桥洞间跨度均在10米左右，比我国著名的五里桥和洛阳桥的跨度还大。桥面由70多块巨大的石梁架成，每块石梁长13米、厚1.2米、宽1米左右，石梁上都刻有捐施者的姓名和捐资数额。在当时那样低下的生产力和科技水平的条件下，在当地那么复杂的江海交汇，江底一片烂泥的地质基础上，居然建造成功了如此气势恢宏的巨大石桥。不说无比浩大的工程料石如何采集、如何运输；不说急流中的烂泥基础如何清理、桩基如何起建；就说那每块重达几十吨的桥面石梁，运过来、托起来、架上去，该是多么的艰难困苦，惊心动魄，无不凝聚着建桥者的智慧和血汗，呈现着古人高超的造桥技艺。

桥的两端各竖有两尊高约3米的护桥将军，他们戴盔披甲、手执长剑、目光炯炯，千百年来，顶着严寒酷暑，冒着雨雪风霜，坚定地守护着古桥和从桥上走过的人们。我们猫着腰从公路桥头钻下去，走在古桥粗糙的青石桥面上，斑斑驳驳的青石板经过时间的洗礼留下了点点滴滴岁月的痕迹。桥面两旁的石扶栏，显然精心打磨过，望柱头上端坐着姿态不一，线条简练的石狮，个个神态庄重，凝神眺望着远方。此时，木兰溪水从古桥下如一条白带穿越桥墩而过，它不激流勇进，也不惊涛骇浪，但拍打石墩的声音清脆可闻，那种悦耳而酥脆的流水声，让你舒心畅气。原来，这一感潮段，江面下游开阔，上游较窄，加上宁海古桥14座巨大的船形桥墩的阻碍，桥下可供海水、江水通过的空间就更小了。所以，当退潮时桥下游水流退得很快，一会儿工夫，就与桥上游水面形成很大的落差，并越来越大，上游水流在桥墩之间，竞相争涌跌落，就像一个个巨大的瀑布，势如万马奔腾，激起的雷鸣之声，远在涵江市区，夜间都可以听得清清楚楚。"海上晴虹驾作桥，云连屐气望迢迢。三江日暮涛声起，不数广陵八月潮。"这是明代诗人佘翔在《宁海观澜》中对宁海潮的生动描绘。而涨潮时，因为有向下涌流的江水顶托，桥下潮水竟像平潮那样缓缓地流入，几乎悄无声息。明代邑人陈经邦在《宁海桥记》中形容"跨溪海之吭喉，束潮汐之吞吐"。

宁海桥下游江面开阔，确是观看日出的好地方。每年端午节这天是观看日出的最佳时间。晨曦中人们或早早守望在宁海桥西侧海边堤坝上，或倚着桥栏东望，此时海水涨潮，江涛海潮相互激荡，澎湃汹涌。天际处鱼肚渐白，奔腾的涌流慢慢地托起一轮极大的红日，水天都被染得一片通红通红。当红日突然跃上奔涌的波涛，万道金色的霞光，瞬间穿透江流，把原来通红通红的水天，一刹那变成金灿灿的世界。金光投射桥下，犹如金龙逐波，仪态万千，蔚为奇观，故有"宁海初日"之誉。"朝晞朗映吉祥前，影射长虹破晓烟。紫曜高悬初出海，红轮几跳始经天。三千浪涌金光烁，十五门通彩色连。岂是烛龙含远照，羲和命驾浴甘泉。"这是元代古诗对莆田二十四景之一的"宁海初日"的生动描绘。

桥中间两侧各设有方形小佛塔一座，慈眉善目、栩栩如生的石菩萨端坐其中，静默无言地庇佑着每一位行人，庇佑着风雨来袭中的石桥。桥的南端还有一座双层楼的观音亭，上层供奉着观音佛像。而这尊观音佛像为世间少有的提篮装鲤塑像，是产生于建造宁海桥时，越浦禅师与鲤鱼精艰难苦斗及观音收鲤的动人过程，后人塑像以纪念。观音亭下层的墙壁两侧各嵌入三块大石碑，篆刻历朝历代的重修碑志铭。据考证，三块为明代的，分别为明建文元年（1399）林环撰写的重修宁海桥记；明嘉靖辛卯年（1531）太守黄一道重修碑志；明万历癸巳年（1593）太守陈王庭捐俸重建，碑文系礼部尚书陈经邦撰写；另三块系清康熙庚申年（1680）、雍正十年（1732）、乾隆壬戌年（1742）重修碑志。

习习凉风扑面而来，桥是两岸的一次执手，桥是村庄与世界间的一点灵犀。走在桥上，一种莫名的踏实感会涌上心头，你在不经意间便放慢了脚步，时而轻轻地抚摸着斑驳的桥身，时而驻足远眺，一叶扁舟，一朵晚霞，一座青山，一缕乡愁。晚霞中的古桥，温柔了岁月，惊艳了时光，它永恒地藏进了我的灵魂，成了我挥之不去的记忆。

凤凰传奇

上杭古田的苏家坡是个畲族聚居的村庄，这里山清水秀，林壑幽深，山石多姿，古色古香。一条蜿蜒的小溪从村前奔流而过，清澈见底。一座座青砖青瓦的畲族民居，一处处明清古建筑，雕梁画栋，顺着山势逐级展开，错落有致，古韵犹存，气势非凡。1929年10月下旬，毛泽东随同中共闽西特委机关撤离上杭城，来到苏家坡，在这里住了40多天。他一边指导特委工作，一边养病，一边帮助穷人子女学文化，留下了许多美谈佳话，也让苏家坡这个群山环绕中的小畲村声名远播，家喻户晓。

阳春三月，踏上苏家坡的土地，正逢畲家"三月三"传统节日，村里张灯结彩，喜气洋洋。畲族，意为刀耕火种，更富山野遗韵的族群。千年以来，自广东潮州凤凰山起，四散迁徙，一山跨过一山，一地转居一地，散落在闽浙赣多地。扎根交融，繁衍生息，孕育出了丰富多彩，风情万种的人文景致。

村里弥漫着糯米饭的清香，家家户户都在蒸煮"乌米饭"。畲家的"三月三"亦称"乌饭节"，关于"三月三"和"乌饭节"的来历，有多种的传说：其一，三月三为米谷生日，畲民要给米谷穿上衣服，故涂上一层颜色，祈祝丰年；其二，三月三虫蚁大作，畲民吃了乌饭，上山下地不怕虫蚁；其三，古时畲民与敌兵交战时，敌人常来抢米饭，畲民故意将米饭染黑，敌人怕中毒，不敢问津，畲民便安稳吃饭，有了气力，打败敌兵；其四，唐代畲族英雄雷万兴被关在牢房，他一顿能吃一斗米，母亲送来的饭却都被狱卒抢去，雷万兴想法让母亲将米饭染黑，从此，狱卒再也不动乌饭。以后，雷万兴越狱，于农历三月初三战死沙场，族人每年以乌饭悼念他。其五，畲族英雄雷万兴率领畲军抗击官兵，他们被围困在大山里，粮食断绝，以乌稔果充饥，为畲军度过春荒，并取得反围剿的胜利。雷万兴回军营吃尽鱼肉酒菜都感乏味，时值三月初三，他想吃乌稔果，就吩咐兵卒出营采撷。可是，这时乌稔尚未开花，那些兵卒只好采些乌稔叶子回来，有人出个主意，将乌稔叶和糯米一起炊煮，结果糯米饭呈现乌黑色，而且味道特佳，雷万兴吃了食欲大振，于是下令大量制作乌饭，以纪念抗敌胜利。从而衍成风俗，世代相袭。

乌米饭是畲民从山地里采来野生乌稔树的嫩叶，置于石臼中捣烂后用布包好放入锅中浸熬，然后捞出布包将白花花的糯米倒入乌黑的汤汁里烧煮成了饭。乌米饭乌得名副其实，吃起来就连碗筷也被染粘成乌黑色。不过它的味道相当不错，吃一口清香糯柔，细腻惬意，别有情趣。倘若将乌饭贮藏在阴凉通风处，则数日不馊。食用时，以猪油热炒，更是香软可口，堪称畲家上等美食。如果加上山间野味、香菇、木耳等炒一炒，那味道就更美妙了。

"三月三"来到畲村，最令客人兴奋的还是能看到平时难得一见的畲家丰富多彩的服饰。这一天，山里人都穿上畲族最漂亮的服装，在外人面前亮相。畲族服饰特色主要体现在妇女装扮上，被称为"凤凰装"：红头绳扎的长辫高盘于头顶，象征着凤头；衣裳、围裙（合手巾）上用大红、桃红、杏黄及金银丝线镶绣出五彩缤纷的花边图案，象征着凤凰的颈项、腰身和羽毛；扎在腰后飘荡不定的金色腰带头，象征着凤尾；佩于全身的叮当作响的银饰，象征着凤鸣。已婚妇女一般头戴"凤冠"，它是在精制的细竹管外包上红布帕，悬一条30多厘米长、3厘米宽的红绫做成的。冠上有一块圆银牌，下垂3个小银牌于前额，称为"龙髻"，表示是"三公主"戴的凤冠。

畲族女子的"凤凰装"随着年龄的不同，有严格的区分。共分大、小、老三种："小凤凰装"为未成年女子穿着，样式和穿法同"大凤凰装"无异，只是相对简约，显得单纯、活泼、可爱；而"老凤凰装"则是老年妇女穿着，头髻较低，衣服和腰带的颜色、花纹也较为单一，体现出庄重、沉稳的风采。相传畲族始祖盘瓠王率领族人征战南北，后移居宝地广东潮州凤凰山繁衍生息，为了占山为王，遂以传说中美丽的凤凰为本族人的图腾符号，凡本族人生下女儿，均赐予凤凰装束，世代相传，沿袭至今……

畲族的始祖盘瓠王因平番有功，高辛帝把自己的女儿三公主嫁给他。成婚时帝后给女儿戴上凤冠，穿上镶着珠宝的凤衣，祝福她像凤凰一样给生活带来祥瑞。三公主有了儿女后，也把女儿打扮得像凤凰一样。当女儿出嫁时，凤凰从广东潮州的凤凰山衔来凤凰装送给她作嫁衣。从此，畲家女便穿凤凰装，以示吉祥如意。有些地方把新娘直接称为"凤凰"。因为新娘具有"三公主"的崇高地位，所以在新郎家拜祖宗牌位时是不下跪的。

畲族过去男子的服装式样有两种：一种是平常穿的大襟无领青色麻布短衫；另一种是结婚或祭祖时穿的礼服，红顶黑缎官帽，青色或红色长衫，外套龙凤马褂，长衫的襟口和胸前有一方绣有龙的花纹图案，脚案白色布袜，圆口黑面布底鞋。由于长期以来与汉族杂居，这两种服装已经很少有人穿了，他们的装束已与汉族没有什么差别。

走进"树槐堂"，这是一幢砖木结构的古民居，据说是明末到四川参加张献忠领导的农民起义的苏家坡人雷进坤，在起义失败后回家隐居时所建的。当年中共闽西特委机关就设在这里，也是毛泽东在苏家坡创办平民小学的校址，毛泽东和贺子珍就居住在树槐堂后左侧的小阁楼上。只见厅堂里一位畲族老伯正在制作麦芽糖，只见他用木棍从一盆用优质糯米、小麦为主要原料，采用传统的加工方法纯天然发酵好的黄褐色糖里卷起一些，在案板上来来回回一捣鼓，糖就变成了白色，再加上芝麻，最后，用线把长条形的麦芽糖切割成一小块一小块。禁不住糖香的诱惑，马上尝了一块又一块，真是香甜可口，回味无穷。

走进一户畲家，只见厅堂正中醒目地挂着一只用红纸剪成的凤凰图案，主人热情地把我们迎进门。落座后，主人先敬茶，一般要喝两道，畲家有一种说法："喝一碗茶是无情茶。"还有说法"一碗苦，两碗补，三碗洗洗嘴"。客人只要接过主人的茶，就必须喝第二碗，若来客中有女客，主人还要摆上瓜子、花生、炒豆等零食。

畲家人的节日宴席真是琳琅满目：除了乌米饭，那就是"热食"，这道菜的原料有15种之多：如胡萝卜、红辣椒、猪舌、猪肝、猪腰、鸡胗、老母鸡皮、海参、冬菇、竹笋、葱白等等，集山珍海味于一锅，味道鲜醇，真可谓是畲家"佛跳墙"；还有"泥鳅钻豆腐"，这道菜不仅做法独特，而且泥鳅、豆腐入口即化，白色的浓汤更是异香扑鼻，一吃难忘。桌上还摆满了用辣椒、萝卜、芋头、鲜笋和姜做好的卤咸菜，而竹笋则是畲家四季不断的蔬菜。主人又端出了一盘香气扑鼻的"油炸糕"，喊道："趁热吃！趁热吃！"咬上一口质松味鲜，油而不腻。主人告诉我们做油炸糕配料和油炸技术很关键，主料是用一定比例的上等大米、黄豆，浸泡后磨成乳白的浆水，大蒜取其白质部分，切成片撕成条状，投入浆中，加适量盐水，伴得均匀，另选精猪肉或牛肉，捣成肉碎子。待油锅中的油烧至八九成热，即将浆水盛入圆形薄铁皮瓢中，摊成碗口大小半寸厚，再撒上少量的猪、牛肉碎子，投入滚开的油锅中约炸三五分钟，至色泽金黄时捞起来放置在油锅上的铁架上，尽量让刚炸好的油炸糕中的油沥干。锅中的油以山茶油最佳，花生油、猪油次之。畲家人无论逢年过节、搬家、请客办喜事，还是赶庙会，祭祖先等，只要是喜庆的日子，都爱吃油炸糕。

酒是不可少的，畲族人素有"民嗜酒"的说法，还有谚语："无酒难讲话！"主人给客人斟上米酒然后举起酒碗，笑盈盈地说："酒淡不成敬意，一碗联友谊，两碗祝如意，三碗庆丰收，多喝几碗，延年益寿。"在畲族村，逢年过节，酒都是必备之物，没有酒就不算过节，没有酒请客人喝醉就不算办喜事，不算请过客。所以一年四季，畲族村家家户户均酿有米酒，建房时会喝"上梁酒"；生日时有"生日酒"；定亲时有"定亲酒"；嫁女时则喝"嫁女酒"；娶亲时喝"讨亲酒"，真可谓无酒不办事。利用"七月七水"酿造的米酒更是清香扑鼻。相传农历七月七日是董永与七仙女的相会之日，也是七仙女姐妹们于晨蒙时到泉源池洗澡之日，所以这一天的水也被称为"七月七神仙水"，经久耐存而不会产生异味。村中酿酒的村民有着这样的传统：在农历七月七日太阳尚未出来前，到山泉水源处装一些泉水回家保存，以备酿造"七月七酒"，而使用这天装回来的山泉水所酿造出来的米酒，特别芳香、甘甜、醇厚，被当地人称为"人间佳酿"。

不知不觉间已近傍晚，阳光斜照着，穿过畲家独特的屋顶与房檐，洒在用大小卵石铺就的巷道上，闪着古朴沧桑的光泽。忽然一曲幽妙的音律伴着斜阳飘进我的耳中，这是叶笛吹奏的音乐。寻声而去，只见几位畲族中年男女围在村中的池塘边，嘴边衔着一片树叶，素指轻捻，气息舒缓，那绿色的乐声便如清泉流泻而出，这是乡野最纯净的声音。伴着叶笛清亮的旋律，一位畲族小伙子唱起了宛转悠扬的山歌："深山松树好遮阴，松树荫中好交情。妹若有情应一句，省得阿哥满岭寻。"一曲唱完，一位畲族姑娘参与了对唱，一男一女，红衣黑衫，分立在池边柳树的两旁，自由自在地对唱起来。

畲歌是畲族文化中的明珠，畲族的男女老少都能随编随唱，以歌代言、以歌叙事、以歌抒情、以歌会友，难怪畲族有"畲家男人要娶亲，不会唱歌就别来"的说法。搞对象时要情歌对唱，而定亲后更是歌不离口。

新郎家迎亲的队伍，从启程开始，到女方家办酒席，新郎面临的难题数也数不清，若非能歌善应者，很难闯过迎亲的一道道难关。畲族乡民还群聚预定地点或登高举行赛歌表演。演唱形式有独唱、对唱、二重唱等，畲族人也把二重唱称作"双条落"。山歌基本是七言一句，歌词有严格的韵脚，男女唱歌最喜爱的是用"假声"来清唱，散发着浓浓的乡土气息。这种对歌，传统上往往从傍晚开始，直到天亮，也有昼夜连续歌唱的。规模壮观，以人如海、歌如潮形容，真是一点不假。

池塘边的空坪上，身着节日盛装的青年男女跳起了竹竿舞，在鼓点声中，竹竿一开一合地来回敲打着，姑娘小伙们手拉着手，随着音乐的节拍，双脚娴熟地在竹竿间隙穿梭跳动。姑娘身上的银项圈、银手镯、银耳环、银头簪、银链子在夕阳下闪着金色的光。

月亮从不远处的山坳里爬了上来，畲族传统节目"香灯"伴随着鞭炮声上场了。只见30名畲族青壮年，身穿袖口、裤脚绣着彩色绲边的黑色民族衣裤，每人执一节"香龙"，从宗族祠堂内慢慢地欢"游"出来，来到祠堂门前的大草坪上，在有节奏的鼓点声中，"诱珠"挥舞着，龙头随之舞动，龙身蜿蜒起伏，插满全身香烛的香龙发出片片粼光，如流星起落，煞是好看。舞龙需来回穿插，调换方向，耍完东西南北，还需在紧促的鼓声中冲进堂里拜一拜，出来后才可告一段落。在自家族姓的祠堂吹打完一个曲牌后，才可向另一个祖堂或屋场"游"去。

香灯在每游完、舞完一个地方后都有几分钟的休息时间，休息时，香灯身上插的每炷香都会被东道主妇人或邻家主妇争先恐后地拔去，换上新点燃的香烛。她们把拔去的每炷香都分别插在自家的厅堂大门、谷仓门上、猪牛栏门上等，祈求风调雨顺、五谷丰登、六畜兴旺，同时各家也会根据自己的经济状况给点香火钱。夜色中，香灯伴随着欢快的鼓乐，在村中的巷道里来回穿梭，星光点点，烟雾飘荡，香气缭绕，吉祥人间。

夜深了，畲村的上空还飘荡着歌声、鼓声、欢声，三月三注定是畲家人欢乐的日夜。在这里，有看不尽的美景，吃不尽的美味，诉不完的故事，叙不完的情丝。我的视野、肌体、心灵，完全被美好的多重感知拥抱，于是，记忆深刻极致。千百年来，即使岁月如梭，沧海桑田，我们仍能看到传统在这里香火不绝、生生不息，不断续写畲族风情的绵长。我想起了一副楹联："香灯劲舞对歌酣醉叶笛声声开泰瑞，美酒随斟乌饭清香银花朵朵展华章。"

苏家坡是我的留恋！你的向往！

福　　粉

喜欢吃米粉，江西米粉、桂林米粉、重庆酸辣粉、广西螺蛳粉、广州沙河粉……凡是带粉的，就爱。但最爱吃的还是福粉——福建米粉，虽然它没有桂林米粉声名显赫，也没有云南过桥米线那般讲究，但在我的心目中无粉能替，因为它凝结了我黄金岁月幸福的记忆！

三十多年前在省城读书，校门口前的那条巷子不到200米，米粉摊位有十多家，挂的招牌上写着"闽清米粉""兴化细粉""屏南草根粉""店下炒米粉""三明粗粉"……让人眼花缭乱。学校的早餐吃腻了，于是经常光顾米粉摊，变着花样吃，还特别喜欢摊位的氛围，有一种热腾腾的市井气、烟火气，让人感到温馨、自在、幸福。

每天天还没亮透，城市还很安静，这些米粉摊便摆了出来。一个个煤气灶、煤炉，一张张案几、桌子，一条条凳子把本不宽敞的小巷挤得满满当当，使得小巷拥挤不堪，人们只能从桌子之间的空隙侧身而过。每个煤炉上的火烧得旺旺的，红彤彤的火光点亮了迷离昏暗的晨曦。煤炉上放着一锅锅熬好的汤，有筒骨头汤、牛肉汤、大肠汤、牛杂汤……在煤火尽忠尽责的加热下，一直不厌其烦地翻滚着，一团团香气与热气直往外冒，毫无目的地飘荡着。煤气灶上放的是一锅开水，火保持在最小，以便开水维持在沸腾状态。案几上摆放碎肉、花蛤、青菜、调料和碗碟等，猪肉、海鲜、青菜是一副随时下锅的姿态。桌子与凳子都是木制的，用了有些年头。桌子永远是油腻腻的，有些桌子的油漆已经剥落，露出木头狰狞的样子。凳子是长条的，窄得很，坐在上面会给臀部以适度的压迫感，让你无法久坐。巷口有条小水沟，常年散发着一种特立独行的味道。说实在的，这些米粉摊的环境毫无夸耀之处，卫生条件也可想而知，可生意就是好。每天早上，每个米粉摊都被围得水泄不通，每张桌子都挤得满满的，喧哗得很，像一锅烧沸的水，可见人们对福粉是多么的喜爱啊！

　　早餐以泡粉最具人气，除了好吃，还因为价钱便宜，上得也快。我最常去的这家米粉摊，老板姓林，五十开外，因小儿麻痹症落下残疾，走起路来一瘸一瘸的，可他总是面带笑容，待人热情，幸福洋溢。走近他的摊位，便先打招呼："坐！坐！"带着浓浓的虎纠腔。他说家里两代人都摆米粉摊，每天晚上后半夜开始，就要准备早上待客的粉干。先是烧好大锅开水，然后将一大捆粉干下到锅里，把水再烧开，用木铲不停地上下翻掀，将粉干煮到一定的程度，然后用大大的竹爪篱捞起米粉用冷水冲洗后浸在冷水中。米粉煮得不能太硬也不能太软，太硬了咬不动，嚼不烂，太软了没有口感和韧性。客人来时，从冷水中捞出放在滚水中迅速焯水，控干后放在碗中，然后根据客人的口味选择不同的汤料来配，洒点葱花，几分钟的时间，一碗可口的泡粉就端在客人的面前。老林的摊位还会赠送一小碟自制的酸菜，酸甜微辣的酸菜很适合搭配清淡的泡粉。一筷子下去，捞起米粉长而不断，入口润滑，喝上一口汤汁，精神倍增。对我而言，早餐吃上一碗清香的泡粉，就上一小碟酸菜，再来上一根炸得焦香的油条或一小笼包子，就是一顿美到颠毫的早餐，可以胜过世间所有的美味佳肴。

　　一晃三十多年过去了，当年吃泡粉的记忆犹如昨日。阳春三月，应文友之邀，专程到闽清去看看闽清粉干的出产地。从福州西上福银高速公路，大约一个小时车程，来到素有"小小闽清县，大大六都洋"之称的闽清县塔庄镇坂尾村。村庄位于梅溪的上游，这里山峦绵延，轻雾弥漫，晨光在雾气中穿梭，直泻在满山绿意葱茏的树叶上，折射出奇珍异宝般的光亮。

设在村里车带垅1号的福建省茶粉粉干有限公司的黄厂长热情地接待我们。这是一家全国主食加工业示范企业，福建省农业产业化省级重点龙头企业，并已在深圳前海股权交易中心挂牌，专业生产福州市著名的传统特产之一，具有中国地理标志证明商标的"闽清粉干"，并唯一获得中国地理标志保护产品专用标志"茶口粉干"使用权。企业年产"梅溪、六叶亲、闽粉"等注册商标系列产品：闽清粉干、茶口粉干、闽清红米粉干、有机大米粉干、锅边糊片、芋头粉丝等5千多吨。产品远销美国、日本、澳大利亚和马来西亚等东南亚国家。黄厂长说，近年来，他们正在打造福粉系列，红色的包装盒上印着大大的福字，让人感到热烈、喜庆、温馨。

黄厂长告诉我，闽清粉干源于南宋，《闽清县志》记载：早在南宋嘉定年间，茶口村祖先林孔二从闽省尤溪县汤川君竹溪迁居闽清五都（今塔庄镇）茶口村，并自带传统制作粉干手艺谋生，历代繁衍生息，人丁兴旺，手艺也得以代代相传。这里独特的气候环境，良好的土壤条件，优质的稻米品种，为闽清粉干提供了上乘原料。生产的茶口粉干，至今已有800多年历史。相传，明成祖年间，郑和下西洋时，茶口粉干曾经随船出海，沿途馈赠外国友人品尝，让他们感受福建人的福气。清朝时期，数千"福州十邑"乡亲跟随闽清侨领黄乃裳先生到马来西亚等地开发"新福州"，也随身携带不少粉干漂洋过海，每当吃着家乡的米粉，就有一种浓浓的乡愁萦绕着满满的幸福。从此，福建粉干名扬海外，身价倍增。而我曾听说南方人爱吃米粉则起自秦朝，两千多年前，秦始皇为统一中国，派兵远征南方，秦军多为陕人，惯吃面食，而南方不产小麦，于是便有了碾米成粉制成面条状再烹制的饮食方法。

临近午饭时间，黄厂长提出中午他露一下厨艺，为我们炒一盘闽清红米粉干。而红米粉干是他们公司打造福粉系列的招牌产品，是在闽清粉干制作工艺的基础上加以改进，粉干用高山红米制作，即保持了闽清粉干柔韧性、久煮不糊、隔夜不馊、翻炒不碎、食之爽口的特点，又提高了闽清粉干的营养成分，红米富含的丰富蛋白质、膳食纤维、磷、铁、铜和维生素 A、D、C 等，具有补血美容、预防动脉硬化、改善营养不良、防癌抗癌等功效。

只见黄厂长把红米粉干放在沸水中煮一下，到八成熟时将粉捞起，放到冷水下冲一会儿，不要让里面有很多热气。然后，旺火、红锅、热油，先把肉丝、虾仁、猪肝、蔬菜等配料炒热，再把滴干水分的粉干丢入锅中，"嗞吧"一声，锅里腾出一团油烟，接着冒出红彤彤的火苗。黄厂长端起铁锅，抖了几抖，让米粉和配菜在锅中翻几个身，充分融合，接着加入盐、味精、酱油、料酒等翻炒几下，一盆香喷喷的炒粉就出锅了。夹起琥珀色的红米粉干放入口中，柔软爽口、唇齿生香，再喝上一口啤酒，哎呀！那个滋润，就是不吃，看着都香，那味道，一天都散不去，真可谓是：日啖福粉两三碗，不辞长作福建人。

如今福建各地的县城及乡镇村都有专门的米粉加工厂和作坊，采用机械化或半机械化进行加工。不少当地的政府提出要将米粉按照特色品牌打造、标准体系建立、产业基地建设、产业转型升级、营销渠道拓展、龙头企业培育、文化底蕴挖掘、发展环境优化等进行提升。在福建很多地方，人们在下雨天没有办法出门劳作或是逢年过节时，左邻右舍都会聚集在一起制作米粉，洁白的粉条俨然就是一条条幸福的飘带，连着西家也连着东家，邻里之间因为米粉而互通有无，守望相助，幸福相邀。也许这就是福建人为何钟情于米粉，并源远流长的理由吧！

高高的井冈

盛夏的井冈，千峰竞秀、林海苍茫、飞瀑流泉、凉风习习。车子在盘山公路上盘旋前行，透过车窗，看那茫茫山峰，在罗霄山脉上绵绵数百里，那满山的毛竹、云杉，片片相连，葱葱茏茏，远处山脚下的村落在云缠雾绕中若隐若现，好一幅如诗如画的田园风光图。

井冈山地处湘赣两省交界的罗霄山脉中断，古有"郴衡湘赣之交，千里罗霄之腹"之称，从山上往下眺望，巍巍井冈被层峦叠翠裹挟着，山高林密，沟壑纵横，地势险峻，就像一座密不透风的巨大城堡，巍峨峻拔于千峰之上。而要进入"城堡"，必经双马石、桐木岭、朱砂冲、八面山、黄洋界五大哨口，这五大哨口中，最著名的要数黄洋界哨口。

登上黄洋界，站在哨口俯视，群峰攒动，山岚蒸腾。这里本来山高风劲，气候恶劣。然而，这里的树却铺天盖地，生机盎然。生命的博大在这里倔强地延伸，沉寂中能让人顿生豪气。1928年3月30日，这里打响了著名的黄洋界保卫战，红军不到一个营的兵力，硬是击退了四个团敌军的疯狂进攻，创造了我军历史上首个以少胜多的战绩，毛泽东闻讯后，欣喜地挥毫写下了著名的《西江月．井冈山》一词。那棵饱经风霜的老槲树，至今容光焕发，似乎还在那里向人们绘声绘色地讲述着朱军长挑粮的故事。

井冈山五百里林海中，最惹人注目的是井冈翠竹。在战争年代，战火烧了竹叶，还有竹枝；烧了竹枝，还有竹干；烧了竹干，还有竹鞭……

春风一吹，春雷一响，春雨一淋，又冒出无数的竹笋，又长出一片茂密的竹林。这密密竹林掩护过战斗的红军，这浑圆粗大的竹子挡过敌人的子弹，这嫩翠的竹笋喂养过红军辘辘的饥肠，这削尖的竹钉布过歼敌的竹钉阵……这井冈翠竹荫庇着中国的革命。

幽静的竹林，引来了无数不知名的鸟儿，或立于竹丫，或飞上竹梢，嬉戏雀跃，婉转啼鸣。清越的鸣叫声荡漾在竹林上空，天地间便有了一种和谐的纯净，这风姿绰约的绮丽景色，把原本凝重的历史浸染得如此婀娜婉约。

竹林里的茅坪村有一座砖石砌成的院落，古朴陈旧，空间逼仄，正屋的后面，有一个小阁楼，爬上窄窄的木梯，来到阁楼上，这里有两个小房间，外间起居，里间是卧室，房顶上有一个八角形的天窗，八角楼由此得名。这就是毛泽东当年在井冈山住过的一处地方，在靠墙的窗户边上，摆放着一张书桌，桌上那盏黑色的油灯让记忆瞬间奔涌。一根灯芯的微光，穿透漫漫长夜，油灯下，毛泽东写下了《中国的红色政权为什么能够存在？》《井冈山的斗争》两篇光辉著作。这道光，指引中国共产党越过万水千山，创造百年辉煌；这道光，跨越时空，放射出新的时代光芒。

在小井村，重建的木结构红军医院默默矗立着，变黑的木质板壁被岁月打磨得光光亮亮。不远处小井红军烈士墓周围，树木苍翠，荫盖山头，毛竹摇曳，似在倾诉。一百三十多位红军伤病员被敌人枪杀于此，他们最小的只有 14 岁，最大的也只有 21 岁，他们中间只有 20 个人留下了名字。纪念碑上刻着鎏金大字"死难烈士万岁"，是毛泽东手书。而两年零四个月的井冈山斗争时期，有 48000 多名红军将士长眠在这座大山之中，只有 15744 人留下了姓名。

踏着小石阶，来到烈士墓旁的小山包上，这里有一座小墓，墓非常小，小到不过三两尺见方，隐在灌木丛中，若不仔细搜寻很难被发现。走近，但见上面刻着的红色字迹有些漫漶，其字三行，分别是：魂归井冈，红军老战士曾志，（1911.4—1998.6）。这位当年红军医院的党支部书记，新中国成立后的中组部副部长，就这样默默地回到了战友们的身边。她当年在井冈山产下的一名男婴，因部队转移托付给了一位井冈山村民代为抚养，新中国成立后，尽管母子相认，但曾志仍然让他在井冈山大井村做一个普通农民，至今两个孙子仍然是井冈山的普通农民。我在曾志墓前，虔诚地三鞠躬，心生感慨：井冈山是心灵可以寄魂之地，井冈山也是生命可以寄身之所。不远处的草丛中探出几朵红色杜鹃，此时的井冈山已过了如火如荼的杜鹃季节，难道这仅有的几朵花朵是对那些追求永恒绿色中夭折的烈士的顶礼吗……

来到井冈山深处，黄洋界脚下的神山村，群山环抱，众木环绕的小山村，当年筹备粮食、建设药库、制作草鞋……如今，一座座二层小楼白墙红瓦掩映在翠竹丛中，亮丽夺目。村民家门口摆了很多井冈山特产，有老木耳、土蜂蜜、干竹笋、新茶叶……还有许多的红色纪念品。他们依托绿水青山和红色旅游资源，开设了"农家乐"，不仅卖土特产，还开小旅馆、小饭店，办起了竹制品精加工厂。2017年2月井冈山市正式宣布在全国率先脱贫摘帽，成为我国贫困退出机制建立后首个脱贫摘帽的贫困县。井冈山不再是贫穷叙事，而是大踏步走在富裕的路上。为有牺牲多壮志，敢教日月换新天，让人民富裕起来，让百姓生活好起来，就是当年牺牲者的壮志。

一场大雨过后，有无数的雾气在升起，轻轻地、袅袅地升起，它们不是在山巅上升起，也不是从山脚下逸出，而是从竹林里一片片、一团团、一丝丝，梦幻般地飘荡出来，像是浮于碧空的白云，轻盈如羽，又如空中飘落下的纱巾，曼妙婀娜。我想这就是井冈描摹出的素雅丹青，是井冈魂魄的飘溢，是井冈营造出的童话世界。

高天厚土作大福

在方圆12万平方千米的闽山闽水间，有一个神奇又富有魅力的地方——龙岩。这里的奇山、秀水、民居、民俗、民风、名城、名人，交相辉映，河洛文化、客家文化、土著文化竞放异彩。客家文化中的作大福，以其传奇般的威严和神秘响彻崇山峻岭。

作大福主要集中在永定金丰片区的"三坑一坪"，即湖坑、洪坑、陈东坑和黄龙坪四个地方，它们各具特色，又以"湖坑作大福"闻名远近，并被命名为闽西十大民俗之一。作福，原为君王、祖先或神灵给予奖赏、施恩赐福之意。《书·盘庚上》："兹予大享于先王，尔祖其从与享之。作福作灾，予亦不敢动用非德。"意思是：现在我要祭祀我们的先王，你们的祖先也跟着享受祭祀。赐福降灾，我也不敢动用不恰当的赏赐或惩罚。宋·宋祁《宋景文杂说》："有所爱，能以得君之赏以贵之，是谓作福。"在客家，"作福"就是祈求神灵赐福，含有求神、许愿、还愿、祭奠、祈福意思。作福既是富含客家特色的民俗活动，也是地地道道的客家俗语。

湖坑作大福在清康熙以前称为"打醮""酢福"，客家老百姓祈求神灵赐福并佑护全境平安，体现了客家老百姓崇尚美好的朴素愿望，属于民间庙会活动性质的风俗文化。相传明朝末年，瘟疫流行，死者枕藉乡间。村中请道士打醮，无奈瘟疫依旧肆虐。一日，湖坑有五个小孩在河里洗澡，突然都跳起神来，一直跳到马额宫前，口中念念有词，说要请"保生大帝"来才可降服疫魔，而村民们必须先斋戒五日，九月十五日请"保生大帝"出宫。于是，村民们在重阳节后便开始沐浴斋戒。"保生大帝"出宫之日，村民们以三牲致祭，瘟疫果然得到控制。此后，为报答"保生大帝"禳灾救民的恩德，每年重阳节后，村民们敬神演戏，以谢神灵，甚是隆重。先是每年作一次小福，但随着时代发展变化，"福"的内涵及人们祈求的愿望在不断扩大，老百姓对所祈之"福"，已经从初始的祈福求平安，护佑一境生灵的愿望，扩展到了求财、求丁、求姻缘、求事业等等方方面面的愿望。于是，湖坑等地从清乾隆三十五年（1770）开始作大福，所谓"作大福"就是形容所有的福报都一起来到。这一民俗，至今已延续了二百五十多年，八十多届。

作大福是牵涉到千家万户的头等大事，比过春节还更重要。人多，场面大，耗时费力，要组织好，确非易事。一番大福结束，一个紧要的事项便是推荐下一番大福的"头家"。各村都推荐那些经济条件较好、有名望的人去争当"头家"。各村的"头家"确定后，在他们中间再以"抓周"的方式选出总"头家"。这样，下一轮作大福的组织机构便产生出来了。

每到作大福之年，活动时间都定在农闲季节，一般是在秋末冬初，有的乡村定在农历四月初八，有的乡村定在农历十月十四日，湖坑则历来铁定农历九月十一日至十五日。"头家"们便早早分工筹划，有的联系戏班，有的筹集经费，有的布置场地。作大福的经费来源有三：一是按人口和灶头分摊；二是自愿捐助；三是由"头家"垫付。资金若有盈余，则属于购置公物或扩大庆宴，抑或存留下届添用。每位头家至少要养一只大肥猪，以供祭祀、招待宾客等。重阳节前，"头家"们便组织人力清理作大福的场地，搭神厂、戏台，筹划迎神的各项事宜，家家户户都在打扫环境卫生，准备各种斋果供品。由于忙于作大福，湖坑甚至把重阳节也"省略"了。

从九月初十开始，人人斋戒五日，家家素食。市场上看不到猪、牛、羊、鸡、鱼、鸭等荤腥，不关门的饭店也只卖素菜，这期间，生油、豆腐、豆芽等斋菜销量最大。而抬神轿的、放铳的、做"头家"的，斋戒要更加"到位"，初十前三天就要禁荤。

农历十一日辰牌时分，各村村民抬着"公王"（土地神）的牌位，相继汇集到湖坑集市西南边的"马额宫"庙。这里风景十分宜人，两条清澈的山溪交汇于庙前，庙后的山，郁郁葱葱，状如马额，因而此庙被称为"马额宫"，庙中主供"康太保刘汉公王"神位。九时许，"砰、砰、砰"三声铳声响彻云霄，标志着这届作大福序幕开启，各路"公王"依次起轿上路，前往神厂，也称大福场。霎时，鼓乐、火铳、鞭炮惊动上苍。队伍浩浩荡荡，旌旗遮天蔽日，人群熙熙攘攘。抬神轿的年轻人，黄衣蓝裤，扎红腰带，裹红头巾，一摇一晃地前行。行阵中，大旗最壮观，旗杆是碗口粗的大竹，足有三丈高，旗分红、黄、白等颜色，旗上画着各种祈福图案，旗杆的顶部系两条粗绳，由专人牵引。扛旗的也一律是壮硕的年轻人，三五人侍弄一杆旗，领头的叫声"一二三"，大家擎起大旗疾行数十步，扯旗尾的，拉粗绳的，前后跟着跑，旗才能飘起来，个个累得汗流浃背，气喘吁吁。这样的大旗有20多杆，中小旗帜不可胜数。

各村还有"装古事"。装扮古事中的人物，如扮"桃园结义""八仙过海"等等，都是经挑选的标致伶俐的童男童女装扮。他们有的坐"轿"、有的乘"船"、有的骑"马"、有的驾"车"。这"轿""船""车""马"，制作十分考究，纹饰华美。各村也都选出健壮的后生抬着，意在炫耀各村的人才与技艺。铳队也十分壮观，其铳全是品字口的"三把连竹"，每把一次可接连引火鸣放三门，放了又装火药，装了火药又鸣放。此外，还有锣鼓队、舞狮队。沿途可谓鼓乐喧天，铳宵动地，旌旗飘扬，人流如潮。看热闹的人挤在路旁、爬上树梢、登上山墩。最后成千上万的人们都聚集在了作大福的大福场。

大福场搭建在西片村中心坝的空地上,村民们先在空旷地临时搭建宫殿模样的神厂,神厂前修建一座巨型牌楼作为大门,牌楼两边各竖一根20多米高的木旗杆,分三节按石旗杆一样建造,顶上插各色旗帜。东头是神台,神台中间置一屏风,此屏为清朝皇帝所赐,弥足珍贵。屏前为"康太保刘汉公王"和"保生大帝"诸神的神位。西头搭起一座大戏台,南边是吹唱班和木偶戏演出的场所。中间是个大供场,摆着几百张的八仙桌,非常壮观。

上供是作大福的主要活动,众"公王"到了神台落座后,人们便开始上供,农历十一日至十四日是素斋供。人们穿上新衣,家家户户到大福场摆香案,案桌上摆满糖果、糕点、水果、米斋团等,造型五花八门,有塔形、方形、圆形、山形、莲形等。因户数多,按村轮流,每村半天。

祭祀是很庄严的,铳声、鞭炮声与乐声等先渲染气氛。头家和执事者们身穿蓝色绸缎长衫,头戴黑色礼帽,各执其位,司仪也称喊班者不仅声调要高亢还需婉转,而且咬字必须拖音。主祭者三拜九叩首、平身、进香、上供品,执事者递的递、传的传,双手捧举,动作、步伐必须恭敬、肃穆。祭文为古文,没有标点,极为考验颂读者的水平。

农历十五日,"保生大帝"出宫,是作大福的高潮。据史料和民间传说:保生大帝,本名吴夲,字华芝,别号云衷,泉州府同安县白礁人士,生于宋太宗太平兴国四年(979)三月十五日,卒于宋仁宗景祐三年(1036)五月初二,于采药之时,羽化飞升。在宋代,吴夲是闽南一带几乎家喻户晓的救世名医,一生扶贫济困,拯救无数生灵,在一次进山采药时不慎坠落山崖而亡。后闽地百姓感其救苦救难的恩德,或画像或雕其像或摆神位加以祀奉纪念。南宋绍兴二十年(1150),其家乡民众在白礁山立神庙,加以酬拜。当地人每当遭遇苦难,便会感念吴夲神力以拜祭之。明洪武五年(1796)朝廷敕封吴夲为"昊天御史医灵真君万寿无极保生大帝"。此后,每当生存环境恶劣、遭遇灾难和流行瘟疫疾病时,闽地百姓都会举行祭祀"保生大帝"，祈求"保生大帝"神灵的佑护和救济，拜祭"保生大帝"逐渐成为闽粤广为流行的一种民俗和信仰活动。十五日一大早，从坎市迎来的"保生大帝"一进入湖坑，就受到了隆重的礼遇。在前往大福场的路上，迎接的喇叭、唢呐、大鼓、锣钹，吹打不停。"保生大帝"一进大福场，场面就更为热烈，"三把连"的土铳震耳欲聋，鞭炮声此起彼伏，大福场上人山人海，浓烟滚滚，四野莫辨。突然，浓烟中传来猪的号叫声，那是在开荤斋戒，行荤腥之祭。

农历十五日的斋祭，由各村同时上供，主供的全猪、全羊等供品是"头家"们筹办的，供桌上摆满了猪头、肝花、鸡、鸭、鱼、酒、糕。客家妇女在此大显身手，上供的鸡鸭各有不同的造型，盘中垒得像宝塔，杂色的糖果在盘中拼出"福禄寿全"之类的吉祥句子和图案，令人眼花缭乱，般般可见巧妇匠心与妙手，真乃"千双巧手竞技艺，一片诚心敬神灵"。日夜都有文艺活动，有木偶戏，有大戏班演出汉剧、芗剧、白话戏等。有的村请多班戏演出，谓之"斗台"，比谁演的多演得好，同时也比谁的戏看的人多，谁的戏喝彩声高。往往演到精彩的时候，观众当场就放起鞭炮。"斗台"时，这边放鞭炮，不少观众就往这边涌；那边放鞭炮，不少观众又往那边跑，这又骤然增添了热闹与欢乐的气氛。大福场上，有敬神的，有看戏的，凑热闹的，有卖肉圆、肉片汤、绿豆汤等风味美吃的，还有卖谷麻糖、麦芽糖、芝麻糖、花生、瓜子等小吃的。后生仔与大细姑，以及童儿们，多穿上新衣裳，尤其注重穿上新鞋，当地俗话说："没钱唔赴墟，赤脚唔望戏。"所以也就显得格外亮眼，格外活跃。

开斋仪式的祭祀活动后，各家各户便将自己带来的供品收回，中午开始大摆宴席，热情款待来自各方的亲朋好友，谁家来的客人多，谁家的福报就好。晚上，还举行送灯（丁）仪式，由乐队分头把灯送到贺灯者家门口，贺灯者燃放鞭炮，送灯领队讲祝福的好话，贺灯者接过灯，挂上家门顶，向送灯乐队赠送红包，并以茶、烟、糖果招待，有的还请吃红汤圆（意为惜圆）之类的吉祥点心。

五月十六日上午，作大福举行隆重的送神仪式，人们欢天喜地地将各村的神灵恭送回原处神坛安奉，这时才宣告作大福圆满结束。

如今，随着时代进步，作大福这种古老的风俗也逐渐增添了新内容，成为人们庆贺风调雨顺、国泰民安、家家幸福的主要形式，成为增强乡民间友爱亲情的重要途径，成为港澳台及海外侨胞回乡寻根谒祖的特殊亮点，这些正是作大福在民间流传不绝的生命力之所在。作大福不仅是民俗奇观，更是客家人向往美好生活的真情祈福，这份真情，足以感天动地！

古厝茶魂

车至后洋，好像忽然闯入了一片桃花源，湛蓝的天空下，四周高耸的山峰，环拥着静谧的村庄，近处的茶山和远处的山林高低起伏，犹如墨晕染出的层层叠叠的画。

古村呈南北走向，古厝新屋依着山势，就着贯穿村子的千年古道——南路，错落有致地安放着，清晰而又分明。古厝、古亭、古庙、古桥、古石碑、古石刻处处透着古朴的气息。在这种古旧气息的氛围里，让情绪陷入一种难以言说的感觉而不能自拔。

半坡上，一座名叫砖坪下的古厝，无疑是这条古驿道上最亮的音符。古道自后唐始建，从古田老城至梅邑水口共40千米，是福建古代北上的四大驿道之一。古厝的主人就是依靠这条连接南北的驿道交通，做起了茶叶的生意。

说到茶，那可是闽清一个葱郁的声音，亲切又怡人，当地民谣说："家有茶和桐（油桐，籽可榨油），日子蛮好康"你只要迈出家门，满眼青翠，尽是茶山。茶叶的脆响酷似茶商银子碰撞的声音，这声音太迷人了，在这无尽的脆响声中，茶商决定要建一座集居住、防御功能为一身的大厝，于是，一座占地1575平方米的大厝，在清同治年间拔地而起，这就是砖坪下。

无疑，这个大厝惊艳四方，大厝及其主人赢得了连绵的赞叹声。这赞叹声有如山上的小草，此起彼伏，经久不息，一冈漫过一冈，冬枯春又勃发。你在南路古道上行走，远远地看见这一座大厝，你仔细地倾听，这赞叹声到处都是，但是你不听，它也不会自己往你的耳朵里钻，它融进了风声。

沿着青石铺就的台阶缓步向上，去探访砖坪下古厝，虽历经近两百年的风雨，远望依然能感受到当年的威风壮观和富丽堂皇。两只小奶狗在青石路上嬉闹，轻咬着对方的耳朵，泥头泥脑像两个淘气的娃娃。又有三四只急匆匆地翻滚下来，抱住我们的脚撒欢，边上屋檐下坐着的阿婆看着小狗笑，告诉我们这都是一窝生的，才不过一个月大。柴门无犬吠，耳畔脚下都是温柔。

从青砖砌成的边门进入，一座小花园呈现在眼前，如今房主人已将它辟为菜园，但园子西头的一株古梅树仍绿意盎然，还保留着对远去生活的记忆。几株挂满果实的柿树和一畦畦蔬菜，规划着岁月里通俗与雅致并存的生活形态，让人在恣肆的绿色中，遐想自然弧线勾勒出的勃勃生机，并把这些生机藏匿于古厝的每一个角落。

大门朝着青山，不远处是一片竹林。青石大门的上方是一个单面坡的披檐雨盖，其木雕的垂花柱、眉川、斗拱十分精妙，彩绘的动物、花草、藤萝虽已模糊不清，但依然可以感觉到它的活灵活现，且形意俱佳。门内正中是两扇木制门屏，门屏后面就是天井，天井的中轴线以青石板铺就，两旁铺设青砖。若是春日，在阳光充足的日子，在这天井中，置放一把藤摇椅，窝在其中，慢慢品匝一壶高山云雾茶，享受时光的悠闲，一种惬意便会戛然而起。

中轴线上的主厅堂高大、宽敞，与天井融为一体，几根粗大而长的楠木柱子上方的雀替上镂雕有牡丹、喜鹊及鳌鱼等，尤为传神。厅堂屏门上方，用漆金木雕刻有古典小说、戏曲情节的故事。青石质的柱础上，阳刻有海棠、荷花、菊花、梅花、蝴蝶花等四时花卉，显得清新雅致。两旁厢房的门窗隔扇多采用透雕形式，图纹多变。有的花窗还刻有喜祥文字，如"喜庆平安""寿""喜"及"卍"（万）字，皆灵动可爱，不显突兀。屋檐下长条形白底彩绘，取材于民间生活场景，或浓墨重彩，或工笔写意，或浩浩长幅，或盈尺小品，所及之物无不栩栩如生。

过午的阳光透过曲线形的风火墙，将那极具动感的线条忽明忽暗地洒在我身上。我慢慢地爬上二层的回廊，用旁观者的眼光打量着周遭的一切。这向外延伸了两米的廊道，底下是用木头支在青石砌成的墙基那一条条伸出的石础上，宛如吊脚骑楼，无形中增加了大厝的使用空间，构思十分精巧，这在当地还是首屈一指。我在思绪中臆想着这里曾经发生的故事，让想象抚摸时光深处的沉疴，回廊的深处探出一些细微的动静，把一种远去的繁盛衍生，并通过这声响延伸到现在。

在那个时代，虽然作为茶商的大厝主人，即使在商海的博弈中如鱼得水，把他的茶生意做到了极致，但他依然必须用商业的收益来兴办家族的教育，培养子孙读书上进，试图诗书传家。在他的心底，似乎这些才是正道。于是，他的子孙学有所成，不少享誉海内外，其中就有著名茶学家、制茶和评审专家、中国近现代十大茶叶专家之一、被称为"茶学界泰斗"的张天福。我不知道张天福在这个古厝中生活了多长时间，但这古厝中的点点茶经、阵阵茶香、袅袅茶烟，一定静静悄悄、无声无息地浸润着他。

有人说，喜欢古厝的人多是对岁月流逝的一种怀念，也是心态渐老的一种体现，可我对代表岁月悠长的深厚累积，这些可供鉴赏的古厝，会感觉到一种稳定持久、安静平和。这些古厝虽已不光鲜，却自有其朴实和持重的内涵。我觉得这些古厝的气息并非已与时代疏远，若忽略其表面的斑驳和沧桑，蕴含其中的，都是一些触手可及的民俗与世情，都是一段植入性灵的根脉与文化。

古厝的不远处，一条溪流穿峡谷而过，在平缓的河床上，布满坚硬的岩石，岩石上满是或大或小、或疏或密、或深或浅，形态各异，酷似过去用于舂米的石臼。同行的村主任告诉我们，这就是冰臼，是古冰川的融水沿着冰川裂隙，以类似"滴水穿石"的方式，冲蚀着火山岩基岩而生成的，它们在这里存在几百万年了。古厝与冰臼在这里际会，自然与人文在这里交融，可谓是天作佳成。

日头渐斜，看那光影一寸寸在视线里挪移，离开，却不禁回眸砖坪下古厝，我大胆地相信，作为一段有价的茶文化遗存，它是在等待一种目光，在安静的时刻与之对视，你不必刻意在哪根柱哪块砖上聚焦会意，彼此无声的世界里，眼神就是最好的言语，超越了时空，直抵心灵；我甚至相信它在等待有人经过，重新踏上那条古驿道，借着泛起的清光，收纳下足音，一路延伸开去，好叫谁的心思都跟着亮光起来；我更相信它是在等待时光，等待时光来延续这百年的一抹茶香，来传承这百年的一缕茶魂。"茗者八方皆好客，道处清风自然来"，这是张天福的心愿，抑或是古厝菡萏成花的荏苒岁月的一种期盼。

过岭烟霞开画卷

武夷山，这块由红色砂砾岩构成的丘陵，方圆 60 千米，一条碧绿似玉的九曲溪流贯其中，萦回于赭红若丹的悬崖峭壁之间。这种碧水丹山的地貌，使武夷山兼有黄山之奇、桂林之秀、华山之峻和泰山之雄。早在一千四百年前，南朝学者顾野王就由衷地赞美过它："千峰竞秀，万壑争流，美哉河山，真人世之所罕见也！"打那以后，又不知有多少文人墨客写下过多少篇记游文章，只是在这成百上千篇文章之中，人们至今仍津津乐道的却是徐霞客的《游武夷山日记》。

当大明王朝被闹得乌烟瘴气之际，在江阴的一处秀美村庄里，一个名叫徐霞客的俊逸青年，却在为他那蓄势待发的游历而全神贯注，为他那天马流星的开阔思想而眉飞色舞。他誓将汗水洒满那充满着激情与壮美的山川，让足迹踏遍那散发幽香与魅力的大地。

终于，在他 22 岁那年，开始了终其一生的跋涉。并于五年后即明万历四十四（1616）他 31 岁时，在游览黄山后，顶着料峭的寒风，来到了崇安，开始了武夷之游。

那是一个冬日的早晨，天亮得有点晚，阵阵寒意渗透着布衣。徐霞客来到九曲溪边，决定乘一叶扁舟，逆流而进，探胜历奇。流水很急，纤夫们赤脚行走于溪石之间挽船前行。行行复行行，山接水转，水流山行，两岸奇峰怪石林立，争奇斗巧。这里，大王峰巍然挺立，矗立云天，雄峙溪北；狮子峰怪石峥嵘，壮如雄狮，坐镇溪南；奇丽的玉女峰，插花临水，亭亭玉立；小藏峰、大藏峰危立水际，陡峭千仞；仰望崖际，三千多年前古越人的悬棺葬具"架壑舟"凌空悬挂，风雨不毁，远航九天；浴香潭、卧龙潭碧绿如蓝，水波不惊，苍松翠竹映入潭中，像拓印一般。

当舟抵六曲的曹家石时，徐霞客舍舟登岸，他在云雾中摸索着前进。这里坠石叠压，磊积成洞，每当冬春两季的早晚，从洞穴里会冒出一缕缕淡淡的云雾，在峰石之间轻飘游荡，时而聚集成团，时而又飘散开去，舒卷自如，变幻莫测，故名云窝。这里是文人墨客、名宦隐者潜居养心之所在。明万历十一年（1583），兵部侍郎陈省曾在此兴建了"幼溪草庐"，建有密云堂、栖云阁、巢云楼、生云谷、迟云亭等十多处亭、台、楼、阁，并有大量的摩崖石刻，极为富丽堂皇。此时的徐霞客应该有所目睹，然无片言只语。他似乎对不远处的茶洞更感兴趣，这个位于接笋峰下的洞口，为武夷山七十二名洞之一，因洞内古时植有名茶丛，故名。幽洞四周有接笋峰、隐屏峰、玉华峰、仙游岩、清隐岩及天游峰、仙掌峰环抱护峙。四周山势高峻，谷井清静幽微，又称幽微洞天。茶洞里还有雪花泉、澹泉和玉华泉汇聚于此，更添幽居特色。徐霞客环顾四周，赞道："诸峰上皆峭绝，而下复攒凑，外无磴道，独西通一罅，比天台之明岩更为奇矫也。"

当徐霞客攀登上天游峰时，已是黄昏，他站立峰巅，看那西沉的半圆形的落日把金光洒向茫茫云海，远远近近的青色峰峦悬浮云端，宛如置身蓬莱仙境，遨游于天宫琼阁。远处九曲蜿蜒，层林尽染，武夷山水尽收眼底，令人心胸开阔，陶然忘归。徐霞客赞曰："其不临溪而能尽九溪之胜，此峰固应第一也。"

次日，徐霞客从仙掌峰西行，寻访小桃源，也称桃源洞，为武夷山七十二名洞之一。取名小桃源，意指可与陶渊明的《桃花源记》中的武陵源相媲美。徐霞客沿着松鼠涧的山径曲折萦回，山转水复，几疑无路，岩罅遍布，镌满题刻。山径穷处，忽有一处由石岩崩塌堆积而成的岩洞，进入洞口，迂回出洞后即见小桃源洞口。宋末，抗元名臣谢枋得在此遁世隐居，曾赋诗抒志云："寻得桃源好避秦，桃红又是一年春。花飞莫遣随流水，怕有渔郎来问津。"后人即书"桃源洞"三字于洞口之额，把诗中"怕有渔郎来问津"作为洞门对联的下联，上联则以"王质观弈，斧柯烂腐"神话典故衍为联句："喜无樵子复观弈"。读来意味盎然。进入小桃源洞口，豁然开朗：近处，小池荡波，鱼虾游翔，田亩平旷，桃梅争秀；远处，薄雾飘荡，青山四合，草木葱茏，屋舍俨然。南是苍屏峰，北为三仰峰，东即玉版岩，西睹天壶峰。在诸峰遮蔽下，这方圆约20余亩的幽深谷地，山民于此栽桃植荷，养蜂采茗，蒸竹制笋，呈现一派安居乐业的景象。徐霞客感叹："有地一区，四山环绕，中有平畴曲涧，围以苍松翠竹，鸡声人语，俱在翠微中"。

徐霞客依依不舍地走出桃源仙境，继续往西，又沿山越蹬，相继攀上鼓子峰、三教峰和白云岩。在白云岩上，他伏身蛇行，盘壁而过，进入"极乐园"。随后又顺九曲溪水而下，泊小舟于一曲的水光石，登岸寻访。他踩着悬架在陡峭崖壁上摇摇欲坠的木梯向大王峰顶攀登，然而到达大王峰半腰的石岩时，四面都是石壁，已无路可上，而且荆棘、草莽又深又密，无法辨识方向。这时已夕阳西下，徐霞客和雇来的挑夫"遂以手悬棘，乱坠而下"。没有登上大王峰顶，徐霞客感到十分遗憾。

第三日，徐霞客经三姑石，再登换骨岩、幔亭峰，又越岭三重，行抵水帘洞。这里又名唐曜洞天，是武夷山最大的洞穴，高度和宽度均超过百米。水帘洞的水帘，最宽时足有一丈二左右。这里千仞山崖高耸，上部外突，下部凹嵌，泉水从山崖顶上倾泻而下，形成千条万缕的细小水柱。这里最有特色的人文景观就是天车架，由于山崖高高地耸立而上部外突，所以山人在山崖半壁上构筑了几幢高矮、大小不一的木屋，有的深藏洞内，有的半露洞外，上下错落，栏杆围护，悬梯环接，飞流直下的泉水，还只是落在房屋的栏杆之外，徐霞客惊叹："亦大观也！"。

入夜，徐霞客在崇安的客栈里辗转难眠，三天来，他把武夷山的九曲及36峰中的主要山峰、高崖、飞岩及沿途景观几乎游遍了。此情此景，历历在目，不断撞击着他的思绪。他起身披衣，拨亮油灯，挥笔写下了近三千字的《游武夷山日记》。

如果说山水游记是一幅画的话，那么《游武夷山日记》就是一幅浅绛山水。浅绛山水画，是山水画的一种，它是在水墨勾勒皴染的基础上，敷设以赭石为主色的淡彩山水画。它素雅清丽，明快透彻，不像青绿山水那样浓墨重彩，艳丽缤纷。徐霞客这次游武夷山是在游过安徽的白岳山和黄山之后来到武夷山的，他在《游白岳山日记》和《游黄山日记》中就对其中多处景观作了浓墨重彩的描写。来到武夷山后，他发现这里奇峰群立，碧水九曲，清雅秀美，浑然自成，有一种祖国东南山水的独特的个性与特色。这里的山山水水是温润的、素雅的、透明的，但不乏意蕴与美丽。它虽然是丹霞地貌的名山，但是它的特点，不在于丹霞浓郁的色彩，而在于其奇秀的地形。庄周在《庄子·天道》中说："朴素而天下莫能与之争美"。朴素、本真的事物，才是天下最美的。于是在徐霞客的笔下，武夷山成了与白岳山、黄山等诸多名山不同的一幅素雅清丽，明快透彻的浅绛山水画。

徐霞客在他的《游武夷山日记》中不仅详细地记述了武夷山九曲溪两岸自然山水的特征、风貌，更重要的是再次系统地把武夷山主要的"溪、涧、泉、峰、石、洞、岩"等等的名称进行表述认证，对今人系统地传承武夷山"一溪、九涧、十八泉、三十六峰、五十四石、七十二洞、九十九岩"的名称，具有重要的意义。清代初年，潘耒（字次耕）为《徐霞客游记》作序，极称其"记文排目编次，直叙情景，未尝刻画为文，而天趣旁流，自然奇景。山川条理，胪列目前；士俗人情，关梁陀塞，时时著见；向来山径，地志之误，厘正无遗；奇踪异闻，应接不暇。然未尝有怪迂侈大之语，欺人以所不知"。这段话，正道破了徐霞客《游武夷山日记》至今仍诱人的秘密。

  该返程了，百里九曲游不尽，武夷山已像一幅长长的画卷，铺展在他脑海中，镂刻在他记忆里。在他看来，武夷山委实是世间最好的地上文章，叫他魂牵梦萦，难以释怀。

  每当我重游武夷山，仿佛都能看到徐霞客站立船头的身影，从九曲溪的深处倒影荡漾开来，穿越四百多年的二维空间，依然震颤着我们的灵魂。

海上桃源别有天

沿着蜿蜒的海岛公路,往平潭岛西南部驱车慢行。盛夏时节,处处是生机与热烈,挺拔的木麻黄,旁枝侧立,满眼青绿。星星点点的小花,丛丛簇簇,泼洒芬芳。远处一湾海蓝与白色的海岸抚摸出平滑的曲线,如同一只兰鸥展开的双翅,这便是山岐澳。

站在鼎山的观景崖台面上,眺望整个山岐澳海湾,天色浅蓝澄明,海湾碧蓝深邃,沙滩纯白洁净,加之不远处的山丘郁郁葱葱。这些深蓝浅黛、粉紫鹅黄,将整个海湾装点的如图如画。再看那开阔的茫茫海面,海水呈现浅蓝、碧蓝、墨蓝,这层层延伸、浩渺无边的蓝,如同一汪幽梦,又似一个巨大的魔法,充满诱惑,使人发呆,让人静穆,令人陶醉,我的思绪似乎被这魔法捕获了,脑海中只剩下了这片纯净的蓝。

观景崖台的后面鼎山顶上有一座道教名胜山岐宫,山岐澳因了它而得名。山岐宫已有二百多年历史,面积不大,仅两三百平方米,但其精美的石雕和保存完好的柱础等为这座道宫增添了许多的韵味。门墙顶上为牌楼式门楼,飞檐翘角,琉璃屋檐在阳光的照射下显得金碧辉煌。相传,每当海中腾起浓雾翻起大浪之时,山岐宫中的东方帝都会显灵,亮起一盏明灯,指引海上迷失方向的船只靠泊。

置身宫中,蓝天、碧海、青烟、香烛都能启人幽思,发人深省,难道这一座小小的道宫,就足以抵挡那沧海的桀骜不驯,那海风与时光的刀光剑影?岁月失语,惟宫能言。

走下盘旋的石阶，赤足在沙滩上漫步而行，细沙如玉，温润绵绵，这就是远近闻名的凤凰沙。沙子在大自然的精挑细选后不仅有着极致的外观特点，更有着背后的传奇文化色彩，用凤凰沙制成的沙漏，结合了古老艺术、现代工艺以及独特的凤凰山地理文化特色，成了你可以带走的平潭时光。

柔软的沙滩，一踩就是一个脚印，回首一看，便留下了一串串脚印，有的深、有的浅、有的直、有的弯。再回看，海浪便抹平了沙滩，不留一丝痕迹，依然如旧。其实，人生之路又何尝不是如此，曲曲折折，坎坎坷坷，深深浅浅，无论怎样，岁月终会将它抹平，只要走得安稳，又何必去计较哪一脚深、哪一脚浅？

我踏浪而行，乳白色的浪花亲吻着我的双脚，浪花如云，追随着我的脚步。俯身拾起一颗布满点点褐色斑纹的贝壳，观赏着它的美丽，忽然，一个大浪翻滚而来，失手将我手中的贝壳掉进海里，我顺着海浪去追寻那颗贝壳，贝壳却被大浪卷得无影无踪了。我站在水花四溅的浪中久久的等待，可是，无数次海浪的翻滚都不曾带回我遗失的那颗贝壳，只好将那颗美丽的贝壳深深的珍藏在心里了。

开始涨潮了，海水失去了刚才那种宁静和温柔，咆哮着涌向沙滩，我急忙往后倒退。只见那茫茫无边的大海，波涛汹涌，冲天的海浪一浪高过一浪，层层叠涌，迎面而来。伴随着海风掀起轰然巨响，咆哮着将浪花狂甩在海滩的礁石上，飞珠四溅后又倏然回归大海，在海浪的推动下再次发动着又一次对海滩的冲击。如同一位勇猛无比的战士，一次又一次地不知疲倦地冲向海滩，冲向礁石，那种惊心动魄来得如此的干脆利落，不带有一丝一毫的彷徨犹豫，海浪凝聚了所有的力量只为自己这非同凡响的冲天搏击。

蓦地，两只雪白的海鸥从礁石上跃起，舒展着翅膀，以优美的舞姿凌空环绕着，仿佛是守护海洋的天使。正待我凝神之际，那两只海鸥已经飘落到沙滩上，它们远远地站在我的右侧，羽毛与沙滩浑然一色。我无法辨清它们的整个身体，只见它们黑黑的眼睛、嘴和腿在动。它们互相用嘴挑逗着对方，宛然一对相恋中的情侣。突然，两只海鸥腾空而起，向汹涌澎湃的大海飞去，画出一条美丽的弧线，前面的一只箭似的扎入水中，一个海底捞月重又飞起，一条活蹦乱跳的小鱼已经衔在它的口中了，后面的一只迅速扑了上去，前面那只将口中的小鱼递到后面那只的嘴里。它们在大浪中嬉戏着，每一次飞翔都是属于它们自己独一无二的姿态，身形矫健，无所畏惧，自信而高傲，从容而优雅，展现出一种美和力的光彩。"欧欧欧"的清脆叫声，书写着海空间的快乐音符，伴随着海风缓缓地跳动着。

  移步至附近的凤凰山，去一睹仙叠岩的风景。凤凰山上郁郁葱葱，多藤蔓植物，行走在曲径通幽的山径上，只见层层叠叠的岩石巍然耸立，仪态万千。同行的村民给我讲述着岛上动人的传说：有位贫苦的年轻渔人，下海捕鱼遭遇巨浪，船被掀翻撞毁，他被海浪漂打到这个当年荒凉的岛上。他坚强又勤劳，独自筑屋打猎，顽强地生存下来。一次，龙王的小女儿到沙滩上玩耍，见到了这位小伙子，就热烈地爱上了他，于是碧水沙滩，成就他俩的爱情。龙王得知，龙颜大怒，无情地把小女儿禁闭海底。然而爱的力量，帮助小龙女冲出樊笼，跃出大海，扑向日夜呼唤她的爱人。当他俩正要拥抱时，紧追而来的龙王，用法术将他俩变成石头！风吹浪打，岁月飞逝，这对巨石千万年来就这么深情伫立，互相对视着……多么凄美的爱情故事。我没法确定这对爱情象征的巨石在哪？但凤凰山以及周边的鼎山、蝙蝠山巨石无数，大小不一、形状各异的石块石岩，的确是别样的风景：你看哪观音驯狮岩，形似观音端坐，赤狮仰头聆听观音教诲，潮涨潮落，如万朵莲花在观音座下盛开；你看那伫立的仙人石，在明亮的浅色光影中深沉而温厚，他用亿万年的坚强拥抱着此处的一湾清浅，仙风道骨的襟怀，没有让人不寒而栗，却使你怦然心动。凝视着这些斑驳陆离的石岩、石崖，不知道他们经受了多少沧桑巨变，只知道它们亿万年前从海底升起，就恋上了这一方水土，不离不弃，不屈不挠地在风雨浪涛中屹立，实现着自己守护的誓言。风浪侵蚀了它们的面庞，却坚定着它们的初心，将它们挚爱的海岛的岁月年华，一笔笔、一道道刻画在坚毅的面庞上。

当我还沉浸在这些栩栩如生、惟妙惟肖的岩石奇观中，忽听同行的友人一声惊呼："石头厝"。伴随着友人的呼声，他们已经快步往石头厝的方向跑去，我跟着他们的脚步，走向前去，不由眼前一亮。只见山坳中几座围成凹字形的石头厝，房子从地基到墙面，从门框到梁柱基本都是用花岗岩石料，甚至连房顶瓦片压着的也是石头。这些随圆就方用石头堆砌的墙上，不规则的纹理和不一样的色彩，让整个石头厝如同迷你屋，波浪形的屋顶上镶着光滑润泽的鹅卵石，一粒一粒青黛色的鹅卵石在阳光的照耀下闪着岁月的光泽。

据说石头厝是大海的礼物，当地曾经流传这样的民谣："平潭岛、平潭岛，光长石头不长草。"先民们用自己的智慧和勤劳就地取材，以花岗岩和火成岩为主要建筑材料，用海蛎壳烧制成灰，建造了碉堡般的石头厝，形成了以石头房为主体的聚居村落。它不仅是风情浓郁的独特民居，也是海岛祖先生存智慧的结晶，更是海岛居住文化的"活化石"。它以古朴的身姿，成就了布景般的原生态景致，成为平潭岛一张蕴含着浓浓乡愁的名片。

建新村魏主任告诉我，眼前的这几座石头厝建于20世纪50年代，原先是县里的海产品加工厂，已经久无人使用了。村里正在规划，将这几座石头厝盘下来进行修葺改造，与沙滩、仙叠岩等共同打造成集吃、住、行、游、购、娱一条龙服务的"敖东黄金海岸郊野公园"，做好"渔家乐"脱贫致富奔小康的大文章。

"苍江几度变桑田，海外桃源别有天。云满碧山花满谷，此间小住亦神仙。"这是清朝诗人王步霄游洞头岛后写下的一首诗。每个人的内心深处都有一个梦想，做一个岛主的梦想，拥有一片净土，来承载你桃花岛式的生活遐想，面朝大海，春暖花开。山岐澳就是实现你梦想的地方：观海上日出，抚海浪轻吟，踏玉沙拾贝，攀岩崖听涛……

夕阳已经沉到海平线上了，但暮色还没有融尽落日的余晖，海面上浮起一层玫瑰色的雾霭，海水呈现出红葡萄酒样的色泽，我隐约闻到了酒香，不觉有些微醺。渐渐地夜色弥漫开来，深黛天幕上的明月洒下如洗的清辉，轻轻柔柔地笼起山岐澳这一湾深情。

海湾鏖战写风流

气势雄伟的华能罗源发电有限责任公司（以下简称罗电），位于罗源县罗源湾北岸，依山傍海，风光旖旎，是一座具有地域文化特色的"山海·印象"文化电厂。工程于2014年12月获得国家发改委核准，2015年4月开工建设，第一台机组计划2017年6月建成投产，第二台机组预计2017年8月建成投产，建设的2台660MW和4台1000MW都是纯净排放绿色环保火电机组，规划总装机达5320MW。暮春三月，风和日丽，桃红柳绿，芳草萋萋。我有幸踏入这座绿色电力之城，近距离地目睹了她的在雄伟，领略了她的神奇，感受了她的壮美，留下了挥之不去的印象。

一

21世纪是城市的世纪，城市化的经济效益主要有两个方面，一是由专业化分工引致的递增效益，二是由土地、资本、劳动等要素聚集所形成的聚集经济。前者提高劳动生产率，后者提高交易率，所以城市化是社会发展到一定阶段时经济增长的动力源，是社会现代化的表现，而工业是城市化的支柱。罗源县委、县政府以敏锐的眼光，果敢地提出"引进大项目，建设罗源湾"的强县战略。而罗电正是在这样的大背景下落户罗源湾。罗电工程占地面积达17.92公顷，既有山地、农田，又有海域、滩涂，每千瓦占地面积0.136平方米，优于国内同类型机组。

征地拆迁，是项目建设的"前哨站"，当年负责罗电项目征地拆迁工作的负责人缪应铿告诉我，罗电工程征地拆迁自2013年3月起经时30个月，共征用补偿土地1046亩，搬迁村民4200多人，拆迁房屋1.7万平方米，收回滩涂和虾塘772亩，拆除网箱4.2万箱，保证了一期工程建设需要，而且为后续发展奠定了基础。从缪应铿饱经风霜的黝黑的脸上，我仿佛体会到拆迁的艰难。

谈到征地拆迁工作，原征迁办的尤惠刚副书记深有体会地说：干征地拆迁工作太难了，一天安稳觉也没有睡过，每天都能碰到麻烦的人和事，遭人白眼和漫骂是常事。就拿坟墓的搬迁来说，几百座坟墓，要逐一登记、造册、拍照、联系、搬迁，而且更棘手的是报纸、电台、电视台刊发、播出搬迁公告后，仍有些无人认领坟墓，有的坟主远离了罗源，有的在外打工经商，未看到公告，也有的确实无后人认了，怎么办？按照政府公告，逾时认领搬迁完全可按无主坟墓处理，但是征迁办的人员没有因为怕麻烦而采取简单的办法处理。而是登记、拍照、挖出后按习俗用红布包好骨灰，送到公墓妥善安放，以期找到主人认领。当然这无形中增加了拆迁成本，但为了和谐拆迁，做到以人为本，征迁办的同志们认为这样值，他们说："决不因为为了给罗源办一件好事，而给群众办了一件坏事。"当年就有一对外地返罗源的中年夫妇，听说自己的祖坟被挖了，怒气冲冲地来到指挥部大吵大闹，征迁办的同志热情地接待了他们，问清来意之后，安慰道："别着急，先把你们祖坟的名字说一下，我们帮你们查寻。"当征迁办的同志从电脑中调出相关资料告诉他们说，你们的祖坟已经妥善地安置到公墓时，这对夫妇扑通一声跪在地上，千恩万谢，一时说不出话来。

罗源县人大主任雷光秀挂点罗电工程征迁工作后，采取横向到边、纵向到底的工作方法，充分利用民间节日的时间节点，强力推进搬迁工作，并在房屋、养殖等的拆迁中，时常保持高压态势，许多难题在雷主任的亲督下迎刃而解。在罗电工程的拆迁工地上到处都留下雷主任脚穿解放鞋，风尘仆仆深入一线的身影，他经常与拆迁户座谈沟通，了解拆迁户的思想动态和当前急需解决的问题，了解踏勘拆迁安置点、安置房建设情况。他清楚地掌握乡村的拆迁情况，对需拆迁户数，及拆迁户的家庭情况了如指掌。拆迁办在雷主任的带领下，团结一心，破解难题，共同推进各项工作的顺利开展，在很短的时间内，为罗电项目的顺利开工打下了坚实的基础。

在结合现场征迁推进场平施工中，施工单位认真履行施工责任，控制爆破对周边海上养殖的影响，人性化的拆迁工作得到广大村民的拥护，大家纷纷舍小家顾大家，牺牲眼前利益，换取长远的发展，逐步形成良好施工氛围。截至2015年6月，全面完成场平施工，完成土石方工程量达653万方，建设了29千米供水管线和泵站，架设临时线路，引入施工电源，贯通疏港公路，水电路的疏通，满足了现场施工的需要。

二

这个世界上有一种人，有一种行业，有一个繁华都市之外的群体，他们默默无闻地为社会奉献，没有丰厚的收入，只有艰辛奋进的背景，他们的一生充满着无数次的告别，当一座电厂投入生产开始发电，他们便背起行囊，与时间挽手，又投入另一个施工现场。

在罗电工地，就有着这样一群来自祖国大江南北的建设者，他们朴实、憨厚，个个身怀高超的技艺，他们四海为家，却都是那样的从容和淡定，他们用自己黝黑布满厚茧的双手，装扮着世界，他们远离家乡，远离亲人，燃烧了自己，照亮了他人，他们为了祖国的电力事业，驻足过大山深处，荒漠高原，如今又奋战在海岛岸线，他们把青春年华，奉献给了祈求光明和温暖的人们。

在这群粗壮结实的电建人手中，30多米的高大厂房，50多米的锅炉钢架，200多米的巨大烟囱一个个拔地而起。施工现场，16吨的汽车吊、50吨的履带吊、250T履带吊、有条不紊地完成每一件设备的吊装任务，工地上热火朝天的干劲，一个个忙碌湿透的背影，拌合着不同的方言，给这个美丽的海岸线增添了壮丽的色彩，成为这片海域上一道美丽的风景。

作为一家大型火电企业，她的主要生产原料便是煤炭，在这里"煤炭是工业的粮食"这句话得到了证实，因此，庞大的煤炭储备和供应系统就显得十分重要和突出，也成为罗电靓丽的黑色风景线。从电厂南端慢慢往北走，首先映入眼帘的是两个巨大的圆形储煤场，四周用30多米高的蓝色钢网架和外界分隔开，有效地阻止了大风天气场地煤灰向厂区及周边扩散。煤炭主要靠海运，斗轮机皮带不停地转动，将煤粉送上宽大的输煤皮带，送入煤场两侧的破碎和分送车间，然后进入主厂房，这是罗电的第一板块，占据了主厂区面积的四分之一。

生产区域由南向北，依次由脱硫、除尘、风机、电除尘、化学、锅炉、冷机一系列工序组成发电生产流程。与之相适应，并列着一座座高大、整洁的厂房，这些蓝色的建筑物鳞次栉比，构成了罗电的主体景观。而作为罗电标志性建筑，则是目前已立起的两座蓝白相间的200多米高的烟囱，远远的海的那一边的人们都能清晰地望见他，与之相比较，坐落在他脚下的那些建筑物，简直就是一个个火柴盒。在这些建筑物之间，铁架台就像森林一样，矗立其间。铁架台上，铺设了密密麻麻的冷热水、灰、油、汽管道和电线电缆，还有蜿蜒曲折的、封闭和半封闭的输送皮带，被巨大的电机牵引着，像一条条巨龙向前滚动。这些管线和输送皮带，如果不是内行的人，谁也弄不清他们从哪里来，到哪里去。各种电机的轰鸣声此起彼伏，昼夜不停，各个控制室里，值班人员通过电脑屏幕密切注视着生产运行情况，巡回检查设备和进行日常维护的工人师傅们不停地穿梭行走于每套设备之间，随时处理异常情况，只有在这个区域，你才会认识劳动者智慧的伟大，体会到钢筋水泥筑就的雄伟，领略到罗电人的神奇和骄傲。

厂房北端，就是电流输出区域和热量冷却系统，主变区域的一台变压器，就像一间房子那样大小，用铜条制成的导线紧紧固定在变压器连接处，从厂房里发出的强大电流经过这里，通过蛛网般的输电线路，变成500千伏高电压送出厂外，进入华东电网，输向祖国各地。

这样，由南向北，输煤、热力、发电，构成了罗电的生产主旋律；烟囱、厂房、管网、水塔，支撑起罗电这个工业区的伟大形象。我相信，凡是到过罗电的人，目睹过罗电这片宏伟建筑，都会赞叹她的壮美博大，赞叹建设者的智慧和力量。

三

也许有人会说，无论如何，工厂不就是一堆钢筋水泥的组合么，人在其间，只有自惭形秽，还有什么可以赏心悦目的呢？可是当你走进罗电的时候，哪怕只是走马观花似的转上一圈，就会改变自己的看法，你就会说，罗电，不仅雄伟，而且还十分美丽。

罗电建设之初，就提出了"生态环保,以人为本,集约紧凑,滨海特色"的厂区建设理念，雨水回收，先观后用，保留岸线和山体，厂前区半岛布置，保留固定端山体，将工厂环境景观公园化，生活区融入山海之间，体现福建滨海特色。

厂区的大门正对着烟波浩渺的大海，一眼望去宽阔而大气，伸入海中的宽阔路桥把厂区环绕其中，桥边填海建设的三幢白墙黑瓦的徽派建筑，就是员工宿舍，与蓝色的海水相互映托，赏心悦目。20多米宽的进厂大道，宽敞而洁净，道路两旁的绿化带种植着一排排整齐的棕榈树，形成一道独特的热带海滨风光。

再往南北两侧，是两块巨大的草坪，从厂门口一直延伸到紧邻生产区的综合办公楼门前，约有1千多平方米，草坪中间，松柏、杜鹃、牡丹、月季偎依着假山石，一丛丛、一簇簇，婀娜多姿，点缀其间，远望近观，千姿百态，草坪两侧的竹篱上，紫薇、牵牛花、爬山虎、三角梅层层叠叠，形成两道五颜六色的屏风，犹如巨大的水墨画，走在其间，你也仿佛成了画中人似的。

厂区的西面是绵延的小山包，山上绿树成荫，高大的榕树，枝繁叶茂，柳杉随风摆动，意态翩跹，松树旁逸斜出，遒劲有力，龙眼树云蒸霞蔚，如火如荼；树丛间，芳草莺莺，落英缤纷，不知名的野花次第开放。雨天奇幻空灵，彩虹缠绕，丽日晴天，祥云万道，海风吹拂，青年工人们沿着鹅卵石铺就的盘山小道，倘游其间，登上山顶的"凌飞亭"，远望大海，帆影点点，波光潋滟，顿觉心旷神怡，乐而忘归。是啊，这登山路的每一段延伸，树木的每一道年轮，花草的每一次荣枯，都记载着她们成长的足迹啊。

山腰上有一个人工开凿出来的水塘，员工们称之为人工湖，这是一个直径有100多米的圆形池塘，平均水深2米，湿润清凉的水汽里弥漫着小草的清香，林间的山泉蜿蜒着流向湖中，水中鱼儿欢畅，林中不知名的鸟儿鸣叫着，越发增添了幽静。人们在湖边的凉亭里下棋、打牌、聊天，湖的周围是方砖铺就的林荫小道，蜿蜒曲折而又四通八达，人们或者散步，或者奔跑，或者只是为了贪走近路，尽可随心所欲。湖边就是"青年林"，种植着大片的樱树、桂树、桃树、李树等，厂党建部主任章志翔高兴地告诉我："这是我们青年员工利用休息日种植的，我们要一年年坚持种下去，把这里变成花果山"，厂党办干部赵超刚兴奋地说："我们还自己饲养了200多只土鸡、土鸭，改善员工生活。"身临其间，你很难与工厂这个词联系起来，仿佛置身在大自然之中，有一种超然物外的感觉。

　　工厂的生活区布局整齐，依山而筑，一应的徽派建筑风格，清心悦目，每栋建筑的前后都进行绿化，碧绿的草坪上，奇花异草和各种观赏性灌木星罗棋布，诸如松柏、桂花、柳树、樱花等等，把整个非生产区域点缀的犹如花园一样，俊男靓女行走其间，仿佛生活在一座环境优美、文明和谐的城市里。

　　每当夜幕降临，整个厂区灯火一片，最高处当数烟囱的红色指示灯，疑是星星闪烁，散热水塔和厂房顶端，都有发出明亮、柔和光线的高压钠灯，所有车间、值班室、通道、楼梯处，日光灯彻夜通明，办公和公寓楼外装饰着彩色的轮廓灯，主要道路两旁，均有橘黄色的路灯大放光明，海上路桥的灯光如黄色彩带缠绕着厂区，甚至山坡上、草地里也有灯光熠熠生辉，这许许多多的灯光，倒映在海面上，交相辉映，让整个罗电成为一座不夜之城。

　　不必说蜿蜒的海上路桥雄姿，也不必说白墙黑瓦的徽派建筑；不必说在花草丛中漫步的女工，也不必说绿茵场上矫健的男儿；不必说厂区道路川流不息的车辆，也不必说码头停靠的万吨巨轮……罗电，无论是谁到了你身旁，都会欣赏你的雄伟，羡慕你的美丽，夸耀你的富态，赞颂你青春靓丽的形象啊！

四

　　作为一个大型的现代火电企业，点多面广，事务纷繁复杂，罗电坚持华能"引领电力技术进步"理念，以"高效低能、节能环保、现代示范、世界一流"为目标，按照华能集团公司《火电电源建设精细化管理标准》《火电电源建设精细化样板工艺图集》，规划亮点项目32项，特色项目28项，全面开展过程创优、细节创优、创建国家优质工程金奖。

厂党委书记沈洪伟按捺不住喜悦心情，自豪地告诉我说，在企业实力方面，采用高效超临界机组，冷端优化，设计最佳背压，汽机背压由4.77kpa优化到4.64kpa；厂区布置顺应半岛，在主厂房标高不变的情况下凝汽器下沉了3m，降低循环水泵扬程，降低电耗，每年可节省电费220万元；在基建项目中率先采用烟囱雨收集装置，解决了烟气中饱和水蒸气冷凝所导致的烟囱雨问题，相比电子除雾器方案节约投资超过一千万元；660MW塔式炉，具有优异的备用和快速启动特点；将3号高加蒸汽冷却器布置在1号高加出口，提高省煤器入口给水温度，降低热耗，减少机组发电煤耗；优化四大管道布置，降低主汽系统、再热系统管道压降，减少汽轮机热耗；采用变频调速控制，降低辅机损耗。

厂区布置因地制宜，顺应地形地势和电厂取排水、出线等外部条件，保留固定端山体，在综合考虑电厂循环水泵电耗的前提下尽量减少土方工程量，用时注意工艺流程合理顺畅，降低投资和运行费用。合理规划生产动力、烟气治理、物料处理等7大综合生产、生活中心，做到紧凑节约；结合港电储一体化和海水一次循环。

在企业理念方面，罗电人坚持"天下大事，必作于细；天下难事，必成于精"，秉承"点点滴滴降成本，分分秒秒增效益"原则，通过样板引路，强化质量监管，严格质量验收、考核，加强设备监造管理；以人为本，重视人才培养，罗电设职能部门十个，目前在册员工149人，平均年龄30岁，本科及以上文化程度员工127人，中、高级专业技术资格人员37人，是一支年轻化、专业化、朝气蓬勃的队伍。

罗电在日常管理中，依靠管理出实力、增效益，以创先创优为载体，学习、借鉴国内外先进企业管理思想，确立先进的管理理念，建立科学的管理体制和管理机制，采用现代化的管理方法和管理手段，根据最新国家法规和上级公司管理制度要求，先后修订完善、发布实施了120余项管理制度，形成具有罗电特色的管理模式，为规范化、标准化、制度化开展各项工作提供了有力保障。

也许有人会说，罗电的规章制度这么严格，员工是不是生活在高度紧张和枯燥乏味的环境之中呢？答案是否定的。罗电为了使员工在工作中精力充沛、情绪良好，十分关心员工的物质生活和精神生活，员工公寓楼达到四星级宾馆标准，有专人清扫环境卫生，水电暖卫等设施经常维护，每个房间里床、衣柜、桌椅、电脑、洗衣机等配套齐全；员工餐厅按时提供丰富多样、可口安全的食品；宽敞明亮的文体活动中心，下了班的员工来到这里，可以进行各种球类比赛，或者开展健身活动，这里的一幅标语道出了人们的心愿：每天锻炼一小时，精神快乐每一天，健康幸福一辈子。罗电还经常组织文艺演出、登山比赛、道德讲堂活动，开展"我和罗电"征文、征联比赛；组织"亲情罗电"活动，邀请员工家属到工厂感受厂里的建设，组织"六一""三八""九九"等亲情活动，这些都体现了罗电对员工无微不至的关怀，使员工感受到家庭般的温暖，从而让她们用极大的热情和充沛的精力投入到工作中去。

罗电在发展自己的同时，始终不忘承担更多的社会责任，对于厂区周围村庄群众的生产生活，尽可能给予关心和照顾。罗电百分之九十的临时用工来自周边村庄；投入巨资进行生态环保的治理，保护了周边环境，树立了良好的企业形象；他们定期组织员工到敬老院帮扶，到困难小学支教等等，赢得了社会上的广泛赞誉。

东临大海波涛，伫立海峡西岸；心系万家灯火，奉献清洁能源；建设和谐社会，胸怀基业长青。罗电正像一艘崭新的远洋巨轮，开始乘风破浪扬帆远航，驶向更加光辉灿烂的明天。

鹤炉风云旗杆厝

古厝穿越了历史的时空，数百年来，栉风沐雨，粉墙斑驳，窗棂无语……古厝里演绎了多少人间情感纠葛，悲欢离合，风云际会。存在的似乎已经消失，而消失的仍然存在着，年轮的漩涡把古厝里的物事交织成了茫茫苍苍的图景。

踏着秋日残存的艳阳，去探访坐落在闽清十七都鹤炉村（今白樟镇下炉村）的古厝——旗杆厝。阳光透过参天的古树枝丫，在古厝前的小道上斑斑驳驳地洒下点点金光，让人有一种迷离的穿越之感。远远望去，旗杆厝坐落于一处半山坡上，依山而建，坐南朝北，约有近三千平方米。古厝背枕独角仙峰，面览绿野青山，主体建筑由正厝和横厝构成，左右对称，四平八稳。每进建筑，错落有致，气派非凡。

沿着青石台阶缓缓而上，一座端庄大气的门厅映入眼帘，门厅的上方悬挂着"御前侍卫府"金底黑字竖匾。站在门前远眺，有单吾山、天吾山两峰对峙，并有形似金印的寨顶山置于横案山上。再远处群山相叠，酷似笔架，其左右两侧山势延伸逶迤，如凤凰展翅，跃跃欲飞。步入门厅就是旗杆厝的正厝，只见前埕左右两旁各竖立着一对双斗旗杆，在青石旗杆碑碣上，分别刻着立碑主人所获功名和立碑时间，两柱木质旗杆高约10米，极其显赫张扬之势。据说这对双斗旗杆为光绪皇帝御赐，旗杆厝的称呼便由此而来。

这座旗杆厝是由詹氏始祖詹希质所建，始建于清乾隆三十八年

（1773），距今已有250多年的历史，原取名为"新厝"，直到1877年，该厝的詹氏后人诞生了一位武术神童詹绍安，这个家族的历史被改写。詹绍安从小热爱武术，一路披荆斩棘，23岁时参加了丁丑科的殿试，并高中进士，获得了第二甲第二名，赐进士及第，并钦点为御前三等侍卫，乾清门上行走，及赏戴花翎。因后来曾保护过光绪皇帝，帝赐其双斗旗杆。

由第一门埕台阶而上进入正厝大厅，只见门庭两旁分列着"肃静、回避、御前侍卫、赐进士出生、乾清门上行走"等十八块执事牌，仿佛诉说着三等侍卫詹绍安荣耀的一生。族人介绍说，绍安公虽为武进士，但性情豁达，循循有儒者风，雅好琴棋书画，书法尤妙。欲得其书者，则设宴招之。又豪于饮，每逢酒后泼墨，酣畅淋漓，有春蚓秋蛇之称，致帝赞"笔走龙蛇"。曾赏客于京台，倘得其尺幅者，宝如连城也！为晚清时期我国著名的书法家。绍安公娶清武状元王仁堪的胞妹为妻，育有三男，廷树（宝琪）、廷润、廷州（宝艇）……

门厅左右各为回照，后为内庭天井院，这里放置有一块巨大的石头，形似秤砣，族人告诉我这是詹绍安年轻时练功的石头，重达300斤。天井两侧各做书院三直六间，正厝面阔七间，进深七柱，穿斗木梁架。圆梁方枋层层叠叠，纵横交错，斗拱雕花异彩纷呈。雀替双面镂空，多为雕刻"凤朝牡丹""莲花鹭鸟"，寓意吉祥富贵、一路连科。梁托木雕刻"鳌鱼"，传说鳌鱼有龙头、鱼身，并且带有四个脚，装点在柱梁之间，寓意海出蛟龙争上游。梁枋之间有一段瓜柱，瓜柱下端制作成垂花柱头，被精心雕刻成一层又一层的花瓣，似盛开的莲花。窗棂上雕刻有梅花、仙桃葫芦，福寿延年，石榴等种类繁多的优美图案。我惊叹于一块块没有生气的木头，千刀万刻之下反倒显出诗意来。每根柱子、每个窗棂都如同一幅优美的立体画，线条粗细有致，形象栩栩如生，好一幅巧夺天工的佳作。

在正厅上方曾经悬挂着"诰封桶"，桶内珍藏有光绪皇帝圣旨一卷。

在横梁上曾挂有清代牌匾文物，诸如"会魁""文魁""武魁"等牌匾，可惜原版均遗失，现在看到的全是复制品，令人惋惜。

从大厅往右侧，就是横厝之所在。东西横厝各做上下两个单元，单元内四周围合两层结构，形成小天井院落。横厝单元或通过门洞，或以横弄可隔可通，贯穿全厝，布局巧妙，合理实用。在横厝后院，从山上流下供詹氏家族用水的水流还在源源不断，这殷殷甘泉孕育着世世代代詹氏子孙，也灌溉着祖厝正门前的百亩桑田。

抬眼望去，硬山顶的风火墙，高大雄伟，黑白辉映，高低错落有致显得明朗俊雅。墙垛处雕刻着形象逼真的珍禽异兽，显示了屋主人的不同寄予。近前，但见粉墙上画满了墨绿的青苔，瓦棱间飘摇着青紫的野草，彩绘滴檐也残缺不齐，而马头墙仍不失仰天长啸高昂之势。

"青砖小瓦马头墙，回廊挂落花格窗"，旗杆古厝不仅是明清建筑的经典，而且文化底蕴深厚，历史积淀悠久。先祖对耕读文化的重视，孕育出了许多后起之秀，詹绍安的三子詹宝艇就是一个杰出代表。1890年出生于旗杆厝的詹宝艇，在武昌起义时正值风华正茂，他抱着推翻清王朝，实行共和，复兴中华的信念，毅然参加了黄乃裳部属许逸夫组织的福建北伐青年军，后编入南京陆军队，参加了孙中山临时大总统的就职大典。1912年他就读于武昌陆军第二预备学校，1914年被保送到保定陆军军官学校，1916年保送到中国陆军大学深造，毕业后参加了北伐战争，不久以少校军衔担任了黄埔军校第三期战术教官，旋任闽粤桂三省行营少将高参，为抗日做出了积极的贡献。1946年詹宝艇因不满蒋介石的独裁统治及内战政策，毅然退役还乡，新中国成立后，他历任福州市、福建省民革领导成员，与共产党肝胆相照，并撰写文章对台广播，为促进祖国的和平统一努力奔波。他的长子詹宣国、次子詹宣疆都毕业于黄埔军校第十七期，并被授少将军衔，三子詹宣邦毕业于福建省革命大学。民间胜赞他们是"一门三黄埔，三代四将军",并一直荣耀至今。

蓝天和古厝之间,云在悬浮飘动。阳光一会儿在它面前,照出凹凸的曲线;一会儿在它的后面,勾出金色的边缘。古厝不仅赐予人间生命的延续,也带给人们深邃的思考与念想。古厝的美丽与残破同样惊心动魄,但永远承载着后来人对往事的赞美与敬畏。历史是那么遥远,远到几乎无力去陈述;历史又仿佛就在昨天,与一块块出砖入石的古墙对视。既然生命都无惧枯萎,作碑的石头也被风化,何盼土木之躯的古厝不朽?其实从来不曾断离的是祖先绵延的香火。虽然一代又一代的子孙早已把生命之根须从古厝里分蘖出去,伸展到世界的角角落落。然而,即便是一块青砖,一捧黄土也始终牢牢地拴系血浓于水的亲缘,就像一棵大树,不管根延伸到哪里,永远都有它的血脉。

潆水成烟不羡仙

壁立的两座山崖，执手可牵，可不知何故，谁也不首先伸出自己的手，就这么凝目相望，一千年，一万年，上亿年，无法挣脱心灵上的羁绊投进对方的怀抱，但是谁也不愿离开谁，一腔痴情借了山溪倾诉，托了山风传递，天空的辽阔因了这份苦恋变成了狭窄。然而他们脚下这条蜿蜒了14千米，隐秘而又跳跃着的鸳鸯溪，却演绎着怎样的爱恋和缠绵啊！

漫步在凌云栈道上，仰头望天，是高耸入云的峰顶；俯身察地，是数十丈高的悬崖；放眼远眺，点点峰峦棋布。几十米高的松树直入云霄，碧玉一般的树冠慷慨地为我们遮挡阳光，在枝叶的层层阻拦下仍有几缕阳光调皮地穿过枝叶的缝隙，在栈道上淀开了一朵朵花儿。时不时可以看到一只松鼠，"嗖"的一声就窜到了对面的一棵松树上。栈道崖壁上布满一个个窟窿，那是岩燕的窝，我不了解岩燕，但能以悬崖峭壁为家的鸟，一定不容小觑。

从栈道下来，沿一侧的山路往下走，山路大多取自天然石块，没有斧凿痕迹的石阶，朴拙平滑。峰回路转时，顺山势，凭感觉就能走向正确的路径。此时峡谷内游客不多，以致对面遇见，都像见到了久别的亲人一样热情，问一下前面的路还有多远，斟酌一下是向前进还是原路返回，犹豫着前面是否有难得一看的景色，然后，互相鼓励着擦肩而过，各奔前程。虽然彷徨犹豫过，但是没有人走回头路，未知的前方就是心仪的风景。

峡谷两岸的岩壁上，生长着各色天然树木，有化香、椤宋、樟木、冷松等等，虽然没有肥沃的泥土滋养，但依然顽强地在岩石缝隙中扎下根。岩石上的树木生长很慢，树径也不大，但任何一兜树都有上百年，有的甚至是上千年的树龄。这里的映山红开的迟，初夏时节仍然可以看见它们盛开在葱郁的树丛里，恰到好处的点缀，增添了不少夏日的韵味。清脆的鸟鸣，在空谷里时不时地传来，越发增添了静谧和凉意。

鸳鸯溪谷的瀑布很多，有仙人瀑、壶口瀑、喇叭瀑、鹊桥瀑、仓潭雄瀑……大大小小的溪水从崖顶向峡谷倾泻而下，跌撞在岩石上，飞花碎石般飞溅开去。风吹起的时候，形成一幅幅跳跃的奇幻水幕，飞飞扬扬，摇摇曳曳似一组组跳动的乐曲。在有些缓坡的岩石上面，由于溪水千百年的侵蚀，地衣下面的岩石都空了，一层层地衣就像一片片厚重的绿色铠甲，披在原始峡谷的崖石上，张扬着狂野苍古的遒劲。

不远处就是鼎潭仙宴谷，只见峡谷中四潭如巨鼎相连，间有"烟道"相通，俗称鼎潭串珠。潭中碧水沸腾、玉液翻卷，如沸锅一般。水雾弥漫，扑扑有声。谷中岩床光滑，巨石林立、峭壁相夹、月门洞开、高瀑飞泻、险洞高悬、清风习习，气势恢宏。传说，这里是鸳鸯最喜欢游玩的地方。鸳鸯是我国二级保护动物，属雁形目的中型鸭类，大小介于绿头鸭和绿翅鸭之间，雌雄异色，出双入对。鸳指雄鸟，红嘴橙脚，羽毛鲜艳华丽，有羽冠，眼后有宽阔的白色眉纹，翅上有一对栗黄色扇状直立羽；鸯指雌鸟，黑嘴橙脚，头和整个上体灰褐色，眼周白色，其后连一细的白色眉纹。诗画里的鸳鸯总是美得惊艳，美的惊心，"鸟语花香三月春，鸳鸯交颈双双飞""对月形单望相互，只羡鸳鸯不羡仙""鸳鸯织就欲双飞，可怜未老头先白""况同生之义绝，重背亲而为疏。乐鸳鸯之同池，羡比翼之共林"等等。这对美丽的比翼鸟，寄托了人们多少美好的希冀。

每年的秋季，上千只的鸳鸯不远万里从黑龙江飞到这里越冬，因而这条溪被称作"鸳鸯溪",屏南也被称为"鸳鸯之乡",这里是我国目前唯一的鸳鸯自然保护区。可惜,现在是初夏,鸳鸯溪的鸳鸯不在,它们空出一溪好山好水。有鸳鸯的地方必有猕猴,当鸳鸯的天敌——老鹰出现时,群猴即嗷嗷嘶叫,提醒鸳鸯飞避密林岩洞或潜入水中,它们成为鸳鸯天然的"卫士"。水中嬉戏的鸳鸯和林中跳跃的猕猴,给这幽静的溪谷增添了盎然生机。

谷中还有不少的景点,如佛首岩、老颜童、猴王照影,群蛇岩、鸳鸯台、中流蛙石、龟压蛇岩、仙戏台……或正或斜、或卧或躺,或立或蹲,无不天然形成,巧夺天工。观石仿佛就是在与岁月祖师对话,心生超凡脱俗的感觉。

徜徉于峡谷最开心的就是与溪水相伴,走到哪,溪水声就会陪伴到哪。这淙淙的溪水声是一种清宁的玄音,不温不火,不燥不急。它们或舒缓或叮咚,或飞流直下或浅吟低唱,或月下敲门或抚琴弦放颤。置身期间,你会情不自禁探身下去,择石而坐,仿禅师打坐,闭目合掌,一切尘世纷扰全无,有种坐听水声到天明的情愫游离于脑畔,挥之不去。

山里的天说变就变,刚才还是阳光灿烂,霎时乌云密布,雨很快就沙沙沙地落了下来。滴在水潭,荡起朵朵涟漪,洒在枝头,滋润青翠的嫩叶,飘在花瓣上,聚起一颗颗晶莹的珍珠。山路旁有一处用竹子搭起的凉亭,一位老人坐在亭中,他的目光投向峡谷,试图想打捞起什么,可是雨声不止,流水不止,老人缓缓地抬起头,任由山风吹散头发,撩起花白的胡须。在他看来,鸳鸯溪是越来越深邃了,让人感叹水流的力量,时间的力量。一个人要从时间的这头走向彼岸,其间未定的沉浮,注定成为他自己不可重复的经历。

老人热情地招呼我们坐下,他打开塑料袋,抓起一大把茶叶放入青花瓷壶中,冲入煮沸的水,洗茶,再冲一壶,然后,倒入我们面前的小青花茶盏中，汤色金黄，诱人之极。我端杯轻啜一口，舌尖抵齿，茶汤漫溢于唇齿之间，再旋转于口，品之，妙不可言。纯厚、味正、涩而生津，更有一种淡淡的兰香，咽之，回甘感便出来了。老人告诉我们这茶叶是鸳鸯溪谷中的野茶树制成的，这水就是鸳鸯溪里的泉水。茶之香，是水之功，茶之效，是叶水相融，万年的古泉激活了千年的古树茶。

在这雨、雾、风、茶的间隙，时间柔柔地从身边淌过，在意犹未尽之时，天色却浑然不知地渐渐明朗起来。云蒸霞蔚，山色远处慢慢升腾起若隐若现的雾霭，似菲薄的轻纱一样笼在这片绿林之上。太阳露出半边脸，先前在雨中温柔舒展的褐色岩石，此刻开始千娇百媚，变得扑朔迷离，时而是紫色、时而是深蓝色，时而是棕色，又时而是赤色，在光线的作用下七彩缤纷，苍茫迷幻。

拾级而上，我远远地便听到水的轰鸣，潮湿清凉的水气在空中飘荡，一道飞瀑从对面的崖壁上倾泻而下，这就是百丈漈瀑布。瀑布高过 150 米，宽 20 余米，丰水时，一重瀑布倾泻而下，气势恢宏。枯水时可分解成三重瀑布，曲折有致。此时，正是枯水期，我们从瀑布边上的小道往上爬，只见数团浓气冲下，到下端时又散成无数的小烟雾，飘散开去，溶入崖间的绿草中。崖石上面，水花四溅，滴水穿石，形成了一道道的横沟，流淌着的水集聚着向下一级的潭中汇合。我们不时地抹去脸上飘洒过来的小水珠，深深地呼吸着甜甜的空气。一阵很大的山风吹过，瀑布变得薄如蝉衣，柔如丝卷，雪沫般向远处飘洒而去。

到达位于百丈漈半壁崖中的水帘洞，洞壁无岩石突怪，可容纳百人。站在洞中朝外望，只见一串串晶莹剔透的水珠从门洞往下滚落，恍如一张巨大的水晶珠帘悬挂在洞口，对面山上的苍翠树木已看不真切。这天造地设的百丈漈水帘洞，被列为全国五大水帘洞之首，果然名不虚传。

百丈漈瀑布的响声渐渐远了，连潺湲的溪流也轻着声音，生怕惊扰峡谷的寂静。暮色中的鸳鸯溪升腾起薄雾，夕阳穿过树林洒在上面，仿佛镀上了一层金粉。如烟的雾气在我们周遭远远近近、高高低低地飘浮着，让人有种起起伏伏、晃晃悠悠的感觉。人间仙境此堪逢，此时，萦绕耳畔、羁绊心绪的全是仙风道骨般的情愫，我们不都是仙人吗？！

兰汤三尺即蓬瀛

在福州学习、生活、工作了二十多年,"日久他乡即故乡",我似乎也已把福州当成故乡了。在这个故乡,给我印象最深的除了榕树就是温泉了。亿万年来,这汩汩涌出的泉水,将福州拥入怀中,并温暖着它,可以说福州就是一座浮在温泉上的城市。没有泡过温泉就不算是真正的福州人,没有温泉的生活就不是福州人的生活。每当氤氲在清澈的温泉中,仿佛能透过这传说中九龙太子的眼泪,穿越时光隧道,描摹出这温泉之都的前世今生。

说起福州温泉沐浴的历史,恐怕要追溯到一千多年前,据史书记载,早在唐末五代时期,甚至更早时,福州人就开始利用温泉洗浴,人们把涌出地面的温泉称为"汤",并把一些地方冠以汤后街、金汤街等名称。据《宗一大师师备塔碣残文》载:"师备(635-908)本名谢三郎,唐福州城南温泉乡归化里人。"温泉乡究在何处?原来就在今城门乡附近。据《三山志·地里类二》载:"开化西乡在(闽)县东南三十里,旧温泉乡,有归化,崇信与今三里(归仁,永福,高详)为五,今并焉。"又据该书载:归仁里下有卢螺、石步,永福里下有城门山。则南宋时代的开化西乡是当今城门乡所属各村无疑。乡旧名温泉,顾名思义,其地必有温泉。师备为玄沙开山之祖,在国际上享有盛名,他生于晚唐,被称为"温泉乡归化里人。"此为唐代福州已有温泉发现之证。

闽王王审知建城时,民工发现地下涌出热水,于是在今汤边与树兜之间的荒地上利用地下涌出的温泉洗浴，用石砌成三口汤池，后来建起茅屋三椽，称"古三座"。龙德年间（921－923），在城东温泉坊（今汤井巷）建龙德汤院。

宋庆历二年（1042），龙德汤院定为官员沐浴场所。嘉祐七年（1062），龙德汤院改名为龙德外汤院，城东汤门内另一汤泉，名为内汤院。这期间，福州城建起的"官汤"和"民汤"多达40多处，利用温泉沐浴、养生、疗疾已经成为一种时尚。宣和六年（1124），侍郎陆藻又新建浴室四所和一座振衣亭，设备渐趋完善。

明代时，由于老百姓的实际需要，温泉汤穴有更多的发掘，福州城内澡堂业一片兴旺，据《八闽通志》记载，明时城区共有四处温泉，即温泉坊的内汤井，汤门处的外汤井，石槽汤泉和城东的崇贤里汤房（八角井）。万历年间，除四处温泉外，增加了大量澡堂，都是民众沐浴的场所。明末出现的大众化澡堂遍布今汤门、东门、水部及王庄一带，澡堂内设亭、台、楼、阁，附设茶座。

清康熙年间，政局稳定，商业发达，人口增加，私营澡堂业兴起。最早的汤池店是著名的"福龙泉"。道光以后，私营"汤堂"发展。光绪年间，最盛时发展到40多家，仍多集中在汤门外和井楼门一带。清郭柏苍《竹间十日话》云："福州城内外屋宇下，出汤而未经凿井穿池者，尚有二三十所"。

20世纪30年代，新店人林木发从台湾携回凿井工具，先进的打井技术普遍应用，城内有温泉脉的地方纷纷凿井引泉，不断有新的澡堂开业。据1936－1937年调查记载，当时城内有汤井50－60口。人们凿好汤井后，用人工吊起井里的温泉水让其流进澡堂。每个池的"汤头"都源源不断流出新吊上来的洁净的温泉，随时冲掉池面上的污垢和旧水。此时，遍布城内外的澡堂有50多家。并出现了第一家汤商公帮组织——闽侯县澡堂业公会。

随着国民经济的发展，改革开放后，许多机关、工厂、学校、医院和郊区村镇纷纷建造了供内部使用的温泉澡堂浴室，并相继对外开放，澡堂业再度呈现繁荣昌盛景象，颇为市民和海内外侨胞向往。温泉也开始作为一种新兴的能源——地热能，除了传统上继续用于沐浴外，被广泛用于医疗保健、水产养殖、工业生产、科学研究以及花卉栽培等方面。

福州温泉的产生得益于它是地质史上一个构造断裂特别密集的地区，在地壳裂缝深处有高温气体和热水喷出，沸腾上升，成为温泉。福州与陕西西安、广东从化并称中国三大温泉城市。但陕西的华清、广东的从化，它们温泉散布在离城市20－30千米的郊外，唯有福州的温泉在城市中心地带。这个温泉带南北长5千米，东西宽1千米，面积达5平方千米。除市中心城区有温泉资源分布外，仓山区的螺洲、淮安，晋安区的桂湖，郊县的永泰、连江、闽侯、闽清、长乐、福清等县（市）均有天然温泉出露。

泡温泉之所以在遥远的唐宋甚至更早就成为时尚，是因为福州温泉特殊的水质及对身心健康的益处。福州温泉的水质特别优良，相比其他地方的温泉有这么几个特点：一是储量大，日可开采量超过3万吨；二是埋藏浅，温泉出涌口大多离地面只有40－65米；三是温度高，一般在40－60摄氏度，最高可达98摄氏度；四是水压大，涌水量达每秒0.5－1升；五是水质好，富含硫黄、氯、钠、氟、氡等10多种有益人体健康的矿物质和微量元素，不仅对人体多种疾病有疗效，而且能提高人的机体代谢和免疫力。

没有温泉的人生，难免会少些禅意，难以放空，不够温暖。没有温泉的俗世，难免会多了鄙陋，充斥嘈杂，缺乏朦胧。在水雾缭绕中，福州温泉沐浴文化也在不断地积淀与升腾，给这个城市以"温暖的记忆"，成为福州历史文化名城的一个重要组成部分。由它所产生的诗歌、楹联、散文、艺术、史话、神话、摩崖石刻等都记下了历史的踪迹，它不仅是研究温泉文化的重要文献，而且还是当时和现在社会生活的生动反映。

著名作家冰心对故乡的温泉留有深刻的印象，她在《还乡杂记》一文中写道："福州本是个有山有水有温泉的城市，而且是四季绿叶不落，繁花不断。"在她的笔下，温泉成了最具特色的标志之一。现代著名作家郁达夫三十年代在福州就任省公报室主任时，泡温泉成了他在榕生活的一大内容，他在《闽游滴沥》一书中，绘情绘色地描述了在福州泡温泉的感受，除了洗浴，澡堂也成了他饮酒会友的场所。一次他在福龙泉洗浴，诗兴大发，向账房要了笔墨，挥笔写下了"为因醉酒鞭名马，但恐多情累美人"，他的风流洒脱，由此可见一斑。现当代著名作家施蛰存任教于福建协和大学时，对温泉情有独钟，写下了"百合池塘旧有名，兰汤三尺即蓬瀛。老夫浴罢浑如梦，直觉肤坚肠胃轻"。

从北宋到民国，有关题咏福州温泉的诗词歌赋，不下百篇之多。最早的温泉诗词，以宋太守程师孟《题汤院》为代表，程于宋熙宁元年（1068年）以光禄卿知福州，在"龙德院官汤"洗浴时写下了"曾看华清旧浴池，此泉何时落天涯。徘徊却想开元事，不见莲花见荔枝"。诗中把福州温泉与陕西旧华清池相媲美，联想唐朝从"开元之治"到国政日非的惨痛教训，赞叹"荔枝之乡"福州的物华天宝。他的另一首《汤泉》："山半炎泉涌不停，阴阳为炭自熏蒸。天公不许杨妃见，留待年年浴众僧。"这首诗纯为写实，也反映程师孟具有贫民化思想倾向。历代福州温泉诗词，当以宋代抗金名将、宰相李纲《咏福州温泉》诗二首最为有名。李纲向朝廷陈说抗金大计，未被采纳并贬福州，他对福州温泉赞叹有加："温冷泉源各自流，天教赐浴雪峰陬。众生尘垢何时尽，日日人间几度秋。""玉池金屋浴兰芳，千古华清第一汤。何似此泉浇病叟，不妨更入荔枝乡。"作者写作此诗的主要用意是借吟福州温泉，表达自己在淡淡忧伤中，希望朝廷能够除恶去害，听信忠言，收复失地，让众生都能洗净"尘垢"的意愿。另一位南宋主战派将领辛弃疾曾两度来福州任职，写下了《题福州参泉二首》："三泉参错本儿嬉，认作参星转更痴。却笑世间真狡狯，古今能有几人知。""两泉水出更温泉，这里原无一二三。欲识当年参字意，行人浴罢试求参。"

福州所有温泉澡堂均以悬挂名人字画、楹联为荣，无对联的澡堂被视作无文化。因此，没有那家澡堂不请文人墨客写上几副楹联张挂。在诸多对仗工整、平仄严谨、言近意远、趣味盎然的名联佳对中，以唐代龙德汤院的佚名联对"五凤朝阳生丽水，九龙经脉出金汤"以及清代著名的经学家陈寿祺（林则徐的老师）为福龙泉撰写的联对"非福人不能来福地，有龙脉才会有龙泉"最具代表性，堪称千古绝唱。还有许多历代赞美福州温泉的摩崖题刻堪称福州温泉文化的精华。最早的摩崖题刻要数唐末高僧释少遵所作偈语："直待苍生尘垢尽，我方清冷混常流。"题名刻中如北宋大臣、福建晋江人昌惠卿在闽侯白河汤院温泉留题："温陵吕惠卿吉甫，熙宁辛亥十二月初八过此。弟和卿、谅卿偕行。僧元欲令留名，乃书于石。"记事刻中如宋光禄大夫、福州太守程师孟调任广州太守，福州籍的 20 多位官绅饯行过闽侯白河汤院温泉，程记事留题刻于汤院崖壁。

福州的温泉文化具有浓厚的儒道思想。从店名店号来看：以"沂"字命名的澡堂有沂春亭、善沂泉、浴同沂、仙沂泉、清于沂、仙于沂、新沂泉和又一沂计 8 家。"沂"字在儒家经典著作中大有出处。《论语》先进篇《子路、曾晳、冉有、公西华侍坐》中记载曾子（孔子弟子，名列七十二贤人之列）在沂水游泳，到舞雩乘凉，这种安然自适的儒家思想，是孔子所倡导的，因而受到孔子的赞赏和肯定。新沂泉营业厅曾挂一副对联："新春无陪客，沂水有佳宾"。1935 年清明节前夕，国民政府主席林森从南京回榕扫墓，应南星澡堂老板吴南山、陈可敏二人之请，为南星澡堂题写了"南台沂泉"一幅墨宝。把澡堂当作圣人沐浴的沂水，寓意深刻。20 世纪 60 年代，在东门外有日新居、日日新、又日新 3 家澡堂，其店名就直接来自儒家经典《大学》《盘铭》曰："苟日新，日日新，又日新。"意思是如果每天都洗去污浊，面目一新，那么，天天都有一个崭新的面貌。今天又该洗去污浊，焕然一新了。反映了儒家求新、创新、更新、革新的思想观念。福州温泉文化也有道家思想的一面。也从店名来看，如八仙居、一清泉、醒春居、太清泉、南华泉、松有泉、天一泉等等，充满仙风道骨和诗情画意。"天一"一词源自《易经》"天生一，一生水"。水能克火。旧时澡堂多为木建筑，取名天一泉，借水克火。可惜，这些澡堂大多不复存在了。

福州的温泉文化体现了浓厚的人文思想。福州温泉有四大古迹：古山座、日新居、十槽和八角井。史称"地产磺汤，茅屋三落"以及"三山负盛名，五代留古迹"，据志书记载：当时澡堂在建筑方面"重轩复榭，华丽相尚"。用巨石打造石槽池、莲花盆和八角池，粗犷而又清新，这是公认的四大温泉古迹特点。20世纪30年代，兴建的百合明园，集传统福州民居和西方建筑风格于一体，从内到外都非常考究，精心打造，有绿草如茵的花圃和奇花异木，姹紫嫣红，美不胜收。还建有三层的猴厝、雷峰塔、假山和钓鱼台。每年还举行菊花展并聘请上海杂技艺术家和福州曲艺界的艺人，来园内搭台表演，极一时之盛，成为当时福州的一个热门话题。其他如乐天泉、福龙泉等澡堂纷纷效尤。清施鸿保在《闽杂记．汤堂》中对福州温泉沐浴的描述，宛如北宋张择端的"清明上河图"般情景交融，声情并茂，真实地反映了当时澡堂经营情况以及世俗生活。到澡堂去泡澡，上50岁的老福州人这种习惯不在少数。结婚、生日到澡堂泡澡，精神焕发。出殡回来，到澡堂去，拍邪过运，不可或缺。特别是大年三十，不管多忙，也要上澡堂去。福州话里有个词叫"透脚"，现在很少人会用到，就是专门用来形容洗温泉后的那种舒服感觉，如果非要译成普通话，"透脚"就是从头到脚都泡得红通通、热乎乎的意思，从上到下都能体会到一种纯粹的幸福。

一双木拖鞋、一把竹藤椅、一杯茉莉茶、一池汤泉水，伴随着福州人度过漫长而又温馨的岁月。汤涌三山，福泽榕乡，即是赞叹，更是自豪。多泡泡这天赐的琼浆液，将温暖的时光印记，都付与这吐艳的金汤，飞虹的泉水，地下的朱火，池旁的素烟。

老街记忆

琴亭虽为古村，但由于时代的不断变革，早已没有了古街，如今连古村也不复存在了。而这条称之为老街的街道，至今也不过40多年的历史，在十年前也消失了。人们怀旧时，再去寻觅老街老巷，也只有从记忆中去搜寻觅索了。

1981年由于铁路扩建的需要，琴亭村大规模搬迁，政府在铁路线以北地域划出一块地建设移民安置新村，也就是现在的东埔路这一带。规划每户用补偿费建设12米长、5米宽，砖混结构连排两层楼房。建成后其新村主干道有6米宽、200多米长，成了一条街道，也就是后来人们称之为的老街。沿街两侧的住户将临街的房子出租或自己开店，渐渐成了一条繁荣的商业街，不出这条街基本都能完成日常生活所需物品的采购。

每到一座城市或地方，心里总会有一个念头指引我，要去寻一条老街，静静地走一走，只为探索与感受老街背后的光阴故事，品味老街略带微湿气味的浓厚与苍凉。记忆中的琴亭老街店铺林立，有百货店、土产日杂店、药材店、豆腐店、理发店、小吃店、烤鸭店、照相馆、打字复印店、录像厅、甚至铁匠铺、裁衣店等等，外来人口还开了沙县小吃、兰州拉面等。一些出名的店主成了老街名人，如理发陈依伯、铁匠周、锅边林嫂、卖布阿成等等。

一缕阳光从云层中探了出来，很快千万缕阳光簇簇拥拥地挤了出来，老街醒了，一盏盏路灯渐次熄了。新的一天，新的故事从每一家的窗户里飘了出来，一同飘出来的还有一盏烟火，一缕茶香，一份简单的生活。老街的深处，传来一阵阵车轮滑过的声音，"吱呀，吱呀"的声音由远而近，又近而远，像一曲古老的歌谣穿越岁月的尘埃缓缓而来。卖水粉的中年夫妻推着自制的板车出现在街口的拐角处，阳光在他们身上跳跃着，车里的煤炉，车上的米粉、佐料兴奋地跳动着，夫妻俩说着话，脸上挂着笑容。一路上会遇见卖各种早点的，熟络的，也有不熟的，唠唠几句，问问是住在哪里的，也就熟悉了。他们大都是生活在这个城市的外来人，挣几个小钱，数着光阴过日子，说上几句就有了共同的话题，家长里短的，感觉分外亲切。

老街北边入口处有一块水泥空地，卖早点的小贩都聚集在这里，这里的地面沾染了许多的油渍，厚厚的一层油与泥土黏合在一起，风吹日晒也没有任何改变，它们就如同是贴在老街脸上的一块膏药，怎么也揭不下来。卖早点的小贩将家当放好，各自支起了行当。空地上的小贩越来越多，推车来的，骑三轮车来的，挑着来的，忙碌的早晨开始了。客人来了，笑问一句，吃点啥？要点啥？味道挺好的！尝尝吧！……上班族大都喜欢在这里买早点，便宜，花样多，选择性也多，选好早餐后，坐下吃或拿着边走边吃。老街本来就窄，加上买早点的和来来往往的车辆，就都拥挤在这里了，一大早吵吵嚷嚷，人声、车声好不热闹，老街的一天就这样在烟火气中开始了。

布店老板人称卖布阿成，除在老街开个布店外，他还走村串户卖布。常见他肩背一个大包袱，出没在村头巷尾。因阿成的布价廉物美又讲信誉，老百姓都喜欢买他的布，他还会给人量体裁衣，阿成卖布真是功夫到家了。只要阿成一出现，总会有人将他迎进屋，他坐定后便在桌上打开那个大包袱，五颜六色的布料即刻呈现在人们眼前，左邻右舍来问讯、买布者络绎不绝。阿成点支烟，笑眯眯地看着自己的面料任人挑选，然后量布、收钱、找钱忙得不亦乐乎，待买布人都散去后，他清点一下，将剩布重新理好，肩挎包袱又去另一处地方了。

铁匠铺在南街头，锄头铁耙、镰刀斧头、刀具剪子，各式铁制农具和大小铁器几乎样样都打。铁匠炉靠拉风箱助燃，请两三个帮工。老板姓林，有一手打铁绝活，远近闻名，生意红火，每到农忙季节，铁匠活更是应接不暇，熊熊炉火一天烧到晚，叮叮当当的打铁声不绝于耳。林老板亲抡大锤，一招一式有板有眼，从不马虎了事，关键地方严格把关。那时的铁匠林，在十里八乡几乎无人不知无人不晓，林记铁匠铺堪称琴亭名店。

老街上还有一家理发店，一块老朽了的木牌子，用铁丝穿着，悬挂在檐下，风一吹就来回晃荡，仿佛不断地向路人招手。木牌上写着"为民理发店"字样，大约是用油漆写的，年深月久竟未褪淡。理发的是一个老头，一副眼镜耷拉在尖尖的鼻梁上，人们都称他池伯。下午，理发的人渐渐多了起来，池伯每回用剃刀时，会将剃刀在一块油布上刮擦几下，发出喇喇喇的声音，池伯的脸上是平静的，仿佛在调理一根松了的琴弦，那双手的动作像舞蹈娴熟轻盈，煞是好看。随着池伯手腕的摆动，推剪"咔吱咔吱"地响起来，一头乱蓬蓬的头发被整理的顺溜溜，池伯像在认真地雕琢一件工艺品，用梳子和剪刀再修整一下，然后洗头、刮胡子、修面，又给掏耳朵、剪指甲，池伯做事十分认真，不管后面的顾客多急，他也是不慌不忙地把前客打理好，所以他的顾客络绎不绝。

姚伯的"元宵丸"店生意十分红火，他师从"美雅"的林英南，学得一手做元宵的好手艺，制作的元宵丸供不应求。福州传统元宵很讲究皮韧不黏齿、肉馅味道鲜，姚伯的元宵皮薄馅多、饱含油汁，味极鲜美，还有个鲜明的特点就是，每粒元宵丸都能做到皮与馅不粘在一起，皮Q弹，口感嫩滑且不粘牙，内馅紧实又有弹性，汤汁晶莹剔透，口感清香，给人一种香而不腻、回味无穷的感觉。每逢春节与元宵，老街人都爱找上池伯元宵店买些元宵丸，它包裹了老街人对平安、团圆的祈望，也象征着一种幸福与安康。

2000年老街建了一个农贸市场，老街就显得更热闹了，市场上背箩挂包的，抱筐提袋的，推车负重的，负手而行的，三五成群结伴闲游的，单来独往步履匆匆的，往来穿梭，摩肩接踵，你拥我挤，熙熙攘攘，周边村的小贩们都把农特产品等拿到农贸市场出售，每个小贩都有各自占据的地盘，偶尔会有新加入的，挪挪地方也就挤进去了。卖农具卖刀锤斧镰的，卖百货卖酱醋油盐的，卖服饰卖鞋袜衣帽的，卖蔬菜卖葱蒜瓜果的，卖海鲜卖鱼虾蟹蛤的，卖肉食卖鸡鸭、猪、羊肉的，卖杂货卖草木膏药的，吆喝叫卖声盈耳，讨价还价声震天。这城市车水马龙的喧嚣似乎都与他们无关，只有兜里那些零零碎碎的，沾满油渍、汗渍的钞票最实在，别看都是一块、两块、五块、十块的零钱，生活重担都是靠这些散钱撑起来的。因为老街狭窄，人流显得更加拥挤，短短一条街，要走遍一次也必然挤得一身大汗。不过，斜阳临近西山时，农贸市场里各种喧嚣便戛然而止。老街华灯初上，此时，最热闹的去处当属卡拉OK厅和录像厅，卡拉OK厅里不时传出港台歌曲《水手》《像雾像风又像雨》《甜蜜蜜》，不管是跑调王，还是破音帝都可以过一把歌星瘾。录像厅也是年轻人最爱去的地方，和现在结伴去电影院差不多，都是和好友一起消磨时间的好办法。为了招揽更多目标群体，录像厅的经营者引进各种类型的影视剧，供顾客选择，录像厅门口张贴着各式的碟片和录像带海报，花花绿绿，令人眼花缭乱。

老街人爱养花，没闲地，就养在花盆里，阳台上，多了就搭个架子，一层一层地放。老街人也爱种树，一个犄角旮旯也要植上棵桂花、石榴、银杏，秋来时，桂花飘香，石榴吐红，银杏叶覆盖在门前，夕阳下一片金黄。

老街人爱拉呱，左右邻里，一只小竹椅，一块青砖，一条木凳，一支烟，一壶茶，不急不躁，低声细语，家事国事，大事小情，谈古论今……

摆的是龙门阵，聊的是快活林。心里堵，聊一聊就通了；头脑里乱，捋一捋就顺了。春夏秋冬，寒来暑去，日出日落，风来雨往，老街人的日子就这么过着。

老街人好吃，板栗酥、千叶糕、糖炒栗、菜头饼、炒肉糕、礼饼……老街上的炸虾酥香了半条街。街边的永泰葱饼又吊起了多少路人的胃口，还有臭味熏天的黑黢黢的豆干……

老街人好玩，树荫下、弄堂里，三五成群聚在一起，手中的纸牌甩在石桌上，叭叭地响；棋局前，长衫短膀厚厚地围成一圈，一相半天；操起二胡，一曲《跨上骏马保边疆》，拉得如痴如醉；遛鸟的、舞剑的，耍一段太极，扭一曲扇子舞……老街人活得不紧不慢，滋滋润润。

老街人实诚，平日里只要有人问个路或向门里探头张望，定然热情招呼，出门相邀，进得屋来，敬烟奉茶让座，相谈无隙。

时光流传，不断长高的楼群终于将老街淹没，而关于老街的记忆也随同时间的潮水涌向了岁月的另一端。老街没了，人散了，再也回不去的时光。老街，对于许多人来说只是记忆深处最低的符号，逐渐荒芜，不再寻觅。然而，老街里的岁月，老街里的故事，将会长久地予人一种心灵上的慰藉，是悠远的乡愁。

老树春深更著花

烟雨迷离,薄雾蔼蔼,春雨若有若无地飘飞荡漾,周遭的一切都静默无语。富春溪旁高高耸立的楼房收起了往日明艳亮丽的色调,飘忽隐现于朦胧的苍穹下。这阴郁寂寥的日子里是最适合悄然靠近他的时候。

层层叠叠的飞宇,斑驳脱落的粉墙,古老厚实的乌瓦,绵延起伏的屋脊,仰天长啸的翘角……一切像极了灰白电影里陈旧昏黄的景致。夹在福安阳头黄厝巷里的"黄氏宗祠",此时在细雨中显得更古朴宁静、端庄雍容、精妙绝伦又分外落寞沉寂。

祠堂,是大地上鲜活的遗存,是正宗的中国"国粹",是一方方最独特的"中国印"。在这里,能寻到我们的根,能看到自己的"胎记";在这里,供奉着祖先的牌位,供奉着天地人的大道理;在这里,存放着我们的乡愁,栖息着我们的灵魂;在这里,血脉绵延,生生不息。……

祠堂,往往建在风水宝地上,背后必须要有"靠山",以山冈作为屏障,四周往往有几棵、十几棵参天古树簇拥,而察阳(今称阳头)的这座黄氏宗祠,不仅没有看到"靠山",四周都被大片的民居所簇拥,这里所居住的不知是否全是黄姓的后裔。

据传察阳黄氏定居此地,是因为肇基始祖黄奎公在宋绍兴十六年(1146)来到察阳坂捕鱼,"喜遇灵鸡三声报吉",从此定居此地。

此后几十年传到黄干,而黄氏宗祠则是为纪念黄干而建造的。黄干,字尚质,生于宋淳熙年间庆元二年(1170),当年朝廷禁"伪学",朱熹流寓福安,居于察阳黄宅,黄干拜朱熹为师,被列入《十八门人录》,得朱熹正传。并以"雄思如悬河"而成为南宋著名的理学家,他著作甚丰,可考的有《海鉴语》《五经讲义》《四书经闻》等三种,阐扬朱子学说,官至集贤院直学士(从三品),死后祀乡贤,追赠理学先贤。

黄氏宗祠的始建年代无记载,应该是在黄干死后不久,但知最初的宗祠仅为一座"无桷襄,黝垩之观"极其平凡朴实的小平房,明万历八年(1580),建成现今规模的祠堂。据说建祠时十分慎重,为了选址,还郑重其事地邀请察阳李、陈两大姓氏父老作证人,并且当天祝告,用净瓶摸阄选址。不幸的是建成的第二年就遭到洪水灾害,仅存后堂,数年后才得以恢复。至清顺治十二年(1658)宗祠又毁于战火,康熙三十三年(1694)重修祠堂,至光绪年间又增建了附属建筑,作为储存祭器以及春秋祭后族人宴饮场所。

现今这座2019年被列为第八批全国重点文物保护单位的黄氏宗祠就是仿照明代规制建于清初的祠宇。祠堂坐西向东,占地面积2516平方米,是闽东地区现存规模最大的古祠。

宗祠从东至西,依次为华表牌坊,可惜这华丽的牌坊已成了断柱残砖,埋入地下,地面已被占地建房。第一道仪门也仅存北端的门匡,前额传为朱熹所书"示我周行"四个白底黑字,后额题有"绳其祖武"四字,门内尚存当年黄奎公定居时辟的古井一口,井围由青石板拼砌,呈六边形,井壁青砖直砌,苔痕点点,不知名的杂草点缀其间,我不知道这井水的深处可有祠堂沧桑的倒影?可有祠堂千年不绝香火之谜?

门内还有一个青石砌成的半月池,据说池是在建祠前就有的古池沼上砌起的,池中锦鲤游弋,水草浮动。第二道仪门是南北向的一座青砖大屏墙,砖墙的前额题有"理学名宗",两匹石雕马分立左右,栩栩如生。

屏墙的左右端设门，门前额分别题有"入孝""出第"；砖墙的后额题有"世德作求"，门后额分别题有"三凤""五经"。第三道仪门则是正中凸出，两侧向后的弧形墙，两端连接祠的山墙，墙正面为牌楼或墙头，中间高耸用五脊四坡顶雨盖，檐下还有砖雕出跳斗拱，左右墙头相对较低，只用平脊顶。正大门额上有鎏金的"黄氏宗祠"四个大字，尤其特别的是青石大门框前和侧边镌有两副楹联，正联是"一带溪环流世泽，千秋典祀重名贤"，侧联是"源承江夏，派衍环溪"，仪门两端设有侧门，上书"蹈规""履矩"。

远眺宗祠重檐斗阁，雄伟壮观，近观则高大严正，庄重肃静。五开间的祠门檐下单挑出檐，撩檐下用垂柱，横向用弓梁联结，造型潇洒。正间大门下有花边精美的颂扬黄干的横匾"理学传薪"，上款为"福建巡抚卢焯"，下款为"乾隆元年十月立"。祠门的后面即为大戏台，坐东向西，前为庭院，面对厅堂。戏台的上方有八角形藻井，象征太极八卦，八面的井壁斜向上收分，且分层雕刻纹饰，图案繁密，玲珑雅致，精美如画。戏台屋顶建有牌楼式"太祖亭"，飞瓦重檐，气势恢宏。传说古戏台原有两副对联，富有生活哲理，一副是"要看早些来大文章全凭起首；须观完了走好结果总在后头"，另一副是"看不见莫吵请问前头高见者；站得住便罢须留余地后来人。"

祠堂分三进，深57.3米、宽18米，十四根大柱挺立，梁柱精雕细琢，门窗严密精致。前座、后座均为硬山顶，穿斗式木构架，面阔五间，进深七柱。明间、次间采用减柱造，形成高大的敞厅。伴着左右两条长长的穿堂，是两眼四四方方的天井，天井全部用宽大平整的水磨石板铺就。顺着屋檐滴落的雨点正打在被青苔染绿了的石板上，上面泛着一层青绿的幽光。

堂廊上方至今还保留着"文魁""武魁""进士"等牌匾，特别引人注目的是明朝刑部尚书王世贞赠黄钊的"闽浙两祀"横匾，黄钊，别名后谷,生于明正德四年(1510),蔡阳黄氏后裔,能文善武,著有《堕樵集》《归娣集》等,任温州同知。当倭寇犯境之时,他率兵抗倭,英勇捐躯,明嘉靖帝亲自表彰抚恤,追赠为浙江布政司右参政,并建祠纪念。王世贞还为之撰写墓志铭。宗祠中还保留着许多文化品位很高的联句。

走在祠堂中,仿佛能感觉到先人说过的家常话和他们熟悉的脚步声,还有他们的喜怒哀乐甚至他们的心跳呼吸之声,这些都散布在祠堂的每个角落里,这一切充满了家的味道。抬起头,一股股草木的清香随风入窗,顿时萦绕着我,包裹着我,浸润着我。

祠内最为称绝的是大厅堂与寝堂之间的天井上小小的过雨亭,用四柱,两侧有鹅顶椅供小憩,亭檐四角用雕花垂柱,柱间四方横以弓梁,上用四坡亭盖,小巧玲珑,是目前明清建筑中的罕见佳作。在庄重的殿堂之间,揉进了这方闲适的建筑小品,给人以亲切和谐的美感。

经过雨亭上三级青石台阶即是寝堂,寝堂供奉着黄姓祖先的神位。这里面阔五开间,进深七柱,大厅上方的八角藻井造型奇特,中间绘有凤凰牡丹,边上环绕着八幅凌型彩绘,绘有"武松打虎""渭水访贤""仙女下凡"等古代故事。正间以插屏隔分前后厅,前厅宽敞,正中设有雕刻考究的木制贴金大神龛,中供黄姓始祖神主。两侧设"碧纱橱"式各支派祖龛,窗棂刻花精细,上部以或大或小、或正或斜、或明或暗的"卍"字与变化多样的其他花纹组成富有变化而精美的图案,中部为人物故事剔底高突木雕,下部裙板以浮雕花卉图案组成边框,皆描金博彩。梁坊间的隔架雕成了各种装饰吉祥图案:凤凰——富贵祥和,麒麟——瑞兽仁兽,鳌鱼——独占鳌头,狮子——子嗣昌盛,等等。包含了芸芸众生千百年传承不变的民间文化理想、愿望和期冀。堂中上方悬有一方蓝地金字颂扬黄干的词匾,文辞雅丽,字迹清秀,系清乾隆辛丑四十六年(1781)温麻使者兵部尚书范宜恒撰并书。整个寝堂金碧辉煌、玲珑雅致、庄肃气派。

我迷恋祠堂中上了年纪的木头发出的清香，这股清香缠绕在黑褐色的木墙之上，檐头横梁之间，楼栏廊柱之旁，花格漏窗之中，如水流般浸溢，缓缓流淌，挥之不去，悠长绵延而又内敛深沉。我还迷恋祠堂中浓郁的香火味，一年四季，红烛香案，四时八节，五香飘烟，仿佛祖先在缥缈的香火中，保佑着家世的兴旺，子孙的繁衍。

坐在古色古香的石凳上，吟咏梁柱间的《黄氏百孝篇》和《黄氏家训》：敦孝悌、睦宗族、和乡邻、明礼让、务本业、端士品、隆师道……囊括了家风家训的方方面面，正是这良好的家风和严格的家训，让察阳黄氏家族在历史的长河中生生不息。我的眼前仿佛飘然走过一个个手持书卷的后生，耳旁传来一阵阵吟诗作赋的声音，半亩方塘，天光云影，先生之风，山高水长。

走出祠堂，不知何时雨停了，日光透过厚厚的云层，投射到宗祠的粉色山墙和重檐斗阁间，光影如游走的精灵，将古祠的局部和细节一次次幻化于每一时间的刻度上，作为记忆和印象，却是那般精彩、遥远、强烈而唯美。

宗祠东侧不远处有一棵巨大的需四人合围的古樟树，树中间的蚀洞中又长出了一棵古榕，呈现出樟抱榕的奇观。古樟树和古榕树相依相偎生机勃勃，仿如一大团浓绿的云彩遮天蔽日。古树在乾隆十六年的一次洪水中救下了黄氏后人，因而被称为"恩树"。蓦然，从树的另一边探出一个小脑袋，是个小男孩，五六岁的样子，小脸蛋儿白白净净。我好奇地望他，他也好奇地望着我。当我绕过古树想逗逗他时，他已咯咯咯地笑着跑出了好远，消失在了宗祠山墙下的巷口中，笑声撞起一地的回响。他是黄氏一族瓜瓞绵绵世袭血脉的子孙吗？他那么小，仿如氏族沧桑老树枝丫上的一朵小小稚嫩的花苞，一颗小小水嫩的青果，一枚小小翠嫩的叶芽。这个时候，我突然那么强烈地想再看见他，让他用他的小手也孩子式地牵着我，从这里不回头地再次走进宗祠里去。

祠堂在，祭如在。祭如在，倍思亲。祭如在，一切在。当我回望察阳黄氏宗祠时，祠堂被阳光和雨雾涂抹得仿佛海市蜃楼，忽然一道彩虹从祠堂中冲天而起，牵着天上的白云悠悠而去……

莲花上的村庄

对于季节的变幻，恐怕没有比农民们更熟知的了，因为他们必须时时把握播种、收获的节气，时间决定着一年的收成。因此我总觉得知春莫若农，要想近距离感知春的气息，还是去村庄里、农田边走走，捕捉"满园春色关不住"的美丽画面，去揣摩古人在千百年前的春风里吟诗作画的情景。

然而我的步伐依旧慢着节拍，未能跟上春之节奏，错过了初春的美丽风景。终于偷得空闲，寻着鲜花盛开的方向而去，哪怕这已是暮春，也不枉这个季节我曾经来过。

一条蜿蜒的乡村公路把我们引进了大山深处的莲宅村，这个位于闽清县塔庄镇东南部的村庄，以山水为形，因村后的山峰形似倒蒂莲花而得名。莲宅村跨越梅溪、濂溪，已有千年历史，全村土地面积约8平方千米，下辖莲宅和东垱两个自然村，总户数532户，1898人，常住人口700多人，六成以上的村民在外创业，其中大多数从事建筑业且颇有建树，莲宅村还是福建省革命老区村和乡村旅游特色村。

眺目远望，莲宅沉浸在一片雾霭朦胧、烟海扬波的境界里。一座座小山躲在雾纱后面若隐若现，雾气笼罩着山村，晶莹透亮。一轮朝阳从山凹那边冉冉而起，绿色的缝隙中洒进一道道金光。隐身在树林丛中的农家小院若有若无，一层层薄雾增添了几分仙境般的感觉。

山野铺青叠翠，草木欣欣，悠然静雅，空气清新，莲宅村似一幅精美绝伦的山水画卷，处处山光水影，处处田园野趣。最吸引我的是那一大片的荷田，城里的荷花才露尖尖角，而这里的则已开得灿烂。朝阳洒进荷田，莲花舒展开了冰清玉洁的花瓣，若红霞引燃的火焰，一束束，高低错落，照亮了雾气弥漫的水面。有的亭亭玉立，有的却浴水端坐，与水下侧影相依相恋；有的通体深粉，摇摇欲滴；有的则是披了件红罗衫，茕茕孑立，凌波起舞；还有的褪却红装，只晕了一层薄得透明的粉，轻盈得就像一只只飘飘欲飞的蝶。

荷叶大大小小，或聚或散。有的浮荡在水面，任水涨水落，随波飘曳，自在陶然；有的托叶如伞，依风起舞，傍莲而眠；有的叶缘卷卷，如斜矗的麦克风，似有多少知心话，只与懂的人言。荷叶上，晶亮的水珠熠熠闪闪，就像点点美丽的碎星银钻。

村里在荷田中间的灌溉主干渠道上建起一条千米的木栈桥，漫步桥上，你仿佛能看到采莲女低吟着"山有扶苏，隰有荷华"，款款地穿过水道，拨开圆如玉盘的荷叶，翩跹而来。桥中间的观莲台上，人们或抚栏远眺，或照影静思。莲，花开不惊，花落安然，莲瓣落尽，莲蓬依然高擎，亭亭向阳，风采依然，初心不改，纵是沉默千年，依旧破水成蓬。

荷塘边上有一座古厝，白墙黑瓦马头檐，古朴典雅，古色古香，与满塘荷花相得益彰。整个莲宅村像这样的古厝还有很多，如启园厝、长连厝、桂堂厝、鼎兴厝、宗瑞厝、兆鳌园等均有100多年历史，现存面积从几百到一万平方米不等。其中启园厝就有223年的历史，这些古厝传承着莲宅的钟灵毓秀。保护好这一幢幢的古建筑，挖掘其中的文化价值，就保存了一段历史，保住了乡愁，保住了城市的文脉。有人住，古民居的细节就能得到很好的照顾，有人开门，有人关门，流动的人气是延长房子寿命的最佳良方。然而，村里的大部分古民居已少有人住，同时遭到了不同程度的人为、自然灾害的破坏。近年来，莲宅村把古民居当成重要的旅游资源进行开发，为古民居建档挂牌，让来者将目光锁定在这些古建筑上。同时坚持"修旧如旧"的原则，融入本地文化、建筑风格，以及乡土风情等元素，对古民居进行了大规模的修缮和保护，并利用社会力量在古民居中建立主题博物馆，让游人感受古朴而悠久的气息。让古民居的保护与开发齐头并进，让古民居在百年过后重绽魅力。

徜徉在古民居和老街中，我知道了莲宅开基始祖、林氏一世祖林子贤千里为官，任广西浔州府平南县丞正堂。他一心为民，两袖清风，鞠躬尽瘁，以至积劳成疾，病死在任上，身后却无钱运送灵柩回乡，后在同乡亲友的资助下，才将灵柩运回，人们将运送灵柩回来的溪流称之为濂溪。清康熙年间，莲宅的秀才林郁颇具眼光，顺应时势，撰修了《林氏家训》十条："自兹以往，凡我宗人，务遵相德，勿习刁风。毋得唆讼而兴争；毋得怀奸而诬正；毋得妒猜而生忌刻之心；毋得徇情而忘节义之大；毋得贪财利己而致伤于骨肉；毋得杠帮济恶而贻害于善良；毋得鸩投赌博而致产破家倾，莫知之恤；毋得纵奸淫横而致身亏行丧，莫之为救。"寥寥百余言，言简意赅，浅显明理，周全而易行。以一种家族式的教育，潜移默化，润物无声地影响着一代又一代莲宅子孙的心灵。仅林氏一族，在明、清的科举时代就出了庠生、贡生91人，中试举人3人，文官武将、诗人书画家英才辈出，代有人才。这正是莲宅美在风骨的独特之处。

千年的历史文化，就这样一点点地在莲宅村积淀。村庄的古迹多，传说也多，一个人、一户人家、一棵树、一滴水，看起来简单，可当人相聚成为村庄，树木相生成为林，水流相合成为河时，便有了人不可探知也不可能探知的美妙与神奇。游走于村庄，听村民们津津乐道于自家的故事，是一种难得的享受。当然，更好地享受，还是抛弃一切尘世的喧嚣，只带着五月的阳光，走进莲宅，让身和心都在场，贴近村庄的炊烟、尘土和石子路，用舌尖亲吻大地。

那斑驳的阳光穿过古巷，投映在古铜色的门上，犹如人在强大的自然面前软弱的内心，幻觉会一次次地出现，并以种种梦幻般的形式呈现在你面前。回头看看背后的脚印，你会有一种从岁月深处走来的感觉。宗祠、牌坊、古厝的主人，都是你的同伴，在不同的时空行走，都有一段属于自己的行程。此刻，你微闭双眼，轻轻张口，呼吸着莲花弥漫的清香，你会感到有一种暖融融的、甜滋滋的东西，顺着呼吸进入口中，然后，从舌尖出发，慢慢浸润你的全身，你就会拥有一种抵达灵魂的愉悦。

踩着凹凸光滑的石板路，拐进了一个"U"形小巷，一栋古厝矗立眼前。古厝坐北朝南，占地面积500多平方米。外观呈山墙式，中高前后低，白墙黑瓦马头檐。正门上方门楼牌匾上雕刻"桂堂厝"三字。门墙八字开，砖雕石刻，条石门框，宽大的板门显示出一种气派，大门边立着一块黑色石牌，上书"闽中游击队莲宅联络总站旧址"几个大字赫然入目。

桂堂厝为三进式厝房，进门为前厅，左右耳房，阳光自天井倾泻而下，洒在被人踩得坚硬黑亮的厅堂前沿，一种静寂的气息弥漫在古厝四周。经过天井，迈上石阶到了正厅，正厅高大宽敞，立屋石墩石柱两旁昂立，屋梁穿斗式高拱，屋角飞檐。两旁厢房门壁花格嵌窗，雕花鸟虫鱼，旁柱挂着对联牌匾，上书"海天气象，风月襟怀"。后厅有一排的厢房，可以住下不少人。前厅和正厅有两条人行小巷通往侧门，古厝后面有十几棵百年以上的桂、樟、杉、松等古树，高大雄伟，绿荫如盖，郁郁葱葱，团团遮护着半个古厝上空。

此时的桂堂厝虽然沉寂，然而那浸渍着年月的青砖里，那经历风霜的古树褶皱里，收拢着许多红色的记忆。1946年，中共福建省委鉴于闽清伴岭革命据点屡受敌人破坏，形势严峻，认为闽清的工作重点应转移到闽永边界地区开展。并派刘志德、吴盛端在这一地区发动群众，建立革命据点，开展游击斗争。是年底至1947年春夏间，刘志德、吴盛端多次召集蔡孙祺、黄振萱等人在永泰丁山洋、闽清洪厝里、莲宅等地秘密开会,研究开展群众工作,扩大农村据点,并筹划建立一个联络总站。大家认为莲宅的地理位置、群众基础最适合建联络总站。

1947年6月下旬的一个晚上,吴盛端等人来到莲宅村林庭礼家,也就是桂堂厝召开秘密会议,宣布正式成立联络总站,站址就设在桂堂厝,由林庭礼为站长。至此,以桂堂厝联络总站为中心,形成了十五个联络站点的星罗棋布的闽中线地下联络网。

莲宅联络总站建站后,省委交通员、闽永游击队队长吴盛端、闽永游击队副队长黄振萱以及闽永各地下联络站点的负责人经常来往于莲宅总站,接送情报或者开会集训等。闽中司令部副政委林汝南、政治部主任祝臻华、服务团团长蔡光周等人多次到莲宅总站驻足指导。总站认真做好安全保卫和后勤接待工作,林庭礼全家参与,让大家感到总站就是自己的家。莲宅总站在两年多的时间里,接待来往人员的粮食、经费全靠站长林庭礼无私奉献,他倾其家财支持革命。

1948年秋,闽中司令部祝增华分配莲宅总站林庭礼、林师祺两人负责解决游击队服装问题。两人遂向支持、拥护革命的商户募捐到黑色斜纹布10匹,缝制了军装百余套,还购买军鞋雨伞等。初步解决了闽永游击队的着装问题。同时,林庭礼通过族亲关系,动员本村"义兄弟会"献出步枪20多支,许多人还带枪加入游击队。

1949年2月,闽永游击队已发展到百余人、枪。为加强五都一带的游击斗争,大队长吴盛端组建了莲宅总站直属游击分队。6月中旬,闽永游击队通过莲宅总站站长林庭礼等做通合龙乡伪乡长的工作,和平解放了八都合龙乡,成立了闽清县第一个红色政权——胜利乡人民政府。

莲宅联络总站把"开展敌后宣传,唤醒群众觉悟,揭露敌人阴谋"作为一项重要工作来抓,成立了"闽永出版社",大量翻印闽中司令部颁布的布告、传单、标语、提纲、革命知识小册子等宣传品，分发到闽永各联络站点，在各地散发、张贴和学习。当时条件差，刻蜡纸用一把阔板锉刀垫着当誊写钢板、一块玻璃、一把毛刷当油印机。就是这样的条件，这个世上最简陋的出版社，翻印了大量宣传材料，鼓舞斗志，发动群众，威慑敌人，迎来新中国的曙光。

透过桂厝堂里一件件的革命文物，仿佛穿过岁月的烟云，看到解放斗争的烽火，看到莲宅人民的革命精神。为弘扬红色文化，传承老区精神，莲宅村在村的入口处修建了以中国革命历史为题材的红色记忆广场，绘制了一幅幅革命题材壁画，生动形象地营造了浓厚的红色历史氛围。漫步在红色长廊中，似乎还能呼吸到那曾经鼓荡在莲宅山岭沟壑中的浩气长风，似乎还能聆听到那曾经回荡在莲宅田间街巷上空的革命豪情，似乎还能目睹到曾经战斗在莲宅丛林溪旁的游击队员的矫健身姿。

现在莲宅村正在全力打造"革命老区＋古厝民居＋莲花世界"的发展乡村旅游格局。促进产业兴旺、生态宜居、乡风文明、治理有效、生活富裕。实现宜居莲宅、宜游莲宅、宜业莲宅。向风景更加秀美，生活更加富裕，群众更加满意的目标奋力迈进。林以煌稳健而充满信心的谈吐，让我想象到他话语后面更加稳健更加有希望的日子。

是啊，这就是日新月异的乡村，是生生不息的乡土。在这片希望的田野上，父老乡亲们在农耕之余，在温饱之后，仍然以坚定、执着的信念，一路追赶着文明、进步的脚步，因为他们追求的生活，除了温饱，还有更美好的图景。

天色渐渐暗了下来，山谷间飘荡起淡淡的暮霭。追着阳光舒展了一天的莲花瓣，敛起浮世的喧嚣，收起冰莹的心绪，像合拢的玉掌，放下过去，祈福明天。天边，团云霞染；栈道，荷影阑珊；农舍，暮色生烟。我的眼睛和内心被"世外桃源"这样的词汇一遍一遍地魅惑着。这莲花上的村庄,这深藏于绿色背后浓浓的生机和希望。舒朗、宁静、梦幻。融入这阡陌的绿意画卷中,手捧坦诚而忠厚的泥土,以含香蓄墨的莲塘为背景,用心灵做底片,定格为晚霞下最生动、最亮丽的那帧剪影,是何等的舒畅,何等的醉人心田……

灵宫肃神心

出了县城,眼前的景色一变,并不陡峭峻急的山在前方突起,山上草木稀疏,在朝阳的光照中,更显深远。那些浅山的后面,是更远更高的山,隐约地竖在前方,林木茂盛,山腰蒸腾着白雾,如画屏一般,画屏中满是山水画的深墨淡烟。

车在蜿蜒曲折的山路上很费力地往玛坑杉洋村爬行,幽静的山谷中绿树葱茏,阳光透过缝隙照射在绿叶丛中,那些还滴着清露的叶子愈加翠绿,耳畔不时传来一串串婉转清脆的鸟鸣。一座山峰下,停车往左侧看,林公宫到了,更确切地说应该是林公祖殿到了。杉洋林公忠平王祖殿是仅次于古田临水宫而影响广泛的本地神宫,也是周宁最早的全国重点文物保护单位。

祖殿背倚巍峨青山,面临杉溪绿水,四周树木苍翠,环境清幽。宫后山有一片挺拔的苍松,数量大致在五六十棵,每棵都高达二三十米,虬枝苍劲,傲骨凌天,四季常青。据说,这是目前发现的宁德市保护最完好的成片古松树林。比起山野里的散生树,寺庙的树似乎因其生长地优越的缘故,不止生命更长久,也更坚挺、更俊朗、更茂盛,其使命似乎也更神圣些。

林公祖殿坐南朝北,面阔五间17.6米,进深四间10.45米,高10米,占地面积约3000平方米。宫庙整体按照传统的"一殿二楼三阁"式建成,大雄宝殿居中,钟鼓二楼分列左右,整个建筑白墙黛瓦,飞檐翘角,檐牙交错，雕梁画栋，富丽堂皇，尤以石雕、木雕、砖雕等雕刻见长。宫门两侧石柱上雕刻着两尊门神，高80厘米上下，怒目圆睁，神态逼真，其手持砍刀，可惜的是，原砍刀只余下了刀柄，现在看到的刀是后来装上去的。大门顶端石梁的正中镶嵌着一块龙头透雕的"敕封林公忠平王祖殿"竖刻圣旨石匾，显得庄严肃穆，两侧是四幅历史故事的镂空木雕画，颜色十分艳丽。牌匾的上方是层层的斗拱，旁逸斜出，像蝶一样柔软出线条的典雅，也承载着岁月之重。宫殿大门两侧的石刻对联上写着"阊阖齐开昭圣德，衣冠晋入拜神功"。门檐的壁画连着一溜展开，这些壁画均取材于《三国演义》，显得古朴精致。

迈入大门，抬头就是三方八角形藻井，绘制着八仙过海、嫦娥奔月等历史故事，那么多色彩的集合，像一张大画，弹奏着千古神话的美，引领你的目光在头顶漫步。藻井之上就是门亭（俗称太子亭），太子亭重檐歇山顶，中部层层穿斗，由下而上共有五层之多，层层叠加到最顶层，仅正面横排就有33斗，挑起檐桁，传承荷载，衍生繁荣，使质朴的气韵最大限度地外伸，体悟着峥嵘岁月的风霜，也抒写着诗情画意，被认为是林公祖殿最得意之作，代表了中国传统建筑的精华。

正殿的两侧是各为三开间的厢廊，廊之明间上加构有钟鼓楼，中间是辉绿岩铺设的天井。沿七级石阶而上，就是主殿，正中端坐着林公及诸神塑像，神态各异，可见当时塑像工艺之精美。殿中石柱径达30多厘米，长丈余，每根柱础四方皆雕有精美的图案，其中有"琴、棋、书、画"和"渔、樵、耕、读"以及世外桃源仙境等景象。殿沿青石板每条都达丈余，表面光滑，可见当年建造此殿所费财力之巨大。主殿前一溜石浮雕，上刻人物、花卉、亭台楼阁等，刻工细致、刀法精湛、坚实而又细腻，浑厚而又生动，显示了当时雕刻技艺之高超。

宫中的文物除石雕外，还有许多壁画、木雕柱头，尤其是木雕柱头，在宫中通廊两侧齐腰高的柱顶端镂空雕刻，每个柱头20厘米见方，所刻神话人物、花卉等图案精美绝伦、疏密有致、玲珑剔透、毫发毕现，圆雕、浮雕、透雕，各种技巧，无不吐露一个个古典的春天。

正殿石雕案桌的神龛上端坐着林公忠平王的真身神像，鼻如悬胆，语吐云气，慈祥含笑，神采奕奕，通身金黄，光彩照人。话说林公历史上真有其人，据《林公史记》记载，他姓林名祖亘，生于南宋庆元三年（1197），其父林珠于南宋淳熙十五年（1189）迁居云气柏院（今宁德蕉城九都云气村）。林祖亘五岁失母，十二岁失父，在邻居陈公的抚养下长大。南宋嘉定五年（1213），十五岁的他开始游历各处，游至杉溪（今周宁玛坑乡杉洋村）时被詹兆源公收养，祖亘从此就在杉溪精修道学，练武学医。

杉洋附近的展旗峰一带，山深林密，虎狼成群，不时为患乡里，村民们谈虎色变，林祖亘立愿誓除虎患。南宋嘉定十一年（1218）十月的某日正午，他只身直捣虎穴，连打了三只老虎，当村人将死虎抬回时，惊动了宁德、长溪两县，方圆百里围观者不绝于道，百姓皆视林祖亘为神人。

虎患虽除，但仍有其他野兽骚扰。林祖亘自知凭单打独斗是无法根治兽害的，遂巧制出杀伤力颇大的排铳，用以轰击山猪等野兽，收效显著。远近村民先惊后喜，争相仿造。从此杉洋和附近的村人畜安泰，生产兴旺。

除了打虎除猛兽，林祖亘还治病救人。南宋淳祐七年（1247），福宁各地瘟疫横生，遍地哀殂。懂医术的林祖亘上山采药，悬壶济世，帮助村民驱除瘟疫，预防疾病，深得乡亲们的爱戴。

相传，白马王游手好闲，穷凶狡悍，为非作歹，横行乡里，掠财夺物。林祖亘为伸张正义，疾恶如仇，毅然与之斗法，最后两人同归于尽，逝世于南宋咸淳五年（1269）。当地百姓为了纪念他，将白马王塔改作林公塔，并建宫庙奉祀，尊称他为林公，据说林公羽化成仙后屡屡在福宁各邑显灵，从此声名远播，成为民众信仰的保护神。《林公史记》中就有许多他显灵为民造福的故事。如救死扶伤、神签示人、惩罚赌徒、香火驱邪等等。

明成化七年（1471），时任刑部尚书的宁德蕉城人林聪，将民间流传的林公事迹写成奏疏，上报朝廷。次年，明宪宗朱见深敕封林祖亘为"杉洋感应林公忠平王"，下诏在杉洋建忠平王祖殿崇祀。明正德八年（1513），杉洋林公宫始建成，清嘉庆十年（1805）增建太子亭。20世纪80年代，林公宫重修，保留了明清建筑风格，2013年3月被国务院列入第七批国家级文物保护单位。

敕封后林公护国佑民，更加神迹显赫，影响深远。其中最具传奇色彩的当属"林公助阵收复台湾"了。相传清顺治年间，郑成功率军跨海收复台湾，船只抵近台湾鹿门海面，准备在禾僚港登陆。但因泥泞积深，航道阻塞，战船无法靠岸，情况十分危急。此时，一士卒遂朝天长跪，呼唤林公助阵。林公有感于郑军的英雄气概，便握指行云，呼风唤雨，顷刻间水涨船高，战船顺利靠岸。士气高涨的郑军杀向赤崁城，荷兰侵略者被迫投降。

长久的信仰形成了到祖殿朝拜，请林公香火，接林公圣驾的固定民俗，尤其以正月为盛。如今，每年正月初五至十五期间，就是杉洋最热闹的林公香火节，村民们舞龙、舞狮，敲锣打鼓将林公神像请出到全村巡游。各家各户备供品于宫中上供，祈求林公保佑一年四季风调雨顺、国泰民安、五谷丰登，并把香火请回各自家中，早晚奉祀。香火节中的"起洪楼"仪式可谓是惊心动魄，祝福的巫师在由十三张八仙桌搭起的洪楼顶端跳着难度极高的"奶娘行罡"，舞蹈先在饭甑和筛子搭成的小台子上进行，接着，巫师踢掉筛子，继续在饭甑上舞蹈，饭甑不时会被移到桌子边缘，观众在惊叫声和赞叹声中感受着传统文化的独特魅力。各地前来祖殿朝拜进香请圣驾的信众摩肩接踵，每天都数以万计。

目前，闽东各处有林公宫（庙）五百多处，香客信众也延伸到闽东以外的福州、南平、莆田、温州、台湾等地，甚至有马来西亚、新加坡等地的信众闻名而至。林公惩恶扬善、济世扶民、护卫国土、福泽一方的优秀传统思想为后人所赞颂、传承、膜拜。

　　回望林公忠平王祖殿，那屋面四角无数夸张的"翘起"，在天空中画出一条条优美的线条，如扬起的眉毛，给人一种长者微笑、慈祥的感觉。祖殿凝聚起的光与色，形与影，在夕阳晚霞、苍峰翠林的渲染中，显现出一道道神秘的光环，显得那么静谧而又幽远，此时在宁静中谛听，在宁静中感悟，在宁静中冥想，会有一股力量从心底升起，岁月静好，我心安然。

梦魂五夜萦乡绪

在一个风和日丽的深秋,我沿着上杭稔田宽阔的河谷盆地,去拜访享誉中外的"李氏大宗祠"。山田傍,黄潭河蜿蜒而过,水声淙淙,不知道它从何而起,也不知道它将在何处终结。环山叠翠,我仿佛听到了山上的风和松涛的低语。远远望去,一片广阔的水田中央,一座占地5600平方米,坐北朝南,前方后圆,前低后高,融客家方楼与圆楼为一炉,宫殿建筑与农舍建筑为一体的青砖灰瓦老屋安坐于此。同行的镇领导告诉我,那就是客家第一祠——李氏大宗祠。

我甚为诧异,记忆中的祠堂,往往建在风水宝地上,背后必有"靠山",以山冈作为屏障,四周往往有几棵、十几棵参天古树簇拥,祠堂周围必有同姓人家聚族而居。而眼前的李氏大宗祠却坐落在千亩平川的田园中间,显得形单影只,落寞沉寂。李氏大宗祠管委会的李主任似乎看出我的疑惑,他笑着告诉我,这宗祠的风水可不一般,昔人称此祠形是"蜘蛛结网",并有诗为证:"形如蜘蛛结网,貌似龙凤飞翔;前后山水拥翠,左右狮象披装。背靠高山水寨,面临旗鼓山岗;玉案山环水抱,龙真结穴中央。"

漫行至宗祠正大门,一股古朴之风迎面扑来,正面设有五孔大门,正中大门用灰青条石、石板堆砌而成,形如牌坊;另有四孔大门,东西两边各两孔,内厢为圆大门,外厢为耳大门,左右两厢对称。大门牌坊上面,竖一块长方形石板,刻有"恩荣"二字,字迹雄浑洒脱,据说为清道光皇帝恩赐。下横梁上刻有"李氏大宗祠"五个大字，两边石柱刻有"丞相将军府，忠臣孝子门"，两旁门空内写有"登祠思祖德，入庙念宗功"的对联。可谓是睹物思远，阅文生敬，文物相谐，浑然天成。大门外正中的地面有一幅用小鹅卵石砌成的八卦图，任何人从八卦图起步，进入大门，必定是左脚先入门槛。

步入祠堂，一股威严之气漫散开来，仿佛能感觉到李氏先人们的呼吸心跳之声。长方形的天井上一股股草木的清香随风飘入，顿时萦绕着我、包裹着我、浸润着我。屏风上面挂着"泽披远裔"牌匾，表达了海外游子的切切崇祖之心，一旁的"李氏大宗祠"绣品辉映着国内子孙的景仰之情。走廊两边挂着纪念火德公诞辰珍贵资料、名人像片以及火德公传奇和各地裔孙祭祖照片。

进入中厅，只见左右两边的墙壁上写有忠、孝、廉、节四个2米见方的大字，刚劲有力，熠熠生辉，相传是宋朝宰相文天祥的墨迹。中厅一个巨大的木制屏风上有十块行书字刻，刻有明代天顺年间上杭儒学教谕季远撰写的"李氏火德公传"。这是一篇珍贵的历史资料，陈述了火德公一生为人师表的功德。

转入中厅屏风，经过两边回廊，便是高大的正厅，厅后靠壁神龛上有三组漆黑金字木牌，上书李氏火德公以下列祖列宗芳名脉系。左右二房安放着第二次修祠时各地裔孙上的"特座、中配、侧配和长生禄位"牌位芳名。在神牌前安放着永定湖坑裔孙送来的"火德公石像"，石像上的彩塑已被抚摸的斑斑驳驳。檐前"双龙戏珠"的石香炉上，飘荡着袅袅香烟。厅的上空悬挂着"惇叙堂"三个大字的巨匾，显得神圣肃然。"祖德流芳、金玉满堂"的长联刺绣，做工精巧，色彩艳丽。厅四周张贴和悬挂着各地裔孙送来的贺联、贺词、横屏、横联、灯笼、花灯等，类多遐目，甚为壮观。

祠内有十一对大园石柱，据说这些石柱是由长汀用木船顺水而下、逆水而止载来安在祠内的，每对石柱上刻有建祠时的对联，刻工精美，字体涵盖了隶、楷、篆、行诸体，最长的上下联达50个字，在这里品性和德行是最当紧的，比什么都重要。我想，这需要一种传承，更期待一种希望。

从侧门转入祠背，后土有一排围屋与前房相衔接，左右共有房间40间，中间有个土地祠，安放后土德龙神神位，供来人朝拜。宽阔的空坪上，栽种着许多花木，午后的阳光金子一样在枝头叶面上跳跃。空气中弥漫着木头的香味，这是祠堂里上了年纪的木头发出的清香。这股清香如流水般在祠堂厚厚的木门上、在黑褐色的木墙上、在檐头横梁上、在楼栏廊柱上、在花格漏窗上缓缓流淌，悠长绵延而又内敛深沉，仿佛与生俱来般的柔和亲切。

就这么停停走走，我想到了些平实的人生问题，诸如生与死、热闹与孤独等等，有位哲人说："人生的秘密尽在时间，在时间的魔法和妙趣，也在时间的真相和实质，但时间本身又是不折不扣的虚无。"说得真对，我分明听到了时间流逝的声音！看到了辉煌与离奇在光阴间游移。

宋宝庆三年（1225），李珠的二子木德和四子火德奉父之命，从宁化石壁出发，沿汀江来到上杭，因"见其山川风土"之胜，遂定居于上杭胜运里丰朗村。不久，哥哥李木德继续外迁，弟弟李火德开始了他的独立人生。

李火德的后裔人才辈出，各领风骚，明清两朝有丞相、将军、忠臣，近现代有新加坡李光耀、香港李嘉诚等佼佼者。李火德被其后裔尊称为"稔田李氏一世祖""李氏闽粤大始祖""李氏入闽始祖"，知名度远超过他的兄弟乃至他的父辈、祖辈。

清道光十六年（1836），火德公的后嗣在他去世六百年后，兴建了这座规模宏大的"李氏大宗祠"。宗祠建成后，立即成为李姓族人尊祖敬宗收族之圣地，宗祠内李火德神位前烛光盈盈，香烟袅袅，终年不断。

走出祠堂，伫立池边，听泉水细细的流动之声，犹如古老的箫音悠悠传来。故乡那历经风雨而保存的宗祠，存放每个人从母体带来的血迹，这血迹的颜色，一生一世都不会褪。不管你生命的风筝飘向何方，那宗祠里寄托着你的思念，也系住你漂泊生命的灵魂。

震耳的欢叫声打断了我的沉思，抬眼望去，几个小孩在场地上嬉戏打闹，一串串的笑声扑进祠堂，撞起一地的回响。这时，从祠堂深处忽然走出个白衣白发白须的老人，他好像没有看见嬉闹的孩子，飘飘然缓步出大门，披着金灿灿的夕阳，慢慢消失在青砖墙边的小路上……我静静地望着老人的背影，心里默念着：现在李姓人数，已达一个多亿了……

闽中瑞云神仙居

瑞云山位于莆田市北部与永泰县毗邻的大洋乡院埔村,素有"大景一十八,小景三十六"之称,景区内奇峰罗列,怪石嶙峋,千姿百态,惟妙惟肖,为莆田的万山之冠,海拔1080米。据传,早有神道名"瑞",携二道人寻游于此。当即只见天光闪烁,瑞云浮空,且从天外隐隐走来两巨"麒麟"。道人为之惊喜,叹道:"麒麟出没处,必有祥瑞,此乃神仙居所!"即定此处为瑞云山。

早春二月,正是寻仙的好时节。车驶出城区,在春风润泽下的乡村,田野分外的清新,满眼皆是铺天盖地的绿。地里的庄稼,山坡上的树和草,无边无际的绿,一望无垠。打开车窗,裹挟着泥土、青草味道的风,瞬间充满了整个车厢。心,在那一刻开始渐渐的明朗起来。

进入景区,瑞云山的独特风景便呈现在我的面前,正前方的山峦上,一尊巨大的自然山体卧佛,它仰面朝西,身体曲线明显可见。据专家考证,它是我国目前发现的最大一尊天然卧佛。

步入山门,一副对联吸引了我:张公灵圣施八方德泽瑞云长驻,玉女靓妆迎四海宾客广业永兴。这副对联高度概括了瑞云风景区的人文景观和自然景观,体现了瑞云山自然景观和人文景观的完美结合。山门后面是弥勒广场,一尊弥勒佛像高卧在广场正中。这尊佛像高3米、宽4.6米,是由一块巨大的天然红大理石精心雕刻而成的。这尊弥勒佛像坐东朝西,为最佳的地理方位,这方位得来纯属偶然。更为奇特的是这尊佛像处在背后瑞云山卧佛的腹部位置，与卧佛互相对应，形成一派祥和的景象，正所谓"佛中有佛，佛心是佛，山河为佛，天地祥和"。

沿着青石铺就的山道前行，两旁树木葱茏，鸟鸣啁啾，看不到路的尽头。抬头仰望，浓荫馥郁，暖阳透过枝丫，斑斑驳驳地洒满一地金黄。山坡上有一片珍稀植物园，这片植物园里有20多种属国家一、二级濒危重点保护植物。几棵树上开着花朵，形状如一把伞，那便是国家二级保护植物——"伞花木"，这种树在全省都是比较少见的。据专家考察，在大洋乡境内现有300亩的伞花木群落，具有很高的保护价值。

不远处的山上有块岩石，像一只老鹰的嘴巴，它两旁的岩石犹如老鹰的翅膀，被称为"鹰嘴峰"，传说这只鹰是张公的坐骑，鞍前马后地为张公镇鬼立下战功。张公镇鬼成功后，被张公点化，守护在山口。"鹰嘴峰"的后面还有"将军峰"，可以隐约看出是五位将军的脸谱，传说这五位将军是张公麾下的五员大将，他们为张公镇鬼立下汗马功劳，但他们从不居功自傲，仍然忠于职守，时刻保护过往行人的安全，严防妖魔鬼怪的入侵。

路旁传来小溪哗哗的流水声，这就是三叉溪。我沿着一条石梯往小溪走去，路湿滑不已。行至石梯尽头，没有了路，只有逼仄的山崖，崖上有八字摩崖石刻"鸾鹰乘风，龙象带雨"，是明朝莆田第一个状元柯潜所书，民间有很多关于柯潜的传说故事。据说柯潜出生在一个富裕人家，小时十分愚笨，父亲望子成龙，请了一个又一个的老师来教他念书，但是怎么教他也学不会，都一一离去，到最后一位老师也要离开时，他和父亲一路相送，苦苦挽留，老师被缠得受不了，就出一个对子要柯潜对，只要能对得出来，他就留下。老师看到有个女子挑着一担橄榄，就出到"女子独行随橄榄（谁敢拦）"，柯潜看到旁边有一棵石榴树，就答道："先生欲走我石榴（实留）"，先生觉得奇怪，柯潜什么时候变聪明了。民间传说，柯潜是壶公转世，在送先生的时候，看到壶公山，通了神，聪明花就开了。

当我回望时，对面的山峰状如一顶明代的官帽，故被人称为"官帽山"。据说，在那座山脚下原来有一个大香炉，香火旺盛。香炉立在古驿道旁，前往京城的考生都会在此烧香，祈求能够高中。因为官帽山背靠瑞云山，后台很硬，所以祈求之人都能如愿。明朝的时候，瑞云山下还出过三位状元：萧国梁、郑侨、黄定，或许都在这里烧过高香吧！

不经意间朝西边的山顶投去一瞥，却禁不住叹为观止了。蓝天下那一方突兀的黛岩，活脱脱的就是一幅美女对镜梳妆的剪影，绾髻高盘，眉眼清晰，面前的那面镜子，斜度合适，高度恰当，活灵活现地衬托出玉女临镜的娇媚。此处就是瑞云山一级景点——"玉女梳妆"。其惟妙惟肖的程度，比起武夷山的玉女峰、云南石林的阿诗玛更胜一筹。传说这是一位天上下凡的仙女，经过瑞云山时，被此处景色所迷住，不禁心花怒放，拿起仙镜，对镜梳妆，欲与大自然相媲美。不料，由于流连忘返，错过了天门关闭的时间，仙女也就永远地留在了这里。

穿过两块巨石间的窄窄缝隙，抚摸着光滑的石壁，感受着张公劈石的威力。传说，张公派手下将军追杀鬼王时，鬼王施展魔法移石挡路，阻止将军去路，这时候，张公及时赶到，挥剑劈开大石，率领大军，长驱直入，直捣鬼巢。只要把这两块岩石拉合在一起，便可形成一个天衣无缝的整体。

抬头仰望，一块巨大的石灰岩凝结的悬崖峭壁，坐镇在山之巅，"光紫圆腻，直插一幅云母屏"，这就是瑞云山最为壮观的"永兴岩"。永兴岩亦称鬼岩，乾隆《莆田县志》有则关于永兴岩的记述："峭壁可三十丈，上有飞瀑，霏霏承雷，春夏间若曳练然。旧有洞可炬行，宋绍兴中，山鬼为厉，张真君以巨石封之，患息，今无敢发者"。

岩下有一洞窟，建有石窟寺。寺始建于宋代，元明清各朝均有扩建或重修。坐南朝北，用规整的条石砌成并排三个大小不一的连拱券顶门洞，面积约 420 平方米。三个殿分别为：左为永兴祖殿，即张公祖殿，右为五海龙王殿，中为观音殿。窟内现存的石像、石梁、石柱、石础等均为宋元之物。

　　传说张公圣君名吉，原籍永泰，至善至孝，因上山采药为母治眼疾，得仙书一卷，又得仙人口授修真三术，苦练成圣，镇邪荫民。永兴张公祖殿是张公信仰的发源地，而张公信仰在莆田广为流传，大部分宫庙都有奉祀张公，形成了类似于妈祖文化的张公文化。而且，在东南亚、美国、加拿大一带也分布其信徒，共达千万之众。每年农历七月廿三日，海内外信徒都会纷纷前来瑞云山的张公祖殿寻根问祖，香火十分旺盛。随着时代的发展，张公又被赋予了新的使命，那就是"商神"，外出经商之人都会来这里求签问卦，据说还十分灵验。

　　春夏之交，雨水丰沛，瀑布可从岩顶飞流直下，洒落在石窟寺的青石台阶上，犹如梨花盛开，银珠落盘，顿时白雾升腾，琤琤淙淙，韵律和谐，余音绕岩。秋冬之际，细流从岩顶霏霏飘落，如透明的珠帘随风飘荡。可谓是"半空洞窟疑无地，一线烟霞别有天"。洞窟中有一口泉眼，终年不涸，久雨泉水不溢。据说可防疫治病，难怪民间称之为"仙水"。

　　一天然巨大的岸石脊岗，立于永兴岩东侧约五百米处，狭长险陡，似石龙昂首，跃跃欲飞。岗脊两边的岩体经受雨露阳光的熏染而成为青色。沿脊背修建的狭窄小道，伸向悬崖顶端。我小心翼翼地握紧铁链，战战兢兢地走过这 10 多米长的山脊小道。站在悬崖顶端的观景台上，目野四方，胸藏万壑。站在这里，仿佛是站在智者的心灵上。风从山脊划过，似絮语，给站在他心灵上的我，灌输着春夏秋冬的风情世故；他那赤裸的青石，沧桑古朴，无数双脚步的攀踏，让它如游鱼般光滑，如无坚定脚力，会滑溜到山谷下去的；现实中许多人跌倒，不就是因为定力不够吗？我立在他的脊背上，就是站在他那危崖警示的智慧里，聆听着他那一阵紧似一阵的山风警语。

脚下的山谷里藏着一个个奇岩秀石。"仙犬守门""骆驼送水""神猪带崽""香炉烟缕""生命之根""生命之门""雄鹰传书"等等。不远处的永兴岩此时也宛如一只大象徐徐走来,自然隽永,惟妙惟肖。可谓是处处山头皆景点,块块奇石有传说。听山风呼号,瞰景色迷离。忽忆起唐代莆田诗人郑良士赞美这一方天地的诗:"三邑平分万仞山,峰头禅院瞰寒空。喷烟一代香泉白,倚云千株古树红。宿客语来岩谷应,真僧游去虎狼同。不堪怅望吟诗石,藓碧苔青桧影中。"

残阳如血,染红了远远近近的峰峦。我仿佛融化在这红彤彤的仙居里,以挺拔的体魄,神奇的装束,坚硬的思想,在这悠远深邃的秀石奇岩间徘徊流连……

墨点无多泪点多

朋友问及,在中国古代画家里面,你最欣赏谁?我毫不犹豫地说:八大山人。

捧读四卷本的八大山人全集,你能从那敢于留白、善于留白的写意画中,那独树一帜、精美绝伦的书法中,那喃喃独语、静静流淌的诗词中,感受八大山人那欲哭无泪、欲喊无声的凄楚人生,那历经磨难、贫贱不移的高贵人品,那焕然鲜活、高山仰止的艺术成就。

冬暮春初时节,我和妻一道从福州出发,直奔南昌青云谱,我渴望更多地了解八大那藏着、掖着的身世,忍着、控着的情愫,躲着、避着的话语,压着、抑着的思想。渴望更真实地感受这位伟大的艺术巨匠,以其独特的艺术成就,引领中国绘画三百年。

一

动车渐近南昌,天越来越阴沉,气温也越来越低,夹着小冰凌的雨沙沙沙地打在车窗上,远处农舍的黑瓦上隐隐地积了一层薄雪。

当来到位于南昌市区 5 千米处的青云谱八大山人纪念馆时,天空竟然不经意地飘起了鹅毛般的雪花,悄然而至的大雪多少让我们有点猝不及防,甚至产生了许多意想不到的惊喜,有二十多年没有看到这么大的雪了!雪花漫天,似烟非烟,似雾非雾,宛如无数银色的蝴蝶翩翩起舞。

雪落在地上，很快就积得厚厚的，像铺了一层棉絮，踩在上面，依旧咯吱咯吱的，让人重温渐行渐远的童趣。当地人说，这是今年的第一场雪，乍暖还寒的时候，纷纷扬扬的大雪似乎在固执地挽留冬天匆匆的脚步。

青云谱相传二千五百多年前周灵王之子王子晋在此开光炼丹。西汉末年，南昌县尉梅福弃官隐居修道于此，后人建梅仙祠祀之。清朝顺治十八年（1661）36岁的朱耷（号八大山人）为"觅得一个自在场头"，来到了这古老幽静的梅仙祠，他费了很大气力终于把一个早已荒芜破败的梅仙祠弄得稍为像个样子了，便取"居纯阳驾青云来降"之意，改名"青云圃"，后又寄寓意为青云传朱明家谱，改圃为谱。

踏着积雪慢慢地踱过定山桥，梅湖的水微微荡漾。雪花落在水中，嗖地不见踪影，桥边的垂柳用稍逊的绿茵，抚慰着冬的清冷。从青砖灰瓦白墙的园内伸出的数百年古樟树、苦楝树、罗汉松的稀落绿叶上沾上了团团积雪，在寒风中频频摇曳。水边栽种的芙蓉树，竟然已有了含苞待放的花蕾，南昌的冬天也是骄傲在犹存的绿色里。

我和妻在优雅娴静的青云谱各处游走。这里为道观格局，三进四院二楼一园，以"关帝殿""吕祖殿""许祖殿"一气贯通的三个院落为主体，殿宇中部为方丈堂，三殿逐次递进，曲廊相连，左侧衔连"三官殿"和"斗姥殿"，右侧"峤园"，更有两庑内室"黍居""鹤巢"簇拥着，中间以天地相融。青砖灰瓦的粉墙，古朴典雅。十余株数百年的罗汉松、苦楝、花梨木环祠四周，庭院深深，曲径通幽。

这里平常、平凡、平和，这里，无尘、无欲、无争，这里自然、悠然、怡然，这里干净、幽静、宁静。这一切不正体现道教"道法自然""无为而为""大道无痕"的思想吗？耳边偶尔传来孩子的嬉闹声，我想三百多年前这里该是怎么的清冷！八大山人也曾无数遍走过我脚下的路，他的步履该是悄然无声息的，如同当初这肃穆的庭院。

我们特意到三官殿前那个叫"黍居"的厢房看看，"黍居"上壁的对联"谈口趣中皆是道,文辞妙处不离禅"是八大的真迹。"黍居"是八大的卧室,也是他的书房兼画室。昏暗的屋内摆着一张很简朴的硬板床,一架书橱,一只特大的乌漆长方形书桌赫然置于正中,占据了房间三分之二的空间,此外别无他物。简单的生活,孤单的身影,八大山人在这里以笔墨为伴,宣泄国破家亡的痛苦心情,以书画抒怀,抒发心中的不满与愤慨。他把关于人生和现实的思考,用绝美的、自成一格的方式传达出来,青云谱的树木花草、周边的山村野景、溪涧芦荡、残荷败柳、松石幽禽均成为画家水墨的写意……

二

1959年青云谱建立了"八大山人纪念馆",这是我国第一座古代画家纪念馆。把原来的殿堂辟为了展厅,厅堂的显著位置摆放着《个山小像》,这幅画像纸本墨笔,纵79厘米、横60.5厘米,1954年前后在江西奉新县奉先寺被发现的,是现存唯一的八大生前的真实画像,成为研究八大生平的重要文献。八大在画上自题:"个山小像。甲寅蒲节后二天,遇老友黄安平,为余写此。时年四十有九。"泛黄的纸上,八大头顶凉笠,脚蹬芒鞋,一袭长袍,如同灌满萧索的秋风,飘逸飞扬。面容清瘦,神态安详,然而在安然的目光中透出坚忍和一丝令人不易察觉的迷茫。画像四周有友人饶宇朴、彭文亮、蔡受等跋三则,自题六则,第一次出现"西江弋阳王孙"印。不大的画面上密密麻麻地记录了八大在不同时期的不同感受、感悟、感叹,为我们揭开了八大的一段段心路历程。

1626年,一个婴儿在南昌的西城崇梵坊呱呱坠地,他就是八大,是明太祖朱元璋的第十七子宁献王朱权的九世孙子。按照明代皇室宗亲取名,姓氏之后的第二字是按照朝廷颁赐的世系谱排,第三字中必须有五行顺序在内。于是给这个婴儿取名朱统，并赐庠名朱耷。

八大自小聪慧，在八岁时就能诗会画，加上家学渊源，文风一直很盛，其祖父就是当时名重一时的诗书画名家，他的族叔是当时的著名绘画理论家，他的父亲也是南昌著名的山水花鸟画家。在艺术上如此天才的朱统，在15岁时靠自己的才学一举高中秀才。按正常的发展，朱统或者沿科举道路走下去，中举做官，或者以宗室身份从事书画，也不失翰墨名家身份，但是自其19岁以后，接二连三的变故彻底改变了他的命运。

崇祯十一年，大明王朝灭亡了。在国破家亡、改朝换代的惊变中，中国古代文人士大夫选择应对的方式可以归纳为四种：一是起兵奋起反抗；二是死节，用生命给被颠覆的王朝陪葬；三是跳出红尘，逃遁隐匿于山林；四是屈膝投降，归顺效命于新政权。19岁的朱统选择了第三条。然而，几年间他先后经历了父亲病故，妻、子被杀的剧变。人生再无乐趣，万念俱灰，万般无奈中，他奉母带弟"剃发为僧"，至奉新县耕香寺出家入了空门。自此，明宗室朱统变成了我们熟悉的八大山人。

以"不死"为可耻，虽生犹死在那些苟活的明遗民心中结下的是沉重的血痂，较之于殉节的人，这些被称为遗民的人则更显出悲剧的意味。这种悲剧感对于一个普通的士大夫而言尚且如此，对于具有王室血统的八大山人来说，则更多了一层深邃而辽阔的内涵。明朝的灭亡，死与不死，对八大来讲是一次艰难的选择，八大没有像其他士大夫那样以死来尽忠。但是，不死之后的60多年生活，对八大来讲，更是一种痛苦的磨难。八大说："凡夫只知死之易，而未知生之难也。"这句话说得含血带泪，十分沉痛。生之难，不在于他的功名之路被阻断，也不在于他遁入空门几十年，也不在于他在返回后的十几年的生活困顿，而在于60多年的岁月里，八大不断咀嚼的孤绝悲郁，一直郁结在胸的深重无边的国破家亡的孤独体验。这种生之难，也不是苟活难，而是如何在乱世逆境中保持生命本真不灭的难。

艺术之伟大就在于它不仅仅能表现内心的挣扎与痛苦，更能慢慢地化解这痛苦，"愤慨悲歌，忧愤于世，一一寄情于笔墨"。他的画写心灵之境。"八大"两个字竖写紧连起来，既像草书的"哭"，字又像"笑"字，"山人"两字连写则像个"之"字。"八大山人"四字落款连在一起看，即"哭之""笑之"。作为隐痛的寄意，表达故国沦亡，哭笑不得的复杂心情。他通过画笔的悲愤呐喊，使一个仰天长叹，时哭时笑，愤世嫉俗，无力回天的形象跃然于观者眼前，令人潸然泪下。

他的画写寂寞之境。八大的一生几乎有一大半时间是在痛苦和寂寞中度过的，清初蔡受在《鸥迹集》中题八大山人扇诗中有一句"西江秋正月轮孤"，是对八大山人一生艺术的很好概括。八大的画有一种孤危的意识，孤独的精神，孤往的情怀，他的画是苦心孤诣的结晶。他的画中常出现"一"的情形——一只鸟、一只鹌鹑、一枝梅、一块怪石……说不尽的寂寞、孤独跃然纸上。寂寞的人是痛苦的，被迫不语的八大山人更是悲不自胜，寂寞和孤独成就了八大的艺术，而真正的艺术就是一段孤独、寂寞的探索旅途。对于一个有巨大成就的艺术家而言，你的寂寞孤独有多深，艺术水准就有多高。

他的画写简约之境。笔墨无多，但却精粹，能够返璞归真，充盈着高古雄浑的空间感和亘古久远的时间感。八大很多作品的结构并不复杂，画的也是人们常见的东西，但却能于简约之中传达一种"神"，表达着他对社会、对人生的独特看法和本质理解。他的画表现为心与手，手与笔，笔与墨，墨与画面之间的关系，饱含天地之间的寂静、和谐的理念。

他的画写画外之境。饱尝了大半生的生死忧患，阅历了太多的人世变迁，他将满怀的抑郁悲愤，一股脑地化作水墨意象。他要表达的不仅仅是画本身所要表达的意图，更重要的是画外之音。画内之境可描，画外之境难求，而要传达出画外之意更是难上难。八大把自己的身世，摆进画里，其中的一草一木，一花一鸟，一石一水都有生命的痛感。这是传统中国文人画从未有过的，厥功至伟。

他的画写苦涩之境。一个王室子孙纠结的碎梦，只能以书画为诗，长歌当哭。然而稍有不慎就会引来杀身之祸，他如丧家之犬，在夹缝中求生存，犹如其画中危石之下的小生命。他只能用古人有根据而不常见的异体字、草法写平常人难认的草字，用佛门的禅典、话头，采用僻典和省略词字的句法，作隐晦的诗和偈；创造有寓意而不明显、不易破解的合形文花押；用古法篆刻既难认又难懂的图章，用在各种画作上。后人只能通过深读细研，才能感受八大的无奈和无助，辛酸和辛辣，愤恨和愤怒，更欣赏八大在绝境和困境中，那始终贫贱不移的傲骨。

他的画写残缺之境。难以消解的遗民情结令他悲愤、孤独、痛苦。此时在他的眼中，世界已经变成了枯枝、残叶、衰草、怪石、寒山拼凑而成的残山剩水。郁闷中，他只能用古梅、秃松、残荷、怪鸟、奇石来寄托心中的反抗情绪和复归梦想。按传统论，八大的画为不全之画。但他正是突破前人之法，以不全求全，把自己的价值判断、社会生活及情感内涵与作品自然地融为一体。他把儒、释、道引入画中，在立中破，破中立，重造了自然美和艺术美的统一，达到了绘画艺术的高峰。

三

走进不远处建筑风格现代抽象、含蓄简约的八大山人真迹陈列馆，一股股暖气扑面而来，约有半米厚的如保险柜式的展厅门把寒气挡在门外，也仿佛无言地告诉参观者这里面藏品的价值。

首先映入眼帘的是一篇题为《真赏》的短文："画遇真赏如曲逢知己。遥想当年，或因曲高和寡少人问津，或因名满天下难觅知音，八大山人有《真赏》印问世。'真赏'者'确能真赏'也"。逝者如斯夫，三百年来，有几人堪称八大艺术"真赏"者？清人邵长蘅曾言："世多知山人然竟无人知山人者。""真赏"不易，可以理解；时过境迁，物是人非。一人对他人或今人对古人"真赏"只能是"仁者见仁，智者见智"的境界。然"真赏"不易，则属憾事，没有"赏真"何谈"真赏"。2012年，南昌市人民政府斥巨资兴建八大山人真迹陈列馆，提名"真赏"，从此，八大的书画真迹面呈四海宾朋，愿观众"赏真"之后，成为八大山人艺术的"真赏"者。

在《墨荷园轴》前，你能感觉到清风徐徐，荷叶摇曳，香气阵阵。他突破中国画传统结构，荷叶大而面宽，荷梗小而细长，布局上大下小，形成了不稳的构图，但就是这种不稳，造成荷花的摇曳摆动。一般人画荷花，多半是从上向下，俯视鸟瞰。但八大的荷却是从下向上看，那细细的，修长的，拔地而起，蜿蜒而上的荷梗，仿佛是在水中灵动，妙趣横生，它撑起一方天，心静如水般明澈。八大画的荷梗更是深深地扎在泥中，他仿佛是在强调"出淤泥"，强调的是"淤泥"环境，强调的是从"淤泥"中"出来"。"妙悟的奇迹不再出现于山间的冥想或静室坐禅，而是存在于尘嚣世俗的生活之中"。八大的生存环境确定是一片"淤泥"，是苦境、是困境，甚至是绝境。但是他在一片淤泥浊水中，咏叹人世的花香清风，他在这个污浊的世界中努力做到"不染"。为此，八大一生画了大量荷花，他画荷不仅是一种技法的转换，而且是一种人生态度的表达。

在《孤松图》前，一棵古松拔地而起，屈曲盘旋，老干虬枝，松针稀疏，丑中见美，一气呵成，笔墨无多，气势磅礴。图的右上方有题："写为兰皋先生，八大山人"，钤印两方："可得神仙""八大山人"。左下方为吴昌硕的题跋："八大山人画，世多赝本，不堪入目。此帧高古超逸，无溢笔，无剩笔，方是庐山面目。"说的是八大的画精练至极，这种简练达到添一笔多余，少一笔不成的高超境界。少，也许有人能做到，但少而不薄，少而不贫，少而不单调，少而有味，少而有趣，透过少而给读者一个无限的想象空间,这就很难有人能做到的。前人所以"惜墨如金",又说"以少少许胜多多许",八大真正做到了这点,可谓前无古人,后难继者。

在《幽溪载酒图轴》前,画面上茅屋、松树、山石、巨冈、山岭依次展开,造成旷远的空间感,画的下方,较大一片水域,水上一叶扁舟,船头坐着一位优哉游哉的船家,给人一种宁静、安谧、恬淡的感觉。八大的山水画如同他的花鸟画一样多为水墨,早年的大都是荒山怪石、枯枝残叶,表现残山剩水,反映了他国破家亡的内心痛苦和对清朝统治者那种令人悚然的冷漠神情。他晚年的山水画很干净、很简洁、很空灵,没有一点世俗的烟火气。在中国传统文化里,山水是君子的归隐之处,是韬养宁静淡泊心性之地,是高尚道德的体现。八大在这幅作品中对水的表现竟然是大片的空白,这片空白,幽幻迷人,令人无限遐想,这种计白当黑的表现方法对中国山水画产生了深刻的影响。

在八大的行书作品前,你能感受到笔走龙蛇、墨云翻飞,情奇韵逸。他的书法喜用淡墨,而且除了小楷,常用秃毫,即便书写行书和草书亦用柔笔,力避方折,字与字之间少带牵丝,几乎每幅都清雅、淡然、高古、秀逸,不见燥热,更无烟火。这一点,对作为受过大难之人是难能可鉴的,这也许与他长期淡泊的禅林生涯有着直接的关系。正是这种"禅定"之功,使他留存下来的200多幅书法作品,看上去就像是一泓平静清澈的秋水,一片飘着淡淡白云的蓝天,一抹柔光四射的夕阳,一座掩映在轻纱薄雾中的远山,令人醉意顿生,冥思遐想,心驰神往。

四

无穷无尽的雪花不停不歇地从天穹深处飘落着,白茫茫的世界,空灵灵的只有风和雪在那里缠缠绵绵。我和妻站在八大山人的铜像前,就这么近近地。铜像后面不远的树林中就是八大山人的坟茔。

八大山人孑然而立，他身着儒士装，袖里掖着斗笠，薄薄的衣衫上沾满了积雪，他不自觉地身子微微前躬，右手紧护左臂，仿佛能感觉到他在微微的颤抖，我好想脱下身上的羽绒服给他披上。

八大的眼神是无奈、无望的，漠然地望向远方，嘴角蕴藏着一抹老实本分的痛苦，似乎要向人们诉说什么。

八大的一生是悲愤的一生，也是凄苦的一生，是曲折的一生，也是传奇的一生，是脱俗的一生，也是入世的一生。从国破家亡想喊不敢喊，到坠入空门想诉不能诉，从驻守道观"哑"字署门，到撕毁僧服被逼成疯，八大经历了人类历史上罕见的生命炼狱……

就这么近近地站在铜像前，透过八大看破红尘的表情，依然能听见他来自内心深处的呐喊。作为前朝宗室，"江山满目非吾土"，国破家亡集一生，自是"胸次汩淳郁结"。难以消解的遗民情结令他悲愤、孤独、痛苦。此时在他的眼中，世界已变成了枯枝、残叶、蓑草、怪石、寒江拼凑成的残山剩水；郁闷中，他只能用古梅、秃松、残荷、怪鸟、奇鱼、丑石来寄托心中的反抗情结和复归梦想。与此同时，他亦用书法来表达内心屈辱、苦难的情结。用秃笔作书，以表示对现实的无奈；用披锋放笔，以坦露强烈的不平和愤懑；以酒后狂草，"须臾大醉草千纸"来发泄难耐的悲苦和痛楚。此时的八大，悲愤、隐痛、无奈，是他生发性灵，乃至形成艺术个性的核心缘由，从而穿越了任何人都无法逾越的时空隧道。

就这么近近地站在铜像前，透过八大孤瘦挺立的站姿，依然能看到他那贫贱不移的傲骨。晚年的八大，靠鬻书鬻画谋生，虽然生活清苦，但名气很大。然而他坚持不为清廷权贵画一花一石，写一字一划，哪怕百两黄金置于眼前，他连看都不看一眼。而一般农民、贫士、山僧、小儿都很容易得到他的作品。作为禅林僧人，逃禅生涯给了八大另一片天地，也获得了挣脱精神牢狱的机会。他入禅以后，在静谧的大自然中徜徉，在与乡间僧民轻松无恶的交往中，人与物得到了有机契合，情与景得到了亲近相融，大自然的精灵在物化、感染着他的性灵。正是这种魂灵，为他的艺术个性及激情的释放提供了无穷的源泉。后人在研读八大的书画中，真切地感受到他不屈于权势的精神和傲骨。

就这么近近地站在铜像前，透过八大文弱书生的外表，依然能感受到他坚如磐石的意志。50多岁那年，八大遂发狂疾："忽大笑，忽痛苦"，并焚烧了自己多年的僧衣，披星戴月、沥风沐雨、踉踉跄跄地回到了阔别已久的南昌。面对这样的入世，已是一个老人的他无所适从，更无法控制自己的情感流露，仍然疯癫不止。在南昌故郡，人们看到一个头戴斗笠，身穿长衫，脚踏布鞋，一路走走停停，摇摇晃晃，忽而爬地呜咽抽泣，忽而对天大笑的怪人。八大由焚僧衣到发癫狂，再到身体的恢复，经历了人生最痛苦的时刻。从尘世进佛门，再由佛门入尘世，那是怎样的非人炼狱，但是八大挺住了，以无法摧垮的精神和坚如磐石的意志，回到了现实生活，并进入了书画创作的高潮。

就这么近近地站在铜像前，透过八大冷峻的面庞，依然能感受到他纯真的性情。不幸的人生劫难险些击倒八大的瘦弱的身躯，但最终没有击倒他对艺术的痴情，没有击倒他对人生的真诚。遭难之初，他孤介伴狂，总是哑语对人。但及逢知己，却说话诙谐，嬉笑议论，机锋时露，妙语连珠，倾倒四座。他有情有义，与人相交至为率真，好友裘琏的母亲去世，他在裘琏作的《先妣刘儒人行略》上题跋道："絮虽行落情缘，顾犹人子也。寸草春晖，能无怅怅？"寥寥数语，情深意笃。他喜结净友，与黄安平、方士琯等一批人交往甚挚，尤其是与方士琯、裘琏更为密切，书信往来不断。挚友喻成龙北上，特来南昌与八大、澹雪辞行，八大和澹雪专门买一小舟送喻回临江，三人夜宿舟中，饮酒作诗，握手论心，不忍离别。八大还与当时活跃在南昌文坛的诗人书家画友交往频繁，与罗牧等人组织"东湖画会"。八大的确是文人中典型的性情中人，是他发自内心深处的绝响，是他情感性灵真实自然的流露，他用真诚如赤子的心性面对万物。

　　1705年初冬，八大山人因受风寒在自己修筑的寤歌草堂，走完了他80年的人生历程。他在一首题画诗中，对自己一生的生活与艺术做了总结"墨点无多泪点多，山河仍是旧山河。横流乱世丫杈树，留得文林细揣摩。"

　　三百多年来他饮誉画坛，清中期的"扬州八怪"、清晚期的"海派"吴昌硕，以及近现代的齐白石、张大千、潘天寿、李苦禅等大家无不受其熏陶。白石老人曾有诗句："青藤（徐渭）雪个（八大山人）远凡胎，缶老（吴昌硕）衰年别有才。我欲九泉为走狗，三家门下转轮来。"盛赞若斯，倾倒如此。

　　1985年，联合国教科文组织宣布他为中国十大文化艺术名人之一，并以太空星座命名。八大啊，国破家亡的你，亦僧亦道的你，孤寂清贫的你，孤傲平淡的你，想过身后有此等殊荣吗？我心底涌起一阵难抑的痛楚，眼眶里溢满泪水。

　　站在雪舞的风中，感受冬天的肃穆，八大依旧是平视远方，紧握草笠，像三百年前一样孤寂，任凭我心里千百次的呼唤，也没有低头。他哭过，他笑过，然而，无论是哭是笑，还是哭笑不得，最终都沉寂于一抔黄土之下。历史纵然无情，岁月总是慈悲。作为肉身之人，那个命运多舛的朱耷已经远去，作为艺术宗师，超凡入圣的八大山人却生命永恒，灿若星辰，在书画艺术史册中永不泯灭。

千载流传颂美诗

以一个人喜欢的花来命名一条河流，足见这个人在百姓心目中的地位与崇拜之情。福建莆田有这样一条河流，当地人称之为木兰溪，传说与先贤郑露有关。唐德宗贞元年（785）八月初一郑露偕弟郑庄、郑淑在南明山祖坟侧创建了闽地第一所学堂"湖山书院"，开创了莆田文化教育之先河，换来"十室九书堂，龙门半天下"的人文荟萃局面。后郑露奉召入仕，乡亲们聚在木兰山下的溪边为他送行，并采来了他喜爱的木兰花瓣，纷纷扬扬地撒在船头、溪里，喻之前程锦绣。大家感念郑氏三兄弟开莆田文献名邦、海滨邹鲁之先河，尊他们为"南湖三先生"，将这条溪称之为"木兰溪"。

盛夏时节，我们循着风的方向，逆流而上，溯源位于西苑乡仙西村黄坑头仙游山深处的木兰溪生发之地。沿着蜿蜒的山脊，无拘无束地穿行在一座山峰与另一座山峰之间的空阔地带，每一阵山风拂动的心情仿佛沉醉在翠绿与葱茏之中。"仙游山，在县西三十里，县因以为名"，在《元和郡县图志》的记载之前，仙游县名初为清源县，清源置县始于武周圣历二年（699），正因境内绵延横亘的"仙游山"，于唐天宝元年（742）更名为"仙游县"，一直沿用至今。这一史实的挖掘，为仙游山和木兰溪源增添了历史的厚重感和人文的神秘感。

艳阳下的黄坑头，静静地躺在仙游山的怀抱中，徐徐地展开它的草木叠翠的山坡，散发出带着湿润的水汽和淡淡的花草香气，被阳光尽情抚摸的叶片上闪亮着醉人的光芒。穿过一片茂林掩映的山道，眼前豁然开朗，一条矮矮的水坝不经意地挡住了似乎还在漫坝而过的溪水，密集的水草高高低低，紧紧地簇拥在一条并不宽敞的溪床上。那种清爽幽雅的气息扑面而来，脚下清澈流淌的溪水，头上飞越林间的鸟儿，不时地撩动我的心境，仿佛被世间俗事淹没在心的尘埃已被擦拭掉。

一些突兀的礁石与沙砾随意地分割出三个面积不大的水池，每一个水池犹如墨绿色的水镜，纹丝不动，任我们的目光如痴如醉地在水镜上奔跑。山腰中的一脉清泉在岩隙间渗出，顺着掩藏于鹅卵石中的竹节漫溢出来，涓涓不绝地注入水池与溪床之中。这就是木兰溪的源头，以如此低调内敛、从容淡定的姿态呈现于世人面前。她悄无声息地孕育着生命的本源，不喧哗、不张扬，点点滴滴，积水成渊，在无涯的时空里，在神秘的地壳应力作用下，最终汇聚成一支波澜壮阔的交响乐曲。

木兰溪，她一头挑着高山，一头牵着大海；一头绾着最初的谦柔，一头连着最后的壮美。这中间，是穿山越岭的漫漫征途，是歇落乡愁的座座村庄，横贯莆田市中、南部，流经仙游县、城厢区、荔城区、涵江区等地，至三江口注入兴化湾入台湾海峡，干流全长105千米，流域面积1732平方千米。在千年的沧桑历史中，木兰溪以丰沛的径流量养育了仙游的东西乡平原和莆田的兴化平原。进而给这座有着"文献名邦"之美誉的千年兴化府城，创造了辉煌的物质文明和非物质文化遗产，使其以独具特色的莆仙文化屹立在灿烂的中华传统文化的版图上。

一条江河的历史总是伴着治水而载入史册。木兰溪流域雨量充沛，水位季节变化大。由于河道弯曲、断面狭窄等因素，只要上游一下大雨，下游就水流漫滩，引发洪涝灾害，"雨下东西乡，水淹南北洋"正是莆田水患严重的真实写照。而且，木兰溪与海相连，海水因涨潮溯溪而上，潮去洪退，盐碱遍地，木兰溪下游两岸的南北洋只生蒲草，不长禾苗，因此，莆田的"莆"，真实就是蒲草的"蒲"。变水害为水利，就成了当地百姓长久以来梦寐以求的愿望,从唐朝开始,就在为治水而苦苦探索不懈努力。

宋治平元年(1064),木兰溪开始了截流、筑堰的工程,开始尝试用一个水利工程解决灌溉、防洪的问题。一个叫钱四娘的长乐女子,款款深情地走上历史的前台,十六岁,十万缗巨资,募集民众在将军岩前垒石筑陂以挡住海潮,并开渠南行,欲引水灌溉南洋平原田地。然后,历经三年工期,筑成即被冲毁,钱四娘愤而投水自尽。每一个词语都蕴含多少感人肺腑的故事,每一个故事都有着感天动地的细节,而那些细节虽经历九百多年的风雨洗礼,依旧让人亲切地读出心灵的无私之美,高尚之美。仅仅过了四年,宋熙宁元年(1068),又一位长乐人林从世发愿要继续同乡钱四娘的未竟之志,携家产十万缗来莆田筑陂。他吸取教训,将大坝基地选在水流缓慢的下游温泉口,然而,此处虽溪流缓慢,但太靠近兴化湾,海潮汹涌,工程即将完成时,被大潮冲毁,筑陂第二次失败。

钱妃庙、协应庙,一直伫立在爱憎分明的莆田,五百多年了,人们用无尽思念追忆他们的功绩,感念他们的善举。虽然钱四娘、林从世已消失在茫茫的时间海洋中,甚至没有一点的实物或痕迹,能详实地讲述他们的来龙去脉,像那时的风消失在那个故事的起点,但他们永远是传说故事的主角。宋端平二年(1235)状元、莆田人吴叔告,在陂堤筑成一百多年之后,写下了这首《钱四娘》诗,以表达对钱四娘义举的虔诚歌唱。

> 将军岩下吊钱娘,协应祠前献瓣香。
> 生已开荒留胜迹,殁犹呵护现灵光。
> 金挥鼓角波涛险,骨挖香山草木芳。
> 济济功臣皆后进,不妨女士庙中央。

第三次筑陂是在王安石变法时期,政府下诏请有识之士兴建水利,于是轰轰烈烈的农田水利建设在全国展开。熙宁八年（1075），应诏而来的闽侯人李宏携七万缗钱来莆，以续前人未竟之事。他在长乐藉高僧冯智日的协助下，总结前两次筑陂失败的原因，细心勘定沿溪的地质和水情，最后选择在钱、林两陂遗址之间的木兰山麓为陂址。这里两山夹峙，溪面宽阔，上游的洪水暴发时，至此水势明显转缓，下游海潮涌来时，力量也大为削弱，是比较理想的陂址所在。木兰陂建造设计复杂，工程浩大，施工难度大。李宏和冯智日精心设计、缜密施工，还号召莆田当地三余七朱、陈林吴顾十四大户捐钱七十万缗，在民众的大力支持帮助下，在陂身的溪岸两边，首先筑起三条坚固的导流堤，南北导流堤把木兰溪一分为四，不但可以减缓坝陂施工的压力，且导流堤既支撑陂坝的压力，又减缓了海潮的冲力，而且这些导流堤按洪水的流向，规划导流堤的长度，以期准确控制洪水的流量、分流溪水。

围堰拦水，清底凿石，木兰陂坝分为导流堤、重力坝和溢流堰闸，溢流堰闸根据功能不同又分为堰闸和冲沙闸。溢流堰全部由数万块花岗石以钩锁的形式叠砌而成，二十八孔溢流堰，既能溢流洪水，又能挡水蓄水。而冲沙闸在洪水来时开闸放水，枯水期又能下闸蓄水。其陂坝上游宽阔的溪道，也可发挥水库蓄水的功能。

八年的夜以继日，八年的艰难困苦，于宋元丰六年（1083）告成，巍巍的木兰陂，是我国宋代人工建造的水利工程代表作，不仅灌溉规模远远超越了前代，而且在工程规划、建筑、结构等方面达到了同时代的高峰，也为东南沿海灌溉工程提供了优秀的典范，对研究我国古代大型水利工程的建造技术、构筑过程、设计思想、水利文化等，具有重大学术价值和鲜活实例意义。

虽然木兰陂基本驯服了河海交攻、水流漫野之灾，但并没能让莆田人民彻底告别洪水的袭扰，特别是木兰溪上下游落差大，上游来水速度较快，如果碰上天文大潮和强降雨，就会形成洪、涝、潮三碰头，并且下游河流多达二十二个弯道，洪水极易在两岸形成漫溢，带来严重的洪涝灾害。1999年超强台风袭击莆田，木兰溪沿岸严重受灾，时任福建省领导的习近平第一时间赶到木兰溪视察，并及时帮助联系水利院士专家对木兰溪防洪工程优化方案进行论证指导。他还亲自审定优化方案，既解决了木兰溪治理的技术难题，又推动了木兰溪流域环境的综合整治，拉开了治理木兰溪新的一幕。

随着具有防洪安全保障的新水岸线、活力岸线、文化岸线、生态岸线的建成，木兰溪从曾经的野性肆虐到如今的安澜清波，这条一百余千米长的河流，已然成为莆田建设宜居城市、创建美丽中国示范区的流动风景线。沿溪两岸"冒"出的兰溪公园、绶溪公园、玉湖公园、木兰陂水利公园、九龙谷国家森林公园、九鲤湖水利风景区等，焕发出迷人的魅力。漫步于木兰溪畔，你能看到它的水是蓝色的，如宝石的晶莹、天空的纯净、兰花的幽雅，它始终是一面时代的镜子，真切地存在着、鲜活着、奋进着……

傩狮送福显威灵

蓝蓝的天空，掩映着青山绿水，任时光轻轻地流淌着一张张鲜活的笑容；古老的廊桥，联通了黑瓦白墙，凭岁月悄悄地铭记着一个个感人的故事。这是我们"三月三"来到永安青水畲族乡时最初的体验。

农历"三月三"是畲族最盛大、最崇高、内容最丰富的传统民族祭祀庆典活动。畲乡人声鼎沸，鞭炮齐鸣，山歌嘹亮，舞姿铿锵。畲族山歌产生于民里乡间，是畲族先民们在长期的生产生活中逐步形成和不断发展起来的。演唱形式有独唱、对唱、二重唱、清唱和一领众合唱等。在悠扬回转，此起彼伏的歌声中，畲族姑娘身穿绣着各色花鸟图案的凤凰装，戴上银环、银链、银镯、凤凰簪，表演起极富民族特色的竹竿舞。姑娘们踩着音乐鼓点的节奏，控制竹竿一开一合，不停地变换着"开、合、开、合、开开合合"的花样，灵巧的畲家姑娘在竹竿碰撞的空隙间翩翩起舞，气氛也在一声声"嘿哈！"中逐渐走向高潮。

除了用来烘托节日欢乐氛围的竹竿舞，"三月三"还展现了一种祭祀祖先、镇邪驱魔、祈福纳吉的舞蹈——傩面舞，又称"打黑狮"。是畲族极具乡土风情的传统武术舞蹈，是一种糅合了傩面舞与南狮演出的表演形式，也是畲族兄弟喜闻乐见的一种节日游艺活动。畲族傩面舞的历史悠久，距今已有550多年的历史。据传，历史上青水的原始岩洞中生活着一只青面獠牙似狮非狮的怪兽，当地人称之为"黑狮"，它经常出没于山林和村寨之间偷吃人、畜，后来发展到专吃童男童女。畲族先民忍无可忍，在族长的带领下，携带十八般武器与"黑狮"在林中展开搏斗，终于杀死"黑狮"。畲民们将"黑狮"的身子留在洞中，头却放入山涧。每逢村民聚集之时，则将"黑狮"头取出狂舞，以庆胜利，并以此来辟邪驱魔、祈福纳祥。久而久之，便形成了这种傩面打"黑狮"之风俗。

实际上傩面舞又称鬼戏，是汉族最古老的一种祭神跳鬼、驱瘟避疫、祈福纳吉的娱神舞蹈，至今已有三千多年历史。在传统的华夏文明中，"傩"是历史久远并广泛流行于汉民族中的具有强烈宗教和艺术色彩的社会文化现象。傩舞的起源与原始狩猎、图腾崇拜、巫术意识有关。周代时，傩舞纳入国家礼制。先秦文献记载，傩舞是希望调理四时阴阳，以求寒暑相宜，风调雨顺，五谷丰登，人畜平安，国富民生。汉唐时官廷大傩仪式隆重，并传入越南、朝鲜半岛和日本。北宋末期宫廷傩礼采用新制，傩向娱乐化方向发展。元朝因信仰不同，傩礼受到排斥。明代恢复过宫傩，清代宫廷不再举行。但《论语·乡党》中记载的"乡人傩"一直在民间延续，从未间断，并与宗教、文艺、民俗等结合，衍变为多种形态的傩舞、傩戏，在我国广大农村流行，以江西、福建、湖南、湖北、陕西等省遗存较多，各地分别有"跳傩""鬼舞""玩喜"等地方性称谓，一般都在节俗活动中表演。傩舞表演时一般都佩戴某个角色的面具，其中有神话形象，也有世俗人物和历史名人，由此构成庞大的傩神谱系，"摘下面具是人，戴上面具是神"。傩舞也被誉为"中国民间舞蹈的活化石"。

畲族傩面舞吸收了汉族傩舞的表演元素，加入了本民族的神话传说和历史故事。每当节俗活动时，表演傩面舞的畲族兄弟都会身着傩服，傩服服饰一方面传承了汉族古傩旧制，一方面又发展宋傩"绣画色衣"的特色，有红花衣裳制、红袍马甲制、花衫红裤制、戎服披甲制、戏曲服饰制等多种样式，以及畲族服饰的样式；脚穿草鞋或光脚丫，腰扎红绸带、拿着铜锏、铁尺、双刀、双鞭、双钩、钢刀、剪刀、关刀、棍棒、长矛、金箍圈、大耙、狮鼓等十八般武器来到村头草坪，开始打"黑狮"表演。舞者戴上象征某种神祇的傩面具，傩面具是傩文化的象征符号，在傩仪中是神的载体，在傩舞中是角色的装扮，有假面、神像、圣相、头盔、鬼面、脸壳等多种称呼。畲族的傩面具古朴浑厚、夸张奇异、色彩亮丽，神鬼人兽，造型各异，反映了畲族文化的演变痕迹。傩面具的材料原有铜制，后多为樟木或杨木雕刻，色彩大俗大雅，表现了畲族民间艺人的精湛工艺和民族的审美情趣。傩面具雕刻后，还要举行开光仪式，使其充满神灵之气。

畲族傩面舞开始表演打黑狮前有一个仪式舞，舞者奔腾跳跃，舞姿激烈诡黠，气氛神秘而威严。傩面舞伴奏乐器简单，一般为鼓、锣等打击乐。仪式舞结束后，畲公舞动蒲扇和仙草边唱边跳地出场了，紧接着黑狮也出动了，它狰狞地向四处搜索，寻找猎物。这时勇敢的畲民手执兵器，一个一个勇敢地冲上去与其搏斗，直到最后胜利。周围的人跟着欢呼、呐喊，整个畲村沉浸在胜利的喜悦之中。整个表演伴随着锣鼓的节奏动作粗犷，舞步奔放，感染力十足。人物性格泼辣与温和、风趣与端正，虽都呈现在傩面具之上，却依旧活灵活现。由于流传年代和师承关系不同，表演风格也有所不同，既有以写意为主，动作舒展，舞姿优雅，古傩韵味犹存的"文傩"流派；也有以写实为主，动作强烈，节奏鲜明，融合武术技巧的"武傩"流派，不同的畲村，又因节目内容不同，表演各有特色。

畲族傩舞在漫长的传承和发展过程中，融合了人类学、社会学、历史学、宗教学、民俗学、戏剧学、舞蹈学、美学等多种学科内容，积淀了丰厚的文化底蕴。傩面舞吸收了儒释道文化因子，吸收了它们的神灵体系，壮大了傩坛威力。借用了它们的礼仪制度，丰富自己驱鬼祈福仪式，同时也表达了它们的思想内容，扩展了傩舞傩戏的教育功能。傩面舞融合了神话传说，折射了畲族先祖以及中国古代历史文化影像。傩面舞蕴含了戏剧发生和发展因素，宋代朱熹说过："傩虽古礼而近于戏"。同时傩面舞吸附了民俗文化，如宅院驱邪、傩服求子、傩舞祝寿等等。在民俗节庆中跳傩面舞送福迎祥、娱神娱人、联络族众、和谐邻里，畲民又将傩面舞与戏曲演出、灯彩游艺、民俗礼仪等结合起来，纵情欢愉，宣泄情感，满足了广大畲民对美好未来的企盼。傩面，也成为畲乡一种吉祥之物，成为勇猛、正义、喜庆的象征，赋予了辟邪镇恶、吉祥平安之意。

　　我们一路走一路感受着畲家"三月三"的风采，青石板小巷幽深静谧，蜿蜒北去的古驿道在翠绿的深处时隐时现。我们放慢脚步，唯恐惊醒千年古村梦，那梦里，有赴京赶考的学子，有荷锄晚归的农人，有文人墨客、商贾走卒，他们的背影时而模糊，时而清晰；那梦里还有婉转抑或粗犷的山歌，急促神秘的傩舞，盘旋游走的龙灯……

青山着意化为云

汽车穿行在曲折而险峻的盘山公路，蜿蜒地向云顶进发。前面的山峰，如一团团绿色的云彩，迎面扑来。那最高大的便是"青云山"，至于青云山名字的由来，据说是因山上的云顶村在宋朝时出了个状元叫萧国梁，他是永泰历史上的头名状元，当地百姓为纪念他少年时曾在此山中苦读，便将此山命名为青云山，意为"青云直上"。

大雨刚歇，一缕缕乳白色的水雾，像轻纱般在一个个山腰间飘动，使青绿的山峰浮在水雾里若隐若现。山谷间的水雾更浓，一团抱着一团地滚动。那条隐藏在云雾里的小溪，在奔跳着前行，有时，从石缝间窜中出；有时，从高崖上跃下，哼唱着一支美妙无比的歌……那山谷间的回声，有如一个乐师，在拨动着琴弦。这时候，你总觉得自己已经进入了一种仙境。

汽车在山顶一处宽阔的停车场停下。我们下车前行，一场雨，把山路上的砂石洗得干干净净。山路的两旁是一望无际的草场，在海拔1千多米的高山顶上，草不敢长的太高。山风拂过，浅浅的绿海中便涌动了潮起潮落，轻轻柔柔的绿波从你脚下漫过，各种各样的波纹起起浮浮，淡绿、墨绿、深绿夹杂在其中，形成了炫目的底蕴。

草甸上零零散散地分布着一株株杜鹃，有的枝叶扶疏，有的俊秀挺拔，有的曲若虬龙。朵朵花儿如红色的玛瑙，一团团一簇簇，迎风玉立，开得那么热烈，那么绚丽。花瓣儿密密匝匝，蕊靠着蕊，瓣贴着瓣，相互依偎着。形形色色的小花散落在四周，像烛光一闪一闪的，这一切绘成了一幅意象饱满的水墨画，把我的目光一直送到那辽阔的天际。

凝望无垠的草地，我看到了大地的宽厚与慈爱。给每一粒种子以希望，给每一条根须以滋润。我们每个人不都是一株小草，一株会思考的小草吗？但汇聚起来就是一片博大而深邃的草海，就是一个历经生命辉煌与暗淡的思想汪洋。身在其中，我们都应当以感恩的心，仰望头顶的天空，拥紧足下的土地，不卑不亢地绽放生命青翠的本色。

草海的目极处，有一口呈弯椭圆形的天池，如一块剔透的水晶镶嵌在绿毯之中。沿湖边的木栈道漫步，柔美的湖水，清澈明亮，白云倒映在淡蓝色的湖面上，随风摇曳。一阵阵微风拂来，吹皱一湖春水，那粼粼的波纹，如轻漾的笑靥，在湖光里微微颤动。俯视白云倒映下的清澈湖底，在色彩斑斓的水石间，鱼群闪闪的粼光似天空掉下的颗颗星星，仿佛白云已被这波光荡漾的天池所渗透了。时而有几朵薄雾，缭绕地飘动在湖面上，使湖水显得静谧，显得空灵，显得缥缈。

一只只五彩斑斓的蝴蝶在翻飞起舞，把我从天池引到了花海梯田。梯田占地200多亩，由一块块的火山石垒成，一层紧扣一层从谷中的山脚下盘旋而上，一直延伸到白云缭绕的山头，仿佛一条条迤逦行进的长龙，与周围的连绵起伏的群山峻岭一起形成一幅展开的画卷。

此时正是人间四月天，虞美人、硫华菊、蛇目菊、金盏菊，还有许多不知名的花竞相绽放。沿着花田的小径漫步，一片暗香涌动，沁入肺腑。那花，白的，洁白如玉；粉的，犹如娇羞的少女；红的，风情万种，在微风中展现它们绝美的身姿。它们或一枝独秀地孤傲，或成双成对地缠绵，或三五成群地轻语。花朵上聚满了大大小小的水珠，水珠沿着花瓣聚成更小的水珠在花边黏附着，晶莹剔透，那些还没开放的花蕾被水珠压弯了花枝。经过雨水的洗涤，花儿更加姣美可爱，花色更加鲜亮艳丽，这大概就是娇艳欲滴吧。

　　蜂蝶在花间嬉闹着，一会儿躲在花下，一会儿钻入花蕊，一会儿又在花瓣上轻挪舞步，它们不正是花的精灵吗？花依着叶的体温和心跳，尽情地做着旖旎的春梦。一幅幅灵动的画面，不经意间幻化成温馨点点，飘落在这片洋洋洒洒的花瓣烟雨中。我想，生长在高山峡谷里的野花要比温室里的花艰难的多；生存的过程也丰富得多。有时，它要忍受烈日的烘烤；有时，它要挺住暴雨的冲刷；有时，它要惨遭霜雪的践踏；有时，它要经历浴火的重生。但它依然生生不息，依然快乐成长。不仅要活着，而且要活的精彩，要向人间绽放一丝春色，要向大地回报一缕芬芳。

　　花开无序，本色淡然，高低错落，漫山遍野。花，本属于大地；花，也本该盛开于大地。哪怕在风雨中凋零，哪怕在瞬息间寂灭。至少，曾经来过；至少，曾经怒放；至少，曾经活过真实的自我。"梨花开，春带雨。梨花落，春入泥"，悠扬悦耳的京腔京韵从天际隐隐飘来，打断了我的沉思，伴我走出花海。

　　云顶峡谷静卧在青云山脉，是由千万年前海滨火山地质运动而造就的。整条峡谷可以说是"树在石上生，石在水中长，瀑在岩上飞，泉在山间唱"。沿峡谷一侧镶嵌在悬崖峭壁上的仿生栈道前行，溯流而下，一路峭石嶙峋，溪流潺潺，枝叶扶疏。杜鹃花零星的点缀在树木丛中，分外妖娆，红的鲜亮、透光。

　　顺着隆隆的水声望去，眼前是一个数十丈高的宽大瀑布，那瀑布不停地从山上飞奔下来，毫无顾忌地宣泄腾嚣，张扬着个性，狠狠地撞击在岩石上，溅起无数晶莹剔透的水花。于是峡谷里水气、雾气交织升腾，彩珠晶体相互碰撞，俨然一部雄浑跌宕而又充满野性的交响曲。峡谷中揽纳了七条大小不一、造型迥异的瀑布。有彩虹瀑布的华丽、五曲瀑布的曲折、山神瀑布的伟岸、神书瀑布的神奇、知音瀑布的雅趣、一柱擎天瀑布的壮观、双姝瀑布的温情。每一条瀑布都有属于自己的风情，每一条瀑布都有属于自己的景致，每一条瀑布都有属于自己的内涵。无怪乎有人说七彩瀑谷归来不看瀑。

　　一泓清水流淌在缓缓的谷底，岩石是红色的，有像木板一样的纹路，清晰地记载着火山岩浆掠过的痕迹。有几处被水石旋转出的大水潭，水潭圆圆的，蓄满了水，水很深，上面漂浮着枝叶和花瓣。潭水一个连着一个环环相扣，在阳光的照射下，有的碧绿如蓝，有的翠如松柏，水动石变，相映成趣。

　　潭边的几处树木也很特别，树木的根系发达，裸露在地面，树根上面覆盖着一层厚厚的苔藓，苍劲古朴，就像是大地把经脉呈现在人们面前。不远处的石包上，有棵青松挺立着，郁郁葱葱，生机盎然，它的根系深深地扎进峭壁之中，这是多么顽强的生命力啊。

　　越往前行，两边的峡谷越窄，相距不过两米左右，从树荫和石缝中漏进天光一线，宛如跨空碧虹。天光忽明忽暗，幽深诡秘，徒增些许惊悚和神秘的气氛。传说这里是远古的野人山寨，于是，我悄悄地问斑斑的山洞，这是凿石取火的痕迹吗？问暗红的岩壁，这是茹毛饮血的遗味吗？问奇异的石头，这是青石器的幻化吗？然而，从峡谷里冒出来的一股股凉凉爽爽的清风，袅袅冉冉地从我耳旁掠过……

　　这时有朋友赞叹道，云顶简直就是青云山的"香格里拉"。这个褒奖真绝妙，我很欣赏，也很赞同。其实，爱山乐水的永泰人早就把云顶峰当作一个精神高标来推崇了。如果说，嵩口万安堡门上的石匾题刻"智水仁山"还只是含蓄地传达出百姓的意趣指向，那么弃官不就的宋代永泰人黄非熊的诗："寂寞云山非我宅，九霄高处是吾门。"带给我们的则是那心如止水却又大气磅礴的心境，足以沉淀人世间的任何喧嚣。

　　登临云顶，不必在意季节的留恋和赠予，也不必在意时光的流逝与沧桑，只为找寻物我相融，意味无穷的真谛。"青山意气峥嵘，似为我归来妩媚生"，云顶始终在迎候能够惺惺相惜的性灵。

夕阳在山，倦鸟归林，我肃穆地站在峡口外，让远处传来的清越钟声穿透我的身体，荡涤我的心灵；让脚下飘逸的云抚慰心中的宁静，氤氲成禅定的心境，让我身轻如羽，心思空灵。

荡胸惟云顶，这里才能找到心中的本真。

清明时节思纷纷

两岁那年，母亲用一只黑白相间的充气塑料小花猪把我从外婆怀里连说带哄、连拉带拽地带到了周宁，于是周宁成为我的第二个故乡，童年少年的所有记忆都在这里生长。这里有炊烟、小溪、云雾、田野……也有它们记忆中的你。

后来，我离开了这里，多年来，只有清明还会回来，因为我父亲长眠在这里。又是一个清明，我依旧提着祭品，穿过那块油菜花田，去给父亲扫墓。记忆中的油菜花田是一大片一大片的，仿若铺陈开的巨幅画布，被颜料晕染成一畦一畦温暖的金黄，阡陌是流淌的线条，或深厚，或细长，勾勒出原野若隐若现的轮廓和肌理。"春和三月绽花黄，拂垄风来四面香"，馥郁清幽的油菜花香糅合着温润清新的泥土气息，凝芳而来，沁人心脾。

随着县城建设的不断扩张，这幅迷人的油画，慢慢地被剪裁、被侵蚀。只是，无论何时何地，只要见到油菜花，就会想起清明，想起这里大片大片的油菜花田。

穿行在油菜花田，似是故人重逢，只是相看两不语，不知明年的清明，这块油菜花田是否依然。

如丝的细雨在暖融融的空气中静悄悄地飘逸着，如纱的轻雾在低沉沉的山谷间任意挥洒着情愫。仿佛有了这烟雨，清明才更能显出它淡淡悲凉和丝丝忆念来。是清明成全了这场烟雨，更是这烟雨衬托了清明。

零星的鞭炮声在山野间时而响起……一切都是如斯顺畅、粗犷的、原始的、质朴的、满含无限思绪的味道弥漫每个人的胸腔。

在烟雨弥漫的山野中，在泥泞难行的小路上，行行重行行的扫墓人或三五成群，扶老携幼，或一两个孤影，蹒跚独行。路上也会偶遇一些熟人，只是祖辈老人越来越少，父辈一代越来越老，而我们也正走向老年，倒是晚辈们长得很快，每次见面都得重新认识。简单寒暄后便各自纷然赶路，生怕耽误了祭扫时间，对逝者不敬。

清明本是"生"的季节，阳气上升，万物萌动，可人们却想到了"死"，想到了死去的亲人，清明成了将生和死结合在一起的节日。无论新坟旧墓，碑前相望，人鬼两隔，尽管陈寅恪先生说："万里重关莫相间，此生无分待他生。"但我们每个人总是希望心底积下的很多话语能对着长眠地下的灵魂娓娓诉说；总希望他们的生命在这个生机盎然的季节通过其他生命的形式获得重生；总希望他们地下有知能"庇佑"子孙乃至亲人平安健康幸福。

拔一拔杂草，培一培新土，点上几柱香烛，烧上几沓纸钱，摆上一份供品，献上一束鲜花，燃上一串鞭炮。然后闭上双眼，在香火的缭绕中，让自己走近父亲。即使过了再长的时间，在每次忆起他的音容笑貌时，心中总会有些酸酸凉凉的感觉，这种感觉随着时光的流逝，丝毫没有减弱、消失，反而会变得更加强烈。

每次扫墓归去，我都会站在山脚，回望半山腰中父亲的坟头，片刻的热闹愈加衬出亘古的凄凉，墓头上烛光一闪一闪的似乎在召唤逝去的父亲的魂！逝去的父亲你回来了吗？看到了吗？我迟疑一会最后掉头而去，留下如精灵一样独自舞蹈的烛光和逼近的黄昏。

清明节起初并没有祭祀先人的习俗，但后来它逐渐与前一、二天的寒食节交汇融合。相传在春秋战国时期，介子推随晋文公重耳流亡异地十几载。在重耳饥饿难耐，没有食物的时候，介子推毅然割下自己腿上的肉，给重耳充饥。后来，重耳当上了晋文公，想报答恩人介子推，没想到介子推带着老母亲避世于绵山。重耳派人去山里搜寻，可怎么也找不到，重耳报恩心切，下令放火烧山，想通过这个方式逼介子推出来。谁知介子推母子合抱一棵大树，宁愿被烧死，也不肯出山。重耳闻讯，非常伤心，下令此后在介子推焚死之日禁火，只能吃冷食，以寄托哀思。后来，唐玄宗诏令天下："寒食上墓"。因寒食与清明相接，就逐渐传成清明扫墓了。这一节俗和中华民族重视孝道、慎终追远的民族性格直接联系在一起，从而使清明节日所承载的传统道德观念得以延续，成为一个流传千年的日子。

　　回去的路，还会穿过那块油菜花田，细雨在油菜花上凝结成滴滴水珠，这水珠随着油菜花的摇曳而闪烁跃动，更显生命的张力。路上来往的人也多了起来，大多是祭扫结束准备回去的。没有了来时的匆忙，脚步逐渐放缓，神色更加舒展。清明祭祀，实现了今人与先人的沟通；清明共叙亲情，实现了人与人之间的沟通；清明踏青，实现了人与自然之间的沟通……通过清明，人们不断寻找情感的寄托与归属，不断感悟人生的来处与归途，不断获取前行的力量与动力。这是心灵的净化与慰藉，这是生命的自觉与传诵。

　　人类的情感是共同的，天地的情感是人类的。多么希望清明带给我们的这种对生命的珍重和对先人的思念永驻人间。就像这清明的雨，说是缠绵不已，却情真意切。

　　晚上，与同学聚餐，席间上的都是家乡的土菜：苦椎面、泥鳅面、乌蛋粿、番薯粉面、锤笋、扁肉、魔芋、金针鸡……唇齿之间都是往昔的记忆，别有一番滋味在心头。虽然大家脸孔已不再年轻，但情感依依，言语依依。在这油菜花盛开的时节，在这清明的日子里，拥有这份美好，又何必感叹人生的无常！又何必伤感岁月的短暂！

落雨黑麋峰

长沙山不长,望城海拔500多米的黑麋峰就是最高的山了。然而,山不在高,有仙则灵,据传八仙之一的吕洞宾曾入山修道,故道家称此山为"洞阳山",列入三十六洞天之二十四位。清同治《长沙县志》载:"其山云雾长封,翠光四滴。唐刘氏女栖此修真,石亭遗址尚存,周真人福亦于此修道,今有二仙遗像,祷而辄应。"如此仙山,不睹真容,岂成憾事?于是,不顾淅淅沥沥的秋雨,出了日日喧嚣的城市,向黑麋峰驶去。

车于长湘公路上行进,离长沙19千米处,有巨石立于路旁,上刻楷书大字"黑麋峰",老远就能看到。当地人称黑麋峰又叫迭石岭,名字来源于山中两块重叠的巨石,每块都有数万斤重,凭人力量是无法使之重叠起来的,人们纷纷传说是神仙所为。这迭石也确有其神秘之处,两石之间有一条缝隙,竟可以通过一根扯直的麻线。而黑麋峰则是因古时山中生活着一种叫麋鹿的珍稀动物而得名,这种动物角似鹿而非鹿,面似马而非马,蹄似牛而非牛,尾似驴而非驴,俗称"四不像"。《封神榜》中,姜子牙的坐骑就是被誉为"中华神兽"的麋鹿。

进入地界行驶不远,有一座芝麻白玉石牌坊,牌额上刻着"黑麋峰森林公园"几个金色飘逸大字,被雨水冲洗得干净、清澈。一条水渠沿着进山的公路,其间的水波纹微漾,水坝上长满了大叶草,有的已经开始枯黄,有的还在茂盛地长,还有草叶的尖子伸展出来,在枯草的缝隙间探出头，没有丝毫羞惭的意味。枯草叶子却有点架不住势地萎靡下去，逐渐要瘫倒在新叶的怀抱里。

山雾层层叠叠地弥漫在山峰间，使山峰一座比一座朦胧，一座比一座薄而透亮。山峰间像有光从中冒出来，向天空扩散，并与远处的天融合在一起。雨水聚成小溪，从山上流下，有时在悬岩形成瀑布，水花飞溅，如珠帘玉帛垂挂；有时在草丛和乱石堆中穿行，如无数飞蛇游动，发出哗哗的声响；有时在平缓地带，清澈的溪水，静静流淌，溪边的花草摇曳多姿，石径随着溪流，或陡峭，或弯曲，或平坦，或宽阔，或窄狭。

整座大山被湿透的感觉是非常旖旎的，但我们只能在车上观景。从一条条岔道荡开去，就能看到雨中的青山坳，雨中的土砖屋，雨中的梯田。山里的荷开得晚，阔大的叶子层层叠叠地铺满了荷田，连田塍也被叶子们遮掩不见。高出荷叶一大截的芭茅花簇拥在上面，像要与荷比美似的。而荷田是一块连着一块的，一直铺展到远山的山脉下。他们的绿和山峦的绿已巧妙地被雨雾连接了，我们目测已分不清荷田是在哪一块地里消失的，而山峦又是在哪一块地里耸起的，只有旁边一座小山包上的芭茅花那么醒目。

山凹处，亦不时闪现出一栋栋的白房屋，零零星星，白屋坐落于苍翠林海中，格外耀眼。屋顶子上刚冒出的青烟，很快就被雨打湿了，被风吹散了，雨中闻不到炊烟的气味，只有湿腻腻的青草、树木、空气的味道。雨雾笼罩中的竹海，墨绿、油亮，枝繁叶茂，郁郁葱葱，姿态婀娜，宛如一支支的巨笔，直指苍穹。雨水顺着竹叶落下，溅起粒粒水花，它们被大山快速的吸收，大山像海绵一样永无止境地大口大口吞咽着。

那群山掩映的白屋里住着的可是隐逸的贤士高人？我辈凡夫俗子，即使是小住数日，亦是人生的一大快事。遥想当年，唐代诗人刘长卿入此山寻幽访胜，路远崎岖，远没有我们现在的路好走，亦没有机动车辆，还是不辞劳苦，可见诚意之深，探幽之兴浓，有诗纪行：

旧日成仙处，荒林客到稀。

白云将犬去，芳草任人归。

空谷无行径，深山少落晖。

桃园几家住，谁为扫荆扉。

  一路的小心，一路的惊喜，终于迎来一条直路展现在眼前。前行不久，崇山之顶，白云飘处，一个巨型的水库映入眼帘。黑麋峰有三座水库，一在山脚，称下水库，一在山腰，称中水库，一在山顶，称上水库，而山的腹部被凿穿一个巨洞，发电机在里面静谧地吟唱，周而复始地把下水库的水吸上来冲下去而调剂电量。我们看到的就是上水库，位于黑麋峰主峰的下面，由三座白色的大坝围拥而成，四周群峰相对，山峦堆翠，宛如一个巨大的山石盆景。在山风的吹拂下，水面上雾气蒸腾，跌宕起阵阵微澜。倘若站在黑麋峰主峰之上，俯望这片神奇的水域，你也许会把她当作天上的弦月，你也许会把她当作王母娘娘梳妆的铜镜，你也许会把她当作七仙女下凡时沐浴更衣的瑶池。

  车子终于稳稳当当地停在了山顶的开阔处，这时雨更大，风更急，天更暗。六七米外，全是"轻烟漠漠雨冥冥"景象，是烟是雾已辨认不清，只是雨雾弥漫的无边无际，灰蒙蒙一片，遮蔽了四周的一切。整个黑麋峰恍若不在人间，而是从天而降，悬在半空，让人心惊肉跳。抬头望去，边上就是高大雄伟的黑麋古寺，我惶恐不安而不知深浅的心有了着落。

  黑麋寺又名洞阳观，距今已有一千三百多年历史，相传吕洞宾曾经在此修炼。寺庙大门两边浅灰色的麻石立面上镌刻着一副对联，左侧是"麋峰凌日月"，右侧是"古寺阅沧桑"，对联前面的两只石狮子静立于山门之处，据说已有四百多年了。步入寺中，便是大雄宝殿、弥勒佛殿和观音殿等，与其他寺院并无二异。寺中没有其他的香客和游人，显得十分寂静，只有梵音清脆入耳。香烛的亮光在幽暗的寺中飘忽不定，增添了丝丝静穆之气。想起元人辛敬的七律《宿洞阳观》：

> 洞阳观里看明月，云雾轩窗挂六鳌。
> 五月蛟龙吹水上，四更星斗去人高。
> 山阴羽客黄庭字，太白神仙宫锦袍。
> 遥望长空意无限，九霄何处醉仙桃。

在洞阳观中夜宿，诗人的思绪是纷飞的，想到戏水的蛟龙与负载仙山的六只巨鳌，而此时星空高远寂寥；想到王羲之，想到"应写黄庭换白鹅"那样的典故，自然也想到李太白那样的高蹈之士，身着锦绣的宫袍赴水捉月，飞升到浩渺的云天里了；在那里可以吃到鲜美甜香的桃子吗？这当然是诗人的理想，现实是，在洞阳观，今天的黑麋寺一带，没有一株桃树。当然，这也没有必要较真，诗人吟哦的可是九天之外的事情。

然而诗人吟哦的洞阳观，也就是现在的黑麋寺，在当时还是道家的守真之处。据说，玄宗年间刚建时，这里为道观，乃道家圣地，唐代大书法家怀素写下了"神文圣武""道高云深"两块匾额，悬于关圣殿中；另一位唐代大书法家柳公权书写了"道场"二字，刻于山崖之上，至今犹存；更早的吕洞宾在山中留下了他所书的"洞天福地"摩崖石刻。但到了明万历年间，改道为佛，成了一座寺院，但三进堂中仍分别祀奉着关圣帝君、周真人、观音大士、刘仙姑等神像。明正德皇帝朱厚照游黑麋山时，留下了"正德皇塔"古迹。这些年来我到过不少寺庙，但像这样由道而佛，佛道诸神聚集一堂并延续千年的寺庙还真没见过。

在黑麋寺不远处就是长沙天气雷达站，那如同一口大锅的微波天线，就耸立在山顶的最高处。古寺与雷达站之间似乎有什么默契，让人浮想联翩。从黑麋寺到雷达站要爬一道山坡，一面是葱绿的山谷，另一面丛生了不少的花花草草，有金鸡菊、一年蓬、木蓝、苎麻、胡枝子、白叶梅等等，它们欢乐地拥挤一道。这些植物的叶子都被秋色点染，有的青中透黄，有的黄中带红，有的还是绿油油的，不过那绿已显出几分沧桑和力道来；还有的已经被秋色染透，举起一树树的火红，远远看去交织成一片片的云霞；最多的是野菊花，几乎是无孔不入，无处不在，不只是黄色，还有一种蓝色的野菊，瘦瘦的，却有着动人的芳香。

在峰顶的四周，还有七佛塔，藏经阁，仙姑庙等等以及许多的奇石，如蛤蟆石、鲤鱼石、鞋子石、锣鼓石、润老石等等，不一而足。最著名的要数寿字石，一块大石头上刻了一个硕大的寿字，这字不知刻自何年，传说也是出自吕洞宾的手笔。当地有谚语云："有人睡得寿字齐，与天地同寿，日月同辉"。游人到此都要爬上去躺一会儿，躺过寿字石的人成千累万，却从来没有听说有人睡齐过，据说这寿字的大小是可以伸缩的。我想，这些沉寂山林历经千年的东西，一定有许多动人的故事，我无法一一去解读它们。

观察山中的植物和奇石，会觉得它们有一种神性的美，令人有膜拜的冲动，这种神性是自然赋予的灵动，有神性与巫性之美，有参不透的暗处的秘密。特别是当有云雾弥漫其间之时，这种神秘会接踵而至，你的身体仿佛被吸纳进了山体，成了山中的一部分。微小的、隐若不见的神灵就在你伸手可及之处，你无须与他对话，他已尽悟你的一切，正所谓"天人合一"吧！

该下山了，车子穿过一段未经修葺的土石路，绕过一个小鱼塘，钻入一片竹林，前方浓雾中蓦然传出一阵急促的狗吠声，一栋小白屋在竹林的深处露了出来。随行的张君邀我们到农家去呷茶，长沙人称喝茶为呷茶，亲切随意。

主人是位六十多岁的娭姆，正坐在屋檐下择着菜叶子，她热情地让我们坐在她旁边的竹椅上，竹椅承了我的重量时，发出叽叽呀呀的叫唤声。门前的竹棚上几条大丝瓜正在原来长着花儿的地方悠然自得地微微晃动，支撑它们的瓜架子，好像在地里埋伏了几十年般苍老。空心菜地里水灵灵的嫩着叶子，而辣椒树高出空心菜的身子，青色和红色的小辣椒挂满枝头。我走过去正想弯腰摘一只小辣椒时，却感受到身边窸窸窣窣窄的声音，好像还有一道冷峻的眼光在窥视着我，待我猛一转头，正好与一对圆溜溜的小眼睛对视，这对眼睛从瓜叶的间隙中探出来，抱有一种狐疑的神色，它的身子半遮于瓜叶中，露出一只紧抓住瓜棚竹枝的脚。我的侵入打扰了它的清静世界，这条与枝叶颜色接近的四脚蛇急匆匆地从另一端的枯枝上爬到这端的枯枝上，就是为了瞧瞧这个打扰它的人吗？抑或是警告这个打扰它的人。

园子的前面是个大水塘，现在雨停了，塘面上偶尔泛起几圈的涟漪。一条长长的渔网不规则地沿塘边横插着，仅从水面冒出尺来高，隔着一段距离，就有一根竹棍支撑着它们。它们像一个个埋伏，静候着鱼儿落网。渔网残破东倒西歪，就像在水里呆了无数个世纪，它的主人去了哪里？它网住过鱼儿吗？是否网住过一条红鲤鱼，主人却心软地将它放走了？这些我尚未可知，时光早在某时某段静止了，我们都是过客。

鸟鸣从不远处的山坳传来，时长时短，时快时慢，像情歌对答。鸟鸣啾啾，秋虫唧唧，山里显得清寂幽远，我的心也空落落的。在这个绚烂而又湿冷的秋天，似是把什么心爱之物遗失在老林深处了。

娭姆拿出一个像是从铜官窑出土的贴花褐釉陶罐，从罐中抓出一小撮茶叶放进玻璃杯中，杯底覆盖着厚实的芝麻和豆子，一小股沸水冲下去，杯子里顿时云雾升腾，茶叶缓缓地舒展身子，继而翩然起舞，继而又丰满充盈。呷茶吧，人在云中，云在茶里，秋山一壶茶，品出兰花的幽香，喝出山泉的欢唱，闻到浆果的清醇。

回望云雾缭绕、秋雨纷飞的黑糜峰，或温润，或洋溢，抑或缠绵，我已真真实实地感受到了这片土地上的一切：那一抹淡淡的愁绪，那一丝恬静的喜悦，那一幕雨中的迷离，这已经足够了。唯一祈盼的是，何时还能看到黑糜鹿在峰峦间跳跃奔跑的身影，那才是真正的黑糜峰。

秋雨石门湖

远远望去，冠豸山平地拔起，威严刚正。不连岗，位自高，不托势，而自恃。车窗外绵绵密密的雨丝如薄纱一般，如痴如醉的下着，我专程拜访的石门湖，如同一块蓝宝石，镶嵌在冠豸山险峰奇谷之中，这里还是连城昔日八景之一"石门宿云"所在地，此时的石门湖应该在秋雨中越发浸染出了空灵之美吧。

漫步湖畔，若信步闲庭。雨中湖山，呈现出晴日里见不到的朦胧娴雅之美。没有风，湖是静的，山是静的，映山亭、思源亭、香兰亭、太上老君岩、老虎崖在密织的烟雨中，都静着。采云峰隐至烟雨深处，水墨轻轻蘸一下，是极淡的一痕。近些的山影瘦了一圈，清减、静默。细密的雨脚落在湖面，一丝一丝漫起袅袅的雨烟。身形移动间，景色已然变幻，仿佛连卷的画轴，一幅幅展现在眼前，工笔中夹杂着些许的写意气息，婉约间又透着几许清灵的秀气，让人分不清：到底是在梦里，还是在画里？于是乎又平添了几许的流连。

湖径旁的草木，给雨水濯涤得格外墨绿，清新的空气挟裹着草叶的幽香拂面而来，细腻、柔滑、清爽怡人。湖中的荷叶层层叠叠，尽情地舒展，一直延伸到湖岸的尽头；荷花早已凋零，暗灰的莲蓬却依然昂头傲立，继续展示着"出污泥而不染"的情怀。

几只黑天鹅，淡然地游弋在湖面上，其中一只似乎是听到了我们的脚步声，优雅地转了个身，朝我们游了过去，另外两只也不声不响优雅地改变了方向，那美丽的转身美得让人无法形容。黑色的脖子依然挺得那么直，头依然高傲地抬着，眼睛矜持地望着前方。双掌优雅地在水中摆动着，湖水轻轻地从它们胸部两边分开，闪着冷冷的微光，越发增添了神秘、性感和魅惑。

其实，人不只是欲望的动物，还有精神的追求。自然赐予了人类之美，只是为了让人类传递情感的。这样想着，突然感恩遇见的黑天鹅了，觉得人生的每个遇见，都是来之不易的幸福，只有用心去珍爱，才会感到心灵充实的暖。

一叶孤舟，像飘落在湖中的一片枯叶，在平静的水面上缓缓地描绘着一幅苍茫的秋景。眺望远方，水天一色，丝丝缕缕的细雨，模糊了湖中的景物，仿佛青灰色的透明的轻绡，笼罩着逶迤起伏的山峦，使它们显得若游若定，似有似无。一种明晰而混沌、缥缈而痴迷的感觉，把我带到了一个天朦胧、湖朦胧、水朦胧的雾霭的世界，人在其中，身如羽化，也情朦胧、意朦胧、心朦胧了！正如元朝人谢宗元诗云：远似烟霏近又空，非明非夜两朦胧。一天清露洗难尽，几抹曙云遮无穷……

然而，湖畔的山坡上、山崖里、山坳中，还是顽强地透露出几星秋的色彩，在浓淡相间的雨雾中，犹抱琵琶半遮面，羞答答地款款而来，脚步轻盈生怕惊动这一湖秋水。是金黄，是殷红，是在秋风秋雨里变得深沉的墨绿，还有那些使人想起遥远历史的马鞍寨古老的屋脊……

船行至湖心，小雨缓一阵紧一阵，淅淅沥沥敲打着船篷和微波涟涟的湖水，缠绵多情，忍不住让人想起宋代秦观的"自在飞花轻似梦，无边丝雨细如愁"的愁绪，而朋友一句"秋雨石门人争渡，轻舟撑出红叶来"的轻吟，却把这种愁思淡去了。是啊，在人生的旅途中，我们为何不用细腻善感的心，去细细触摸雨丝带来的意韵，把悄然沉淀在心湖深处的忧愁寻出，抛洒在雨中，让它融化在雨水里呢？

蓦地，湖面上掠过一只白色的水鸟，它用长长的翅膀拍击着湖波，由远而近，又由近而远，那雪白的身影在湖面上划出一条优美的曲线，岛影、小船、远山、绿树、轻岚，仿佛都被它串联起来，一幅静止的水墨画，顿时活了起来，动了起来……

水随山蜿蜒，港汊交错；山依水临渊，深谷纵横。在湖水的一个转弯处，有一件神物，让人浮想联翩。那是一块裂开的巨岩，风化成了一条约略10多米的缝隙，呈现出肉质的淡黄又有点淡红的颜色来，况且缝隙的中下方还有一个约两米多宽的深洞，接触水面的部位又显眼地裸露一个小洞，这就是被称为镇湖之宝的"生命之门"。

湖中的"生命之门"与不远处山中的"生命之根"遥遥相望，这是造物主的鬼斧神工留在大地上的杰作，这是对生命生生不息的礼赞。

冠豸山不仅在于它集"生命之门""生命之根"于一体，而且还因为它是一座散发着浓郁的文化气息的山。与天下名山相比，钟灵毓秀的冠豸山不以山势巍峨称雄，不以香火鼎盛闻名，却以书院众多而自豪。数百年的书声熏陶，滋润了冠豸山的傲然风骨。书院的兴盛，文人墨客的纷至沓来，在山间留存了一批珍贵的历代摩崖石刻和题匾，以及一篇篇歌咏冠豸山水的诗词歌赋。最珍贵的是，东山草堂中珍藏的两块题匾：一块是民族英雄林则徐手书的横匾"江左风流"，另一块是大才子纪晓岚留下的"追步东山"墨宝。

一座山，如果没有文化的浸染，也就充其量为一块没有生命的石头，冠豸山是有生命的，而石门湖更是增添了山之生命的动力和魅力。

慢操小船，轻拨"围屏"，莲花峰、酒坛峰、神蛙照镜、观音绣花鞋、河马饮泉、千瀑岩一一从眼前掠过。系船登上湖心小岛，沿着小径漫行。波光荡漾的湖水流动着诗意和灵气，茂盛的树木呈现出雨水滋润后的浓郁和葱茏，小鸟婉转柔和的鸣叫伴着草木的清香沁人心脾。树枝上凝聚而成的一颗颗水珠，晶莹剔透，随着微风悠然闪亮。

大自然的规律毕竟是无法改变的，落叶，这秋的尾声，冬的序曲，依然在湖畔不慌不忙地飘荡。茫茫烟雨中，是什么让我眼前豁然发亮？那一片耀眼的金黄，彩霞一般垂挂在空中。这是我视野中最醒目最辉煌的色彩，雨中的石门湖也仿佛因它们而明朗起来、亮堂起来……看清楚了，是两棵高大的梧桐。此刻，每一片绿叶都泛出了金黄的色彩，汇满了雨水的叶片，有点不堪重负，然而它们还是紧紧依偎着树干，展现出另一番更为激动人心的景象。

一直觉得，欣赏湖光的最佳时间应该是在寂静无人的夜里，有临水的亭台、飘浮的小舟和融融的月光，月冷风清，幽然宛若梦境，只有这样才能将幽情雅兴发挥到极致。然而秋雨中的石门湖，让我领略了湖光山色的另一种动人风情。烟雨中的石门湖，不尽是寂寥、不尽是苍茫、不尽是悠然，是什么？我说不上来，只觉得眼前的画面静谧极了、幽远极了、和谐极了。这画面中，蕴含着许多还没有为我所理解的丰富的内涵。环顾湖波山色，我的饱经旅途劳累的身体，连同思想和灵魂，全部都陶然在诗一般的、画一般的秋水石门湖的秋光之中了……

离开的时候雨渐渐停了，日光在云层后面若隐若现。如果说"风动水光吞远亭，雨添岚气没高林"，烟雨中的石门湖自有一般景致。那么当一束阳光投射到波光细细的湖面上，清晰地撩起薄薄的轻纱，脱尘的石门湖又玉树临风般地呈现出另一种风流。于是忍不住感叹，谁说人生是一次晦暗的旅程，沿途那么多旖旎的风光，总会有意料之外的惊艳，它像一幅精美的画卷，会完好地保存在我们的记忆中。永远的是山河岁月，短暂的是人生，它会让你不由自主地思索，在这个世界上，谁是主人，谁才是过客。

然而，有石门湖的这一泓碧水，够了！

身向三湖那畔行

漳州中心城区有"五湖",而芗城独占其三,这就是西院湖、西湖和南湖。

寒意渐渐淡去的初春时节,到处充盈着浓浓的暖意,一起去看湖吧,去剪一抹绿亮丽心情,去播一抹红润色心田。

清晨的风中夹着细雨,路边的泥土有润湿的痕迹,树叶和房屋的颜色也跟平常不一样。这细雨,细腻如丝、光亮如针,安静的、轻柔的,仿佛不想让人察觉。淋在细雨中的树木、小草、翠峰、山坡、湖面、小船,一切的一切,都隐隐约约的,氤氲在一片烟雨迷蒙、缠缠绵绵的意境之中。那细细的雨丝、淡淡的山岗、青翠的峰峦、绿酒似的湖面……那般如梦如幻,那般婉约醉人。

西院湖是以西院村命名的,项目总用地400亩,其中先开工一期工程,占地200亩,水面面积100亩,2017年8月建成开放。随着西院湖的建成,三湘水从西院湖贯穿而过,改善了三湘江原先在该河段黑臭、淤堵的水环境。

园区的入口有棵高大的凤凰木,树干粗壮挺拔,枝叶却轻柔飘逸,显得英姿飒爽,又侠骨柔情。"叶如飞凰之羽,花若丹凤之冠",不久,红艳似火的凤凰花将绽放枝头。一旁五彩缤纷的菊花绚烂的盛放,红的、黄的、白的、紫的,一朵朵开得俏皮可爱,一束束开的姹紫嫣红。看那朵最大的黄菊,花瓣如丝带,姿态如气质高贵、仪态万千的皇后娘娘。

再看那朵清白如雪的白菊，拳头般大小，可爱地蜷缩着身子，像极了雪的精灵，洗净尘世里的污垢，清纯、高雅，仿佛是那白雪公主。再看那艳丽的紫色雏菊，一点也不逊色给芍药，若说芍药可媲美牡丹，那么它便可冠压所有颜色浓烈鲜艳的郁金香。

这里的春天正在纷繁地上演，桃花绽放，这儿一丛，那儿一簇，簇拥着挤在树梢；油桐籽树花都开亮了，一丝丝的花蕊从完全张开的白色花瓣里挺出来，花粉随风香出老远；岸上的粉红色羊角花，热热烈烈的，灿烂着火红的青春；湖边的翠柳，袅袅娜娜的，引来鸟儿和它亲近；小山坡上的水仙吐着芳香，细长的嫩叶上挂着清亮的水珠。春在这里任意驰骋，那春的脚步带着绿意的嘱托和根的叮咛。

沉着弯弯曲曲的绿道而行，眼前豁然开朗，一溪碧绿而宁静的湖水呈现于眼前。湖边亭里坐着两位老妇人，正聊着漳州的雨季，我听着听着，不自觉地把注意力转移到湖面上。因了昨夜的雨，湖里的水明显比冬日的时候升高不少，湖中那碧青修长的水草，因水的滋养出落得婀娜多姿、仪态万千，在微风的吹拂和轻浪的拍打下，尽情拓展着，向四处无尽伸展，收放自如，那份柔美源远流长。那些不知名的、细小的动物们在水中尽情畅游，带动着水面四处不间断地放射出圆形的可爱的涟漪。几条红得发亮的肥大金鱼慢悠悠地在水底游来荡去，使整个湖水似乎也左右摇晃起来，那些大树小花在水中的倒影也跟着上下左右奇趣地晃动着。此时，我的双眼再也离不开这湖水，我的心不得不感激这场春雨。是它，给毫无生机的湖水增添了活力与趣味。

昨夜的雨似是无数场及时雨中的一场，湖里的莲藕开始长出茎来，待到初夏雨季时，那满湖荷叶一定随风摇曳，挨挨挤挤，像许多穿着绿色裙子的小孩，热热闹闹地在风中爽朗地笑着；而那荷花，也一定开得绚烂、圣洁，宛如千娇百媚的白衣仙子。

想着，莞尔一笑之时，听见那两位老妇人指着湖边的樱花喊道："看啊，樱花！"看着她们朝樱花走去的身影，我的目光也定格在那新种的几棵樱花上，她们在离樱花不远的地方兴奋地掏出手机互相拍照，一位穿着红色大衣，染一头黑发，一位穿着银色羽绒衣，披满头银发，轻松自如，欢声笑语，好一个幸福快乐的风景。

西院湖的路虽浸透了一夜的雨，但走起来一点也不湿，原来均采用了透水结构，贯彻了"海绵城市"的理念。一条木栈道穿插至湖心，连起各路平台和绿野，显得曲折优雅。跌宕起伏的绿野呵护衬托着碧丽的湖水，拥抱起"月湾寻迹""栖居水畔""疏林碧水""绿树映岸"四个景观节点区，形成了山坡绿水，栈道环绕，溪涧小路，亭阁屹立，奇葩点缀、柳树弯腰、石阶登步、小桥飞架、沟渠豪放、湖光秀逸的绝美景致。

不知不觉间霏霏细雨停了，阳光拨开暗色的云层，暖暖地洒下来。在一块临水的弯如钩月的小广场上憩息，发现自己已绕湖一圈了。现在的西院湖不大，但二期项目已经开工，征用的203亩土地全部完成了丈量，那时的西院湖将别有一番景象，其排水渠道的姣美风景也将堪称一杰。

沿着三湘江往前几百米，就是一个总规划面积达7500亩，水面超过1500亩的西湖生态园建设工地，这是漳州中心城区近年来打造的"五湖四海"中占地最大、规模最大、投资最大的项目。将打造成"田园都市、生态之城"的样板工程，西湖生态园作为芗城"保护古城、提升老城、建设新城"的重要一步，地位特殊，关系重大，影响深远。项目涉及6个行政村及2个工业小区。为此，芗城区坚持实行领导在一线指挥，干部在一线工作，问题在一线解决的"一线工作法"和"一线考察干部"的工作机制。坚持先规划后建设、先造景后出让、先配套后开发、先地下后地上的"四先四后"原则，实行"统一规划，整村搬迁，连片开发，集中配套"着力将西湖生态园打造成为"重大民生工程"，"城市建设提升工程""和谐征迁示范工程"和"干部成长培养工程"。建设成为漳州海绵城市、绿色城市、智慧城市示范区。

　　站在九龙江畔,望着火热的西湖建设现场,来自驻漳部队官兵与芗城区干群一道参与西湖建设,演绎了军民融合发展的"速度与激情",100多台挖掘机器设备,300多个技术人员,仅仅用了四个多月时间,千亩的主体湖区展现在眼前。凝眸处,心底涌出了莫名的感动:一碧湖水、一抹山黛、一堤长柳……"湖光与山色,一碧千万顷"的西湖将穿越红尘的霜雪款款而来。这如梦里蓬莱般的湖光山色,你,可是我前世今生的等待?穿过千年等一回的重重烟雨,西湖,你可知晓,我将是以怎样的心情和姿势站在这里,等待你的出现,感受你梦幻般的气息,亲抚你梦境般的美景……

　　南湖与西院湖、西湖隔九龙江相望,南湖的一期工程于2017年2月初开工,国庆节开园,其中湖面面积250亩,山体面积156亩。南湖位于千年古刹南山寺旁,而南山寺为漳州八大名胜之一,寺院背靠丹霞山,面向九龙江,据《龙溪县志·古迹》记载,它原名"报劬崇福禅寺",是唐开元年间(713-741)由太子太傅陈邕所建,至明朝才改称南山寺。自古以来,南山和丹霞山是漳州历史上的南大门,是历史轴线、地理轴线、视觉通廊上的重要节点,古有"朝丹暮霞""南山秋色"二景。南湖是将原有的南山湖面扩展延伸,与蜈蚣湖联通起来,整合南山寺周边环境,打造"碧水环青山、花海拥古刹、登高望古城、乐活享南山"的绝美意境。

　　南山寺院外立着一块石碑,一面写着"放生池"三个行书大字,另一面写着"王邦缵书","万历庚申二月立"。放生池里生长着一种莲花,莲叶浮在水面上,边缘都卷起像盘子一样,盛开的花是白色的,婉转地露出水面,很娇柔的样子,而未展开的小莲叶翻卷的更紧,就像未打开的圆形的画。问当地人,得知此莲学名叫"王莲",其叶脉与一般植物的叶脉不同,成肋条状,似伞架,具有很大的浮力,最大的莲叶可承受六七十公斤重的物体而不下沉。有两只翠鸟在莲盘上不停跳跃，似乎是想试试莲叶的浮力。

寺院旁的丛丛修竹，送来沁人肺腑的清香。这清香，是幽幽的深奥，像千年的古木一样经典，又像出浴的少女一样清纯，我找不出形容它味道的词语，只能感受到它把我带进七贤煮酒的疏狂里。

伴着寺院中传出的袅袅禅音，沿着一排高大的棕榈树和洁白的石栏杆前行。各色的美人蕉亭亭玉立，娇艳迷人，叶片青翠欲滴，绿意迎人。湖边的人行道旁，伫立着许多大小不一，形态各异的石头，有的像飞禽，有的像走兽，有的似浮云，有的如飞瀑，都是原生态的奇石，没有人工的打磨。走的疲乏了，停下来靠在这些石头上，面朝湖水，迎着阵阵清风，呼吸着湖面潮湿的空气，全身顿觉清爽起来。再看湖面上，几只野鸭游过，划开一道道波痕，待到野鸭潜入水中，湖面又恢复了平静。此时，心灵深处似乎也少了几分尘渣，多了几分宁静。

沿着一条小路往前，就是湖心岛，岛上的桃花开得正欢，这一团团、一簇簇的桃花，有的低着头，温柔地看着给予它养分的土地；有的立在枝头，迎着春风，展开动人的舞姿，跳一曲清新艳丽的舞蹈；有的含苞待放，如一羞涩的豆蔻少女，望着驻足观赏的路人，低头含笑，脸儿深红。

中间那棵桃树，一片粉红映入眼帘，比别的都开得饱满，像一把巨大的花伞，深黑色的树干是伞柄，那些向四面八方伸展的枝条是支架，那些开得正欢的粉色桃花是伞罩，好一把天造地设、鬼斧神工的花伞。一群孩子在花伞下追逐跳跃，只要有花瓣飘落下来，孩子们银铃般的笑声、喊声便弥漫开整个湖心岛。

南星桥是一座石拱桥，有大大小小七个桥洞，横跨在南湖上，宛如杭州西湖的断桥，蔚为壮观。从桥洞里穿过的湖水延伸向前，形成一个小水塘，水塘里长满了高大茂密的芦苇丛，芦苇丛里栖息着不少的水鸟和野鸭，只要一挥手或者高喊一声，"扑腾腾"一下，水鸟便会从芦苇中惊飞而起，或者就有野鸭从芦苇间浮到水面，或一大一小，或一雌一雄，相互招呼着嬉戏着。

站在桥上，放眼望去，不远处是一排闽南风格的古厝，或是深宅天井院落，或是二层楼店的骑楼，一律红瓦白墙，红砖方柱，马鞍屋脊，墙头淡雅的彩绘，黑木格窗子，细致弧形的窗楣……素雅、明亮、古色古香。浓浓的闽南元素，俨俨的乡愁味道，就铺展在屋檐屋脊窗棂屏风的线条和图案里。那辽远的河流和平展的视野，那倒映在清清湖面的娉婷的树，是一曲安抚心灵的古老歌谣，是一片放飞梦想的辽阔天空。我喜欢这种经过时间温润抚摸过的气息和味道，我也喜欢将山、江、湖、桥、厝相融合的悠然美景。

西斜的太阳照在远处一幢幢高楼坚定厚实的躯体上，闪烁出五颜六色的光彩来。一弯新月印上了天际，湖旁的灯渐次亮了起来，天桥"飘带"上的红灯笼和南山桥的灯光璀璨奇目，呈现出一幅亮丽优美的夜间画卷。青山隐隐，碧水悠悠，灯火温柔，喧嚣远遁，如若夕阳映衬的湖面是一场华丽的招展，那么湖面上投射的万家灯火则是一场温暖的指引与照亮，不夺目耀眼，却亦波光潋滟柔情尽展，为这夜添了几许浪漫、几许温馨。

是啊，我常在想，当代人物质生活已经丰富起来，还缺什么？我们缺的绝不是商品，而是真情！那么真情的归宿又在何处呢？在钢筋、混凝土的挤压下，在物流、信息流的包裹下，在浮华世界各种欲望的扭曲下，在为生存而奔波、为人生而打拼的匆匆步履下，许多人迷失了自我。为此，我们都在找寻梦中的桃花源和恍如童话世界的茵梦湖，那里阳光明媚、鸟语花香，自然宁静，在那里，可以甜美栖息、自由徜徉，让心灵得到安宁，给梦想插上翅膀……

朋友，请让我告诉你，三湖就是这样的地方，你愿意随我一同前往吗？

獭渚经闻疍曲声

在烟波漫漫的乌龙江螺江段,有一片海湾长长的洲头,她像一个妙龄少女,绰约多姿地伸开冰清玉洁的手臂,拥抱着静谧的海村渔隅。清末名儒魏杰有诗赞道:"仙洲环绕万家烟,前傍长江后傍田。杨柳叶深迷古渡,桃花浪暖涨遥天。螺栖胜地潮通海,虎踞前山影蘸川。还眺欲穷千里目,漫漫一望水无边。"在洲的西头由几块大小不一的磐石叠成"獭"形,称名"獭礁",而经千万年春洪秋潮淤泥积沙而成的洲头,应了獭礁而称"獭礁洲"。

亿万年前火山迸发的岩浆,不仅造就了巍巍的五虎山,也造就了形状各异的百六峰,其中最低峰就是獭礁峰,它向外延伸成边缘,海拔只有9米,方圆不过500平方米。承受着地质变化,山体下沉,海沙侵渗,獭礁峰被隔离于江面外,脱离了五虎山山体,成为乌龙江中的独峰。獭礁并非徒有虚名,礁穴中曾经蛰居过水獭,是从对岸的五虎山游到这里定居的,由于之后人类居岛占礁活动,渔人与獭争食,水獭失去了生存的环境条件,自身又受猎捕,这个神秘而富有灵性的生灵便销声匿迹了。

据传这一带的江面上有六处礁石,古称"六礁"。獭礁为其一,而唯有獭礁可见,其余都没入江中,因而獭礁又被称为不沉的"浮礁",不论江水丰枯,它始终保持它的高度不变,宛如石塔,水上行船的人称之为"塔礁"。"獭"与"塔"在福州方言音相谐,也许"塔"字雅些,也比"獭"字好记好写,况且礁如塔峙于江心,起到了航标的作用,于是约定俗成称为"塔礁"。清代进士林履端在《尚干乡土志》中载："淘江之上游,自侯官永福西南两港,至阳岐五通交汇而下,中壅蟹山、塔礁诸岛。"有了当地名士的正名,"塔礁"后来居上,"獭礁"渐渐地步入了历史。

在塔礁洲上生活着一支特殊的群体,被称为"水上居民",亦称"疍民"。疍民不是少数民族,因习俗独特而成为一个古老而独立的族群。在福建对疍民史料早有记载,在唐代称"游艇子"后称"白水郎""庚定子""卢亭子"等二十多种称谓。相传,朱元璋打天下时,有一次在连家船上避难,看到连家船在水上像蛋一样飘浮晃动,便御赐船民为"蛋民",以后也许是"蛋"字不雅或古时与"疍"字同音,便演变成"疍"字。

在福建地区以船为家的叫"水居船""连家船""船下",称呼男疍民为"曲蹄仔",女的称"曲蹄婆"。"曲蹄"是因为他们长期蜗居在狭小的船舱内,因此双腿弯曲。因身份卑微,"曲蹄"二字成了"下贱""贱民"的代名词。福建疍民男女老幼都穿麻布织染的蓝黑、褐色衣裤,女性衣襟袖领还镶有一寸宽的黑边。疍民多数祖孙三代同居一条船,也有富足一些的疍民会在儿子结婚后送他一条船,另组家庭,他们一生以船为家。

疍民的来源复杂,《山海经·海内南经》记述:"闽在海中,西北有山,一曰闽中,山在海中"。周朝时熊绎子孙分七种居于闽中,故谓"七闽"。南宋王象之编著的《舆地纪胜·卷128·福州山川》载:旧记云:闽之先,居于海岛者七种,白水郎其一也。七闽、海岛者七种,说明当时闽地有七种族群,白水郎是其中之一。

公元前334年,楚威王兴兵伐越,"越以此散",由陆路"走南山(今武夷山)或由海路入闽江。"南来越人中"习于水斗,善于用舟"者,与原滨江海居民融合,成为集渔猎捕捞、舟筏运输及水上军事活动一体的族群。越人入闽后传至无诸，战胜土著，自立为闽越王。公元前112年，闽越王无诸子郢反抗汉王朝，汉武帝命朱买臣伐闽越，公元前110年，闽越国灭亡，其族人或"亡入海"，或居"沼泽中"，逃入山谷为畲族，逃之水中为水上居民。

唐末王潮、王审知三兄弟占领福建后，闽越王无诸后裔纷纷逃居水上成为疍民。到了945年，闽国王族内乱，在江宁南唐政权乘机出兵占据福建，俘闽王王延政。无诸后裔乘机反抗，被残酷镇压，彻底赶入江河成为疍民。从此，疍民深受统治者各方面限制和歧视，并在社会层面形成根深蒂固的世俗观念。

到了明朝，被朱元璋打败的陈友谅和元朝的蒙古人后裔也逃之入江河，成为疍民。朱元璋非常痛恨百姓逃到江上当疍民，将疍民一族全部划为贱民，不准他们再上岸生活，成为封建统治阶层中社会身份最低贱的人。不受陆地人的尊重，甚至陆地人看见他们就可以随意殴打驱赶，与疍民通婚便意味着自降身份，从此不能上岸生活，更不能参加科举考试，永世不得翻身。所以疍民后代无法和陆地人通婚，他们长期生活在闽江、赛江等流域，终生不能上岸筑宅，自出生起吃住、婚嫁、谋生都在船上，漂泊无踪，死了只能被裹在烂草席中，埋在乱坟岗里。

到了近代，一些汉民为躲避天灾兵祸，寻求安定，到江岛上谋生，塔礁洲上就有一支"神秘家族"——刘姓家族，也称"凤岗忠贤刘"。他们祖上在唐代迁来，因洪患旱灾和兵祸，为谋生计，几百年来辗转于螺江周边。先是寻静留居螺江南面五虎山下门口村，拓荒种植，清末民初因遇变故，他们从门口村陆续迁到塔礁洲诸洲至今。如今，许多人知道塔礁洲是水上居民集聚地，而不知这支"刘姓家族"却是肇汉皇帝刘邦和入闽始祖刘存的后裔。自唐末入闽，"凤岗忠贤刘氏"出了173名进士，北、南宋出了"五忠八贤"，流传"同世三十显，同朝六七贤"，享有"壁插宫花春宴里，床推袍笏早朝归"的美誉。

塔礁洲四面古江环绕，东连峡江，南濒淘江，西接镜江，北邻螺江，岛内洲渚纵横，港汊星布。每到端午节，塔礁洲畔，龙舟如蚁，锣鼓相闻，爆竹震天，人满江畔，欢声四起。"江中锣鼓响声声，锣一声啊鼓一声。十七十八声音好，三十蜀蜀破锣声。江中锣鼓响声声，锣一声啊鼓一声。男女老幼都去看，只剩兄弟在书厅。"这首《龙船歌》反映了当年龙舟竞渡的盛况。实际上，这龙舟竞渡是塔礁洲刘氏家族举办的"再下水，祭祖"和"祭山祭神"仪式，叫"龙舟祭"。

"龙舟祭"在每年五月初一涨潮时分举行，水手们吃完龙舟饭便把龙舟拔下水，划到五虎山下门口村祖居地举行"再下水、祭祖"仪式。龙舟一靠岸，先派人到祖地田间拔三株青秧，置于龙船头，这是古时的祭稷农俗相传下来的，稷为五谷之长，青秧代表稷，意为将祖先土地上的"稷"带回岛，祝愿五谷丰登，继续荫庇子孙；同时也表示子孙也永铭祖德宗功。接着众人将龙舟尾舵搁在岸上，龙舟头朝江西，进行"向纸祭祖"，捧香祷告，让在天祖灵看到后代子孙"回家过节"。龙舟在这里"再下水"，在狭窄的河浦里原地扒转三圈，这时龙船头令旗飞舞，鼓锣大作，呼声雷动，鞭炮震天，重现百年前拔龙舟下水的热烈情景。水上居民通过这种古朴而隆重的仪式，以张扬孝道，告慰祖灵，再赴航程。

"再下水，祭祖"仪式完毕，水上居民们将龙舟划向江外，举行"祭山祭神"仪式，感念祖山养育恩泽和神明荫庇功德。他们先将龙舟划向肖家道村，"祭山祭神"路线从肖家道村至岐头村，龙舟一路向东，共祭"一溪三山一寺"和地头列神。头祭五虎山牛姆溪及山神；二祭蟹山及山神；三祭象鼻山和陈文龙庙、乌脸将军庙；尾祭浮岛山洲主尊王和大王宫地头列神庙、玄帝庙、周都督庙。每到一个山头，龙舟头朝山，坐船头人先点香插在龙头上，再手捧黄纸向山祷告一番，祈求荫护子孙、风平浪静等等，接着挥舞令旗，顿时鼓锣大作，呼声雷动，鞭炮震天。"一溪三山"祭毕，继续东进，划向尚干淘江内祭祀穆岭寺，这是刘姓家族祖上当年居门口华安境时，有一年华安境龙舟在尚干淘江竞赛，向当地神灵穆岭寺里的五灵公许愿结果胜出，之后每年都要到这里祭祀还愿，形成神俗。刘氏族人们将龙舟划到穆岭寺江畔后，先将五色纸贴龙舟头，朝向穆岭寺燃香、"向纸"、祷告、顶礼，然后在原地划转三圈，以报"五灵公"百年前显应神恩。所有祭祀完毕，刘氏族人会在淘江水域和友好的龙舟扒几回"甲水"，整个活动持续三五个小时。充分彰显了水上居民古朴醇厚的民风民俗。

怀着一颗寻幽心，念着一段思古情，我漫步在塔礁洲的防洪堤上。这条堤坝是20世纪80年代当地政府和水上居民们共同修筑的，长20多千米，将禄家、塘兜、蟹山、方洲、橄榄岛、四十一头、德兴等18个岛洲圈连在一起，并取乌龙江和祥谦乡中"龙祥"两字，也寓龙凤呈祥之意，定名为"龙祥岛"。一个个文化名胜，一种种民俗风情，都以这条堤岸线为纽带，把这些具有地方特色的景致及富有丰富内涵的历史文化元素串联在一起，形成了具有鲜明水上居民特色的历史文化。并以此为轴心，突出了江海文化，如"江岛信仰""渔歌水谣""岛谚俚语"等一大批非物质文化遗产，注入了水上居民厚重的文化积淀，凸显了水上居民深远丰富的历史内涵。

日头渐斜，初夏的阳光像是一张金色的网，铺在海面上，闪烁着如鳞的金光。暖暖的海风吹在脸上，有些湿湿咸咸的味道。据说沿江上有"平波澄练""远屿堆蓝""螺渚春烟""龙津夜月""秋江渔唱""雪尾书檠""春潮带雨""野渡横舟"等八景，因了时间，也只能待日后——领略了。

堤坝两旁野花浪漫，茵草丛生，那一株株笔直的木瓜树，硕果累累，一粒粒比拳头还大的果实，青中透黄；那一棵棵硕大的荔枝树，挂满了青中带红的一串串果实，预示今年又是一个丰收年。时不时从树丛中、草丛中，忽然窜出一只鹭鸟或燕鸥。据统计塔礁洲上有水鸟超过五万只，常见的有白鹭、苍鹭、斑嘴鸭、绿翅鸭、白天鹅、黑嘴端凤头燕鸥等多种珍奇稀有临濒危绝的鸟类。这里既是候鸟迁徙中重要的驿站，又是过冬燕鸥类鸟儿的繁衍乐园，更是留鸟们生活的天堂。

在一个古渡旁驻足，夕阳透过榕树的叶子，筛子般洒下点点幽光，让人有一种迷离恍惚之感。宋朝状元王十朋在塔礁洲边的枕峰寺渡口候渡时，曾留下著名的诗句："门外峰如枕，宜眠清净身。禅僧自面壁，谁是枕峰人。饭罢匆匆别，劳生可奈何。不能留一宿，有愧此峰多。"濑江江面宽、流域长，两岸村庄之间的往来都要靠摆渡，当时比较有名的有道头渡、凤港渡、洋下渡等等。如今，在淘江上建起了祥谦大桥，在洋下渡边建起了濑江大桥，凤港渡头也建了大桥，原有的古渡都渐渐走进了历史。

忽然，一艘细长的云舣小船徐缓地驶进古渡口，船长约五米，宽约半米，分长短不一的三四个舱，尾舱装竹篓，只容一二人贴身睡位和划船兼用；船舱上放着一块长三米多，宽半米拼装梯形白漆木板，船内放着竹制舀水桶、鱼篓、渔网架杆和渔网扒等。一位五十开外的渔民和一位十六七岁长得虎实、圆脸的少年抬着沉甸甸的鱼篓蹒跚上岸。少年还穿着校服，想必是因为新冠疫情放假，来帮助父亲的。渔民告诉我，他是江中村的，村民们过着亦耕亦渔的生活，在肥沃的土地上种植水稻、小麦、菜蔬等作物，特别是这里的"田埂豆"软糯、香甜，含有较高的蛋白质，堪称"本洋"的佳品。这里的芦苇荡中生长有一种龙形的软体动物"流蜞"，称得上是岛上的第一件珍宝。流蜞有白、蓝、黄色的不同品种，长仅两寸。流蜞通常吃芦苇根，大约在每年的旧历六月十五上市，八月底歇市。福州方言熟语称"流蜞走暗螟"，意即流蜞的出现，在下半夜十二点过，丝毫不爽约。此时西北风起，月隐星曜，流蜞便密密麻麻地布满了江面，而月满星耀之夜则无踪影。捕捉流蜞用一种特制的网罾，涨潮时流蜞会自动流进阔口的网中。

渔民如数家珍般地向我絮叨着，绚丽的夕阳映照在他黝黑的脸庞上，赤红赤红的，额头上的皱纹展舒开来，像生动的鱼尾。他是开心的，慰藉的，日出而作，日落而息，全家这样靠传统的劳作平凡生活，何尝不是岁月静好！随着孩子们慢慢长大，他收获的是传宗接代的踏实本分，是靠江吃江的逝水流年。

　　放眼望去，塔礁洲头近百栋民居的白墙和蓝色琉璃瓦屋顶显得格外淡雅。远处，五虎山巍峨耸立，薄云缭绕，宛若仙境。眼前渔船横竖，白鹭翩跹，江风起浪，让人尽情领略"君看一叶舟，出没风波里"的诗情画意。过去，疍民"出海三分命，岸上低头行"，承受着生活和精神双重压迫和屈辱的历史一去不复返了。晚霞的余晖里传来悠扬的渔歌："何处悠悠丝竹扬，塔礁洲上疍歌浪。疍家苦难成记忆，渔民富足有通途……"歌声在碧水岸渚间荡漾着。

踏浪鱼龙舞

福鼎是福建乃至全国为数不多的以福字冠名的县城之一,据《福建通志》《福宁府志》《福鼎县志》等的记载,福鼎县名来源于该县东部与浙江交界的福鼎山,按上北下南的方位惯例,福鼎县位于闽之上,为福建之"顶"。取福鼎之名,一为福气之鼎,二为福建之顶,既寓意祥瑞,又明示方位与闽地属性,实为高妙!以山为名寄托了吉祥有福的美好愿景。

正因为应了福鼎山,因此,福文化在城乡充满活力,极具乡土地域气息的祝福祈福民俗内容丰富影响面广。在众多的节庆、礼俗、庙会、祭祀等祝福祈福活动中,"做鱼福"是一项独特且悠久的福文化。

福鼎依山傍海,大海茫茫,变幻莫测。当资源丰足时,人们对海洋报以感恩之心;当资源匮乏时,人们对海洋报以祈盼之心。人们对海洋的这种膜拜等情感,由此产生了祭祀等行为。福鼎境内的祭海仪式,俗称"做鱼福"流行于沙埕、秦屿、白琳、店下、点头等沿海村落。此习俗相传始于明末清初,以沙埕镇大白鹭村的"普度节"为代表,分为祭海、放生、表演三部分。

每年的农历十一月十五日,大白鹭村都要举办祭海仪式,鲜红的地毯从祭台长长地伸向大海。此时,正是涨潮,海水不断冲刷着沙滩发出阵阵悦耳的声音。岸上、码头、船上到处张灯结彩,彩旗飘扬,一派祥和、热闹的节日气氛。旗一般分为五种类型。"龙旗":红绸或黄绸制作的绘有龙形的旗帜。"令旗":从寺院中请来的黄色三角"令旗",写有"令"字样。"船旗":红色黄字,上书船东或船老大姓氏。"五色旗":由红、黄、蓝、白、黑五色组成,表示多个自然舀同盟。"彩旗":各色,上书"一帆风顺""满载而归"等字样。

上午十时,仪式正式开始,上百位祭祀者把盛满酒的海碗高举过头,又低首缓缓洒在脚下,百余名渔民庄严肃立,激昂的号角冲破云霄。在激昂的升帆号中,在隆隆的大鼓声中,黄色的祭海旗迎风飘扬,五彩的礼花腾空而起。八位大白鹭村的老渔民,四人一组分别抬着全猪和全羊,缓缓走上面向大海的祭台,祭品放上台后,二十位渔姑、渔嫂们献上了五谷、五果,寓意"五谷丰登"。当主祭带领祭祀队伍缓缓走来,整个现场气氛瞬间变得肃穆。按传统,主祭系老大或船东;辅祭或陪祭若干人,系船东亲属朋友,或有生意往来的老板客人;轮祭为同船或同村的渔民。祭者祭前在家里或渔船上沐浴净身,主祭身着对襟黑、红相间色汉服、浅蓝龙(笼)裤、黑色圆口布鞋;辅祭或陪祭服装与主祭同;轮祭服装为普通酱黄色拷布上衣、下着龙裤。主祭在辅祭、陪祭的陪同下,来到祭台前,手执点燃的三炷香,面向大海,跪中央拜伏凳拜祭。辅祭、陪祭跪至主祭两侧和后排。在司仪者三叩首的号令中逐一行礼,礼毕并将高香插入香炉中,称一献香烛;由祭者将酒菜从帮衬者手中接过,递至头顶端过后放置于供桌上,称二献菜;然后由主祭向大海敬酒三巡,称三垫酒。此时,司仪高声诵读祭文:"维神德洋寰海,泽润苍生。允寰水土之平,经流顺轨。广济泉源之用,膏雨及时。绩奏安澜,占大川之利。涉功资育物,欣庶类之蕃昌。仰藉神府,宜隆报享。谨遵祀典,式协良辰。敬布几筵,肃陈牲币。"祭文诵读完毕,此时对锣长鸣,鞭炮连响,鼓乐大作,全体祭海人员向大海三鞠躬,渔姑渔嫂向大海行跪拜礼。祭祀的最后,主祭人、陪祭人带领上百位身着统一服饰的孩子,缓缓走向大海,将手中的鱼、虾、蟹等幼苗放归大海,表达了渔民取自大海,保护大海,欲取之、则先予之的传统理念。

"做鱼福"中还有一项重要的习俗，就是"打鱼灯"和"铁枝"表演。打鱼灯习俗始于清初，盛行于清乾隆至民国年间，"鱼"与"余"音同，在传统习俗中它又被视为吉祥物，常用来比喻富余、吉庆和幸运，表达了人们追求富裕生活，憧憬家境殷实的良好愿望，人们将这愿望形之于更为形象直观的表达方式——打鱼灯，并由此形成极富海边渔家特色的民俗文化活动。

鱼灯表演一般由三部分组成：前面是牌灯或牌旗，牌旗有如古代的帅旗，上绣有鱼灯队的名称、祝词和精美的图案，是一件民间艺术品。牌灯多以龙门形式构建盘扎，门的两边是与鱼灯表演内容或鱼灯队相关内容的对联，门楣是鱼灯队名称。牌灯多以厚纸板镂空雕刻文字或图案后，裱贴上不同颜色的"玻璃纸"，点上蜡烛，民间把这灯叫"耦丝灯"，也是一件相当华丽的工艺品。牌灯或牌旗是鱼灯队的形象标志。每队鱼灯至少在12人以上，前后是两盏"青赤鳌鱼灯"，称为"鳌（好）头鳌（好）尾"，其次是"红黑鲤鱼灯"，称为"金银双鲤"，这四盏灯是每个鱼灯队必不可少的，其间再穿插其他不同种类的鱼灯，有金鱼、鲈鱼、鲳鱼、墨鱼、安康鱼、鲨鱼、黄鱼、淡水鲈鱼、虾、螺、蟹、蚌、龟、鲎等等几十种。每队鱼灯都以偶数对称排列行进，并配以红色的鱼珠领队，以鱼珠动作为指令，组织各"戏文"舞法。最后是乐队，随队行走的乐班多以锣鼓和唢呐为主，旧时常奏"拾锦""水龙令""将军令"等，艺人有时还会自己创作曲目，配合鱼灯的表演。

传统鱼灯表演的戏文舞法多达30余种，有"鱼结群""鱼板白""鱼编笆""鱼戏珠""云里月""祝太平""上天太极""下地太极""双鳌寻珠""鲤鱼跃龙门"等。相传当年表演"鲤鱼跃龙门"一出戏文时，经过祠堂门口，曾有舞灯高手在祠堂外将鱼灯抛向大门顶，从空中抛进祠堂，舞灯人自己则再从大门进入，在祠堂内平稳地接到从空中坠落的鱼灯。表演"上天太极"时，有多盏鱼灯在空中搭肩垒叠，人数高达四层多。鱼灯戏文舞法内容传统上多贴近生活原型，但也有特定内容的再创作。现代鱼灯舞法不断创新，原来舞法中鱼灯队根本没有虾、墨鱼等种类，后来，通过艺人再创作，巧妙地利用虾须弹触墨鱼，让墨鱼在进退中吐烟隐蔽，增加了鱼灯表演的动感与特技的趣味性。

铁枝在明末清初从福建泉州一带传入闽东沿海地区，曾流行于福鼎、蕉城、福安、霞浦、寿宁等县（市区）。而闽东又以沙埕铁枝技术高超、阵容强大、场面壮观而闻名。它吸收了汉族民间文艺、传统戏剧、舞蹈杂技等艺术门类的精华，形成富有渔家传统节俗风格、渔村乡土文化气息和精妙绝伦的表演艺术。

沙埕镇"铁枝"俗称"杠""阁"，又称台阁。早期是竹、木质结构，用人抬杠，为单层2至3米高，叫平阁。随后发展成用钢管或铁条焊接成枝状并固定于车辕上搬行。铁枝的表演方式都是流动性的，在街市当中边搬行边表演。限于支架的承受力，演员都是少年儿童。其表演主要有两种形式，一种是保留传统的，用肩头米扛铁枝，这种形式的铁枝高度一般只在3米内，它是以身强力壮的成年人，用肩扛负少儿演员搬行，台阁造型也比较古朴、简单，其表演形式更多受地理条件的限制；再一种是用铁条或铜管为材料制作的"铁枝"。这种铁枝枝架较高，已经发展到了10米，接近三层楼高，层与层之间称为过枝，简称"枝"。一台铁枝中部由一根钢条为杆，从底盘分两根钢条通往更上层，根据铁枝内容需要把钢条制作成各种形状，然后将这台枝的人物、道具分层固定，在各枝重要部位绑上小演员，最多可达10人。铁枝车可推行，乐队随后伴奏，阵容强大极具视觉效果。

搬铁枝实际是指铁枝表演的一种过程，它的艺术特征体现在三个方面：一是过枝的艺术性，这是搬铁枝最突出的特征，有时各台铁枝比"过枝"，叫过枝的水平，过枝越隐秘，设计越巧妙，其艺术性越高。比如《哪吒闹海》，用龙筋过枝，比较粗，而《牛郎织女》，一边一支红棍上去，一边一个算盘，大家围着猜测到底是红棍过枝，还是算盘过枝。许多人认为算盘支架太细，不能过枝。双方打起了赌，就用锯子当场锯掉红棍，上面的铁枝岿然不动，果然是算盘过枝，引得观众一片赞叹。又如采用"车轮""鸟笼"过枝，其技术观众都无法想象其中奥秘。二是表演的观赏性。这是搬铁枝表演的主要特征，当夜幕降临，搬铁枝在观众的簇拥下，时而直线行进，时而交叉回旋，就像是在夜空中飘动的景致。连续三个晚上表演的"景色"不一、变化多端，令观众大开眼界，为之倾倒。三是形态的融合性。这是搬铁枝的显著特征。由于滨海独特地理位置和渔家世代沿袭习俗，互相融汇，使搬铁枝表演艺术得以传承，并且不断创新发展。

"做鱼福"是福鼎沿海渔民长期信仰的习俗，以祭海为载体，积极倡导让大海休养生息，呼吁关爱海洋、呵护海洋，表达渔村人民感恩海洋、善待海洋，也就抒发了人们对大海的感恩之情的理念。通过祭海这一民俗，也保护传承了一批民俗表演艺术，也是福文化在海洋文化上的一种具体表现。发掘继承"做鱼福"这一民俗文化，有利于提高人们保护海洋的共识，增进人与自然和谐相处；有利于凝聚民心，促进团结和社会稳定；有利于理顺中华民族的民俗归属与文化认同，实现海洋民俗文化的时代价值。

丹霞石壁一线天

一线天是冠豸山的特色景点,位于迪坑的云霄岩石中。俗话说,天下一线天,思者天上天;过者如神仙,佛在身后边。刚到迪坑,就直奔心心念念的一线天而去。

车子穿过窄窄的沙石路,停在一个不大的空坪上。下车,顺着杂草丛生的山道朝山上行进。伫立坡顶远眺,不远处绿的耀眼的山谷深处想必就是一线天了。

丹霞地貌的岩石,光滑湿溜。两边的树木遮天蔽日,山风穿过枝叶,送来通透的凉意。我们继续一步一滑,东歪西倒,鸭行鹅步状顺着山脊慢慢往上攀爬。一座巍然挺立的巨石矗立眼前,但见岩顶裂开一罅,就像是被利斧劈开一样。

一线天的由来,民间传说颇多。有的说这是桃花仙女用绣花针划开来的;有的说这是伏羲大神用玉斧所劈;迪坑的这个一线天,更传说是豸神用头顶上的尖角划开的。据科学分析认为,冠豸山的红色岩层,是由砂岩、砾岩和页岩交间成层的,岩性比较松脆。在地壳抬升的过程中,岩层受到不均匀的应压力的影响,就产生轻微的断裂,形成所谓的"节理"。这种垂直的节理,也就是微小的裂隙,在流水经年累月的溶解和侵蚀下,逐渐扩大、延长。而岩层底部质地松软的页岩,也就逐渐侵蚀而去,成为扁浅的岩洞。于是,一线见天的自然奇观就出现了。

站在一线天的洞口,凉风从石罅中习习吹来,呼呼有声,稍停片刻,就会感到肌骨阵阵透凉。两块巨石相去不满一尺，长100多米，从中漏进天光一线，宛如跨空碧虹。我静静地看着一线天思慕的神情，一线天更是静静地在我的神情里沉思冷静。我更相信这一线天可能就是一块巨石的阴阳裂变，又有可能是一块裂变的巨石的两种天望。这样宁静中的相依在一定的距离间，不会走远的清晰地相拥，成了冠豸独具风格的乖巧的风景。我在一线天的沉思中醉入了一线的心怀，一线天并不拒绝我的默思和感慨。

很快，我们鱼贯而入这天缝里，因为缝隙狭窄，只能一个一个地往里走。也许因为我平时走路较快的缘故，竟然走到了最前面。越往前走，感觉越暗，缝隙也越狭窄，正前方，黑森森的不知深浅，不见尽头，寒气中夹杂着阴湿腐蚀的泥土味。忽然，一人打了个哈欠，壁内轰然回音。我心里不由得颤颤然，屏息慢步，如盲人摸道，擦壁而行。

我摸着两边因地壳运动而被劈开的丹崖石壁，感觉粗糙如老树皮，麻麻点点，凹凸不平。越深入，越有种被压的紧迫感，胸闷气短，呼吸不畅，愧惧皆生，可前不见头，后不能转身。抬头仰望，阳光射进一条缝，宛若游丝，又似一抹白线，畏惧感稍减。正是这一缕白光，使人有回归的期望，继续斗胆穿行。一条条不知名的野藤紧贴着崖碧垂下来，好像一个巨人的长发……再一看前面的头顶上，有两块大石夹在崖缝中间，也不知夹了多少年多少代了。我突发奇想：这巨石万一落下来，经过的人岂不会被砸得粉碎；这两边的崖碧如此高大、中间的缝隙又如此狭窄，万一地动一下，缝隙里的人岂不是全部被包了饺子般，无一丝逃生的可能？我静悄悄地前行，怕惊扰到一线天的神灵，怕惊扰到一线天的灵气，怕惊扰到一线天的多情，怕惊醒到一线天沉静的梦……

尽管我一路都在杞人忧天，但大自然的力量是不可抗拒的，就像这一线天，现在我们看到的是美景奇观，可在若干年前，这里是什么呢？今后很多年后，这里又会变成什么呢？面对着一线天的深色，每走一步，景色和心情就会连接着转移转换着飘忽而来的神韵，静、净、境的画中之韵都汇聚于此，在我的心绪里涂抹成另一片天空，天空里就像梦一样形成了色彩斑斓的基调。此时我是幸运儿，我可以行走在亿万年的一线天的石壁间，感受着每一处别致的天然气韵，可以与每一处的风景交融散幻。

绝壁深处，来来回回扑棱着几只漆黑灵巧的蝙蝠。而远山之上，悠远地传来几声鸟鸣，和着石壁里清脆的虫鸣，在寂静的幽谷间回荡，"蝉噪林愈静，鸟鸣山更幽"就是此情此景吧。

亿万年都不封闭的关口，无论是凡人还是神仙，都能从一线天的缝隙间攀过，都会感觉到那块衔在缝隙间的石头的柔化，都会感觉到石壁上的那一种寒气和阴郁的浸透。沁入心扉的一种寂静的禅意飞升在石壁之间，缓缓地带走心中的杂念。

缝隙的那边渐渐地映入眼帘，阳光挥洒着无尽的激调铺满我的沉思，将刚刚幻化了的情愫瞬间蒸腾放飞。恋恋不舍地从一线天的夹缝中穿梭而出，向前，豁然开朗，此处是一个几十平方米的天坑，四周绝壁包围，目光所及之处便是一弯壮美的瀑布，层层跌落的瀑布溅起的水珠晶莹剔透，阳光泼洒，成了无彩的珍珠。忽然忆起元朝侯善渊描绘一线天的词《渔家傲》"日照阳魂空中练，璇玑运斡天网转，咫尺眼前人不见，通一线。炉开鼎裂天光现，瑞散琼花飞片片，香风暗拂灵雯面，冷淡清虚情雅宴，真堪羡。"

这一线天还有一段凄美的故事，传说从前村里有个手艺出众的石匠，名叫江娃，在他住的村子里，有个姑娘叫兰妹，兰妹可是十里八乡有名的歌手，她的歌声清脆动听。江娃在山上凿石头，听到兰妹的歌声，就有用不完的力气。江娃爱兰妹，兰妹爱江娃，村里人都说他俩是天生的一对。

农历八月十五这天，江娃和兰妹双双来到小溪边。兰妹散开头上的辫子，在溪水里洗长发。江娃爬到桃树上，摘下一朵红桃花，插在兰妹刚刚挽起来的发髻上。两个人高高兴兴跑到石山上，对着圆圆的月亮放声唱起歌来。

雷神在云端看见了，他想："人间竟有这样美丽的姑娘，我要把她弄到手。"雷神就抹了一把脸，变成一个黑脸大汉，来到他俩面前，嬉皮笑脸地拉住兰妹，说："美人儿，跟我到天上去吧！"兰妹见黑脸汉如此无礼，又急又气，伸手打了他两记耳光。雷神挨了打，恨得变了脸。他把嘴巴一张，轰隆隆发出一个响雷。江娃连忙抱住兰妹，两人誓死不分离。雷神用手在他俩中间一劈，一道青光闪过，喀啦啦一声巨雷，把山头劈成了两半。雷神又吹一口气，兰妹站着的这一半山头立刻飞了起来。江娃见兰妹被风刮走了，连忙纵身一跳，攀住了山头上的一条树藤。这半边山飞呀飞，愈飞愈快，愈飞愈高，轰隆隆一声巨响落到地面上，江娃被震得昏了过去。当江娃醒过来，发觉自己已经变成一只长嘴巴鸟儿，心里很难过。忽然，他隐隐约约听到兰妹的歌声，立刻拍拍翅膀飞到山头上，朝四周一看，这歌声是从岩底下传出来的。江娃想：兰妹一定在这山头底下。他便用嘴巴在岩石上啄起来。

原来，兰妹是被雷神关在山洞里啦，四面黑乎乎的一点光也没有，她叫江娃叫不应，就唱起歌来。这时，兰妹忽然听见洞顶上有笃笃的声音，一声比一声响亮。兰妹高兴极啦，一定是江娃在凿石头。她就拔下头上的银钗，对着洞顶挖起来，好让江娃少费一点力气，早点把洞顶凿穿。江娃在山顶上啄，兰妹在山洞里挖，江娃的尖嘴啄破了，兰妹的银钗磨短了。不知过了多久，江娃一啄啄到一只银钗，石山啄通啦！一线阳光射进了山洞。江娃飞进洞里，在兰妹身边飞了三圈，兰妹也变成了一只美丽的鸟儿，双双冲出石缝，迎着太阳，向天空飞去，留下这"一线天"让世人浮想。据说江娃和兰妹冲破蓝天，沿着白云一直飞到九天之上。他们找到了雷神，双双飞动着翅膀，快速朝雷神冲了过去，"笃、笃"两声，把雷神两只铜铃眼啄瞎了。从此以后，雷神就只能在天上吼叫，再也不敢下凡来为非歹了。

　　站在丹霞石壁的最高处，远眺西北面的九龙湖，青山绿水赭石在阳光的照耀下，格外清、格外绿、格外靓，几户农家的屋顶正好有红色，恰如点缀在这青山中的红花。迪坑的一线天，一石、一水、一树、一鸟，无不用自己独特的存在方式，展示着大自然的鬼斧神工。或许，这就是大自然真正的魅力吧！我深信，假以时日，这藏在深闺的一线天，必将成为旅游的胜地。

　　迪坑一线天！何时，我们相约再来？

风水流韵迪坑溪

到迪坑时已是傍晚，浅浅清亮的迪坑溪在村庄的怀里吟唱着。从坡上俯瞰，隐隐约约的捣衣浣女、被溪水洗刷的露出白色根须的毛竹、茂盛的蒹葭、悠闲的牛羊，看上去总是一片宁静的样子。

从姑田直至迪坑的大龙脉在这里突出山顶如笔尖，顶下重重环山，两侧山势如手腕，溪水如玉带缠腰，中间地势十分平坦，居住着土生土长的客家人。据说明代知县陈桂芳在嘉靖二十一年（678）到迪坑巡视时，曾经为迪坑的风水叫好。他刚到村口看了四周的山山水水后，立即下马吟诵"七个螺钉把水口，三星天池护乡村。好风水！好风水"。的确，迪坑村后有靠山，前带流水，侧有护山，远有秀峰，住基宽敞，水口紧锁。这也符合风水格局：后龙脉、前朱雀、左青龙、右白虎。一幢一幢的古民居，在阳光的照射下，焕发出古朴而悠远的气息。

一般来说，各地的水口都建在进村口的地界，而迪坑村的风水口，却建在村中间入口处。水口外到迪坑进村地界要经过两个自然村，迪坑溪直通水口向东而去。在茂密的古樟树和苍枫的掩映下，一座风水石桥扼住水口，显得格外引人注目。

这条弯如钩的石拱桥建于宋朝末年，由纯石砌成。此时正静静地欣赏溪中流水的欢歌和妙舞。历史的沧桑已经把古石桥摧残得斑斑驳驳，它像一位卧着的驼背老人，满脸的皱纹千川万壑、纵横交错、老态龙钟。额前那浑浊的双眼凝望远去的古道，脚跟连接着绵亘蜿蜒山的余脉，近千多年的风吹雨打，已失去年轻时的矫健和多情，也磨灭了当年的雄心壮志。虽然还有廉颇老矣、尚能饭否的余威犹存，也只能是"小桥流水人家，古道西风瘦马，夕阳西下"般的凄美。静然地卧在古藤缠绕的老树边，看月升日落，潮来潮去，坚忍地守护着这里的生灵。来来往往的人们，谁也没有留意石桥的变化。只有那被磨光的背和在背上留下的清晰脚印，才偶尔让一些拿着"长枪短炮"的人发出由衷的赞许！

古人云"夫水口者，一众水所总出处也"。营建水口的目的，有人说是界定村落的区域和标识村落出入口处，其实这只是表面的，实际上是满足"保瑞辟邪"的需求，保住村落的瑞气不外泄，避免村外的邪气冲进来。水口的形势，讲究源宜朝抱有情，不宜直射关闭，去口已关闭紧密，最怕直无去处。在水口处多植树，并建有廊桥，其目的是拦住财（才）运，使村庄富庶多金又人才辈出。

一条斜斜的弯弯的颇有情调的石阶，将我引到了一座廊桥的面前。桥墩上立着两棵大树，各有两抱粗细，一株是樟，一株是枫，青枝绿叶间很难分辨，只有秋霜才是它俩的最好裁判。一到秋季苍枫的叶子就会变红，红绿相染中，孰樟孰枫便一清二楚了。

我走到桥头，迈步桥上，心绪似乎有了更安恬的着落。这座静默在迪坑溪上的廊桥，跨度不上百米，它一端连着村坊，与沿岸的古屋古祠古牌坊融为一体，另一端则与中规中矩的石板路连接，颇有信心的朝山外走去。

一座廊桥，就如一座房子，有立柱，有横梁，两边辟挡风之裙墙，头顶盖遮蔽之青瓦，严密的封闭不多，通透的地方满是。我感觉到，在迪坑这廊桥稀有遗梦，唯留乡愁。它的昨日与今天都是十分务实的，它就在乡村的平平淡淡中生活着。

眼前的廊桥凝着古幽，蕴着古香，却始终留着一段闲闲的时光空白，由你去打捞，随你去把捏。桥上进出的都是村人，有的腿脚沉重，拖着生活的负重，一步一叩地向前移动；有的大步流星，在对山外世界的向往中，从这里走出封闭，去追寻美好的明天；有的干活累了，就在这里歇歇脚；有的则趁茶余饭后，到这里聚一聚会。它是村民们心中永久的图腾，是岁月停靠的驿站，更是不曾飘远的记忆。

为了加强守护的力量，村民们还在水口处建了一座三仙观，供奉着欧阳真仙、罗仙公和赖仙公，还建有水口公王庙。据载，早于元代，迪坑境内先有范、黄、罗、马等姓人氏居住，水口所供奉之公王土地神位即是范五郎公，据说江氏始祖迁移至此前早有范五郎公之存在。随着江氏始祖江九益从清流长校江坊迁入，历经一代复一代，人口逐渐增多，原本定居于此的别姓人氏逐渐另迁他处，迪坑居住者都为江姓。逢年过节，初一十五，红白喜事，村民都会来此掂香祭拜，古朴的三仙观和公王庙，寄托着乡人护祐安康之情，那袅袅如缕的香火，在村庄的上空经久地飘荡着，这是乡人绵绵不绝的祈愿。

此时，在溪流漾起的波纹里，在不断涌过来的波纹上面，泛着亮光，细细的，碎碎的，但很多，每一道光芒像碎银子般，晃耀人眼。这时候，我才看到水面上漂浮着的是一弯蛾眉月，在山风的吹拂下不时地晃动着。稍微地一抬眼，我便在溪流西面山坡上的古树梢上，看到了那一弯月亮，在离山顶不远的天空里，被一团一团的星星明明灭灭地簇拥着。木窗里都透着温暖的灯光，远远望去，那些明亮的灯光沿着迪坑溪一直向着山腰推进，若隐若现，构成了这客家村庄的红尘世界。

月光与灯光，从迪坑溪的西岸，远远近近地投到水面上。在溪里游泳的孩子们，从水里游到岸边，再跳到水里去，溅起来的水花里，同样闪烁着月光和灯光。他们在水里扑腾着，那湿漉漉的手臂、胸膛、肩膀、头发，都被打上了村里灯光的彩色和月光的洁白。在他们的身后，便是被暮色包围着的一片茂密的树林，透过树林的枝梢，我看到一片正待收割的庄稼地，庄稼地后面，便是散布的村落。楼里的灯光和月光，让这些事物都形迹模糊，呈现出一种恬静来，与溪流里游动的孩子形成了一种动与静的比照。

在村庄怀里的这条小溪边，我缓缓地走着，有时候甚至停下来，靠着岸边被溪水从大山深处带来的巨石上，静静地望着被夜色涂抹得一片漆黑的大山，我的心显得非常的宁静。是的，这是一条让我醉心的溪流。从坡顶上映下来的月光，从楼里映过来的灯光，以及孩子们清脆的笑声，所有的这一切，都把原汁原味的红尘俗世里的生活，盛放到我曾经浮躁过的内心里。如此的情境，如此的溪流，如此的村庄，望一眼便是幸福了。更何况，还有灯火、星光、暮色、笑声、人影以及溪水岸边千百年来一直传承着的客家人的故事。

月亮终于从山顶上落下去了，乡人的灯光也渐渐熄灭。这时候，我看到满天星斗，它们在高天之上，星光洒在泛了点点露珠的青草上、洒在溪流中，与流水完全融化在一起，在水里闪烁着，晃动着，根本分不清那些明暗不一的点点片片。夜色渐浓，风声渐响，我沿着弯弯曲曲的林间小道，回到"九厅十八井"的古楼，耳边的鼾声述说着乡人生活里的充实忙碌和幸福。宽衣躺在床上，手机响了起来，是城市里的朋友，我听见了电话里充满着应酬和车辆的嘈杂。

烟雨九龙湖

云遮雾罩的冠豸山愈发显得神秘莫测、威严刚正。车窗外绵绵密密的雨丝如薄纱一般，如痴如醉的下着，我专程拜访的九龙湖，如同一块蓝宝石，镶嵌在冠豸山险峰奇谷之中，是国家级风景名胜区冠豸山的五大风景区之一，此时的九龙湖应该在雨中越发浸染出了空灵之美吧。

九龙湖发源于东溪寨，又叫大龙潭的一条九重溪。其蜿蜒交织的溪流回环九曲，盘旋在山崖峻岭之间，犹如一条腾跃欲飞的虬龙。2000年6月，连城县人民政府在九重溪上兴建了一座双曲砌石拱坝，坝高45米、底宽9.1米、顶宽2.5米、坝底长36米、坝顶长133.2米的主坝。将九重溪水拦截，形成了这泓有1170亩水面，库容量达1225万立方米的人工湖。是冠豸山另一景区石门湖的三倍，九龙湖与石门湖是竞相靓丽的姐妹湖。

漫步湖畔的木栈道上，不远处就是九龙湖的主坝。蓄水后的九龙湖，具有灌溉、防洪、供水、旅游等综合功能。整个湖区山水相依、岛屿星布、水巷错落，峰峦耸峙。雨中湖山，呈现出晴日里见不到的朦胧娴雅之美。没有风，湖是静的，山是静的，不远处的一座湖心亭在密织的烟雨中，仿佛都静着。

金字塔峰隐至烟雨深处，水墨轻轻蘸一下，是极淡的一痕。近些的山影瘦了一圈，清减、静默。细密的雨脚落在湖面，一丝一丝漫起袅袅的雨烟。身形移动间，景色已然变幻，仿佛连卷的画轴，一幅幅展现在眼前，工笔中夹杂着些许的写意气息，婉约间又透着几许清灵的秀气，让人分不清：到底是在梦里，还是在画里？于是乎又平添了几许的流连。

湖径旁的草木，给雨水濯涤得格外墨绿，清新的空气挟裹着草叶的幽香拂面而来，细腻、柔滑、清爽怡人。湖中的荷叶层层叠叠，尽情地舒展，一直延伸到湖岸的尽头；荷花早已凋零，暗灰的莲蓬却依然昂头傲立，继续展示着"出污泥而不染"的情怀。

几只黑天鹅，淡然地游弋在湖面上，其中一只似乎是听到了我们的脚步声，优雅地转了个身，朝我们游了过去，另外两只也不声不响优雅地改变了方向，那转身美得让人无法形容。黑色的脖子依然挺得那么直，头依然高傲地抬着，眼睛矜持地望着前方。双掌优雅地在水中摆动着，湖水轻轻地从它们胸部两边分开，闪着冷冷的微光，越发增添了神秘、性感和魅惑。

其实，人不只是欲望的动物，还有精神的追求。自然赐予了人类之美，只是为了让人类传递情感的。这样想着，突然感恩遇见的黑天鹅了，觉得人生的每个遇见，都是来之不易的幸福，只有用心去珍爱，才会感到心灵充实的暖。

一叶孤舟，像飘落在湖中的一片枯叶，在平静的水面上缓缓地描绘着一幅苍茫的秋景。眺望远方，水天一色，丝丝缕缕的细雨，模糊了湖中的景物，仿佛青灰色的透明的轻绡，笼罩着逶迤起伏的山峦，使它们显得若游若定，似有似无。一种明晰而混沌、缥缈而痴迷的感觉，把我带到了一个天朦胧、湖朦胧、水朦胧的雾霭的世界，人在其中，身如羽化，也情朦胧、意朦胧、心朦胧了！正如元朝人谢宗元诗云："远似烟霏近又空，非明非夜两朦胧。一天清露洗难尽，几抹曙云遮无穷……"

然而，湖畔的山坡上、山崖里、山坳中，还是顽强地透露出几星秋的色彩，在浓淡相间的雨雾中，犹抱琵琶半遮面，羞答答地款款而来，脚步轻盈生怕惊动这一湖秋水。是金黄，是殷红，是在秋风秋雨里变得深沉的墨绿，还有那些使人想起遥远历史的进士第古老的屋脊……

船行至湖心，小雨缓一阵紧一阵，淅淅沥沥敲打着船篷和微波涟涟的湖水，缠绵多情，忍不住让人想起宋代秦观的"自在飞花轻似梦，无边丝雨细如愁"的愁绪，而朋友一句"烟雨九龙人争渡，轻舟撑出红叶来"的轻吟，却把这种愁思淡去了。是啊，在人生的旅途中，我们为何不用细腻善感的心，去细细触摸雨丝带来的意韵，把悄然沉淀在心湖深处的忧愁寻出，抛洒在雨中，让它融化在雨水里呢？

转弯处的一座石崖，如一条刚出水的鳄鱼，它体态雍容，腹肌粗壮，像是一条母鳄，头向南方，眼神期盼，似乎在等待。它应该是等待冠豸山寿星岩上的那只健壮颀长的公鳄鱼，它在望夫归来，已到了情切切、意绵绵的境界了。

不远处的山崖上，卧着一只硕大的老鼠，那就是金鼠岩。看他的头、眼、耳、鼻形象逼真。民间传说，古代排列十二生肖时，让各种动物向一个目标前进，那个先到达的就排在前面。老鼠体小且机灵，他跳在其他动物的背上，一个一个的跨越过去，跑到了最前头，赢得了生肖排名的第一。齐白石91岁高龄时的画了一幅鼠图，画面十分生动：一盏明亮的油灯下，两只老鼠在偷吃两条带杆的胡萝卜，款题"烛火光明如白昼，不愁人见岂为偷"。如此含有哲理的作画用意，不仅让人不讨厌老鼠，以其生动逼真，还有些可爱，此画也成了齐白石老人的画中精品。

蓦地，湖面上掠过一只白色的水鸟，它用长长的翅膀拍击着湖波，由远而近，又由近而远，那雪白的身影在湖面上划出一条优美的曲线，岛影、小船、远山、绿树、轻岚，仿佛都被它串联起来，一幅静止的水墨画，顿时活了起来，动了起来……

水随山蜿蜒，港汊交错；山依水临渊，深谷纵横。湖中有一处震撼人心的景点叫"九龙献瑞"，九座山峰就像九条龙的龙身翻滚在一起。关于九龙湖还有一个传说，却说东海龙王的百世年幼子孙，听到人间有冠豸山这方灵石，九小龙便相约前往谒拜。一日，九龙趁长辈们参加王母娘娘蟠桃盛会之机，沿长江溯溪而上，终于来到冠豸山。九龙围绕着冠豸灵石，高兴得摇头摆尾，吞云吐雾。谁知，这小小的地方，哪经得起九龙挥舞折腾，顿时天昏地暗，大雨倾城，巨石翻滚，山河改道，等到九龙安静下来，发现河床升高，遍石挡路，已无法返回东海，只好屈居于一水潭之中。此后，此地便被人称作九龙湖。

也许有了九龙的传说，连城的客家人，更具有敬仰龙的风俗。每年正月，特别是元宵节期间，城区周边乡村的大龙游到城里，在机关门前、商店铺面点头致意。此时万炮齐鸣，祈求吉祥，可谓满城欢腾，热闹非凡。乡村同样欢庆，特别是姑田的游大龙，始于清乾隆十六年，每年农历正月十四至十六日，以村或片为单位，少则二三条，多则十几条，规模之大，令人惊叹。

湖边的一块岩石，如一方大印，石上的纹路仿佛是刻上的字迹。它可不是一般的印章，而是代表皇帝最高权力的镇国玉玺，皇帝颁发圣旨就要盖上玉玺才能生效，有了玉玺的圣旨就如皇帝亲临，臣民跪接，三呼万岁，遵旨而行。这一方玉玺就是辅佐皇帝，相助龙威的宝物啊！不远处一块天然形成的岩石，中间镶着一块长方形的平面，就像一块无字碑，无字碑那可是武则天的墓碑呀，真是天缘巧合竟也出现在了九龙湖。

前面是九龙湖湖水来源之地，也被称为八仙岩。九龙湖成湖之前是迪坑村边的一处石岩洞，近30平方米，周围有近30亩的田垄，为迪坑村的村民耕种。明代迪坑人就在岩洞中塑立吕洞宾、铁拐李等八仙神像供奉，保佑年年风调雨顺，岁岁五谷丰登，故被称为八仙岩。据说耕作打猎的村民常常在八仙岩歇夜，遇上夏天，洞外蚊虫飞舞成团，肆意叮咬，但洞中却是清风徐徐，一只蚊子也没有，村民们可以安然入睡。日间的劳作疲倦在这里烟消云散，特别的惬意，这岂不是"有仙则灵"吗？

冠豸山不仅有动人的传说，还因为它是一座散发着浓郁的文化气息的山。与天下名山相比，钟灵毓秀的冠豸山不以山势巍峨称雄，不以香火鼎盛闻名，却以书院众多而自豪。数百年的书声熏陶，滋润了冠豸山的傲然风骨。书院的兴盛，文人墨客的纷至沓来，在山间留存了一批珍贵的历代摩崖石刻和题匾，以及一篇篇歌咏冠豸山水的诗词歌赋。最珍贵的是珍藏的题匾：有民族英雄林则徐手书的横匾"江左风流"，有大才子纪晓岚留下了"追步东山""文明有象"墨宝。一座山，如果没有文化的浸染，也就充其量为一块没有生命的石头，冠豸山是有生命的，而九龙湖更是增添了山之生命的动力和魅力。

慢操小船，轻拨"云屏"，将军峰、云霄岩、百仙岩等一一从眼前掠过。系船登上湖心小岛，沿着小径漫行。波光荡漾的湖水流动着诗意和灵气，茂盛的树木呈现出雨水滋润后的浓郁和葱茏，小鸟婉转柔和的鸣叫伴着草木的清香沁人心脾。树枝上凝聚而成的一颗颗水珠，晶莹剔透，随着微风悠然闪亮。

大自然的规律毕竟是无法改变的，落叶，这秋的尾声，冬的序曲，依然在湖畔不慌不忙地飘荡。茫茫烟雨中，是什么让我眼前豁然发亮？那一片耀眼的金黄，彩霞一般垂挂在空中。这是我视野中最醒目最辉煌的色彩，雨中的九龙湖也仿佛因它们而明朗起来、亮堂起来……看清楚了，是两棵高大的枫树。此刻，每一片绿叶都泛出了金黄的色彩，汇满了雨水的叶片，有点不堪重负，然而它们还是紧紧依偎着树干，展现出另一番更为激动人心的景象。

一直觉得，欣赏湖光的最佳时间应该是在寂静无人的夜里，有临水的亭台、飘浮的小舟和融融的月光，月冷风清，幽然宛若梦境，只有这样才能将幽情雅兴发挥到极致。然而秋雨中的九龙湖，让我领略了湖光山色的另一种动人风情。烟雨中的九龙湖，不尽是寂寥、不尽是苍茫、不尽是悠然，是什么？我说不上来，只觉得眼前的画面静谧极了、幽远极了、和谐极了。这画面中，蕴含着许多还没有为我所理解的丰富的内涵。环顾湖波山色，我的饱经旅途劳累的身体，连同思想和灵魂，全部都陶然在诗一般的、画一般的秋水九龙湖的秋光之中了……

离开的时候雨渐渐停了，日光在云层后面若隐若现。如果说"风动水光吞远亭，雨添岚气没高林"，烟雨中的九龙湖自有一般景致。那么当一束阳光投射到波光细细的湖面上，清晰地撩起薄薄的轻纱，脱尘的九龙湖又玉树临风般地呈现出另一种风流。于是忍不住感叹，谁说人生是一次晦暗的旅程，沿途那么多旖旎的风光，总会有意料之外的惊艳，它像一幅精美的画卷，会完好地保存在我们的记忆中。永远的是山河岁月，短暂的是人生，它会让你不由自主地思索，在这个世界上，谁是主人，谁才是过客。

然而，有九龙湖的这一泓碧水，够了！

寒雨云霄岩

云霄岩属于方圆几十平方千米的冠豸山景区,然而,它远离风景区的中心,面积仅9平方千米,是由一纵列的山脊群组成,其一侧为直立的丹霞深谷和陡崖。它突兀于迪坑村南,最高海拔处有690多米,也是冠豸山风景区的最高峰。云霄岩险峻、奇特、幽邃、深秀,其上有云霄洞,洞顶分布十多个同心圆形的凹坑,其纹如蜘蛛网状,故当地百姓也称之为蜘蛛岩。

出发的时候,天飘起了蒙蒙的细雨,天色灰暗,完全不似昨日的艳阳高照,心里于是泛起隐隐的不快,总是想着,如果天朗气清,这次出行应该更惬意吧。

踏着山石铺成的路,沿着蜿蜒曲折的林带前行。由于年代久远,石块时有缺失,参差不平,但却沧桑自现,本色怡然。不远处的山腰间挺立着一株又一株的松树,刚柔相济,姿态万千。再往前走,又是一阵惊叹,路边上突然显现了两排硕大参天的荷树,他们一般都要两三人才能合抱。这百年荷树的葱茏枝叶在空中密集交错,拱起了一道长长的绿色走廊,遮天蔽日,雍容壮美,气势磅礴。抚摸着遍布青苔、斑驳嶙峋的树身,仿佛感觉到他们经受的风刀霜剑。

此时的雨下下停停,断断续续,我呼吸着大自然的空气,倾听着大自然的声音。雨中的空气格外清新,满目青山的绿色,时而隐藏在浓浓的云雾之中,时而云开雾散展现在游人面前。我沐浴着大山的雨露,穿过一片湿滑的山脊，便拐入了云霄岩的岩边。从岩边到岩顶，虽只有百来米，但路十分陡峭。上岩顶原本无路，明末时，从少林寺学武功回来的村民江应海，为躲避战乱，在陡壁上开凿出了一条条的石痕，让村人能踏脚盘旋而上。后人在原来的石痕上不断地加宽，并安上了扶栏，但也只能小心翼翼，一步一步地往上爬。

雨水顺着岩壁向下流淌，四周一片寂静，哗哗的流水声，叮咚的滴水声，愈发增添了山谷的宁静。水珠儿悬挂在崖边的树尖和草叶上，在摇摇欲坠中跌落。因为是小雨，并没有听到雨声，与不知不觉间浸润着一切。蒙蒙的细雨打在身上，像细细的针尖轻刺在皮肤上，有一种说不出的快意。雨中的云霄岩一洗往日的疲惫，平添了几分妩媚多姿。雨水在岩石缝上欢快地流动着，跳跃着，千万条的水丝让山岩开始灵动起来了。

水是山的魂，水是山的情人。水因着山而多姿，山因为水而灵动。山高水长，水随山高。但是云霄岩没有泉水，也没有瀑布，云霄岩是孤独的，寂寞的，它所盼望的是天降甘霖。当秋雨飘过云霄岩的时刻，山岩是最幸福的。你看，它捧出满树的松果献给秋雨，它把漫山遍野的秋果呈给秋雨，还有那雨后的蘑菇、松下的地衣都是它送给秋雨的聘礼呀。好一个多情的云霄岩，它独占孤独，傲然不群。

秋雨绵绵不断，倾泻而下，似一个热情洋溢的小姑娘漫山遍野地奔跑，洗濯着尘埃，浸润着山林。云霄岩因为她而容光焕发，分明是一腔喜悦的表达。有位哲人曾写道：万头攒动，火树银花之处不必找我，如欲相见，我在各种悲喜交集处，能做的只是长途跋涉的归真返璞。天地有大美而不言，唯有有心且有缘之人，才能发现体会这其中的本真和奥妙。云起云落，雾聚雾散，落雨微风，司空见惯。但不身临其境又怎能感知其中美妙。人在大地上只活一生，每一个生命细小的片段都不应辜负。

秋风飒飒，风雨不期。对我们来说，又何尝不是一场生命的洗礼。人生路上会有不同的风景，走有走的风景，停有停的风景，学会欣赏沿途的美景也就学会了生活。宋代著名的词人苏轼，有一次在野外突逢大雨，面对他人的惊慌狼狈，苏轼则是一身坦然与洒脱，写下了这首著名的《定风波·莫听穿林打叶声》：

莫听穿林打叶声，何妨吟啸且徐行。

竹杖芒鞋轻胜马，谁怕？一蓑烟雨任平生。

料峭春风吹酒醒，微冷，山头斜照却相迎。

回首向来萧瑟处，归去，也无风雨也无晴。

自然界的风雨天气是寻常，那些人生中的荣辱得失也无须牵挂。而最后一句中的"也无风雨也无晴"有着和"不以物喜，不以己悲"相似的情感表达。

风雨中我们在岩崖上爬了将近半个小时，来到了云霄岩山顶边一块小平地上，这里有座古庵，名角下庵，庵内供奉着獬神。村主任告诉我，迪坑人有一种与众不同的信仰，就是信奉獬神，獬神文化在迪坑已经有500多年的历史。而獬神文化起源于冠豸山，冠豸山最早叫"东田石"，是因为它屹立于县城东郊的田野之上，又是风景优美的游览胜地，因山形似瓣瓣舒展的荷花，后又称为莲峰山。前山的滴珠岩高壁直立，端庄严整，形似"獬豸冠"。豸是中国古代神话传说中的神兽，体型大者如牛，小者如羊，类似麒麟。全身长着浓密黝黑的毛，双目明亮有神，额上长有一角。豸拥有很高的智慧，懂人言知人性，怒目圆睁，能辨是非曲直，能识善恶忠奸。发现奸邪的官员，就用角把他触倒，然后吃下肚里。因迪坑人自古敬仰先祖神灵，崇尚忠孝廉节，讲究公正廉明，所以迪坑人自觉地把豸作为神的象征开始敬重。为了方便村民们祈祷平安，迪坑先祖还在村水口设立獬神牌位，专供村民常年敬香，还定每年农历六月十九日为祭神日。每到祭神日，家家应斋戒三天，表示对神的敬重。到

6月19日这一天村民便举行隆重的祭拜仪式，三牲九品一应俱全，鼓手礼生、锣鼓乐队缺一不可，行大祭三拜九叩，人人参与。每到这一天家家像过年一样，亲人团聚，高朋满座，好不热闹。我不禁对鬳神和迪坑先祖肃然起敬，虔诚地烧了一炷的香。

登顶的这一段路程愈发艰难，然而却令我步步兴奋。山顶就是一个岩窟，窟内可容下数10人，窟顶上天然造就一张大蜘蛛网状，内又分布四个小蜘蛛网状，纹理清晰的图案有如蜘蛛结网，因此称"蜘蛛岩"。洞窟的中间有一个小神龛，供奉着三尊塑像，正面当中是大丰山欧阳真仙，两旁是圆丰山赖公真仙和老盈山罗公真仙，所以叫作"三仙观"。三仙中，罗公真仙修炼的老盈山距离迪坑最近。迪坑原隶属清流县，据《清流县志》记载："罗仙诞于唐太和二年戊申十月十五子时。初在虎忙岭织履烹茶以济行人，后隐银屏山修炼，至汉隐帝干佑二年（五代后汉时期）巳酉十月十五，于隔川神仙寨飞升，凡所历处有紫云盖其上。至宗淳化间十方于银屏山修炼处恢其宫殿，以公功行宏深，道德圆满，更其山名盈山登真。"是知老盈山即银屏山之更名也。县志又载："云霭盈山，建登真之福地；风清洞府，开造化之仙基。丹灶药炉，黄茅白雪。六十二年，而功行为感，四方朝谒，而显应无边。王昭命三天宫阙，获教玄科提携后学，大愿大圣大悲祖师盈山得道罗公感应真仙，混元金阙化身天尊。"是知盈山罗仙公曾在封建神权时代受封显名，至今在清、连、宁、永各县农村尚有许多家宅厅堂书贴"老盈山罗公感应真仙台前香座"之排位。

"三仙观"殿前立有四柱，柱联为"云霄普降三千界，岩势高凌万丈天""岩上蛛丝天造就，殿前山水地生成"。对联概括了云霄岩的高峻和奇险。坐在龛里的三仙，实在是少见的传神之作。一般庙宇的塑像，往往不是平板，就是怪诞，造型偶尔美的，又不像中国人，跟不上这三仙这样逼真、亲切。无名的雕塑家对年龄和面貌的差异有很深的认识，形象才会这样栩栩如生。

　　雨，不知什么时候停了。太阳从厚厚的云层中挤出一丝丝的光线，投射到不远处的九龙湖上，如一枚枚金币在水面闪烁跳跃。"行到水穷处，坐看云起时"幽深的峡谷之中，升腾起神鬼莫测的氤氲山气，如一幅神奇的轻纱帷幔，精致而婉约地绘成了一幅山水画卷。站在窟前，纵目远眺，这里应该是整个冠豸山景区的最高点，遥遥可见冠豸山主峰的北侧和竹安寨景区，而九龙湖和云霄岩景区尽入眼帘。四周万籁俱寂，幽远宁静，风吹衣袂，青云荡胸。那一列列一排排的丹崖壁障，以千万仞的高度平地兀立，直插云霄，仿佛是向天高昂起的头颅。而这些头颅中全是坚硬而深刻的思想，那思想自 2.4 亿年前的白垩世时代就酝酿起，深藏了亿万个日日夜夜，才露出这般坚硬和刚毅。我有一种"危楼高百尺，手可摘星辰，不敢高声语，恐惊天上人"的恐惧感。又充满了平和、恬淡，隐含着一种淡然于世的超然。尘世的一切恍惚已然远遁，我已于这山、这水、这树、这林、这岩融为一体。别样的情趣，万般的风情，已不知是人在景中，还是景随人动。

　　不知过了多久，不知谁说了句，走吧！于是起身，好似从梦境中蓦然抽离。沿着湿滑的岩梯朝山下走去，阳光与湿气混合，蒸发着岩边的青草，弥漫出一股特殊的味道。不知名的虫子从草丛中跳将出来，又嗖地一下窜回草丛中。虽然只在岩顶做短暂的逗留盘桓，但我想，只要心境快乐，即便是短暂的时间也能看到不一样的景致，毕竟人生的快乐，不在于经历多长的绚烂与繁华，有时他往往隐藏在最细微、最平常、最不经意处，只要你具备一颗善于寻找、善于感知、善于倾听的心，人生处处皆是风景。

古道雄关

如灯似星的梦，像帆若风的梦，是旗犹魂的梦。我怀着一个梦，来到迪坑的山林中寻觅古道在浩瀚的历史岁月中留下的几许涟漪。

具有百多年历史的茶盐古道，从云霄岩下穿过，总里程几十千米。乃古时贩运茶叶、土纸、食盐等生活用品的一条商业贸易通道，它见证了当年迪坑出入于连城周边繁忙的商贸往来。时光飞逝而过，星辰依然闪烁，古道却在风雨中锻造出自己的风韵。

五月的一天，阳光说不上灿烂，天空时有大片的灰色的云飘过，就是在这样的天气，我开始了用脚去感知这条茶盐古道，去感悟古时挑夫运送茶盐的经历。从迪坑出发，穿行于遮天蔽日的浓荫之中。一路山花烂漫，鸟鸣水歌，青石路面，百年的岁月侵蚀和无以计数的脚板，将它磨砂的光洁如玉。不是刻意的雕琢而成，全靠脚长年走成型。脑际里突然出现鲁迅先生在《故乡》中写到的一句话："我想：希望本是无所谓有，无所谓无的。这正如地上的路；其实地上本没有路，走的人多了，也便成了路。"这丹霞山岩中的路，应该也是走的人多了，走的次数多了，路才有了其雏形。

古道两旁，丛丛灌木点缀在奇峰峭壁之上，缕缕山雾萦绕在树梢竹林之间。行走于古道之上，犹如置身于时光隧道之中，恍惚间不知今为何夕？路旁的杜鹃已经凋谢，残花飘落在古道的石阶上。它满以为自己的清香丽影会赢得石阶的青睐，万没想到石阶最不缺的就是浸泡在时光里的信息，百年也只是幼稚的嬉语，何况只经历一个季节的花瓣。

　　石藓青苔的古道在我的脚下蜿蜒着向上绵延。翠竹绿树立于道旁，我怀疑它们在此已经沉默了上百年，才候来我们的脚步。因为无论是道旁的竹，还是树，仿佛都格外的欣喜，与人久违之后再相遇，那份狂热的情怀，在那一刻表现得淋漓尽致。它们酿造出了清新的空气奉献给你，让你吸之宛若是天外来氧，我感觉到五脏六腑都在接受沐浴。我什么时候在这样的山间古道上漫步过呢？是没有过。今天来了，让身心完全处于一个静而又古的山道间，先前在城里染上的"尘埃"，顷刻间被涤荡无存。我真正领悟到"静可致远"的含义了。走在古道上，既是对身心的陶冶，也是一种历练。

　　古道曾经是贸易往来的交通要道，如今连行路也颇艰难的古道，当年挑夫们肩担一两百斤的土纸、茶叶、食盐该是如何的艰辛啊？石头砌的古道晴天还好，最艰难的还是雨雪天，山高路滑，险象环生。翻山越岭健步道上，渴了喝山泉，困了憩长亭，闷了哼一段悠悠的客家山歌。就这样年年岁岁，风风雨雨，进进出出。

　　你看古道边，一颗遒劲郁勃的樟树，正伸出他粗壮的手臂，将一株亭亭玉立的红枫揽入宽厚的胸怀，嫣然一对恩爱的夫妻。什么叫作天造地设的一对，今天在这古道上我才真正领略到了。风霜雨雪中，这一对"夫妻"相伴了多久，我无法考究，但他们始终不离不弃，晨迎朝阳，暮送晚霞，相伴着走过每一个春秋，相守着渡过每一个夜晚，从过去走到今天，又将从今天走向未来。我相信这茶盐古道，见证的不仅仅是商贸，还有爱情，而这恩爱的"夫妻树"下，应该还有缠绵的窃窃私语，这是最好的昭示。

　　放眼望去，古道的尽头是一处石壁，石壁的崖边有一处用纯手工开凿而成的台阶，石道像一级一级楼梯向上延伸，地势十分陡峭峻险，当地居民叫楼梯岭，也称孤婆岭。关于这个岭，至今还流传着一个十分鲜活而感人的故事。

相传，古时候迪坑有户人家，只有父母和一个儿子，父母为了传宗接代为儿子娶了媳妇，名叫周兰英。可是天不遂人愿，结婚几天儿子就去世了，此时年轻的媳妇才23岁。公公婆婆看到自己儿子早逝，儿媳妇又年轻漂亮，知书达理，又没有一男半女拖累，总觉得儿媳妇年纪轻轻的，不能耽误了人家，加上还有不少年轻男子有意无意来家里走动打探，于是就对周兰英说出心里话："我们有缘一家，你就像我女儿一样，有什么事情你自己做主吧！"

周兰英听出了公公婆婆话的意思，可她看到老人家年老体迈，又没有只男片女照顾，就说："我这是命中注定的，如果不嫌弃，我就留在你们身边吧。"从此，周兰英就不想改嫁的事，一直服侍二老至终。

二老离世后，周兰英自己年纪也大了，不好再嫁人，无儿无女的她慢慢成了孤老太婆。周兰英十分勤劳节俭，除了公公婆婆留下的一点积蓄，平时她自己做点小生意，省吃俭用也积攒了一笔钱财。看着这些家产，老太婆想：自己留在世上的时间可能也不多了，没有后代继承，总得给后人留个念想！修桥吧，村水口的风水桥早就做好了；铺路吧，村里的富人已经铺得差不多了。其时，迪坑村到连城有一条古道，要绕过云霄岩，弯来绕去的路途远很多，如果能在云霄岩上修条道，路程就可以减少一大半，能为大家的出行节省不少的时间，为来来往往连城和迪坑周边的行人，带来很大的方便。想到这，周兰英老人于是决定把这一笔钱用来开通云霄岩的道路。

说干就干，周兰英老人马上请来了石匠工人，要在云霄岩上开凿一条岩道阶梯。开始，工人们都不知道这个孤老太婆到底有多少钱，他们认为这样的孤寡老人不可能有太多钱，如果把工程做下来，老人拿不出钱给他们发工资，到时候也不能逼债呀！打着小算盘，工人们干活就开始偷懒怠工，每天早出晚归上工地，只是做做样子给老人看。其实，工人们的这些举动，周兰英老人都看在眼里，她知道他们心里想什么，如果不先让他们知道她有足够的钱给他们付工资,恐怕等她这老太婆死了,楼梯岭的工程也不能完成。

一天,收工以后,周兰英等工人们吃完晚饭,就把他们召集在一起,对他们说:"各位师傅,我请你们来修路,不是为了我自己,我一个老太婆,活的时间也不太长了,恐怕这条路修完,我已无法走过去。我请你们来修这条路,是为了让迪坑周边到连城有一条更便捷的路,方便来往的行人,是积善修阴功的。既然我请你们来,就保证付给你们工资,现在就让你们看看我的这些钱够不够,如果觉得不够,你们可以不干。"说完,周兰英老人从里屋拿出一个陶瓷罐,里面装的都是老人积蓄多年的金银元宝。她把陶瓷罐放在桌子上说:"请大家看看这些钱够不够修完这条路,如果不够,我还有薄田祖屋,我可以卖了付你们工资。"工匠们都睁大了眼,他们看到桌子上一堆的金银元宝,明显是足够给付修楼梯岭工程工资的。老人的这个举动让工匠们羞愧不已,他们都不好意思地对老人家说"够,够,足够了"。

工匠们被老人的善举感动了,从此以后他们干活都非常卖力,还经常加班加点地干。很快,这条迪坑通往连城的便捷之道修通了。因为是孤老太婆出资修成的,为了纪念这位慈善的孤老太婆,这一段路就叫孤婆岭。后来有人觉得孤婆岭还有孤字,寓意不美,因为这条道路是从崖壁上凿成的,非常险峻,因此改叫楼梯岭。然而,私下人们还是愿意叫它孤婆岭。

我的思绪还在古道上缠绵,耳边一声悠扬的鸟鸣,似乎又在提醒我,倾听发生在楼梯岭上那一段惨烈的故事。

清咸丰十一年(1861)正月,太平天国重要将领彭大顺在攻克长汀后直逼连城,并驻扎在县城的孔庙。当时的太平军内外交困,军需粮草供给已经十分困难。为了筹集军饷,他们向城关及周边的乡村发出交饷告示,对如期交纳者发给收条,将此收条压在屋内神桌上,可保一家无虞。

一旦抗交军饷，太平军就会武力相向。

迪坑自古以来物产丰饶，生活和谐，有"一门三万户，一桌九功名"的美誉，是个现实版的世外桃源。迪坑村的第十五代裔孙江昭翰一生喜爱习武，功夫了得，他的4个儿子于将、于源、于兴、于榜都是练武之人。此时，他还组织起有32个徒弟为班底的"童子军"，每日请神拜祭，练习武功。物产资源极为丰富的迪坑自然成为太平军重点征缴对象。

然而，迪坑人拒绝太平军的征缴，并且拒绝得理直气壮，大义凛然。他们之所以如此铁骨铮铮，是因为他们有底气、有决心，还有朝廷的支持。原来，迪坑人江于钧在汀州府任职，知府被太平军抓前，已将知府大印交给他，要他临时充任知府。江于钧临危受命，便将府衙迁至迪坑的家中。此时，江家认为自己代表着朝廷官府，而太平军是叛军，邪不压正。江家有武功高强的童子军，这是可靠的安全保障，江家还有雄厚的财务积累，但这是几代人辛勤努力的结果。现在太平军狮子大开口，要求缴纳大量的军需物资，迪坑人根本不能接受。

此时的太平军军需严重不足，急需补充粮草，因此他们必须严厉惩处抗捐的"出头鸟"，以保证征缴的顺利进行，同时还可以捣毁设在江家的临时府衙，实现一箭双雕。双方都不肯让步，矛盾势必不能调和，所有的问题最终只能通过战争来解决。

迪坑人做了大量的准备，童子军进入紧急状态，每天派人到离村庄一里远的险要处——楼梯岭放哨，并以长龙（一种用松树做的大型火铳）响声为号，一旦有情况，村中便可做好应战准备。太平军呢，也以静制动，他们在耐心地寻找战机。

此时，已经是春播夏种的季节，迪坑人看太平军迟迟没有动静，以为就此罢休，战备便松懈下来，开始忙于耕作。彭大顺侦知迪坑守备松懈，于是连夜发兵，急行至楼梯岭。当长龙响起时，童子军还在睡梦中。每人匆匆地抓起一颗敬神的米粿充饥，仓促地来到楼梯岭下应战。

很快太平军越过楼梯岭，进到枫树岭，随岔道兵分两路，一路直插迪坑村，直接闯入一富户的家里，然而，他们没有在神桌上看见纳饷的收条。这位已交过军饷的富户，此时刚从外面赶回，刚跨进门槛，还来不及掏出收条，就被太平军误认为是童子军的家属而砍下头颅。另一路太平军途经腾云背坑，正往迪坑的路上行进。这时，山梁上吹起童子军的海螺号。彭大顺调转马头，挥舞大刀，率军带头冲杀过来。

面对久经沙场，训练有素的太平军，江昭翰带领的童子军，毫不胆怯，他们挥动勾刀，顽强应仗，双方在腾云背的田垄间展开激战，顿时尸横遍野，血水盈田。战至中午，江昭翰战死田间，而太平军也是死伤无数。观阵的彭大顺见久战不决，非常愤怒，于是亲自出马，冲到前面。江昭翰的四子江于榜虽然只有19岁，但是初生牛犊不怕虎，他缠住彭大顺厮杀，全然不知对手是南征北战的骁将。勾刀对大刀，厮杀惊鬼神。几个回合后，彭大顺一时疏忽，露出破绽，被江于榜反手一击，矛叶钩刀直刺彭大顺的心脏，彭大顺被勾刀拖下马来，可他也不是好惹的，忍着剧痛朝江于榜飞去一刀，斩下他的头颅。

江氏三兄弟听说父亲和四弟已经被害，更是拼力冲杀。战至傍晚，于源、于兴相继阵亡，只剩下长子于将杀出一条血路逃走。一天下来，父子五人阵亡四人，童子军几乎全军覆没。太平军收兵时，检查队伍，发现自身也伤亡近百人。彭大顺因伤在心脏，流血不止，最终不治身亡。

第二天，彭大顺的夫人亲自带领太平军卷土重来，血洗迪坑，当场死难者达几百人。有一首古诗记录了当时的情景："棋逢对手怒难平，士卒争先毙老彭。四野田兵曾莽伏，迪坑首恶竟雷轰。因兹丧胆潜行道，倏尔遄归不计程。挫骨扬灰缘作孽，可能念佛使超生。"

我抬起头仰望苍天，扼腕长啸；俯下身凝视赤岭，垂目感怀。我仿佛看到了苔藓掩饰下，那青石台阶上的点点汗水和殷殷鲜血。路，可以为人们带来福，也可能为人们带来祸，但那是路的错吗？空谷回响着……

　　太阳有些烈了，我也感到有些疲惫。坐在一块磨的青光的石板上歇息。我感受到眼前这条古道上，有无数的挑夫正用肩膀挑着茶、盐、纸经过，无数的脚板、无数的肩膀、无数的汗水，一日、两日，无以计数的日子，挑出这条茶盐古道。一个人要经过多少磨难才能走出一条山路？一个人要有怎样的气概才能走出草莽？一条路能承载多少人的光荣与梦想？一条路能通向多少人的心灵秘境？我一直在问自己！走在宽阔的水泥路上，我们能不能领悟一条古道的情怀，能不能体会一条古道的一生会有多少次迂回和缺失。

　　寂寞古道随着岁月的推演，时光如刃，把它截成一段段，抛弃在山野绿树之中，这山一截，那山一段，断体的疼痛让他麻木，再也感觉不了四时更替。古道闲下，不再追赶日子，深隐在山中，成了一条硬邦邦，而又七零八碎不与时间计较的根，回味着渐去渐远的蹄声和脚板的叹息声。

　　夕阳西下，山脚下的迪坑古村，被晚霞涂抹的通红通红，它以青砖黑瓦为几百年来穿越古道的人们提供了一个佐证。且看："孤村落日残霞，轻烟老树寒鸦，一点飞鸿影下。青山绿水，白草红叶黄花。"

探幽石井坑

站在云霄岩，俯瞰峡谷深处，那就是石井坑。我仿佛是悬在天空之上，脚下就是危崖峭壁，万丈深渊。

连续几天高照的艳阳，让我根本无心顾及季节的变化，于是就把他当夏天来过，抓住夏末的尾巴，来一次说走就走的石井坑之旅，去领略峡谷的神奇美丽和生机盎然。

和登山观景不一样，登山是在山顶看景，而游览石井坑，则是谷中看山，绝壁和峰丛兼而有之，或绝壁陷于峰丛之中，或绝壁挂架于丛峰之上，别有一番绝美奇景。

进入石井坑，必须从坑底穿过。小路崎岖，十分难行。我们时而在密林中行走，时而在灌木丛中穿行，时而在小溪上跨越，时而在乱石上蹦跳，时而又在两块巨石间通过。石井坑坑底深，站在两边都是陡峭悬崖的坑底仰望天空，虽然看到的不是"一线天"，却也只能看到天的一小部分，看不到广阔的天空。而且能真切地看到白云笼罩在山头，云彩飘浮在山腰，云山相偎、云峰缠绕的美丽景观。坑底的地质风貌更是让人叹为观止，步步各不相同，有岩石、有沙砾、有沃土、有湿地。沃土上长满了树木，岩石间有榛子等灌木顽强生长，湿地上长满了中草药、花卉，就连乱石滩上也长着许多花草。这里生长的植物种类繁多，无论如何也看不全、数不清、分不清、记不准的。

坑底两侧的丹霞陡峰更是壮观，山脊被千百种植物覆盖，层林尽染、郁郁葱葱、花红草绿、野果飘香。陡峭石锋高入云端，层峰叠嶂，有的像石门直立在坑底两旁，有的像石屏立于坑中，有的石峰如人如兽，如禽如物，惟妙惟肖，千姿百态。由于重峰叠嶂，人在坑中向前望去，觉得重重山峰挡住了前行的去路，已经无路可走，但走到近前，却在两山之间，突然闪现出一条小路，让人感到惊讶，真有"山重水复疑无路，柳暗花明又一村。"之感。

前面有一块巨大的石壁，壁上星星点点分布着大小不一的圆洞，是一处典型的丹霞地貌。同行的专家告诉我，冠豸山丹霞地貌的发育经历了几个阶段：一是山间盆地形成和岩屑堆积成岩阶段。在距今约1亿多年前的中生代中期受燕山运动影响，连城地层四周的地壳中出现大规模花岗岩浆侵入，形成片麻状黑、白云母花岗岩和细粒花岗岩。二是盆地隆升、节理发育阶段。距今约6500万年前，受喜马拉雅造山岩浆运动影响，冠豸山原有的赤石群地层开始逐渐隆升，上千米厚的地层，受地壳运动内力挤压抬升，发生许多深大裂隙。三是流水切割、裂隙与节理扩张，岩体崩塌后退，丹霞地貌广泛发育阶段。自从冠豸山抬升，岩体出现深大裂隙后，外力分化作用便开始活跃，尤其是流水的影响，使岩洞松软的沉积被水冲刷，风霜侵蚀，天长地久，就演变成大小不一的岩洞……

凭眺遥望，只见一岩矗立在群峰之中，像一柱定海神针，惹人眼球。那就是传说的"一炷香"，它风吹不倒，雨打不动，傲立群峰之中，千万年守护着这片神秘的土地。相传这根岩柱是天神送给百姓的一根"难香"，如遇灾难，将它点燃，天神看到袅袅青烟就会下凡来拯苦救难，所以当地百姓称它为"难香"。这"难香"又长又细，晴空万里时，一朵白云叠在岩顶，远看像天上的香火，宛如仙境；下雨时升起的一层薄雾，犹如一缕青纱若隐若现，妩媚动人。从不同的方位和角度，可以欣赏到"一炷香"不同的形状和景观，移步换景，形态迥异，真有点"横看成岭侧成峰，远近高低各不同"的异曲同工之妙。

石井坑树林茂密，覆盖了山岗和谷底，这些树林有的是单一的树种，更多的是阔叶林、乔灌木混杂的树林。油松、侧柏、樟木等四季常青的树木，翠绿欲滴，傲然挺立；枫树林层林尽染，郁郁葱葱；毛竹挺拔向上，翘望天空。一棵苍老的松树弯腰摆手，向周围的子孙们讲述着陈年的故事，儿孙们不时发出一阵阵笑声。粗壮的樟树把种子播向四野，儿孙们在山坡、石缝和沃土中顽强生长。毛竹、山梨树、榛子树等遍布山谷。这些苍翠茂密的树林，伟岸挺拔的树木，娇媚多姿的灌木给坑谷带来了勃勃生机，让坑谷变成了绿的世界，树的长廊。

石井坑又是花的世界，这里生长着各种的花卉，春夏季节各种花卉竞相开放，各自在绽放着自己的美丽，火红的杜鹃花，粉红的桃花，雪白的梨花，乳白色的榛子花，金黄色的金银花，蓝色的鸽子花，紫色的牵牛花，白里透红的百合花，五颜十色的山菊花、苜蓿花，把山谷装点的色彩斑斓，缤纷绚丽。秋冬季节，坑谷又被五彩缤纷的树叶披上了盛装。火红火红的枫叶，在阳光的照耀下随风摇摆，如同一条条红色的彩带和一片片金色的彩霞在坑谷中环绕，在山腰上绽放；遍布山谷的杏树变成了金黄色，给坑谷涂上了一片片金黄的色彩；稠李树叶片片紫光闪闪，一丛丛好像点燃的火炬，闪着耀眼的光芒。这些五彩缤纷的树叶，不是鲜花，胜似鲜花，与四季常青的松樟交相辉映，呈现出赤橙黄绿青蓝紫的缤纷色彩，把坑谷装扮得多姿多彩、娇媚绚丽、波澜壮阔。

石井坑里百泉吐水，小溪弯弯，这些山泉以各种不同的方式喷吐着清澈的泉水。有的山泉在山崖之间喷着水花，有的山泉在巨石底下喷涌而出，有的山泉在湿地间流淌，有的山泉在密林深处喷吐，有的山泉在乱石中缓缓渗流。这些清澈的泉水喷吐不止，流淌不息，汇聚成溪。这一涓潺潺的溪水，在草丛和乱石间平缓地流动着，发出哗哗的声响。在石头之间穿流而过时，偶尔能溅起朵朵小浪花。透过清澈的溪水，不但可以看到溪底的卵石和沙粒，还可以看到来回游动的小鱼、小虾。溪水与坑谷、树林、花草、岩石、灌木构成了一幅幅灵动的画卷，让人目不暇接，流连忘返，心旷神怡。

石井坑里草药繁多，据说生长着100多种的中草药，可以说是名副其实的药谷。这里生长的草药不但有稀有的灵芝草，而且银翘、连翘、栀子、黄连、车前子、牛蒡、百合、芍药、杏仁、艾叶、金银花等草药长满山谷。这里生长的草药不但种类多，而且质量好，产量大。所以从古到今，每年都有许多人到坑谷中采挖中草药。

石井坑中还盛产二十多种山野菜，不但有蘑菇、金针、蕨菜这野菜三宝，而且山葱、山韭菜、山芹菜、苦菜、婆婆丁等随处可见。这些纯天然无污染的野菜，不但味道鲜美，清淡可口，而且营养价值极高，所以备受人们的喜欢。这些美味营养的野菜，不但丰富了村人的餐桌，营养着乡村的人们，而且还成为游客的抢手货，有的还远销外地。

石井坑中的野果也随处可见。春天，野草莓的香味布满树林、坑谷，草地上、树林中的野草莓在绿草中显得格外鲜艳、娇嫩，让人垂涎欲滴；夏天，山板栗果实累累，把树枝压弯了腰；秋季，黄色的山梨挂满枝头，摇摇欲坠；即使到了初冬，红色的野柿子在寒风中绽放着暖意，显得更加娇艳。还有红彤彤的野枸杞子、羊奶子、金樱子、树莓，黄澄澄的野生猕猴桃、南酸枣、沙棘，紫亮亮的桃金娘、龙葵、杠板归。这些山果酸甜可口，不但人们喜欢吃，更是山中百鸟和松鼠等小动物们平时和越冬的食物。

石井坑内百鸟叫林，野兽奔跑。在坑谷中漫步，如果幸运的话，你会看到山鹰在岩头盘旋，猫头鹰在树上打盹，燕子凌空飞翔，锦鸡在溪边饮水，云雀在空中飞舞，麻雀在林中飞蹿，蜂鸟嗡嗡围花飞传。漫山遍野的树枝上、草丛间、岩缝中、树洞里、灌木丛下、湿地间都有鸟类的窝和巢穴。各种鸟类的叫声合奏成一曲曲美妙动听的旋律，脍炙人口，百听不厌。在众多的鸟类中,有一种是在峡谷中特有的鸟,名叫"王干哥"鸟,这种 鸟大小似鹌鹑,长得像小猫头鹰,它头上有两撮毛,全身大部分呈灰褐色。"王干哥"鸟因为它的叫声酷似"王干哥"三个字,因此而得名。

石井坑中还生长着十几种野兽,他们在这里相互为邻,繁衍生息。野猪、野兔、野鸡是这里最多的野生动物。他们时常成群结队地到溪边饮水、追逐、玩耍。山麂偶尔也结伴在坑谷里吃草,在树林中奔跑。野猪成家族的生活在这里,由于它性情凶猛,所以许多动物都不敢接近它,因为野猪喜欢在松树上蹭自己的皮,所以许多松树的树干让它蹭的又光又滑。据说野猪这种习性是为了保护自己,它在松树上蹭满松脂后,就在地上打滚,使全身沾满沙土后,再到松树上去蹭松脂,然后再去粘沙土,这样一遍一遍地来回,身上就结了一层又厚又硬的壳,据说这层壳猎枪都打不透。狼喜欢独来独往,所以有会看到一只狼孤独出现在山岩上或树林边,或者在追逐着小动物。松鼠在树上来回跳跃,悠闲地采食松子。母兔领着幼兔在草地上吃草,并不时竖起耳朵聆听周围的动静。狐狸、蛇等也各有洞穴,各有领地,自由自在的生活在坑谷中,坑谷成了野生动物的乐园。

石井坑气候湿润,空气清爽。只要你走进坑谷,给你的第一感觉就是爽,这里是天然的大氧吧,负离子的含量极高。几百种植物在这里制造着新鲜氧气,而且它远离人烟,没有任何的空气污染。由于植物繁茂,植被良好,水源充沛,地气湿润,所以它接受的降雨量也偏多。在坑谷中深深地吸上一口气,你就会感觉到空气中既有水的湿润,又有树的清新;既有花草的芬芳,又有山果的清香。真是让人感到浸透心肺,滋润肝肠。

当依依不舍地离开石井坑时,已是夕阳西下,晚霞透过密密麻麻的树林,斑斑驳驳地洒下片片金光。到石井坑来吧,这里有神奇的景色,有无限的风光。这里会让你心旷神怡，流连忘返，这里会令你回味无穷，终生难忘。绿水青山就是金山银山，绿色就是石井坑的底色，如果我们都能践行和延续这种生态理念，石井坑一定会在时代的变迁中，与人类和谐友好相处，以迷人的姿态迎接八方来客。

神奇的龟石

迪坑背倚冠豸山，是典型的景中村。老古言有句顺口溜："迪坑迪坑，四周是坑，一坑连一坑，大坑套小坑。"确也如此，迪坑云霄岩周边山岩迭出，大大小小之山坑罗列，迪坑之名符合当地山丘地貌特点。迪坑村所在地大部分为低山丘陵地势，村庄沿山坳带状分布，山前面地势开阔，有一块平整肥沃的稻田，从山脚一直平铺到溪边。不远处的山坡上，匍匐着一块巨大的形似乌龟的丹霞岩石，这只巨龟高昂着头，正努力地往上攀爬，村民们称他为神龟石。

相传很久以前，这一年迪坑天气特别干旱，冠豸山这一带很长时间都没有下过一滴雨，成片成片的庄稼像被火烧过一般焦黄。幸好云霄岩山脚有一股山泉没有断流，村民们开沟理渠把水引到田里，靠近水源的这几块稻田，经过山泉水的浇灌，庄稼长势非常好。人们常说："长江水干，大山断流"，这个俗语在这个特别干旱的时候得到了验证。

这一点点山泉水，村民们把它看得像宝贝一样，舍不得浪费一点，把节省下来的水全用于灌溉，希望能保住这几块田里的庄稼。白天派人看守，连一只麻雀都不让它叨走一粒；晚上怕野猪下山，值守到天亮。村民们就像对待自己的孩子一样尽心照看。眼看稻子一天一天的成熟起来，再过半个月就要开镰收割了。

这一天晚上，值班的老农按往常一样来到田边值守，几烟袋子黄烟抽下去，已是半夜时分了。老农突然感觉肚子有点不舒服，就起身去田边不远的茅房，上完厕所回来，老农被眼前的情形吓了一大跳：刚刚还长得好好的这一整块田的稻子，只一会儿工夫怎么就像被石磙滚了一样，一条稻穗都没有了！老农急忙跑到村上叫来大伙儿。大家你一言，我一语，有的说是山上的野兽糟蹋的，有的说被人偷了，有的说老农没有尽责等等，说什么的都有。

第二天晚上，大家商议多派了三四个人一道去看守，上半夜相安无事。刚过了十二点，突然狂风大作，下起了大雨，几个人只好去附近的屋里躲雨。不一会雨就停了，为防不测，几个人马上回到田边，可到田边一看，惊得目瞪口呆，又一块田里的稻子没有了，情形和上一块田丢的稻子一样。村里的村民被这几个值班的人惊呼声吵醒，赶紧跑来现场，这一次大家没有过多的责怪，感觉这事情出得有些蹊跷。

第三天晚上，大伙儿决定：让村里所有的壮年小伙子都去值守，带上雨具和一切能想到的准备，去一窥究竟。这天晚上的月光比较皎洁，能看得很远，小伙子们早早地趴在田边山脚的小树林里，目不转睛地盯着这几块稻田。

从戌时到子时，马上就要到丑时了，一点动静都没有，大家都有点困了，感觉今天晚上应该没有什么情况发生了吧？加上白天干活很累，很多人都打起了瞌睡，只有几个年纪大一点的村民，眼睛还一直在盯着田里看。

这时候，从冠豸山方向突然刮来一阵怪风，夹杂着哗啦啦的诡异响声，几个人循着声音望去，隐隐约约看见，有什么动物从山上直奔田里而来，速度非常快，走过的地方柴草树木，就像被划开一道口子一样分成两边。这东西不一会就到了田里，大家被这种阵式给吓得毛骨悚然，稍稍平复一下心里的恐惧，几个胆大的村民，偷偷地探出头向田里望去，我的妈呀！只见一只比簸箕还要大好几倍的大乌龟，正在田里吃稻，伸出来的头，比笆斗还要大！左一下右一下，不一会儿工夫，就把一整块田里的稻子给吃完了。等乌龟走后，这些心有余悸的村民，撒腿就往村里跑，他们把这一奇事，详细地告诉了村里一位百岁老人，老人听后，略有所思地点点头。

次日一早，百岁老人来到土地庙烧香，把护佑一方的土地菩萨请了出来。老人向土地菩萨禀报乌龟吃村民稻子的事，土地公公拿出了地方主簿，认真的一页一页地查看，终于在一个角落找到了这只乌龟的记录：原来这是一只修行千年的乌龟，已经是半仙了，吃这些稻子是为积蓄能量，准备渡劫飞天。

百岁老人对菩萨说：这几块田里的稻子，是村民的活命粮，大家都指望它渡过灾荒和来年的种子，如果乌龟把这几块田里的稻子都吃掉，村民们就没法活了啊！土地菩萨本来是体谅这只修行千年乌龟的不易，准备从中做和事佬，经老人这么一说，又觉得人命关天，立马把这些情况报告了天庭。

玉皇大帝指派负责成仙渡劫的雷神菩萨处理此事，雷神菩萨知道原委后大为光火，哪有为自己成仙而不顾芸芸众生的神仙呢？就凭这一条，就证明它的修行不够，做不了神仙，随即告诉来报告的土地菩萨，请他转告村民，如果晚上乌龟再下山，村民们就敲锣，我这边就用雷劈死这畜生……

土地菩萨把雷神菩萨的话转给了百岁老人，村民们按老人的吩咐准备好了几个大锣，不到天黑就躲进田边的树林里，等待乌龟出现。半夜时分乌龟果然不约而至，刚准备下田吃稻，村民们就敲起了大锣。这时候天空突然乌云密布电闪雷鸣，接着下起了瓢泼大雨。这只修行千年的乌龟也是有灵性的，预感大限已近，准备拼死一搏，立即爬向山顶强行渡劫飞天。乌龟非常狡猾地利用树木遮挡，一次次躲过雷神菩萨的雷火，奋力地向山顶爬去。快到山顶了，因山顶上的树木比较少，乌龟没法躲藏，雷神菩萨瞅准机会，朝着正往山顶爬的乌龟颈子就是一雷，被雷击中的乌龟，已经动弹不得了！

　　雷神正准备再来一雷，让这家伙灰飞烟灭，以免再来危害百姓。这时候跟在后面的土地菩萨急忙跑过来，向雷神菩萨求情，请菩萨念及老龟修行千年的不易，且生前也做过不少好事，留下它的全尸。雷神菩萨觉得土地说的不无道理，就用手轻轻一点，这只乌龟顷刻间化成了一块大石头。

　　可怜这只修行了千年、生前也做了不少好事的乌龟，因一时贪念，在离飞天成仙一步之遥的时候受到了天谴。

　　站在神龟石下，一阵湿润的空气扑面而来，触碰脸庞时，一切的忧郁仿佛已消失，剩下的只有像小溪一般的明快与陶醉。眼前的山崖犹如一个大酒坛，把青山绿水封入其中，又用岁月之手把坛盖封紧。天长日久，当人们偶然打开酒坛时，万物生灵顷刻间便陶醉其间，醉在安详里，醉在沉思中，醉在连绵不断的画廊里，醉在一望无际的绿洲里，醉在想说又无法言说的感慨里。

　　大自然中一切无语的生灵，山、水、花、草、树，从不同的角度用不同的旋律谱写出活力的乐章。用不同的词汇组成生命不屈的诗篇。用不同的姿态诠释着人生的意义。于是，生命中的许多感悟就此而产生，成为心灵通向生活之门的钥匙。

春韵八仙岩

八仙岩位于迪坑村不远的九龙湖畔,也是九龙湖湖水来源地之一。进入山里,始知春天确已来了。远近树木皆已萌新芽,青黄色嫩叶青翠欲滴。前面一片小斜坡上的小草也露出新头,远远看去尽是清淡的绿,及走近前却因疏且小而不觉其色,忽忆起"草色遥看近却无",前人之述备极其精当。山谷中原有溪水沿石壁而流,虽不甚高却也清幽,可以聊为清赏,或也能写写溪石之态。待走将近时,却是大失所望,此中风光已无如昔日之美。悠悠而流的泉水也将岌岌可危地面临枯竭之险,大抵经历一冬,及春,天又未降甘霖之故罢。令我欣喜的是,在石缝里寻得一株春分花,白色的小花开得正盛哩。这种小花是可以食用的,在我故乡的民俗是于春分节气这一天,采摘了花朵撒在大米上一起煮熟了吃,香气氤氲直到如今。

执笔写了张小画,不甚满意,遂又沿古道走去,寻觅另一佳境。古道的石阶上布满了青苔和落叶,已经许久没有人来此踏足过了。古道像一条青色的绳索,从绿色海洋一般的森林腰间缠绕而过。路的一边是陡峭的山岩,一边是静水深流的溪谷。茂密的树林里长满了枫树、桉树、樟树和许多叫不出名的树木。爬上一座丹霞山丘,一方盆地把群山拱的稍远,四野弥望,在山崖穿行多时的逼仄感便一扫而空。往下俯瞰,群峰连绵回合,中间良田如镜。

过了此地再往上就是八仙岩了,这是一段不长的山路,山路丘陵,曲折蜿蜒地沿着山腰转动，好在这里山境清幽，又有树木参天，枝叶披离不见天日，无论寒暑皆是如此。因这边山麓多栽种常绿乔木之故，我所见得最多的是大叶相思，偶尔会夹杂着荷木或者台湾相思，但总是少的。枫树也是有的，但这里却不多，在山的西南面倒有大片大片的枫林，若逢寒冬时，枫叶尽红，风光大异于常，也是蔚为壮观的。其实我还是喜欢落叶树木，叶落尽后，林木萧条，起风时沙沙有秋寒之意，极易引人情思，且又似画中之感，如鹿角，如蟹爪，美之甚矣！像这样的山路并不陡，行走间不会觉得太过劳累。且无游人，已是幽静之所在了，一路走又可嗅得到草木清气的芬芳，这时若滤除凡俗杂念，踏着诗经的调子轻吟"野有蔓草，零露漙兮……"有所思或无所思，亦足以畅叙幽情了。

　　再上一道天梯，就是八仙岩，此处的山花烂漫盛放，迎面向人。山杜鹃开得满树红火热情，杜鹃花（也称映山红）素有"木本花卉之王"的美称，它的花和叶，都很有观赏的价值。虽然也有白的，紫红色的和大红色多种颜色，但以大红色的居多。杜鹃的成熟期也有早晚的不同，三、四月间，各种成熟期不同的杜鹃品种相继次第开花，花期能持续一个半月左右。只要在这期间上山，山崖上、山坳里，到处都能看到美丽、多色的杜鹃花。杜鹃花还有一个凄婉的故事：传说古代有一个皇帝，与皇后很恩爱，但皇帝被坏人害死了。他的灵魂就变成了一只杜鹃鸟，飞到了皇后的花园里啼哭哀号，伤心落泪，滴滴是血，鲜红的血泪把园里的花都染红了。皇后明白这是皇帝不甘的冤魂在哀鸣，十分悲痛，也天天悲伤地哭喊、呼叫着"子归，子归"，最终郁郁而死。从此皇后的灵魂就变成了火红的杜鹃花，开遍了山野，与杜鹃鸟相依相伴。这故事出自"杜鹃啼血，子归哀鸣"的典故。

　　记忆中，小时候在杜鹃花开的季节里，孩子们都很爱往山上跑，这不仅因为山峦叠翠，杜鹃嫣红，山上风景美、空气好，还因为上山可以饱尝一顿"酒酒花"的美味。我生活的地方，人们都把杜鹃花叫作"酒酒花"，因为杜鹃花的花瓣有淡淡的清香，还有一些酸酸甜甜的好吃的汁液，如同农家自酿的甜酒酿似的。我猜想"酒酒花"名字的来历，很可能跟这味如甜酒酿的汁液有关。在孩子们的眼里，这可是美味好吃的东西。累了，渴了，采上一把花，抽去花蕊的丝丝，把花瓣放进嘴里咬食，既解馋，也缓解了渴。我也常看到一群大人从山上砍柴回来，每个人都挑着插满了杜鹃花的沉重担子，他们脚步飞快，走一步，担子上下一颤悠，红红的杜鹃花也跟着起伏跳跃，那节奏有韵律，也很有美感，这情景至今还时常在我的脑海中显现。

不远处，宫粉紫荆花早已淋漓簇沓，那一树粉白淡雅的清芳更是令人醉思流连；山道旁还移莳着许许多多的桂树，桂花也感受春风的到来而绽放，馣馤袭人，起风时满路氤氲，大概还杂着些许脂粉气吧。这时候"暖风熏得游人醉，直把仙岩作仙山。"这句小诗也近贴切了罢！

八仙岩是一处位于半山腰的石岩洞，洞宽约30米。岩洞的石台上塑着吕洞宾、铁拐李等八仙的神像，据说是迪坑人在明朝时就供奉的。塑像造型各异，虽然身上的彩绘已经斑驳并沾满了尘土，但依旧显出庄严圆满，安详凝重。因为有了八仙的驻足，因此这个石岩洞就被称作"八仙岩"。八仙保佑着迪坑人年年风调雨顺，岁岁五谷丰登。若逢烟雨轻笼之际，这里真似仙阁琼宇，仿佛不在人间。因此迪坑人常喜欢到这里夜宿，夜阑人静时，仰望月白如素，静聆虫鸣啾啾，整日的劳作疲惫，随着阵阵清风飘去。

八仙岩的一侧有不少松树，中又有丛竹隐映，杂树相间。而另一边则是巉崖峭壁，山崖呈九十度直角泻下，大约有二十多米高，巍巍乎崔嵬峥嵘之势，险摄人心。据说也有些攀岩爱好者会来此攀登。我随意偃卧在洞口的一块青石上，从背包里取出一本木心先生的集子，随手翻阅，不料书中所言正是山中之事，正好暗合我此时心意，不禁莞然心喜。大抵天地间许多缘分正是如此深邃玄妙的，非我凡人所能尽解，只需顺应自然，一切都是缘起缘灭罢！

　　夕阳渐渐西沉，艳丽的晚霞就像打翻的调色盘一般，一下子翻在了天空上，西边蔚蓝色的天空被鲜艳的大红色染红了。一只暮归的长尾雀落在我头顶的灌木上，倏忽又惊飞而走。也许它本没发觉我，后又发觉我，故急急逃离，其实它本不必惊惧我的。我站了起来，此刻西天的晴霞已尽收，暮色渐渐合拢，山中已阒静无声，举目远望幽邃的天穹，浩浩渺渺，只有无尽的寥廓。突然，一响钟声从远方飘袅而至，余音缭绕，绵绵不绝。我想，这岂非钧天之乐！遂喜，踏钟声而归。

古厝深味山水间

"就像一壶老酒，总是香气四溢；就像一册古卷，娓娓述说从前。某一个吉日，我被兴建；某一个家族，在此繁衍。人来人往，有凋零也有成长；岁月痕迹，在院落也在长廊。就像一株香火，世代相传不绝；就像一种传说，总是执着固守。每一扇门窗，依然朴实，每一根梁柱依然牢固，风雨来过，我未曾残破败落；风雨来过，我还是百年古厝……"台湾歌手蔡琴那富有磁性的天籁之音低低地回荡于周遭天际，轻载着我飘向连城塘前迪坑那座名为"进士第"的古厝。

这是一座庞大的院落，始建于清乾隆十五年（1750），至今已近300年历史。"进士第"占地面积达2600多平方米，地面建筑1000多平方米，建在一块夯实的大土台之上，前方用石块垒砌而成整齐的切面。它坐落于溪畔的牛背山山脉上，弯曲的溪流从它的侧面绕过，注入村中的迪坑河。不远处有一片数十米高的原始楠木林和樟木林，古木参天，风景优美。小溪的水量不大但四季不息、流水潺潺，水意为财，山乃有靠，这是择地居家、繁衍子嗣、耕读传家最佳的理想之地。

走上约十数米就到了"进士第"大门，正门前有两口面积不大的水塘，是为风水而建表示聚财，同时还可以作为消防之用。门前竖有俩对盘龙缠绕的桅杆，昭示着这里曾走出几位品级较高的官员，你能从高耸的桅杆上感受出它的气场。"进士第"整体形状为上下三厅，两边为两直横屋，共九井十三厅，一百余个房间。远远望去歇山式拱顶飞檐翘角燕子尾，两两相对的马头墙黑白辉映，高低错落有致显得明朗俊雅。近前，但见粉墙上画满了墨绿的青苔，瓦棱间飘摇着青紫的野草，彩绘滴檐已黯然失色，而马头墙仍不失仰头长啸高昂之势，这分明是当年家族为追寻荣华富贵、家族昌盛的写照。而马头墙也是家人翘首望远，盼在外经商或为官的家人归来的物化象征。

推开"进士第"厚重的大门"嘎叽"作响，满带现代阳光的手指轻触到锈迹斑斑的狮头门环上，狰狞的狮头边配饰着一圈如意纹，我想兽头配如意该是蕴含着"寿如人意"之美好心愿吧！门环昔日光耀夺目的色泽早如一段淡去的历史，不知是清朝的风痕，还是民国的雨渍，抑或是今时的尘埃褪尽它的华饰。轻叩门环，穿越百年的来客，一如现在的我把厚重的木门敲响，那热情奔向大门的屋主人早已定格于厅堂一框肖像。土木犹存，人已远逝。

"进士第"的营造者江祖顺据说是造纸发家的，南迁的客家先民靠山吃山，把中原的造纸技术与当地丰富的毛竹资源相融合，创造性地生产出各类竹料纸，实现了以竹丝为主的华丽转身。所生产的连史纸薄而均匀，洁白如玉，久不变色，着墨鲜明，吸水易干。所印刷的书清晰明目，久看眼不易倦，用于书画，着墨即晕，入纸三分，素有"寿纸千年"的美誉。连史纸的生产和贸易，印证客家人的迁徙历史，诠释着客家人耕读兴家的不变传承。

在那个时代，虽然作为商人的江祖顺，即便在商海的博弈中如鱼得水，把他的商业做到了极致，但在他的心底，似乎诗书传家才是正道。于是他用商业的收益来兴办家族的教育，培养子孙读书上进。他在家中办私塾，本房子孙进入私塾和书院学习，不仅学费全包而且另助伙食费，赴试考中功名者，除享受书租谷50桶外再给补足到120桶谷，以保证本房中的子孙能全部入学。他还办书院，设立公田，公田的谷租收入专门用作迪坑学子的学习补助。

无疑,江祖顺赢得了连绵的赞叹声,这赞叹声有如山风,此起彼伏,一冈漫过一冈。清乾隆二十八年(1763)仲春,纪晓岚被任命为福建提督学政。上任不久,就作为督学使到汀州府主持府学岁试。他听当地官员介绍说,地处偏远的迪坑村,江氏族人兴办私塾,创立书院,实行奖学,培养了不少的人才。纪晓岚听了颇为感慨,决定亲自去迪坑村察访。在这座古厝中,纪晓岚与江龙蟠彻夜长谈,甚为欣喜,认为此生员将来必成大器。于是挥笔为江龙蟠写下了"文明有象"四个大字,勉励江龙蟠和江氏子弟读书上进,传播文明礼仪,弘扬道德气象,遵行忠孝气节。江龙蟠颇为感动,将题字精心制作成牌匾,黑底金字,庄重大气,悬挂在古厝最重要的位置,客厅中堂之上,并将牌匾视为古厝的镇宅之宝。从此古厝人文蔚起,群季俊秀,乐事盛况。前座宽敞明亮,用于练武,枪刀剑戟等百般武器齐备;后座较为安静,用于习文攻读,经史子集等经典书籍应有尽有。于是这座古厝在清嘉庆十六年(1811)出了江昭涓、清道光八年(1828)出了江昭严两名进士,清道光十七年(1837)出了举人江凝英,清咸丰年间江于云被授封"武略将军",江昭致、江于赣、江昭瀚授封五品蓝翎奉直大夫,江于榜授封五品蓝翎飞虎将军,另有11人被授予五品军功。历年累计贡生、廪生等50余人。古厝也有了自己的名字"进士第",并声名远播,熠熠生辉,成就了一份载着时光的典册。

春日的暖阳洒下来,融入"进士第"的每一个被年代尘封的角落。我轻轻抚过青石门框、雕花窗棂、红木几桌……想望着,擦亮这些有气息有温度的历史标志;想望着,通过这些脉络找到先贤的初心;想望着,与先贤丰富的精神世界对话。既然生命都无惧枯萎,作碑的石头也被风化,何盼土木之躯的古厝历经几百年而不朽?其实从来不曾断离的是祖先绵延几百年的香火。虽然一代又一代的子孙早已把生命之根须从古厝里分蘖出去,他们的生存空间从一座古厝伸展到或远或近的城乡,然而,一本厚重的宗谱始终牢牢地拴系着血浓于水的亲缘,就像一棵大树,不管根伸到哪里，永远都有他的血脉。

暂别"进士第"，灵动的念想让我吟出诗句：

> 春雷始响蛰虫惊，
> 访古寻幽临山径。
> 庭院深深乡音远，
> 墙垣斑斑人语稀。
> 江氏开基聚族落，
> 耕读传家兴子孙。
> 雕梁画栋今犹在，
> 文明有象又逢春。

听雨仙岩山

赴寿宁采风，行前友人告诉我，仙岩山一定要去看看，哪里的杜鹃林可是福建最大，华东少有。仙岩山在寿宁西南方向20千米的托溪乡境内，位于洞宫山脉的榧子峰，主峰海拔1526米，同海拔2千多米的寿宁第一高峰双苗尖对峙相望。光绪版《庆元志》载："白鹤仙岩在江根最高顶，怪石磊迭其上，有铁香炉，风雨久浸，愈见光润，系万历年间飞来，求雨辄应。"万亩杜鹃，白鹤仙人，愈发增添了登临游览之欲望。

驱车来到山脚，陪同我们登山的托溪乡向导老吴，已等候多时，虽然年近八旬，身体依然硬朗。他告诉我们此时上山已错过了看杜鹃花的最佳时节，况且正逢雨季，山间许多的景致也看不清了。说着便飘起了雨丝，满含春雨的早晨，显得格外清冷。去过很多山，但雨中登山的经历好像没有，雨中的大山会是怎样的一番奇妙情景呢？既来之则登之，让我们听雨仙岩吧！

暮春之雨仍旧缠绵，雨中的空气格外清新，沿着青石铺就的登山道前行，满目青山的绿色，时而隐藏在浓浓的云雾之中，时而云开雾散展现在我们面前。路旁的金银花灿烂地绽放着，花朵尽管很小，但一朵朵连缀成串，也颇为壮观，散发着淡淡的清苦味儿的香气，沁入心肺，让人为之一振。前面是一片竹林，淅淅沥沥的雨敲打着竹叶，发出"沙沙沙"的呢喃声，比起雨打芭蕉，雨打竹叶更多了些委婉与含蓄。几声浅浅的鸟鸣穿过雨雾中的竹林更显清脆悦耳，想起苏东坡的词"莫听穿林打叶声，何妨吟啸且徐行。竹杖芒鞋轻胜马，谁怕？一蓑烟雨任平生。"竹林听雨，需要的就是一份闲情和淡然面对生活的态度。

　　雨不停地下，渐渐的有薄如轻纱的雾气在竹林之中升腾，开始只是一处一点，慢慢地，这些升腾的水气汇聚在一起，如团团棉絮向外扩展，继而向每一片竹林涌去，向山坳的每一个角落涌去。很快，我们被白雾完全包裹，不辨东西，宛若在仙境腾云驾雾。仙岩山住着神仙，也就不难理解了！

　　整个仙岩山都在接受着雨水的洗礼，这般雨景下，雨声自然也与别处不同，雨丝前赴后继地从天际坠下，打着节拍似的唰唰有致。沿着曲折的青石山道一路上行，并不感觉劳累。不知不觉间又翻过了一个山坡，转过一段平缓的山道，三块巨石矗立在眼前，形成一道山门，显得特别突兀。雨水顺着最上面的一块巨石滴下，敲打着下面的巨石，发出咚咚的声响，声音时而沉重，时而清脆。老吴告诉我，像这样千姿百态，怪石嶙峋的巨石在仙岩山还有不少。至于这些飞来石，还有一个美丽的故事。

　　传说万历年六月初一日，诸位神仙赴了王母娘娘的蟠桃盛会后，一起谈论着想到南海去会会观音大士，也顺便欣赏一下沿途的风光。说走就走，诸位神仙驾上祥云，一路驶去，只见青山绿水，鸟语花香，好一派人间春色。诸位神仙莫不欣然动容道："这大千世界，果然风光不凡，怪不得诗人流连忘返，不愿寻仙学道。"谈笑间，铁拐李仙长的宝葫芦不小心掉了。这葫芦从天而降，正好坠落在榧子峰上，顿时裂成许多碎块，化作各式各样奇形怪状的巨石，如白鹤仙岩、将军岩、击掌岩、锁链岩、象鼻岩、梦笔生花、向阳坞等，素有八景之称。

　　众神仙久久不忍离去，直等到夕阳西沉，红霞满天。这时铁拐李仙长沉思了一会道："诸仙众，我们金、银、铜、铁、锡五仙中排行第四的铁仙正大有作为，葫芦掉落的地方正是一方宝地，山高还须有仙则灵，让铁仙去护佑如何？"说着，提起拐杖道："你随铁仙友去也！"，拐杖立即化成一只仙鹤，铁仙骑上鹤背，飘然降临到仙岩。铁仙和仙鹤从此永驻仙岩山顶，护佑一方安宁，铁仙也从而得名白鹤仙。此后，每年农历六月初一为"香期"，毗邻闽浙各村善男信女登山朝拜，香火旺盛，热闹非凡。

穿过巨石山门前行，前方又有了坡度，坡上长满了大片大片碧绿的青草，缠绵悱恻的细雨和在烟雨中蒙蒙的草色宛若"天街小雨润如苏，草色遥看近却无"的诗句。雨水顺着青石小路流淌下来，汇聚成无数的水流，跳跃着滑进不远处的山谷中，不停地落在一块岩石的峭壁上，发出清脆悦耳的哗哗声和叮咚声。远远望去，仿佛是一大摊水银，受到了一种奇妙的压力，飞溅起细细的银花。

越往前走感觉雨雾越浓，真有一种"山色空蒙雨亦奇"的感觉。浓雾中，两块犹如利斧劈开的巨石横在眼前，一分为二的两块巨石之间，只有不足一尺的距离，我们扶着光滑的石壁，小心翼翼地走过这一线天。前面的山道两旁似乎开阔了许多，一人多高的杜鹃树漫延开去，铺向烟雨的深处，这里便是十里杜鹃长廊。每年5月初，漫山的杜鹃开着或大红或浅黄或淡紫或洁白或粉红的花朵，铺天盖地，绮丽灿烂，气势磅礴，令人目不暇接，仿佛跌入五彩仙境之中。只可惜，此时已过了山花正闹时，须待来年映山红。老吴告诉我们，三十多年前他和妻子上仙岩山祈愿，看着香客和游人踏着泥泞的山路艰难地登山，于是下决心修一条青石登山道，此后的几年间，他拿出自己的工资并到处募捐，修修停停，停停修修，终于修筑起了长达十几里的青石登山道。说来奇怪，原来仙岩山上全是草甸，自从修通登山道后，漫山遍野长出了杜鹃树，越长越多，越长越旺，好像是上苍着意安排杜鹃仙子来装点人间。

正在神思遐想之际，一块黑色碑石吸入眼球。碑石上书"白鹤仙岩顶"五个金字，碑座上书"白鹤仙岩顶，系洞宫山脉榧梓尖峰，东北为浙江庆元县界，西南为福建寿宁所辖，海拔1525.1米，为杨梅州峡谷国家级森林公园的重要景区，列寿宁三大高峰之一，闽东第五大高峰"。碑石的不远处，就是白鹤仙岩，由数块巨石相叠而成，其中一块凌空竖石，高十多米，胸围需十多个汉子手拉手才能合抱，如同一块擎天石柱，撑住天空，擎住日月。千百年来，白鹤仙人就仙居于此。先民们在仙石边立坛奉祀，常年香火延绵不绝。为祈求福祉平安，前些年，各乡善男信女在仙岩旁踊跃乐捐"白鹤仙宫"。仲春启动，及秋告竣，虽小而气韵非凡。此时的仙宫几乎完全被山岚淹没，在日光、雨丝和雾气中透露出极朦胧的样子。走近才看清宫门上方一块巨大的金色匾额上书"白鹤仙宫"四个黑色楷书大字，两边金底黑字的对联上书"仙峰琪树瑶台胜"，"宫阁庄严闾里安"。宫阙不仅为峰顶增添胜景，更显仙岩山的雄伟壮观。

　　此宫据说甚为灵验，友人笃信，祈祷卜卦，占得一上上签，为防有误，再卜，再得上上签，求解，其意相近，异曲同工，于是欣喜若狂，以为不虚此行。然而，我却不以为然，居天地之间，揽宇宙乾坤，人生定数不在神灵，而在自我。求神无非心安，但求神莫如求己，正如这仙岩石，岿然屹立千百年而不倒，凭得是亘古不变的初心，凭的是坚而不摧的意志，更凭的是坚定执着的信念。

　　坐在宫中，静静地倾听外面的雨声，不论是"细声巧作蝇触纸"还是"大声铿若山落泉"，自是一种难逢的天籁，这声音如琴声幽怨，时急时缓，时高时低，时响时沉，时断时续，不免让人遐想和疑惑，那是谁在拨弦？让尘嚣远去，物我两忘。围炉煮茶，烹雨水为清新，品茶，雨便入了喉，润了心，飘出的淡淡茶香溶入烟雨，铺展了漫山遍野的香。在一片朦胧如烟的周遭天地中最适合情感的暗潮涌动，思想的波光粼粼。南宋蒋捷写出了人生听雨三境界，"少年听雨歌楼上，红烛昏罗帐；壮年听雨客舟中，江阔云低，断雁叫西风；暮年听雨僧庐下，鬓已星星也，悲欢离合总无情，一任阶前点滴到天明。"这也真的是把雨听了个透彻，把人生听出了大境界。而他却不知山中亦可听雨，听出宁心静气的飞升，听出心神交融的触动，听出自然与生命的豁达。那每一声，每一念，都生成了一枝静莲，在停滞的时光中清丽婉转。

围住幸福的屋

古老而又高大的围屋,是凝固的乡愁,是远望期盼的目光,是虔诚的信仰膜拜,是万千畲民抚摸斑驳的身影……

阳春三月,踏上庐丰这片土地,我才知道原来上杭还有这么一个斑斓绚丽、丰富多彩、风情万种的地方。在丰济村一片碧绿的田野中间,我看到了迄今已有200多年历史的麻子坝围屋。屋的不远处,蜿蜒的丰济溪闪着莹莹的光,如飘带般静静地汇入汀江。

麻子坝围屋,也称九如堂,是清代乾隆年间由丰济村蓝氏先祖所建。围屋以南北子午线为中轴,坐北朝南,左右对称,占地面积约1万平方米,由两座弧形围屋组成,共有三堂四横二围。正堂是一座闽西传统建筑风格的四合院,三进两个主厅外加两边厢房,一座九厅十八井式客家民居,以屋前面的半月形池塘和正堂后的两座围龙屋,构成一个太极形整体。后一重是两层弧形围屋,整幢围屋内有21个厅,288个房间,适合数百人大家族居住。重檐屋宇式彩绘大门,依然透射出当年的富丽堂皇。

这天,正是畲族人民的传统节日"三月三",围屋里处处张灯结彩。几位畲族长老一大早就来到"蓝氏家庙"举行盘瓠大典,祖祠正中悬挂着图腾,祭桌上摆着两杯酒、一杯茶,三荤三素六碗菜,还有乌米制成的粿。族长老手持龙头祖杖,一套仪式在神秘的氛围中进行着。畲族妇女也早早地起来坐在镜前细心的装扮一番,戴上美丽的凤凰头饰出现在众人的面前,别样的风采和别样的浪漫便荡漾开来。

空气中弥漫着糯米饭的清香，家家户户都在蒸煮"乌米饭"。畲家的"三月三"亦称"乌饭节"，乌米饭是用一种植物的汁液把糯米染成乌色，吃乌米饭是对先祖表示纪念。一位畲族老伯正用木棍从陶盆中卷起一些发酵好的黄褐色糖，在砧板上来来回回一捣鼓，糖就变成了白色，再加上芝麻，最后，用线把长条形的麦芽糖切割成一小块一小块。禁不住糖香的诱惑，马上尝了一块又一块，真是香甜可口，回味无穷。

走进一户畲家，主人热情地把我们迎进门。落座后，主人先敬茶，一般要喝两道，畲家有一种说法：喝一碗茶是无情茶，客人只要接过主人的茶，就必须喝第二碗。畲家人的节日宴席真是琳琅满目：除了乌米饭，那就是"热食"，这道菜的原料有15种之多，集山珍海味于一锅，味道鲜醇，真可谓是畲家"佛跳墙"；桌上还摆满了用辣椒、萝卜、芋头、鲜笋和姜做好的卤咸菜，而竹笋则是畲家四季不断的蔬菜。酒是不可少的，畲族人素有"民嗜酒"的说法，还有谚语："无酒难讲话！"主人给客人斟上米酒然后举起酒碗，笑盈盈地说："酒淡不成敬意，一碗联友谊，两碗祝如意，三碗庆丰收，多喝几碗，延年益寿。"

不知不觉间已近傍晚，阳光斜照着，穿过围屋独特的屋顶与房檐，洒在用大小卵石铺就的围屋巷道上，闪着古朴沧桑的光泽。忽然一曲幽妙的音律伴着斜阳飘进我的耳中，这是叶笛吹奏的音乐。寻声而去，只见几位畲族中年男女嘴边衔着一片树叶，素指轻捻，气息舒缓，那绿色的乐声便如清泉流泻而出，这是乡野最纯净的声音。伴着叶笛清亮的旋律，一位畲族小伙子唱起了宛转悠扬的山歌："深山松树好遮阴，松树荫中好交情。妹若有情应一句，省得阿哥满岭寻。"一曲唱完，一位畲族姑娘参与了对唱，他们各自站在屋门前，一手扶着门框，自由自在地对唱起来。畲族的男女老少都能随编随唱，以歌代言、以歌叙事、以歌抒情、以歌会友，散发着浓浓的乡土气息。

池塘边的空坪上，身着节日盛装的青年男女跳起了竹竿舞，在鼓点声中，竹竿一开一合地来回敲打着，姑娘小伙们手拉着手，随着音乐的节拍，双脚娴熟地在竹竿间隙穿梭跳动。姑娘身上的银项圈、银手镯、银耳环、银头簪、银链子在夕阳下闪着金色的光。

月亮从不远处的山坳里爬了上来，畲族传统节目"香灯"上场了，只见30名畲族青壮年，身穿袖口、裤脚绣着彩色绲边的黑色民族衣裤，举着一个个连接起来有十多米长用稻草扎成的草龙，龙身周边插满点燃的香。夜色中，香灯伴随着欢快的鼓乐，在围屋的巷道里来回穿梭，星光点点，烟雾飘荡，香气缭绕，吉祥人间。

夜深了，围屋的上空还飘荡着歌声、鼓声、欢声，"三月三"注定是畲家人欢乐的日夜。围屋以一种原始之美、简约之美、神秘之美，用自己坚固、包容和温馨的身躯围住了畲家人的和谐融合！围住了畲家人的血脉香火！也围住了畲家人的幸福安康！

文人画之趣

文人画是古代留下来的一个文化名词，它大约在北宋时期形成，并由元代的赵孟頫正式提出。从宋代至今，优秀的文人画一直深受大众的喜爱，究其原因：一是有文学特征、有书卷气、有内涵、有感想，能让人产生共鸣；二是有个性、有才情、有独特的不羁，能使阅者产生联想，找到情感的契合点。所以，在文人画的创作中，我力求做到墨趣、意趣、文趣、小趣的统一。

所谓"墨趣"，就是通过水与墨的融合产生变化，在白纸上用毛笔以黑白两极和不同深浅的黑色来表现纷繁复杂、丰富多彩的世界。水墨作画既达到了黑白状物的效果，又摆脱了色彩与形似的羁绊，在空间认识上达到一个崭新的高度。作为实色的墨色在视觉表达和心理感受上是某种实际存在，而不着一笔的白纸则为虚拟的空间，为黑色提供了经营的可能。二者互补互衬，正所谓"计白当黑""知白守黑"。作画时，我力求将自身沉浸于一种专注沉潜的状态，畅游于鲜活细腻的自然气息中，营构、整合自然物态丰盈交叠的复杂关系，使之化为行笔施墨间润泽淋漓的生机表现、泼洒滴淋间绵延畅达的游历心迹、焦宿积破间丰富浑厚的恣意观感。唐代张彦远在《历代名画说》中论："夫阴阳陶蒸，万象错布。玄化亡言，神工独运。草木数荣，不待丹碌之采；云雪飘扬，不待铅粉而白。山不待空青而翠，凤不待五色而綷。是故运墨而五色具，谓之得意。意在五色，则物象乖矣。"在创作中，我的笔墨会根据兴趣和关注角度的不同随机转换，自然情貌间纷繁的结构特质和穿插叠合关系，皆可凭借心性的熔铸，转化为画里的生活气象，传统笔墨形态与品性亦可以由画家自身的理解有理有节地植入画中。正是由于笔墨作用于宣纸的实践过程，不断地积累起丰富的经验，拥有了笔墨功夫，黑与物象浑然一体，重墨不浊，淡墨不薄，层层递加，墨越重而画越亮，墨越淡而画越雅，画不着色而墨分五彩。因此，文人画对水墨情有独钟。

所谓"意趣"，就是水墨画借用黑白两色，使画者在创作中避免了以辨认物象和塑造真实形象为目的，从而将关注点放在借物象来表达画外之意上。文人画自古就讲究"离形得似，境生象外"，但得神遇，不以迹求。石涛在《苦瓜和尚画语录·笔墨章》中提出："墨之溅笔也以灵，笔之运笔也以神。墨非蒙养不灵，笔非生活不神……能受蒙养之灵而不解生活之神是有墨无笔也，能受生活之神而不变蒙养之灵是有笔无墨也。"从这段话可以看出，对生活和精神的展现要比单纯的运笔、运墨重要得多。如果画家不注重品行修养，用墨就无法达到灵动的效果；如果画家不注意观察生活，用笔就会没有神韵。画家只有仔细观察和体验生活，并将自然的美与自我心源融为一体，才能创作出具有"天人合一"理念的作品。

因此，古代文人画家画画的时候，侧重追求笔墨的趣味和笔墨所载的抽象表现。也就是说，通过抽象的笔墨，画家表现的不是外在的物象世界，而是画家内心的理想世界和感受。譬如我们看八大山人的画，无论他画的是鸟、鱼、花或山水，纵使主题不尽相同，但表现的都是八大山人的内心世界和艺术价值的取向。他的画，花鸟山水皆擅，以水墨写意为主，形象奇特，怪异夸张，尤其是那些禽鸟，或蜷腿缩颈，或栖一足、悬一足，瑟缩于枯枝残荷之上，一副既受欺负却又不肯屈服之状，悲愤慷慨，倔强郁结。他笔墨着纸时概括简约，惜墨如金，多一点则过之，少一点又不及，痴情恣纵，傲趣横溢，苍劲圆辣，逸气出岫，自身的情怀与意趣融于画中。元代文人画家倪瓒便直接简明地表示，他的画志不在形似，只为抒发个人胸中逸气而已。

所谓"文趣"，就是文人画必须体现文气，是文学与绘画相结合的一门艺术，需要文学与绘画的双重技能。翻阅中国画史，哪个文人画大家不是既能诗又能文的，他们穷其一生都在进行功力积累，都在锤炼自己的诗书画文，像倪瓒、沈周、唐伯虎、董其昌等等，举不胜举。中国文人几乎都遵循这样一个发展规律——就是从娱己到娱人，绝大多数文人画家并不靠卖画为生，工作上余闲暇之时，握笔铺纸，画上几笔，抒之以情，寄之以理，再题上诸如："灵境仙所居，梦曾来此颇。""不要人夸好颜色，只留清气满乾坤。"等等，真是自乐至极。画多了，画精了，再加上文人画本质上是以文学立意画面，含着智慧与诗意，自然喜欢的人越来越多。

对于智者和有志者，娱己的过程其实是坚持学习，坚持探索，不断丰富自己的精神世界，不断提高自己的学识素养，不断寻求突破创新的过程。我认为，决定艺术者，首当才情与性情，以后天的性情挥洒先天的才情，技术远在其次。多少人孜孜矻矻于技术的磨炼，终于工匠的精微，却无神性的灵光，难称大家。而神性则来自文学性、哲学性、趣味性。

水墨对宣纸的细微浸染，不正是文人画家心绪一点一滴的渗透吗？这其间始终包含着妙趣妙境，清正清雅，具备遣怀述志，托物寄情。这也像写一篇散文，或填一阕诗词，需要创作者长年累月的知识积累，所谓"功夫在诗外"就是这个意思吧。文人画的精髓就是文化，就是一点一滴融进自己血脉之中的中国文化的传承。

所谓"小趣"，就是从形象到笔墨都非常简练而意趣神情鲜明的即兴之作，一般称为小件小品，是相对于大幅的、主题性强的作品而言。小品画尺幅小，一般在一尺或者数尺之内；内容简，要求简练、概括、单纯，小中见大；趣味浓，给人以优美、自然、舒畅、轻快、动情、纯朴、恬静的审美享受。在中国画艺术中，小品画展现出其独特的艺术特征。

回眸历史，先人留下的艺术精品大量的是小尺幅佳作，如王维的《雪溪图》，李唐的《牧牛图》，赵孟頫的《秋色图》，倪瓒的《秋风图》，董其昌的《秋兴八景图》等等。所以，艺术不计尺幅大小，可谓"咫尺之图，写千百里之景"。我写小品画，主要还在于不需要花太多时间，茶余饭后一挥而就，十分方便。但是小品画型制可以小，器局绝不能小，"纳须弥于芥子，容千里以咫尺"。尽管小品画多为即兴创作，但也是画家对社会、自然一切事物深邃体察之后，再经过缜密的思考，有所感悟才一挥而就的，其表达着一种凝练的感情。小品画也最能体现一个画家的笔墨成就，中国画的笔墨，本质上是审美的，追求艺术表现的力度美、情感美、书法美，而小品画的笔墨恰恰更是如此。

可以说，中国画能进入寻常百姓家的主要是小品画，所以小品画是人民群众喜闻想乐见的形式。几片兰草、数枝竹叶、一幅小景，画面形象不多，和墨简括，却发深思，赏心悦目，趣味盎然，给人以美的享受。

心叩步云书院庄重的门

十月的梨岭村,千山含黛、万木争荣。梅花山在阳光的照射下格外妖娆,山下蜿蜒前行的九龙江,像一条金色的丝带,在暖阳下波光粼粼、熠熠生辉。村北侧偏僻的"葫芦坵"田畔,两根石柱赫然跃入我的眼帘。

这块清幽之地,有一处学堂遗址,这就是原隶属汀州府辖,现属上杭步云乡马坊村,旧称"贴长""二十四甲"的步云书院。如果把它与宋代的白鹿、嵩阳、睢阳、岳麓四大著名书院相比,步云书院只能算是"小字辈",但在闽西却家喻户晓。

南宋建炎至清代乾隆六百多年间,闽西各地群儒汇集,为研讨儒学,传播礼教,培育英才,竞办学堂书院,著名的有紫阳书院、南山书院、望云草室、汀州试院、白云书院等等,而步云书院建于清乾隆辛酉(1741)十月,书院主要创建者之一的林开莘是出生于梨岭村的一位进士,他看到这一带山势高峻、风景秀丽、云雾弥漫,步出院门,宛如置身于悠悠白云之间,便将新建书院取名"步云"。

儒家士人把书院看成独立研究学问的安身立命之所,书院从萌芽之日起,就和士人"独善其身"的生活道路联系在一起,创建的目的之一是为了超世脱俗的精神追求,体现了儒家人文精神的越然性。因此,书院创建者总是把书院建在僻静优美之地。当年在建筑步云书院时,充分利用了地形地貌,依山而建,前卑后高,层层叠进,错落有致;加以庭院绿化,林木遮掩,以及亭阁点缀,山墙起伏,飞檐翘角,构成生动的景象，与自然景色取得有机结合，因而收引"骨色相知，神采互发"之效。孔子门生们毫不居理而傲，恭敬地遵照了孔庙建筑风格，楼不高、宅不阔、亭不娇媚、阁不高调、清雅端庄。

步云书院首先是书院，所以，它更炫同的应该是书院里浓浓的墨香，亦如整座书院建筑的情调。迎面匾额上"步云书院"四个大字不温不火，似极了孔夫子，刚柔相济，既有儒家的圆润，又有其理治天下的气势，该内敛的内敛，该张扬处张扬。

躬身而入，有桃木夹道相迎，回眸，可见与大门匾额呼应的另四个字"圣域贤关"。书院建筑以讲堂为中心，内设四厅两厢加左右两直横屋，布局严整，前方三面还有围墙，围墙右角还有一间"魁星宫"，体现了书院的讲学、藏书、供祀的"三大事业"的主体地位。

书院的正厅屏壁上悬挂着"孔圣""关帝"的大幅神像，像下方精雕细琢的案桌上竖立着两位"圣""贤"的木主牌位。学生入学、习文练武前，先生必带领学生先膜拜"孔夫子"和"关云长"两位圣贤之像。正厅上方的屏联为："乃文乃武"和"曰圣曰贤"。两旁的石栋柱上刻着两副对联，上联为："圣天子雅化作人建学在乡国之中，教孝教忠教友义，吾侪猥之无与"，下联为："真男儿潜心念典校技艺及台冠，能诗能赋能文章，我等乐观有成"。则可窥见其办学宗旨。院厅的墙上绘制着当地历代贤士名人的肖像，足见建院者是煞费了一番苦心的。而一幅幅栩栩如生、呼之欲出，精致细腻的壁画更是使人对建院者油然而生敬意。

步云书院建筑的朴实完美，还反映在忠实于材料结构的表现，所有材料均为山上自产的砂岩，色泽沉稳，加工方便，不追求雕饰之华，因而建造成本也较低。书院外部即显露其清水山墙，灰白相间，虚实对比，格外清新明快；而内部则显露其清水构架，装修简洁，更显素雅大方。远观其势，近取其质。既无官式画栋雕梁之华，也少民间堆塑造作之俗，给人自然淡雅的感受。

　　书院的基础是经费，步云书院的经费来源有两个方面，一是"学田"的田租收入，学田是由官府拨给书院的耕地，书院出租给农户以收租的方式取得经费；另一方面，经费来源于当地一些有经济实力又好为义举的私人捐助和支持。步云书院的生徒来自四面八方，没有门第界限和贫富之分，只要学生愿意学习就可以入学，有教无类，这是自孔子以来中国教育的优良传统。步云书院的生徒不经考试就可以入学，生徒按分斋进行习读，书院供给食宿，书院中两直横屋就是生徒住宿和自学场所。书院的主讲先生都是当地很有声望的学者，如丘凤岐先生等丘氏儒家学者。学生大多为仰其名而至，学者风范为人师表，师生之间朝夕相处，关系比今天学校里的师生要亲密得多。书院的学习方式，以学生自学、先生讲授、学生提问、先生答疑相结合的办法，鼓励学生多角度独立思考，以理解消化为主，反对"填鸭式"和"满堂灌"。步云书院的先生更注重以文圣、武贤的文理、武艺、品格为准则，造化于人，从而培养了一代又一代颇有成就的文武英才。如梨岭村的林毅轩便是当时步云书院中的一个高才生，他在汀州考取举人时，当时的汀州府正堂钦点翰林院庶吉士莫树椿赠给其三件宝物：玉石书箱一个、玉印一枚、亲笔题诗一首。诗赞其文武出众："忽忽悠悠遍目前，巾怀武毅葆其天。登高跂望梨云处，战儒精修绍昔贤。"

　　由于步云书院的办学成就，为维护步云书院治学秩序，保护教书育人的一方净土，莫树椿还在步云书院旁立了一块"禁丐令"石碑。这是由于自清入主中原后，汉族人皆视清朝为异族，民族主义的思想和排斥异族的信念极为强烈。自顺治、康熙、雍正直至乾隆等朝的百余年间，反清复明的武装斗争从来没停止，他们以三合会、哥老会、白莲教等宗教形式发动起义，不断地受到清廷的残酷镇压。这些反清人士逃亡流落到全国各地及边远地区，时流丐特多，故清廷严令不得接济流丐，以杜绝死灰复燃。

步云书院不仅是古人习文练武这地，也是革命战争年代红军游击队的根据地驻扎点。1929年5月，红四军第二次进入闽西抵达古田。随后在红四军取得军事上节节胜利的形势下，贴长（步云）也和上杭各个村农民一样举行了暴动，收缴地主富豪的枪支弹药，烧毁他们的田契借据并开仓分粮，梨岭成立了贴长革命委员会和区苏维埃政府。古田会议后，毛泽东、陈毅率领工农红军第四军第二纵队安全转移途中进驻梨岭村，在赤卫队员的发动下，群众捐钱、捐物支援红军，妇女们为了使草鞋更结实，用破衣衫撕成布条编在草绳内，做成布草鞋送给红军，成为佳话。红军在梨岭村驻扎的几天里，宣传革命道理，张贴红军标语，赤卫队员还编唱贴长山歌："擎柴擎到肥树枝，打倒龙岩陈国辉。庆贺红军打胜仗，缴得枪支几万支。""如今共产爱唱歌，分到田地免租收。废除各种高利贷，勤耕自种快乐多。"

1931年闽西苏区革命斗争进入高潮，红军游击队在伍洪祥、梁集祥、游云长等同志的带领下，多次到步云书院开展革命活动。1934年10月，主力红军长征后，罗步云所在的宁清归军分区奉命向闽西南发展，并与闽西南军政委员会第一作战分区汇合，罗步云担任岩建宁军政委员会主席，在步云的梨岭、马坊一带坚持游击战争。罗步云在步云一带积极发动群众，宣传革命道理，开展打土豪、分田地斗争，并在龙龟村建立了苏维埃政府。罗步云身材高大魁梧，使得一手好枪法，反动派"闻罗色变"，但老百姓拥护和欢迎游击队，都亲昵地称罗步云为"罗大个子"。罗步云是瑞金人，他也很喜欢步云的秀丽山水和淳朴民风。一天，罗步云来到步云书院，虽然书院已清冷破败，不闻书声琅琅，但仍不失壮观。他分明觉出了淡淡的书香，久久凝视着门框上的"步云书院"四字，觉得"步云"两字文雅而又灵动，于是决定将自己的名字改为"罗步云"。罗步云在贴长地区推行耕者有其田，废除高利贷等，遭到地主豪绅的极端仇视。1936年12月，由于游击队负责人叛变，罗步云也壮烈牺牲。新中国成立后，为缅怀烈士，人民政府将罗步云先前工作和战斗过的贴长地区更名为步云乡。如今，步云乡已辖梨岭、蛟潭、马坊等10个行政村，是上杭县竹木资源最丰富的地区之一。

清初显赫一时的步云书院建筑在"文革"期间全部损毁殆尽，人们只能在那三米多长的石刻楹联和残砖碎瓦中，与历史文献的记载相互印证那曾经的气势与辉煌。而我分明看到了那一排排书生的阵容，脚踩清初的晨露，穿越落满红豆的村街，一直走到晚清的夕照里，定格在玫瑰色的天幕下。书院里抑扬顿挫的诵读声，从一座房屋传到另一座房屋，响成一片，从未中断。

"楼榭亭台几度摧，蓊树兰秀气犹存"。文化的更迭，使步云书院颓败、荒芜、坍塌，然而，文化的魅力是不会颓败的，就如书院边的老树、香兰，愈老愈蓊郁、弥香。现在，闽西把步云书院列为重要人文景观，梨岭村也正加快筹建步云书院陈列馆，让书院文化担当起光大民族优秀文化的责任，践行"为天地立心，为生民立命，为往圣继绝学，为万世开太平"的伟大抱负。

不知不觉间，天色已近黄昏，该是离开的时候了，尽管心中颇为不舍。夕阳的余晖静静地洒在书院的遗址上，泛着金色的光辉。风吹动着古樟树发出沙沙响声，仿佛在告诉我们书院文化不会远去，乡村精神不会远去。悠悠文脉，纵贯古今，儒风沐浴，代有英才。

杏林春暖救生堂

　　午后，柔美的阳光穿过白马河河边的榕树林，散发着晚秋时节的暖意。我从白马河的这头，走向河的那一头，去寻找那一缕杏花的余香，寻找千年前的董奉。

　　踏着一条青石板路前行，不远处一座古雅别致的单檐悬山顶穿斗式明清福州古厝风格建筑，在阳光下温暖而羞涩地站立着，慢慢地缩卷成一个时代的影子。而往来之间的路人，似乎带有旧梦的穿越，于眼角之间装饰着满满的好奇，从秋光中走过！

　　缓步来到占地只有300多平方米的古厝前，举目望时，只见古厝门框上方高悬着一黑底金字的匾额，上书"救生堂"三字，四处弥漫着烛火的清香。青石门柱上刻有"杏林春暖佳话千秋颂""丹灶烟浮神医万代崇"的金字对联，两旁的石狮，历经百年的风霜雨雪，也骤减了当年的威武之姿，但那双凛然的眼睛，依旧让人不寒而栗。

　　踏上三级青石台阶，轻轻推开朱红色的大门，不大的正殿上方，一个描金彩绘的神龛里，端坐着一尊身着龙袍头戴锦冠的长须神像，也许是因为千百年来烟火的熏烤，脸盘已变得黝黑，闪烁着银白色的亮光，他就是三国时期与华佗、张仲景并称为"建安三神医"的董奉。只见他仪态慈祥，两眼炯炯有神，这凛凛风姿大概就是当年治病救生、济世利民的真实写照吧。

　　正殿两侧有六幅彩绘人物壁画，为横街著名画师李道环所绘制，绘画水平甚高。左侧粉壁上画的是徐中军、罗、雷、童法将和金仙童,右侧画的是逢都督、田、耳、吴法将和善仙童。这些壁画是从被拆迁的茶亭救生堂原址上,精心揭下妥善保存移到白马河这个新址。这些武士做握剑、扶剑等不同立姿,身披盔甲,高大魁梧,气宇轩昂,动作鲜明,线条有力,气韵生动,虽历经数百年,壁画依旧那么鲜艳传神。

晋代葛洪在《神仙传》中记载"董奉者,字君异,侯官人也",就是现在长乐区古槐镇龙田村附近,他生于东汉建安二十五年(220)的三国乱世。长乐原有一山叫福山,福州就是因福山而得名,后人为纪念董奉改名董奉山,山南有巨岩,名为董岩,山上至今留有"汉董奉炼丹处"古迹,而山下董奉家乡建有纪念董奉高尚医德的"杏林始祖董奉草堂"。少年时代的董奉就立志要做一位济世的良医,他发奋钻研岐黄之术,年轻时,曾任侯官县小吏,不久归隐在其家村后山中,一面练功,一面行医。《历世真仙体道通鉴》卷十六记载,董奉精于道教内外丹,善于占卜问卦,长于神仙方术。他成名后,沿闽江一线行医,后翻过武夷山脉,来到江西设太乙馆于庐山下。

此后,董奉定居庐山,他常年为老百姓治病,却不收取报酬,只是让被他治好病的人种杏树,大凡病轻的人,经他治好后,他就让病人种植一棵杏树作为酬谢,患重病的人,经他治好后,他就让病人种植五棵杏树作为回报。经过十几年,他所居之地,就有了十多万棵的杏树,形成一片郁郁葱葱的杏林,这岂不就是漫山遍野的锦旗吗?董奉将杏林取名为"康乐杏",每年杏子成熟后,董奉便在杏林中置一草仓,欲买杏者,只要一器谷置于仓中,即自往取一器杏去。董奉每年都将贷杏得到的谷用以赈济贫苦百姓和供给行旅之人。这之后,人们便用"杏林"称颂医生,到后来"杏林"甚至成为中华传统医学的代名词,自古医家以位列"杏林中人"为荣,医著以"杏林医案"为藏,医技以"杏林圣手"为赞,医德以"杏林春暖"为誉,医道以"杏林养生"为崇,杏林文化也应运而生源远流长。

在董奉济世行医的过程中，流传着许许多多关于董奉治病救人的故事。据说一个叫杜燮的交州刺史，因为中毒休克了三天，完全不省人事，家人已经做好了安葬他的准备。董奉前往探视，他拿出三粒自制的药丸，放入病人口中，叫助手轻轻摇动杜燮的头，让药丸慢慢进到他的肚里，不一会儿，杜燮的手脚便能活动了，面色也渐渐恢复正常，过了半天，杜燮竟能够坐起来，四天之后就完全康复了。一个濒临死亡的人，就这样奇迹般地复活了，这让人对董奉不能不佩服得五体投地。

一年秋天，一位母亲哭哭啼啼地来向董奉下跪，请求董奉救救自己腹痛难忍的正在求学的孩子。董奉切脉问诊后，开出了奇特的药方，交代患者说："喝完杏茶制的汤药之后，以杏茶为题作诗一首，必痊愈。"回家后，书生服其药，少顷排泄之后，顿感舒服，于是题诗一首："儿患顽疾母心慌，董仙妙手赐神方。杏干云雾显奇效，此诗作罢身自安。"从此后，董奉用杏茶治病的故事便传遍了天下。

董奉还有养生延年的本领。一个曾在侯官县当过县令的官员，年轻时曾见过董奉，那年董奉已四十多岁。五十多年后，这位官员告老还乡，途经庐山，再次见到董奉，他惊讶地发现董奉容颜和五十多年前没有两样，便叹道："我当初看见您时您就是这样，现在我已经皓首白发，而您却仍黑发童颜，让人感到不可思议啊！"

董奉在庐山定居后，追求"奉天地顺五行"的老庄人生哲学，在现实中构建"和谐杏林园"，从而达到他修道从医的最高境界——无为而为。体现出一种超然尘世的精神，是中国道文化和医文化交融的典范。据说董奉活了119岁，也有一说"奉在人间三百余年乃去"。羽化时，颜容如同三十岁一样。

董奉在庐山得道登仙后，在其升仙处建有太乙宫祀之；晋永嘉元年（307）诰封董奉为"太乙真人"号"碧虚上监"，建真君庙；唐天宝年（742）建太乙观；南唐保六十一年（953），在原址建太一观；宋真宗大中祥符年间（1008），又建太乙祥符观，赐额"大巾祥符观"；宋徽宗宣和二年（1120）诰封董奉为"升元真人"，重修观宇，民间尊称他为"闾山监雷法祖仙师"。至今在庐山附近，还留有不少的杏林遗迹，如董奉曾经居住活动过的董奉馆、杏坛庵，后人祭奠他而建的太乙宫、真君庙、太乙观、伏虎庵等等，还有文人墨客留下来的珍贵诗词歌赋名篇碑碣等。这些诗词歌赋描绘了杏林仙境的独特风光，再现了杏林中人与自然和谐相处的美好情景，也表达了后人对董奉的崇敬仰慕之情。如唐代李白的"禹穴藏书地，匡山种杏田"；王维的"董奉杏成林，陶潜菊盈把。彭蠡常好之，庐山我心也"；杜甫的"香炉峰色隐晴湖，种杏仙家近白榆"；宋梅尧臣的"桃花已满秦人洞，杏树犹存董奉祠。莫怪寒梅独多叶，只缘乐府有新诗"；明代唐寅的"人来种杏不虚寻，仿佛庐山小径深"；清代翁方钢的"岩幽虎心善，远吹来杏林。但坐掬石泉，溪回鸣玉琴"等等。

明末，长乐王姓一支迁居福州河上村（今台江区茶亭街河上村）时，将董奉山下太乙宫中的香火"分炉"到了河上村，并建堂纪念董奉，取名"救生堂"，实为"治病救生，济世利民"，奉董奉为仙师。河上救生堂原址在仁德路中央，为全木结构建筑，三开间悬山顶，从左向右依次为临水宫、救生堂和感应境。救生堂梁架做出卷棚拜亭，悬挂匾额"威灵显应"，迄今已有400多年。你很难想象，如此破旧的救生堂竟然承载着几百年的风雨，几百年的记忆，几百年的香烛。

董奉创立的杏林文化，有着"亲、善、诚、信、中、和"的丰富内涵，真灵魂是"道"与"德"的统一。当今许许多多医务工作者以"杏林精神"鞭策自己，力争成为杏林中的佼佼者，这正是杏林文化的生动体现，也是传统中医药文化精神的发扬光大。

日本、东南亚一带都有祭拜董奉的寺庙，有不少董奉仙师的信众，他们都奉大陆的救生堂为其正统，说明董奉的医德医术在海内外都享有盛誉。

救生堂中的香火在闪烁的光阴中明明灭灭，徜徉在古与今的交界，游离在光与影的边缘。一片杏叶滑落在雕花的窗棂上，氤氲开了时光往返的轮回。我看到一位妇人正跪拜在蒲团上，翕动的嘴唇默念着，我忽然想起立在门外的那五个大字"敬神如神在"，董仙应是通灵性的，他会在有意无意间悄然地暗合你的心境，你的念想。

离开时，恰是夕阳西下，回望救生堂，庙的四周蒙上一层缥缈的云纱，那是历史的尘烟吗？真希望那缕缕的杏香，那袅袅的白烟，那喃喃的话语，千百年来依旧温暖如初。

虚竹逸气腕底生

王阳明在《君子亭记》中有云:"竹有君子之道四焉:中虚而静,通而有间,有君子之德。外坚而直,贯四时而柯叶无所改,有君子之操。应蛰而出,迂伏而隐,雨雪晦明,无所不宜,有君子之明。清风时至,玉声珊然,中采齐而协肆夏,揖逊俯仰,若洙泗群贤之交集;风止籁静,挺然特立,不挠不屈,若虞廷群后端冕正笏,而列于堂陛之侧,有君子之容。竹有是四者,而以'君子'名,不愧于其名。""德、操、明、容"之竹子四法,由此而来。

竹既为"岁寒三友",又是"四君子"之一,因其身形挺直、万古长青,常被赋予高雅、纯洁、虚心、有节、刚直等精神品质。文人爱竹,常借竹以比德,苏轼《于潜僧绿筠轩》诗曰:"可使食无肉,不可居无竹。无肉令人瘦,无竹令人俗。"可谓道尽竹之清雅淡泊,郑板桥的《竹石》诗云:"咬定青山不放松,立根原在破岩中。千磨万击还坚劲,任尔东西南北风。"更是脍炙人口。

正因为竹子有谦谦君子之风,故文人常画之。在魏晋南北朝绘画中,竹子便时有出现,但多为衬景。至宋代,文人感叹于竹子,则加以单独描绘,使水墨竹成为独立画种。特别是北宋文同、苏东坡等人为代表的文人和社会精英以画竹为媒介,来探讨人文价值、抒发胸中逸气。他们的竹画不计较于形象的惟妙惟肖,而是抓住物体的基本特征,注重表现作品的特性、诗意和精神,把绘画提高到了和诗歌并置的高度。

虽然他们传世的作品不多，但其艺术主张和理论，对中国画的发展影响十分深远。

苏东坡不仅诗词扬名于世，他笔下的竹子生机盎然，清雅高逸，其造型常常让人出乎意料，他打破了前人画竹中规中矩的画法，更注重情趣和意味。他是中国早期文人画的雏形，这种用笔潇洒、关注诗意、偏重写意、意到画成的表达方式，至今还是文人画崇尚的路数。与苏东坡同时代的另一位画竹大家文同，他的竹画开创了一种全新的画风，一是用铦利之笔写竹叶，用笔圆劲，实按虚起，一抹而过；二是用浓淡墨分出竹叶、竹干的层次，浓墨为主，淡墨为衬，成语"成竹在胸"就是出于文同画竹。文同的这种画法一直沿用至今，他是这种画法的鼻祖。

在元代出现了一大批画竹高手，如柯九思、赵孟頫、鲜于枢、吴镇、倪瓒，他们开始改革画竹的方法，将自己的思想理念和人生命运植入竹子，并通过竹子传达人格和气节，崇尚"因心造境"。柯九思说："我写竹子用篆法，写枝用草书法，写叶用八分法或鲁公（颜真卿）撇笔法。"赵孟頫的一周题画诗云："石如飞白木如籀，写竹还应八法通。若还有人能会此，须知书画本来同"。这些方法的运用也使竹画更加生动、形象、鲜活，使竹子有了生命力和动感。柯九思、赵孟頫的这些写画法至今在画竹人群中都是一种普遍的方法，实现了"书画同源"。

到了明清时期，一些画竹大师通过他们长期的变革和创作，已经把画竹变成了画思想、画情感、画人格，完成了由单纯的描绘转向艺术的再现过程，把中国竹画推到了艺术高峰，也牢牢奠定了竹画在中国画的地位。其中以明代的夏昶成就最大，他以楷书笔法画竹，其竹画继承元人画竹传统，合规矩而气韵生动，时人有"夏卿一枝竹，西凉十锭金"之说，足见其竹画受欢迎程度。清代"扬州画派"的金农、郑板桥、罗聘等，或以金石入画，或以自己的书法入画，给中国文人墨竹传统带来了变革和发展。郑板桥在书法上糅合草、隶、行三体作"六分半书"，又以"六分半书"入竹画,其作品清瘦刚劲、铁骨铮铮,别具风格。晚清以及近代以来的赵之谦、蒲华、吴昌硕等将金石书法入画的文人墨竹传统进一步发扬光大。

我画墨竹是因为爱竹的品质——虚心、坚韧、洁贞、向上、长青、气节,是因为竹的形象可以代表自己的情操和品格。每当宣纸铺陈,谋其构图,择笔试墨,凝神定志,从容下笔,达到虚实有度、浓淡交融、浑然一体、逸气飘然,把眼中之竹,映成心中之竹,绘成纸上之竹,变成了愉悦心灵,体现风骨的雅事,变成了人格和情操的寄托。

一缕奇香似倾城

"北方有佳人,绝世而独立"这是宫廷乐师李延年向汉武帝进献的《佳人曲》,也是古典诗词中对"美人"最为经典的描述之一。而在中国传统文化中,美人也从不单指容姿出众者,爱国诗人屈原以"香草美人"喻高洁之士,苏轼《赤壁赋》中的"渺渺兮予怀,望美人兮天一方",此美人乃君子也,这些经典的意象亦是流传至今。

茶,作为中国文化中的一样重要元素,能被冠之以"美人"之名,成为别具一格的茶中佳人,收获世人的万千追捧与仰慕,一定有其不俗的色、香、味……

端午时节,来到美人茶主产区之一的大田县屏山乡,赶一场山间茶事。美人茶的采摘在端午前后十天,从时节上看,美人茶就与其他茶不同,违了明代《茶疏》中所记载的"清明太早,立夏太迟,谷雨前后,其时适中"的传统采摘茶叶的时节,真是"绝世而独立"。

夏至的阳光洒在身上已很闷热,然而茶山的风景让我们捡拾了视觉的盛宴。千亩的生态茶园梯形成行地展开,一座山就是一个茶园,一个茶园就是一座山,一座牵着一座连绵不绝。这层层叠叠的茶山让我不由得想起唐代诗人姚合的诗句:"芳新生石际,幽嫩在山阴。色是春光染,香惊日气侵。"这漫山遍野的绿,在阳光里显得格外青翠,散发出阵阵沁人肺腑的馨香,令人心旷神怡。

慢慢游走在茶间小路,满眸是温馨的翠绿,满眸是初夏的清风,满眸是随飞随落点点轻动的采茶人，那样的欣慰与安详，那样的轻松和眷恋。正当我醉心于茶山之中时，陪同的郭总轻轻拉了我一下，故弄玄虚地说，我们的美人茶是虫吃一半、人吃一半。郭总看我露出惊异的神色，笑着说，美人茶不走寻常路，最特别的地方就在于，茶青必须让小绿叶蝉叮咬吸食，通俗地说就是要遭虫害。小绿叶蝉个头只有缝衣针大小，却能把锯齿样的触须扎进叶子，吸收水分、养分，使茶叶的发育受阻，再也长不大。当小绿叶蝉"亲吻"美人茶叶时，"美人"因为紧张害羞，会产生一系列的应急反应，被叮咬的叶片中"儿茶素"和"咖啡碱"含量增加，释放出以茉莉酸为基础的一系列香味物质。加上茶叶酵素与小绿叶蝉唾液在阳光照射下产生化学变化，产生酸素，美人茶的奇香便来源于此。而嫩叶无法进行正常的光合作用，叶缘显现褐色，颜色变金黄，形状如被火烫一般。形成优质美人茶不容易，首先得是特定的茶树品种，其次需要适合的地区和季节，第三是小绿叶蝉的叮咬程度。因此美人茶被称作茶界的燕窝。

听了郭总的介绍，我弯腰在茶树上搜寻，费了好大劲才看到一只小绿叶蝉虫。只见它身长约3毫米，全身碧绿，双翼透明，双目凸显，它似乎早已经看到了我，正虎头虎脑地仰起头盯着我。我忍不住高声喊起来：我找到一只了！周围的人听到我喊叫，争先恐后向我冲来。小绿叶蝉一惊，拔腿就跑，眨眼间就逃得杳无踪迹。

我小心翼翼地摘下一片被小绿叶蝉吸吮过的嫩芽，端详着那上面火烫般的痕迹，如果没有遇到小绿叶蝉的叮咬，这茶也许只是一款普通的乌龙茶，只有带着伤痕的幸存者，才能成为真正的美人茶。蝉是茶前世的期盼，茶是蝉今生的涅槃。忽然觉得，伤痕也是岁月最好的礼物。生命中每一段经历，都不是偶然，无论眼下好与坏，未来某一刻，你都会知道它的必然。人生又何尝不是如此，没有困惑、痛苦、忧伤，不曾独自面临崩溃的边缘，也就不会有机会见到更好的自己。回望过去，那些伤痕无一不是成长留下的"勋章"。

沿路的茶山中,采茶人戴着遮阳的帽子,正忙着采摘,他们抢着时令。有一首《茶山情歌》,唱出了采茶人劳动过程的喜悦:"茶山上的阿妹俏模样,十指尖尖采茶忙,引得蝴蝶翩翩飞,引得蜜蜂嗡嗡唱"一派采茶的热闹情景。我仿佛听到绿地毯式的茶山,正悠悠地唱着情歌,它把采茶人的情,写在片片叶尖上,流芳到人们的茶杯中。

路边一位采茶大伯,是个热情的人,我们停下来与他攀谈起来。采茶大伯告诉我,这美人茶文化深厚着呢!就这样眼睛看着茶尖,手指上下翻飞,嘴里和我们说着关于美人茶的故事。大伯说,这美人茶原是台湾独有的名茶,又名膨风茶,膨风是台湾俚语"吹牛"的意思。相传很早以前,有一位茶农因茶园受到虫害侵食,他不甘损失,将受虫咬的茶青做成茶叶后挑至城中贩售,没想到,竟因风味特殊而大受欢迎。回乡后他向乡人提及此事,竟被指为吹牛,从此膨风茶之名不胫而走。后来英商将此茶献给英女王伊丽莎白二世品尝,女皇为其独特茶香惊叹不已,又欣赏其外貌鲜艳可爱,宛如绝色佳人,乃为其取名"东方美人茶"……这两种说法虽均不可考证,但既有美人之名,人们对于围绕在她身上的浪漫想象总是宽容的。

朴实的大伯,在茶行间放着一个装茶的竹篮,腰间挂着一个临时装茶的腰袋,采茶的手法很是娴熟,每下都是准确的一芽二叶,而且茶尖都是向上的,并且采摘了之后迅速放入腰袋中,说是担心手上的温度让新采的茶叶变了气味。

告别了大伯,沿着茶人踩出的隐约可见的小路往回走,一阵微软的山风吹来,挟着扑鼻的清香,鸟鸣伴着蛙鸣,越发增添了茶山的清幽,大自然赐予人们的是值得感恩的光阴。郭总告诉我,大田有着悠久的种茶历史,可追溯到南宋隆兴二年(1164)。"东风买勇武夷乡,抽出先春第一枪。战退眠魔无避处,瓦瓯汹涌雪涛香。"这是大田广平人元朝

《二十四孝》作者郭居敬在《百香诗》里写的茶药用功效，也是目前大田县发现的最早的茶诗。《康熙字典》中也有对大田茶叶生产的注解。"大田美人茶"其前身是台湾的"东方美人茶"，由于大田县与台湾高山区经纬度相近，20多年前，台湾茶企将"东方美人茶"引种至屏山乡，定名为"大田美人茶"，于2017年成功注册国家地理标志证明商标。

不远处的山坳里有一座白色三层房子，掩映在绿树丛中，十分抢眼，这就是郭总的大田隆美茶厂。大门的两边，一副镌刻在褐色木板上的金字对联"青山似欲留人住，香茗何妨为客尝"格外醒目。一层是制茶车间，只见制茶师不停地摇动竹篾上的茶青，美人茶这些茶青只能手工采收，而且只能采收7天左右的一芽二叶，晴天采收，雨天不采，最专业的采茶工每天也只能采收三、五斤。茶青在摇动中互相碰撞而受损，促进发酵，随后静置，再重复摇动，这个过程叫"做青"，要持续6小时。制茶师说，每摇一次，手里的茶就更香一些。因为小绿叶蝉的存在，茶园不能使用任何除草剂、杀虫剂等危害自然的农药，甚至连化肥也不能用，只能用农家肥。种植茶树时亦保留森林原有的植被，形成茶园和森林相间，茶树与杂草共生的生态，确保小绿叶蝉住得舒服。制茶师自豪地说，美人茶是真正的纯天然绿色食品。

在制茶车间，我看到竹篓里有一坨一坨用白布包裹成包子式的东西，制茶师说这是美人茶制作中的一种特殊工艺，将做青后的茶叶包覆起来进行揉捻，包布越揉越紧，将过多水分挤压出来，揉紧后将茶叶与包布静置，也叫"渥堆"，促进甜味生成并塑造茶型，1小时后即可打开。若是有经过充分叮咬的茶叶，此时即能显现白毫，非常漂亮。将揉捻后的茶叶放进干燥机中焙至足干，美人茶便制成了。顶级的美人茶在外形观感上应该具有明显的白毫，感觉较肥大细嫩，细细观看，可见红、黄、白、青、褐这五色相间，宛若敦煌壁画中身着五彩斑斓羽衣的飞天仙女，所以茶人们也称之为"五色茶"。又由于美人茶的保健作用明显，且天然无污染，亦有"福寿茶"之称。

二层的正厅是茶室，墙上的两块牌子特别醒目，一块是"大田县隆美茶厂大田美人茶（金萱）茶获2020年三明市秋季茶王赛东方美人茶组银奖"，另一块是"大田县屏山乡隆美茶厂，荣获2020年大田美人茶斗茶赛金奖"。身着紫色小褂和深黑色裤子的沏茶姑娘，已在红木茶几上备好了玻璃杯，郭总逐一邀我们入座。只见茶几上一个洁白如玉的瓷盘中，刚出的美人茶，茶条明亮，肥壮圆结，沉重匀整，五彩斑斓，幽香阵阵。沏茶姑娘往玻璃杯中投进一撮茶叶，然后一手捧杯，一手将开水沿着玻璃杯的杯壁细细地注入，茶叶在水中如美人般翩翩起舞，缓缓舒展娇肢，过了一会，又慢慢下沉，就像雪花坠落一般，在杯中安然静处下来。这时，一股奇香向四周弥漫开来，轻仰鼻翼，似是熟果与花蜜交织的轻柔风韵，茶汤也渐渐显现出琥珀般的橙红透亮。有的人说，品茶最好分三口，三口方成品，第一口茶是用舌尖尝茶叶之甜味，以甜味寻苦涩；第二口茶则用舌身尝茶汁之涩味，以涩味寻回味；第三口茶是用舌根尝茶汁之苦味，以苦味寻甘甜。然喝完美人茶，不论是舌尖、舌身、还是舌根都充盈着一股奇香奇韵，鲜爽甜醇，饱满清润，徐徐生津，回甘绵绵，含蓄温婉中透露傲骨之高雅，甜醇甘柔中不失山川之灵气。没有丝毫的苦味、涩感。美人茶属于乌龙茶，但不同于传统乌龙茶"看青做青"的制法，而是进行二次发酵，有些发酵度多达75%－85%，因此，所显现的风味接近于红茶，却不失乌龙茶的香韵。

茶室的播放器里正缓缓流淌着古琴曲《高山流水》，我想这品茶不正如高山流水觅知音，不正是一种美的享受吗？品茶叶之美，有佳茗似佳人之喻；品茶水之美，有琥珀玛瑙之色；品茶艺之美，有赏心悦目之心；品茶道之美，有天地人和之融；品茶缘之美，有人际和谐之意；品茶寿之美，有生命哲学之归。小小茶杯就像一个大千世界，片片茶叶就如滚滚红尘中的芸芸众生，洁净中见天然，简朴中见自在，宁静中见真善。

叶展叶舒之间，鲜花一般争相吐艳，灿烂的笑容次第绽放，幽雅的芳香沁人心脾。待茶叶沉浮慢慢舒缓，闲行若定，又如天外云卷云舒，似是庭前花开花落……

天色渐渐暗了下来，郭总说他杀了一只茶山上放养的羊留我们用餐，盛情难却，只能客随主便。空旷的餐厅桌子上摆着一个火锅，冒着热气的羊肉，散发着诱人的香味。大家落座后，沏茶姑娘为每人端上一杯茶，但味道如同香槟一般，原来是在美人茶中加入一两滴的白兰地，称为美人香槟，让大家开开胃。随后又端来一盆洗得干干净净、鲜嫩欲滴的茶青，郭总抓了几把放进火锅里，与羊肉混合起来煮，更浓的香味，顿时充斥了屋子，郭总说，茶叶煮羊肉，是茶山的一道独特的美食，专门用来招待尊贵的客人。

我搛一箸茶青塞进嘴里，鲜香无比，舀一勺羊汤放进嘴里，香醇甘美，我还是第一次开羊肉煮茶叶的"羊"荤。餐后，沏茶姑娘又给我们端上了美人奶茶，是在冰镇的美人茶中加入鲜奶。郭总说还可以在美人茶中加入水果酒调制成美人鸡尾酒呢。美人茶可以变幻出许多花式的吃法、喝法，真是让我醉了。

这些年来，大田县把茶产业作为两大主导产业之一，立足高山生态资源优势，持续打生态牌、走绿色路，巩固建设茶叶基地，扶持壮大茶叶龙头企业，加强"美人茶"品牌建设，确保茶企茶农增产增收，茶叶成为富裕一方百姓的"金叶"，"美人茶"成为大田的一张金名片。郭总说着说着黑黝黝的脸庞上不时露出笑容，他勾勒着自己的"醉"美茶山，要在茶山上建设生态木屋民宿、休闲木栈道，打造茶文化美食体验，把茶山变身为乡村旅游的好去处，助力乡村振兴。

深蓝的夜幕之上，淡黄的弯月，温润如玉，闪烁的繁星，仿佛伸手就可以摘得。白日里苍翠的茶山，在这一泓月光的映照下显出倔强的轮廓。微风，从神秘的蒸腾着雾气的山坳中发出悠长的吟啸，似琴似箫，余音袅袅，不绝如缕。树林，从茂盛的枝叶间透出碎银般的点点光华，若隐若现，划出窈窕身姿的动人曲线。明月在天，清风在侧，山野无人，唯在茶香。我不习惯喝夜茶，但今晚的茶山让我不忍入睡，来一杯美人茶吧，水是沸的，心是静的，五彩的叶子在杯中有沉有浮，但都是在尽情绽放。沉沉浮浮的历程，并不全是犹犹豫豫。沉下去的是过去的坎坷，浮起来的是明天的希望。在沉浮中，变得韵味悠长，待这茶尽之后，自有人会记得你是如何的奇香满溢。

银轮飞舞见雄魁

闽侯青林村,我想是因勤劳勇敢的先人在荒山野岭垦荒栽种了万亩林木而得名的吧!现在这个小村庄,又因开发风能发电,被称作"风车村"。

车子沿着宽阔的水泥公路,蜿蜒地向青林村驶去。几场春雨过后,缕缕暖风夹着泥土的气息拂面而来。春的气息,春的馨香,春的色彩,乡下比城里更浓重,季节变换的感觉,乡下比城里更深刻的多。

道路两旁是茂林修竹,层层密密,那是纯粹的绿茸茸,给人一种极鲜活的感觉,似乎吸一口气,都能吸进这绿的滋味。山涧的溪水淙淙,林中的鸟语虫鸣,越发增添了春山的静谧。

车子绕过一个小山包,一架巨型风车庞然大物般赫然闯入眼帘,只见一根巨大的圆形柱子高耸云端,柱子的中部一个大大的篆书"唐"字十分醒目,柱子的顶端连着三叶的风轮,长长的风轮正迎风旋转着,在云层里时隐时现,发出"呼呼呼呼"的声音。同行的村干部告诉我:"青林村目前共有43个塔位,一个塔位年租金达10万,带动了旅游观光等三产收入,我们村就是靠科技的力量发家致富的。"

下车前行,想要近距离一睹风电的风采,感受一下科技带来的巨大力量。我们一边抓拍风车,一边向机组方向前进,走走停停,走不多远,迎面来了两位风电场工人师傅模样的人,他们正在对风电设备进行检修。怕耽误他们的工作,我们只简单地聊了聊,便告辞了。

我们快步走向村庄，首先映入眼帘的仍是一个个高大的风车，风车分布村庄的四周，不管你走到村子的任何一个角落，你都会看到风车耸立在你面前！不远处，各式房屋错落有致地排列在荡漾着碧水的小湖边。湖边一排排的桃树正开的热烈，从粉红到胭脂红，分着层次，轻轻柔柔的，仿佛在飘动着。我的目光被一位坐在湖岸边的老人所吸引，满脸的皱纹，雪白的胡须，微笑的面庞，慈祥的模样，让我想起了故去多年的爷爷。我坐到老人身边，亲热地唠起嗑。

老人高寿八十有七，三个儿子三个女儿，都成家立业了。大儿子在村里办茶厂，两个儿子在英国和阿根廷开超市，"收入都好，一年十来万不成问题！大儿子过得最快活，正在盖三层小楼呢！"老人抬手指了指不远处的房子，又转过话头："这日子，没说的！我们青林村以前是闽中游击队活动的根据地，特别是小洋自然村，地势优越，地处半山顶，山地广阔僻静，便于革命活动。村民们为游击队站岗放哨、上山巡逻、送信件、带路、采购生活用品。大家用生命来保护地下党和游击队的安全，为革命做出重大贡献！"老人陷入深深的回忆，我一时无语，拽住他干枯的手，握了又握。从战火纷飞年代走过来的人，最珍爱和平安宁的好日子，因而对共产党，对社会主义制度有一种特别的感恩，发自内心，不掺杂任何水分。

说到青林村的新变化，老人笑说："村子变得跟画上似的，我就跟生活在画里一样！"老人这种心满意足的微笑，在青林村随处可见：抱着孙子玩耍的老婆婆，满脸洋溢着幸福的笑；两位促膝而坐的老兄弟俩，脸上挂着安适的笑；摆摊的大叔，向你友好地笑；小店里下着锅边的大嫂，脸上汗水沁出，依然掩饰不住的还是笑；最打动我的还是那些俊男靓妹们开心的笑。他们才是活力乡村最醒目生动的标志。

村干部告诉我：十八大以来实施乡村振兴战略，改善了农村医疗卫生、环境卫生，进行了垃圾处理、厕所改造、村庄美化，全力打造生态宜居的良好环境，农村真的变样了。我们边看边聊，不知不觉中四周已经云雾缭绕，不一会儿淅淅沥沥地下起了小雨，这雨声仿佛是大自然的琴弦弹奏出的曼妙乐声。

我们站在一间农舍的屋檐下躲雨，这时从屋里走出一对中年夫妇，十分热情地把我们迎进屋里。整洁、明亮、宽畅的厅堂让人赏心悦目，厅堂正中悬挂着一幅习近平总书记的画像。男主人从柜子里拿出一个锡罐，抓出一把茶叶，分别放进桌上的玻璃杯里，女主人从里屋提出一壶刚烧开的水，一一倒入杯中，只见茶叶在杯中翻滚着，舒展着，顿时缕缕清香在屋里弥漫开来。轻轻地啜一口，那香气浸入肺腑。男主人告诉我，他们家有百来亩的茶园，不施化肥和农药，所产的高山云雾茶很受欢迎。

这时，忽有燕子叽喳声传来，我抬起头，只见房梁上有一个燕子窝，窝内探出一堆小脑袋，那是刚孵出的小燕子，它们正眼巴巴地等待父母叼回美食。突然一羽紫燕飞上燕窝，小燕子们伸长脖子"叽叽喳喳"叫唤着，但只有一只小燕子能吃到食，其余的还得耐心等待，燕子夫妇就这样穿梭于田野和屋檐房梁间，辛勤哺育下一代，这样的景致在城市很难见到了。"燕子人家都是春"。素喜安宁的燕子更愿意到和睦人家来，待在一个祥和亲善的氛围中。

山中的雨来得快去得也快，一阵细雨洒过，那路旁、那田间、那山坡，那绿就成了一大片一大片的，那红也成了一大块一大块的。红绿相间，铺展开去，格外赏心悦目。乡下的春天，仿佛石头也能开花，仿佛流水也淌着芬芳。

为了加深对风力发电的了解，车子拐进了位于青林村的大唐（福州）新能源有限公司，公司的安全主管小林热情地接待了我们。二十多岁的小伙子，皮肤黝黑，理个短发，显得干净利落，面对我们提出的一系列问题，很有耐心地为我们进行了科普。他说："风力发电机也叫风机，是构成风力发电厂的必要条件之一，主要由塔架、叶片、发电机等三大部分所构成，运转的风速必须大于每秒 2-4 米，这样就可以通过转动齿轮提高转速，从而带动发电机发电。"我问道，"那么是不是风速越大，吹动叶片越快，发的电就越多呢？"林主管摇摇头，"那肯定不是，当风速超过风机限定速度时，风机就要停止工作。因为如果转速过快，离心率大大增强，惯性趋势会打破风机自身的平衡，叶片就容易折断。"

林主管带我们到控制室参观，只见几十台电脑整齐地排列着，电脑上不断跳切着各种数据，林主管指着电脑上的标志，"每种型号的风机都有最大转速，当风速过快时，就需要后台操作这些电脑停止运行风机，减少自身惯性带来的破坏和磨损。"事实上，风机发电量不取决于叶片旋转的快慢。在叶片恒定转速的状况下，叶片受力增加，功率就会增加，风机的叶片越大，功率越大，相应发电量就越多。比如，分布在青林村的风机，在满功率发电的情况下，一小时就能发 1500 度电。以一个三口之家在夏季高峰季平均每天用 30 度电计算，差不多能用 50 天。所以好的风场不但要一年四季吹风的日子多，风速的大小和稳定也很关键。林主管指着村干部开玩笑地说，"青林村就是一个好风场。"村干部开心地哈哈大笑起来。

青林村风场总装机容量 95.5 兆瓦，分别为青林项目、青圃岭项目，两期项目共用一座升压站。青林项目装机容量 48 兆瓦，安装湘电风能直驱型 2 兆瓦风机 24 台。2017 年 2 月 21 日首批机组并网。2017 年末，全部风机投产发电。青圃岭项目装机容量 47.5 兆瓦，安装金风科技直驱型 2.5 兆瓦风机 19 台，2018 年 2 月 4 日首批 6 台风机并网发电。2018 年 6 月 19 日 19 台风机全部通过 240 小时试运行，正式进入商业运行。可实现年产值 1 亿多元，节约标煤 5 万多吨，具有良好的环保效益、经济效益和社会效益。

我们来到办公楼顶层的阳台上，放眼望去，连绵的群山被厚厚的云海分割成一个个小岛，岛上笔直挺立着一座座风车，绚丽的晚霞照在风车旋转不停的叶片上,像是涂了嫣红的胭脂的娇媚脸蛋,亭亭玉立的躯干也披上了金色夕阳做成的长裙,那腰肢显得格外柔美。林主管不禁朗诵起他们风电人写的诗歌:

  风力发电是无私的大爱。
  风力发电是圣洁的情怀。
  在山巅、在谷顶,
  一排排风力发电机,
  写下壮阔的风情,
  写下无边的大爱。
  ……

  是的,我知道,那一个个转动的大风车,用一种洁净,用一种优雅,用一种雄魁,助力青林村的绿水青山,助力青林村的美好未来!

印象台北

我心目中的宝岛，犹如一片翡翠雕成的晶莹剔透的玉叶，漂浮在苍茫的东海之上，美丽而富饶。

在台湾10天，我有三分之一的时间在台北度过。一月虽是冬季，但台北到处青翠葱绿，春意盎然，记得有一首歌曲叫《冬季到台北来看雨》，曲调深情而又缠绵，"冬季到台北来看雨，别在异乡哭泣，冬季到台北来看雨，梦是唯一行李，轻轻回来不吵醒往事，就当我从来不曾远离，如果相逢把话藏在心底，没有人比我更懂你……"然而在台湾的几天，天气非常的好，阳光明媚，温度怡人，但却无法领略冬季台北那让人缠绵的雨了。

到台北的第二天清晨，独自在宾馆附近的街道散步，台北市街道的名字，诸如南京路、重庆路、襄阳路、武汉路、广州路、哈密路……简直就是大陆城市地名的排列，人们的语言也是相通的，不是国语就是闽南语，我的感觉就是在厦门、泉州一样，自然随意，完全不像到美国或日本那样有一种置身异国他乡、无所依托的感觉。尽管清晨尚早，但街上已有人流，一辆接一辆的汽车，匆匆忙忙地奔跑，特别是摩托车，呼啸地从你身边驶过，让人心惊肉跳；穿着体面的白领，健步如飞，洋溢着自信，充满着活力。台北清晨街道上来往穿梭的车流和行色匆匆的人群，也许是当代台湾的一个缩影吧。

台北市位于台北盆地中央，四周与台北县接壤。三面环水，一面靠山。

这里原是一片沼泽密林，郑成功驱逐荷兰殖民统治者后，派兵垦荒，福建移民在这里建立了村庄。1875年清政府在此设台北府，"台北"这个名称由此产生。如今的台北是台湾最大的工业、商业和文教中心，是台湾的第一大城市，高楼林立，街道整洁，绿树成荫。号称世界第二高楼的101大楼，高耸入云，昂首挺立，成为台湾经济发展旺盛期的标志。

　　在台北的四天，除了观光名胜古迹外，我还喜欢到市区的小巷子里转转，我觉得一个城市的巷子才能真正保留和承载着一个地方的风土人情，宾馆附近的巷子都不宽也不长，有的仍旧是青石条铺就的路，巷子里有很多装潢的古色古香的茶馆，卖的多是大陆的龙井、铁观音和工夫红茶，泡茶妹子的一招一式和那些茶具与福州茶馆里的没什么不同。餐馆里的那些菜式依旧是闽菜、川菜、江浙菜……

　　在台湾最大的诚品书店，销售着世界各地的图书，琳琅满目，每天有成千上万的读者到这里读书、买书，书籍种类之多之丰富，是大陆书店所不可比拟的。书店里还陈列着各种工艺制品，有金银器、木雕、玉雕、石雕和瓷器等，风格质朴，技术精致，章文华丽，特具中国风格，极具收藏价值。在书店里看书，欣赏工艺品，是莫大的享受，令人流连忘返。

　　台北著名的商圈西门町，金黄色的夕阳慢慢隐没在淡水河里，各色各样的灯火把台北点缀成了一个美丽的夜晚，路上车流不断，串成一根根淡黄或浅蓝色的光线，不停地闪烁、蜿蜒。这时的西门町已是人流如潮，街边的石凳上也坐着不少的老人小孩，杂耍、彩绘、画像等等艺人的摊前，围着一圈又一圈的人。

　　短暂的台湾之行，让我感受最深的是这里的文化，海峡两岸本是同根生，同文同种文化是民族的灵魂，中华民族5000多年的文化是两岸中国人灵魂的神圣标识，中华儿女完全可以从这里找到共识，赢得信任，获得激励，这是谁也割舍不了的。

犹见桃李醉春风

在四季轮回中，多少人，为着一个梦想，奔波一生；多少鸟，为了一次迁徙，忍受苦寒；多少莘莘学子，为有一个静美的校园，憧憬努力。琴亭小学就犹如一只不断从涅槃中重生的凤凰，越飞越高，越飞越远。

琴亭村历代先贤都十分重视教育，仅清末至新中国成立初就有姚长利、池望春、胡政、严师凯、池维耕、姚以森、陈岳钧等先生，他们或在自家厅堂开设私塾，或在祠堂开设学馆，或借他人厝办家塾，或在书院教授。他们杏坛执鞭，启导童蒙，艰辛舌耕，接圣贤之正脉，修人伦之大本，英隽少年云合景从，琴亭人文蔚然成风。

1944年成立了县办琴亭小学，然而规模很小，时间也不长，由西园籍陈伦任校长。1945年5月，日本侵略者入侵福州，琴亭小学被迫停办，学子重上私塾。1950年春，沈作梅先生召集村热心教育事业人士胡忠鑑、姚木泉、陈岳钧等诸先生，慷慨解囊，并发动村民打捞浦连河鱼销售和捐赠。修庙堂为校舍，辟山坡为操场，在琴亭境重新修葺完善琴亭小学。1951年春开始招生，校门口左上角墙上陈岳钧老师楷书"琴亭小学"四个大字赫然醒目。沈作梅先生担任新中国成立后琴亭小学首任校长，公派一名林玉英教师，另聘请池忠庚、陈岳钧、马亨旺、姚宏炎、池友开等为义务教师，从此琴亭村有了颇具规模的完整小学。

琴亭小学的开办，吸引了周边磐石村、郭前村、思儿亭，甚至较远的赤桥村、水头村的学生蜂拥而至，琴亭小学容纳不了这么多学生，于是在磐石村开办分班,由卢松浦老师负责,附设幼儿园由刘一杭老师任教。琴亭小学白天正常教学,晚上响应政府号召开办"扫盲班",由金铭旺、欧阳标老师任教。1957年,来福铁路将从琴亭村横穿而过,复办才几年的琴亭小学只好搬迁到磐石村。直到1985年,在时任琴亭村村主任金其坤的倡导下,村里无偿提供4500平方米土地筹建新校,全体村民上下一心筹资兴建了一座壮观的三层教学楼,1986年9月,琴亭小学又迁回琴亭村。

然而,城市的发展,时代的变迁,琴亭小学包括琴亭村土地再一次被火车站动车的发展所征用。2017年琴亭小学在迁回30年后又一次离开琴亭境。可喜的是,新的琴亭小学即将竣工验收,这座具有现代气息的小学位于晋安区茶园街道,东浦路以南,茶园支路以北,占地面积达12341平方米,总建筑面积达14301.44平方米。新校规划24个班,配备标准的100米直跑道、200米环形跑道,运动场、篮球场、足球场、排球场、羽毛球场、室内运动馆、教学楼、科研楼、体艺楼及地下室等,各功能馆室齐全,到时可提供1200个左右的学位,为周边地区适龄儿童、务工随迁子女提供更均衡、更高质量的教育,琴亭小学的硬件设施将实现跨越式的发展。

儿童强则国强,儿童兴则国兴。儿童命运小则影响着国家发展,中则影响着民族的振兴,大则影响着人类社会文明与进步的历程。有教育专家提出"百年树木,九年树人",3-12岁在人生的旅途中打下的是基础,形成的是基因,改变的是命运。周恩来13岁就立下"为中华之崛起而读书"的宏伟志向,甘罗12岁做宰相,白居易6岁作诗,12岁名扬天下;日本的三轮光范11岁就翻译了《詹天佑》传,等等这些古今中外的事例,无不说明,"九年树人"对孩子一生的影响。

近年来,琴亭小学从校园文化氛围入手,从学生的文明礼仪入手,从师德师风建设入手,不断提升育人环境,具体的就是以"三(勤、琴、情)

文化"为办学理念。情：懂感恩，有家国情怀，积极阳光。有统计显示，一个人的成功诸因素中，智商只起决定作用的20%，而"情商"却高达80%。"情商"并不是一种抽象的理论，也不仅仅是一种品质，它有先天遗传的成分，但和智商相比，更多与后天的培养息息相关。有一句老话叫"性格是从小养成的"，所谓"三岁看大，七岁看老"就是这个道理。"勤"能激发孩子的内在潜能，著名数学家华罗庚深有体会地说："聪明出于勤奋，天才在于积累。"孩子如果从小就被培养并且具备了勤学善问的品质，他就具备了战胜一切困难的心理素质，并且在他突破的过程中不断地提升了自己的能力。当孩子自身变得强大起来的时候，生活学习会不轻松不幸福吗？"琴"也就是艺术教育，艺术教育是一个全面系统的教育，孩子从小就应该是全面发展，不单单只是接受强制性的应试教育，更多是相互结合学习。通过艺术教育提高孩子对自然美、社会生活美和艺术美的感受、鉴赏、评价、创造的能力，培养健康的审美情趣和敏锐的审美感知能力，丰富情感，健全人格，使孩子从小热爱生活、热爱艺术、热爱一切美好的事物。因此，艺术教育在孩子教育中占有极重要的地位，是不可缺的内容，是孩子全面发展的重要手段和途径。

教育是一种信仰，教育需要用信仰来改变。有了先进的办学理念，就可能成就理想的教育现场，尊重学生生命个体存在差异这一客观事实，关注全体，尊重生命的不同成长节奏，宽容对待学生成长过程中的失误，用多样性的教育来影响学生，让每一个学生潜能得到发扬。

校长告诉我，做教育就如同种树，种一棵开花的树。的确乡村教育需要回归真正的原点，回归常识与本质。乡村学校不单纯是教育机关，还应是改造乡村的力量，乡村教师也不单纯是传道授业解惑，而必须发挥其促进乡村进步的作用，乡村学校要办出自己的特色。多年来，琴亭小学抓住科技创新、"十字绣"和武术作为办学特色，成为学校教育的"5A"内涵，融入了教育的新元素，在全市乡村小学中崭露头角，成效斐然。

科技进步意味着社会和文明的进步,对孩子来说科技教育帮助掌握科技知识和系统的学习方法,促进形成积极的情感态度,培养好的学习习惯和个人素养,特别是在提高科学素养上发挥着积极的作用。自2006年以来,学校每年组织学生参加全国、省、市科技创新大赛,均有获奖。科技实践活动《我与消防手拉手》荣获第二十一届福建省青少年科技创新大赛一等奖、全国青少年科技创新大赛三等奖,学校2016年获评晋安区青少年科技教育先进学校。

民俗文化具有生生不息的品质,是永不枯竭的民间教育资源。民俗文化是我国传统文化的奠基石,也是其重要的组成部分,具有深厚的教育意义,有助于培养学生的民族精神,有助于学生养成文明习惯,有助于提升学生的知识素养,有助于学生形成和谐的生态观。琴亭小学把"十字绣"作为民俗文化的教育内容,开发了校本课程《十字绣》,帮助学生尽快掌握十字绣刺绣技巧,增长自己的生活本领,陶冶情操,感受生活的美好。校园处处悬挂学生的"十字绣"作品,精湛的工艺,绚丽的色彩,丰富的图案,把校园装点的四季如春,无不启迪着孩子们的智慧,温润着孩子们的心灵。

地域文化具有重要的教育价值,随着教育全球化的不断深入和多元文化的相互碰撞与整合,现代教育更应当全方位的贴近现实生活,引导学生从身边的人、事、物中亲身体验多彩多姿的家乡文化,通过地域文化的影响和熏陶培养学生良好个性品质,提高学生生活能力、学习能力以及探究知识的能力。琴亭小学敏锐地把地域文化融入学校教学,将福州本土武术名片非物资文化遗产"儒家拳"列为"琴"课程,开办了儒家拳社团。儒家拳传说是明末年间,福州有4位儒士结伴进京赶考,因朝廷昏庸,科考未果,于是遍访名山古寺习文演武,习得源于唐代梨山老母8个女徒弟所传的内家拳,即儒、鱼、牛、狗、猴、鹤、鸡七种拳法中的儒、鱼、鸡、狗四种拳法，集上、中、下盘为一体，寓意天、地、人和。并用老子的"无为而治观""动静观""虚实观"等哲学思想贯穿于武学拳路中，形成独特的极具仿生学原理的儒士之拳——儒家拳。每当社团活动时，校园中练拳的学生们或模仿鱼的动作及渔翁捕鱼、生活的动作，借力出力、粘势化势、借势发力；或模仿鸡飞走斗，翅打、嘴啄、爪功，以柔克刚；或模仿犬跌扑翻滚、轻巧迅猛。整个校园生机盎然，极富情趣。

教育，需要以现在求证未来，让改变自然而然地发生，需要让爱始终如一，让每个孩子保留真实的自己。把每一朵花交给春天，把每一颗果实交给炊烟，把双脚交给道路，把心灵交给心灵，把希望的光芒带给孩子，在照亮世界的同时，自己也站在了光里。琴亭小学正以与时俱进的理念，奋发有为的精神，扎实稳健的作风，迈着矫健的步伐，走向辉煌灿烂的明天。

与一片森林的邂逅

从上炉水库往北步行约五百米到新开公路处，有一片茂密的森林，这便是步云的梨岭村祖祠后龙山——王赌坪。为何叫王赌坪，我不得而知，但这片四周被梯田环绕着的三个小岛似的森林，面积虽不足三百亩，却因是"风水宝地"的缘故，方才保存着原始森林的状态，显得格外挺拔壮观。

清晨，踏着窄窄的田埂，向幽静的森林而去。幽静的深处，是一个绿的天地，绿的深沉，绿得闪亮，绿得发黑，绿得叫人忘却红尘。薄雾缭绕着树梢，如梦似幻，山脚下的岩石也是深绿的，长满了青苔，光滑细腻，连那流动着的一个个小小露珠，都无法做短暂的停留，只能顺着岩石，盘旋不尽，缓缓流淌。甚至连飘在空中的都是晶莹的露珠，在不经意间，悄悄地挂上了眉梢。

看见田埂的尽头上有一棵树的叶子很奇异：一片叶子鱼白色，叶边麻黑色，翘在高高的枝上，其他枝上的叶子黑黑的，软塌塌地垂下来，哪有这样的树叶呢？我近前察看，鱼白色的叶子忽地飞起来，原来是一只山雀。这种山雀喜欢生活在阔叶树林和针叶林混交地带，冬季常在平地树林出没，吃草籽，大嘴巴，头部有光泽，尾巴尖形，发出喳喳的鸣叫。它能一直呆呆地立在树丫上，风吹也不动。我再看看那黑叶子，我看清了，那也不是叶子，而是一串串的黑浆果，垂挂下来，和叶子很相似。其实树上一片叶子也没有。我掰下一截树枝，流出白色的脂液，树皮浅黄色，掰起来很脆，树枝断裂时发出啪啪爽脆的声音。我不认识这是什么树，但能判断它属于泡桐的一种，落在地上的树叶宽大肥厚，树枝内纹理有气泡，这种树落地生根，见了雨水阳光，臃肿地胖长，秋霜来临全落叶，近似于家庭遗传的全秃。

走在森林中一条众人踩出的小径上，目光犹如自由飞翔的小鸟，几乎碰不到多少屏障。身边的树或曲或直伸向天空，由于抖落了许多叶子，枝干显得更清晰了，在潮水般天空的反射下，勾勒出遒劲的线条。阳光从这些线条织成的网纹中照射进行，森林更富有了奇幻而不可捉摸的风韵。我踏着沙沙响的落叶，偶尔伸手去接一片一片在微风中旋转的黄或暗红的落叶，体验着身心的轻快。我仔细地辨别落叶上那卷曲的脉络，闻着那青涩的气味，而且，随着脚步的移动，谛听着落叶的絮语。我望着树，树也望着我，我们没有语言的交流，也许，在这孤独和静谧中，我们之间存在着宇宙间神秘的信息。

走在这幽静的森林里，能闻到一种清爽而又湿润的醇香的味道，这气味笼罩着整个身心，随着自己的呼吸，缓缓地进入体内。那股轻盈的气息，上下穿梭，洗涤着繁杂的尘念，感受着幽幽的思绪，一种洗净心灵的感觉随着呼吸流动，卷走淤积，暴露出新的血液，让人感到阵阵清爽和惬意。

偶有鸟儿的鸣啼，便打破了这宁静，使你猛地从凝神中醒来。或一只山鸡从枝头飞起，那振动的树枝像被弹拨的琴弦，山鸡张开翅膀像蹁跹的舞裙，这些会使你从静默中兴奋起来。森林里的鸟很多，有喜鹊、麻雀、翠鸟、布谷鸟……数是数不过来的。树林里最多的还是一种叫不上名来的黑色小鸟，这种鸟，看上去跟八哥鸟差不多，在树林里，一落一大片，恐怕上万只不止，这种鸟天亮就出发，不知道飞到什么地方去，直到黄昏的时候才飞回来露宿，日复一日，年复一年在这片森林里繁衍生息。鸟是森林中的精灵，是森林中的舞者，是森林中的天籁之音，没有鸟的森林是寂寞的,没有鸟声的森林是寂寞的。这片森林有很多的鸟,它们在山间、树上、田野中飞来飞去,它们的鸣叫声在山间、树上、田野中四处鸣响,森林也就不寂寞了。

森林中不仅有鸟鸣,也有此起彼伏的虫鸣,"秋天高高秋光清,秋风袅袅秋虫鸣",秋天,应该是虫鸣的季节。炎热的夏天过后,尤其是俗称的立秋"三候"凉风至、白露生、寒蝉鸣之后,秋风习习,百虫复出,大自然又恢复了她往日包容万物、和谐共生、百族共处、一派繁荣的景象。森林里蹦蹦跳跳自由飞翔的蛐蛐、蝈蝈、蚂蚱和那些叫不上名字的小微虫子,到处都是它们活跃的身影,可爱的塑形。虫儿的鸣叫充斥着森林的角角落落,唧唧吟唱,收收放放,似轻声细语地交谈,恰柔声慢语的情话,像缠绵动听的轻音乐敲击耳膜,陪伴我赏读着秋意。

这片森林树种繁杂,但最多还是杉树、松树、樟树和枫树。杉树棵棵挺拔笔直,叶面上好像有一层水,一层油,整片的杉树林上好像氤氲着油香四溢的雾。杉树虽极普通不过,但它亦极有个性,它们其貌不倚,其枝不逸,生长茂盛,却不张狂,萌及他人却并不霸道,内质清丽柔和,却长着刺身,真可谓可敬而不可亲,可远视而不可近狎。种到土里,就自然生长,靠的是山地深厚肥沃的沙质壤土和温润气候与阳光,并不需要多少人工的刻意培育,也无须特别的呵护。它们树干高大、粗壮而挺拔,木质细密,用途极广,不论粗细大小,只需稍稍雕琢即为良材。它们包容、大度,既可独处,又可以成林成片,还可以与各种树种和谐相处,杂居生长,因为杉树只求自己有一片生长的天空,却并不屑与别的树争个高低上下。它们适应性极强,且性格坚韧顽强,对生长环境要求不高,山坡、地塝均易生长,而并不需占用什么优质平整的上等良田,作为自己的栖身之壤。杉树耐阴耐寒,斜雨霜风无所惧,雪压冰挂摧不垮,只管照直里生长,什么恶势力也别想压弯她坚挺的身躯。它们讲奉献,只要人们需要,她总是将自己身躯无偿的献与人类,却从不苛求什么回报。

它们扎根深山，一代成材，被砍伐掉，只要不伤及根部，它自会从树桩上透出新苗，十年、二十年它又是一代良才，因而杉树被山里人敬奉为"神材"。客地多杉树，而杉树的品格，不正是客家人的品格吗？

不经意间，我发现了一株红色的枫树，它点缀在墨绿色的植被中间，就像是一束燃烧着的火苗，十分显眼。枫树扎根在乱石中，那些细小的石块，是不是枫树给弄碎的？它的叶子黄中带红，一张庞大的蜘蛛网结在树权间，但蜘蛛却不见了踪影，也许是躲到那个温暖的地方准备过冬了。倒是枫树它立在原地等着，它怕开春后蜘蛛找不到回家的路，即使寒风把枫树的脸冻得通红，它仍立在原地。一条野果的蔓条沿着枫树的身体绕来绕去，与树枝一样，就要触摸到天空了，蔓条的高处还挂着一串串紫色的果实。不远处就是一片枫树林，秋天的枫叶在阳光的照射下闪着红光，美丽极了。饱蘸枫的颜色，浓缩忠诚、坚韧与执着，满怀豪情去渲染生命的绚丽画卷，这千树万树的红叶，愈到深秋，愈加红艳，凝聚着激情，不断地升腾着。走进枫树林，仿佛自己也变成红色的了，热情洋溢的枫叶，在山风的吹拂下，频频点头，欢迎着我们的到来。我捡起一片枫叶，细细地观看着，一片枫叶上有七个小小的叶瓣组成，它的边有些毛糙，红色的茎细长细长的，像一只张开的手掌，我惊奇于它的变化，像一个魔法师，从春天的绿色渐渐地变成了秋天的红色。枫树脚下，红色的、黄色的、紫色的叶子都懒懒地躺在清绿的草丛中，这真是一副最美的油画。忽然想起一首歌"缓缓飘落的枫叶，像我点燃的烛火，温暖岁末的秋天。"就算枫叶凄凉地凋落，它也要伴着秋风旋转着身体，划出最美的弧线，然后轻盈地回归大地。

山坳中有一排的古樟树，像一道天然的屏障。它们树冠相叠，枝杆交错，浓绿如云，给森林添描了一层神秘深幽，如梦如幻的色彩。古樟树的树干异常的粗壮，得四五个成人才能合抱得起来，树干有些灰白，还有些斑驳粗糙，有些凹凸不平，身上布满了蕨类植物，节与节之间略有扭纹，枝丫顶端树叶有些稀疏，这些都是岁月痛出的容颜，满身的结疤是沧海桑田记忆中扭曲的神符，在斗转星移中诉说岁月的苍凉。然而古樟树依然昂首云天，巍峨挺拔，虬曲苍劲，生生不息，神采飞扬，默默地守护着这片古老的大地。树老为神，树古成仙，一棵古树就是一树活的文化标本，它们渗透在这个村庄一代代人的生产生活中，这个村的一代代人也用他们的真心、真诚、真淳守护着它们，敬仰着它们。

古樟树林中有一座长边形的黄土房，四十多平方米，南北的墙上各开了一扇小木窗，门仅有一扇，开在东墙，房子不超过二米四高，有两个斜面三角形的屋顶，盖红瓦，因年代较长，瓦已变成黑色，瓦垄里有很多苔藓，瓦楞也是黑黑的。我沿着房前房后，走了两圈。推开虚掩的木门进到房子里，仔细看，没发现床铺、灶台，可见这房子从不曾住人。在闽西山里，有许多碉楼一样的泥砖房，黄黄的，有烟囱，底下有灶膛口，是作烤烟用的。这间房子显然不是，许是作临时休息或堆放山间杂物。内墙也是黄泥垒的，墙面已剥落，石灰和粗石块裸露出来。

在这间废弃的泥土房里，我发现了森林中的另一个世界：南窗户的一个窟窿里，有一个鸟巢，巢是用芦苇丝、干稻草铺就的，比饭碗略小一些，巢口有一片白色绒毛；北窗户上的瓦楞上，挂着一个蜂窝，蒲袋一样的窝孔黄豆大，缠了一张蜘蛛网，两只死黄蜂粘在上面，整个蜂窝干燥，是纸灰烬的颜色，看样子，蜂王带着工蜂去其他地方筑巢了，作为旧居，已无蜂前来瞻仰和故地重游；房子里有一张草席，席上铺了稻草，估计曾有流浪的人在此短暂留夜，如今成了一种哺乳动物的窝，稻草因动物长久的酣睡形成了一个凹，墙角落下很多黑黑的粪便，一粒粒盘结，每一粒都有核桃大；横梁上，一只燕巢扣在梁中间，露出一个巢口，我在看到它的时候，一只燕子飞了进来，瞬间就听到了雏燕啁啁的欢叫，伸出黄黄的喙，争抢母燕衔回来的昆虫；门槛下被挖了一个洞，黄黄的泥巴从洞里扒出，泥巴细细碎碎的，约有一粪萁，显然这是黄鼬的安身之处……这个废弃小屋，显然被动物们肆无忌惮地合理开发利用，成了动物之家。

我在泥房子里转了转，并很快离开了，怕惊扰了动物回到自己的巢穴。我想起俄罗斯作家普里什文在《赤裸的春天》中写道："整个晚上，我们同那些居住在洞穴里、树洞里、树根里和森林的各个层次里的各种生物一样，都在倾听雨声。在这令人精神焕发的雨里，一切能活动的东西都停了下来，隐藏起来，靠近树干，如果有可能，甚至跑到树里边，钻进树洞……在赤裸的春天小雨的伴奏下，我们脑海里历数了一遍所有物种在离开大海后住过的各种房子，也没有为自己找到比树洞更好的地方。"这间破旧废弃的泥房，相当于这片森林中最大的一个树洞了。

林中小径旁的植物非常茂盛，它们种类繁多，和谐共生。只要有土壤，就会有植物生长，它们不会斤斤计较，每一棵植物都深深扎根，将头伸向高处，吸取每一缕阳光。植物生长得极不规则，高低错落，大小不均，无任何束缚，无规律可循，一切遵循本性，一切顺其自然，一切顺其造化。也许在世人眼中，森林中有些植物外表平庸丑陋，但它们不在乎别人的目光，活得惬意逍遥。漫山遍野的山花，各展风姿，有的层叠出彩，有的单瓣摇曳，有的卷曲藏蕊，有的亭亭怒放，真是万紫千红，各领风骚。

不知不觉间，晚霞已布满了天际，金色的夕阳在林间的缝隙中穿插，轻拨慢弹，氤氲出缥缈梦幻般的幽境。就在这一时刻，我蓦然发现，行走在森林中，所有的东西都在消失，只有灵魂在生长，走进森林的宁静里时，就已经开始走出了自己。

雨落采峰楼

有雨的黄昏，总有些清冷，寂寞，甚至惆怅。那惆怅，似笼在黛色屋顶的烟霭，润湿，寥廓，迷蒙。那惆怅，似一席江畔屋檐下垂挂的绿植，密密地编织着关于往昔的梦，在广袤的雨的空间里，自由地衍生。

岁月已晚，恍惚百年。在微雨中轻轻地推开上杭路122号一扇不起眼的湿漉漉小门，沿着宽约两米、长百米的甬道缓缓前行，两侧围墙耸立，让人有曲径通幽之感。穿过一面照壁，眼前豁然开朗，一栋两层高，富丽堂皇的青色砖房立在通道尽头。院内植物繁盛，错落有致，藤蔓缠绕着充满时光印记的墙垣，还有那尽显斑驳的铁艺栅栏，虽历经岁月洗礼、风吹日晒，但四季里的美好仿佛在此凝固。连接房子和通道的是宽阔的十多级大理石台阶，楼宇在茂盛的树木间若隐若现，平添了几分神秘感。这就是福州近代富商、马来西亚侨领杨鸿斌的旧宅——采峰别墅。

生于1884年的杨鸿斌，是台江浦西长汀村人。他幼时丧父，家境贫寒，从小备尝生活艰辛，7岁时就提着篮子到台江码头叫卖光饼。1903年，杨鸿斌母亲去世，19岁的杨鸿斌为养家糊口，便随船运朋友漂洋过海，远赴马来西亚槟城谋生。他从商场学徒做起，后被破格提升为商场经理。不久，取得老板允诺和支持的杨鸿斌从多方面筹集资金，独立创办了振兴外贸有限公司，经营进出口贸易业务，同时发展橡胶林、椰林等种植业。他还经营船运业，组织船队，承包将缅甸大米运输到马来西亚的业务。因经营有方、诚信为本，杨鸿斌的生意蒸蒸日上，成为当地首富，被誉为"橡胶大王"。

"风人爱多风，当风胸辄爽。不竞笑南方，归舟凌浩漭。南风送我还，北风迎我往。顷刻驾长风，已出南荒壤。"这诗题名《仲冬望后连日舟行海中遇风》，是清末民初另一位福建籍南洋华侨、著名报人、诗人丘菽园在回中国的途中写的。诗句中"南洋客"横渡大洋、万里归乡的欣喜表露无遗。1920年，衣锦还乡的杨鸿斌也应是"归舟凌浩漭""南风送我还"，那年他37岁。

回到家乡的杨鸿斌便开始建造采峰别墅，从动工至落成仅花5个多月时间。缘何以"采峰"为名？曰取自"采五峰之灵气"。按照当时比较流行的说法，这"五峰"是指宅院坐落的大庙山、背靠的乌石山、面对的藤山（即烟台山）、左面的鼓山、右面的旗山，体现了天人合一的中国传统的择地要素。别墅占地面积约3000平方米，总建筑面积约1300平方米，由大门、坊门、照壁、主楼、副楼和庭院、园林等组成，成为福州近代中西合璧的民居建筑典范。

两颗高大的芭蕉，立在宽阔的台阶边，青翠如初，在雨中绿得发亮。缓步走过，就听到细碎的雨点打在上面，吧嗒吧嗒地响着；和芭蕉相辉映的是雨中柔曼的柳树，摇曳生姿，娇翠欲滴。雨水打在别墅外立面的清水砖上，更显朴素典雅。仔细一看每块砖上都印有"采峰"字样，足见屋主人的用心。砌筑的回纹装饰线条，巧妙地将整体立面分为三段。造型各异的门窗丰富了立面的空间感，有方正大气的矩形窗，有半圆形的古罗马式拱券窗，有尖形的哥特式拱券窗，有三叶形、复叶形的伊斯兰式拱券窗，有圆形的中式古典漏窗，还有融会贯通后的各式演化造型。窗棂采用中国传统榫卯工艺拼接而成，线条简洁明快，图案中西结合，外加当时流行的木质百叶窗，清新自然，宛然窗的美聚。

步入一楼大厅，只见中间两根中西合璧式八角形青石柱粗大雄壮，地板上铺设的水泥花砖为南洋进口。水泥花砖作为装饰材料，清末民初时期由南洋传入国内，并迅速流行开来，深受人们青睐。采峰别墅的花砖图案主要为正方形、菱形、三角形等几何图形，通过各种排列组合，形成不同的视觉艺术效果。因时代久远，花砖已泛出旧黄，但仍无法掩盖其美丽的色彩，给人一种温馨雅致的感觉。天井的红砖景墙正对别墅大厅，端庄大气。墙上用花式拼砌手法，表现了一幅传统寓意的双蝠捧寿图。图案造型凹凸有致，营造出了浮雕的艺术效果。团寿纹、蝙蝠纹、万字纹三者巧妙组合在一起，图案抽象简化，在迎合时代潮流的同时，保留了传统的文化内涵。图案上方的回形纹装饰，象征连绵不断，生生不息。大厅两侧各有三间房，作为卧室和会客厅，室内设有西式古典的壁橱角柱。

二楼为木质地板。除两侧耳房外，其余房间相对封闭。东、西、南三面拱窗内侧设回形廊道，与大厅、天井上方内廊、楼梯贯通相连。廊道尺度宽大，采光通风良好。这种外廊变内廊的形式，是近代"殖民地式"办公建筑与居住建筑融合后的常见演变。旧时别墅南向视野开阔，居高临下，透过拱窗可远眺苍霞洲和闽江。

二楼木栅栏设计为太阳花纹样和"喜"字图案。太阳花纹源自西方，象征着乐观向上、朝气蓬勃的精神，也表达着对于生命的崇敬和对生活的热爱。各边脚还运用传统浮雕技法雕刻了葫芦、芭蕉扇、宝剑、荷花、花篮、玉板、洞箫、渔鼓八件道家法宝。此外，采峰别墅从海外定制了铁艺大门、栅栏、漏窗等装饰构件，透露着西式优雅、华丽、浪漫的情调。

别墅南面为开放的西式庭院，布局规整，秩序井然。庭院依坡地而建，分为三层空间。从别墅大门入口到西洋式八字坊门为第一层。以坡道为中轴线，东西两侧设有鱼池、水井、石桌、石椅等，供人驻足赏玩。坊门为水泥浇筑，左右两边各立两根罗马柱，上设女儿墙，搭配几何形线条花边装饰，古典高贵。

二、三两层均为露天平台，两层平台之间正对坊门处，设中西合璧式照壁和月亮门，既兼顾传统隔挡的功能，同时又起到引导作用。第三层平台是整个庭院活动中心，宽大明亮，视野开阔，可俯瞰全院景色。东西两端为半圆状双层西式景观阳台，以罗马柱为支撑，台裙表面水泥灰塑传统牡丹纹样，象征花开富贵。院中高大的芒果、玉兰、棕榈、石榴、桑树等乔木，搭配盆景、花卉，营造出和谐舒适的私家园林环境。

别墅西侧后方为独立式的后花园，在有限的空间中将中国传统园林中常用的亭榭、山石、水池与绿植景观巧妙结合，高低错落，暗香浮动，疏影横斜。鹅卵石铺设的小径、小桥迂回曲折，一步一景，可赏可玩，别有一番空间趣味。杨鸿斌的友人陈谦挥在《采峰别墅落成序》中这样写道"堂则画锦彩衣，门则登贤通德，楼则凝晖延灏，窗则列纳瞰江。"

建筑是凝固的音乐，建筑也凝固着一段历史。作为爱国侨领，杨鸿斌热心公益事业，他出资创办槟城"三山学校"，把中华民族优秀传统文化和福州民俗文化列入教育课程，使滨城福州籍华人子女接受良好的教育。为团结联络在槟城的福州籍华侨乡亲，他还发起成立了"槟城福州会馆"，出资购地建馆，给华侨工作生活带来很大便利。在福州他做了很多回报桑梓的善事：创立慈善社，指定家属主持管理，资助孤苦无靠、生活困难的人，给产妇发"产粮"，给赤贫的人发"冬赈"，向孤儿院、医院提供资助；每年福州洪水期间，都免费熬粥周济穷人。遇到天灾人祸，他都挺身而出，全力资助。1958年，杨鸿斌曾率领马来西亚贸易代表团回福州开展贸易活动，同年受邀参加中华人民共和国成立九周年国庆典礼，登上天安门城楼观礼。

2009年，采峰别墅被列为省级文物保护单位，目前已完成了修复。这座中西合璧的百年古厝借由"百年商埠"上下杭人文历史艺术展的机会，再一次与市民、游客见面。这座兼具颜值与档次的百年"豪"宅，在保护修复后更加焕发出新生。它就像一座丰碑，诠释着爱国华侨的桑梓初心，也见证着上下杭的商贸繁华，还将续写更多的传奇和佳话……

　　缓慢沉着的雨丝在脚下轻轻敲打，随着一阵风吹过，桂花的香味肆无忌惮地飘来，在雨隙中轻轻颤抖，我的呼吸随着桂香的律动飘浮在雨中。回眸雨丝纷飞中的采峰别墅，轻烟迷离，绿纱笼罩，凝晖延灏。楼中隐隐传来那台有百年历史的古董钢琴悠扬的琴声，何日君再来！

园丁四时花枝绽

梁野山下有一处花的村庄叫园丁村,园丁村的村名由何而来?我不知道。我想,也许是悠久的花卉种植赋予了这个村园丁的村名。

村庄是人类生存的图腾,是人生的原点,就像缠绕在大地胸前的珍珠项链,被季节一次次摊晒;恰似珍藏在记忆深处的水墨长卷,被岁月的手掌无数次描摹;犹如刻在灵魂深处的经书,被虔诚的亲情反复翻阅与咀嚼……心有千结,情有万缕。村庄里的每一缕风,每一朵云,每间房屋,每棵庄稼,每束花草,每群牛羊,每缕炊烟,每截恩怨,无不蕴含淡然而永恒的乡愁。

阳春三月,我走进了被称为梁野山"五朵金花"之一的园丁村。村如其名,繁花似锦,绿树成荫,园丁村名副其实,花的村庄得益于村里辛勤的园丁们的精心呵护。客观冷静地讲,这些年,无论城市和乡村面貌变化都非常大,城市化的步伐在加快,村庄无论数量还是版图面积都在递减。距离县城仅3千米的园丁村,逐步享受城市人的生活方式,这是多少代农民的期盼与梦想。然而园丁人在冷静思考和回味,竟隐隐滋生惋惜和担心,期望挽留下更多闪耀乡风民俗光泽的村庄,尤其是把村庄的形态、传说和精神留下来,把村庄文化的根脉留住,把横穿中华文明的乡愁留下。

园丁村找到了一条发展与乡愁并行的路子,他们充分发挥传统花卉产业的优势,实施花卉加旅游战略,利用文化再造及产业更新的方法,以花赋能，按照"一溪两岸、三点一带"来进行规划布局，打造花卉种植，花间休闲，花艺研学的乡村旅游示范点，园丁也因此被称作武平的"十里花廊"。

园丁村顺势而建、随形而成。或依山，或临溪，或面原，推开家门，就直目山水或广袤的田野。村庄周围长满各种各样的树木，什么油桐树、柳树、樟树、杉树、香椿树、苦楝树等等，还有那些自生自灭、无人打理甚至没有名字的树木，自在天然，饱食沧桑，长得千姿百态、郁郁葱葱。清澈的漈溪穿村而过，溪水淙淙，不急不缓地行吟着闲适的乡村小调，溪的两岸分别是田园溪岸农耕道与文旅溪岸绽放路。

沿着溪岸农耕道漫步，溪水在草地与花的边界缠绵绕过，满目的花静静地释放着浅浅淡淡的香。在一丛丛的杜鹃花中，可以看到花开的各种姿态，它们有的含苞待放，白粉相间的花苞鲜润可人；有的刚刚绽放，几只小蜜蜂就迫不及待地钻了进去。月季在枝头怒放，有红的、粉的、黄的、紫的，五颜六色或温柔、或明媚、或清新，渲染的连空气都是甜甜的。"桃花嫣然出篱笑，似开未开最有情。"一棵又一棵的桃树上，一簇簇桃花似一群群蝴蝶停落在枝头。一阵微风吹过，花瓣纷纷扬扬地落下，姿态是那么柔美舒展。花瓣飘落在小溪中，随着溪水的缓缓流淌；洒落在草地上，给绿色的绒毯染上点点艳红；还有的飞扬在柳枝间，绘出了一幅"桃花欲共杨花雨"的意境图。而最多的要数桂花树，一排一排亭亭玉立地向着远方延伸，小小的桂花彼此依存着，躲在绿油油的枝叶间，静静地绽放着生命的芬芳。三月盛开的桂花，花香要比秋桂清淡，香是那种山野寂静的芳香，有一种禅意的清静之美，是褪去繁芜，一种山村隐逸的幽香。

不远处是一座造型雅致的小屋，墙面上挂满了爬山虎。爬山虎是一种攀藤植物，它可以永不停歇地向上生长，有着锲而不舍，奋发向上的寓意，同时因为爬山虎四季常青，也象征着勃勃生机。村干部告诉我，这里是园丁公益书吧，也是三点之一的"学习之花研学点"。书吧为村民们提供了一个良好的学习环境，丰富了群众的业余文化生活，让园丁村不仅出培养鲜花的园丁，也努力培养为祖国大花园奉献的"园丁"。书吧周围种植着大片的太阳花，太阳花的颜色鲜艳夺目，五彩缤纷，有的洁白如玉，有的鲜红似火，有的深黄若金，而那粉红的又像抹了一层又淡又薄的胭脂。太阳花的生命力十分旺盛，象征着坚强不屈与向往光明，寄托着园丁村的村民对下一代的厚望。

走进恬逸园生态休闲农庄，一股淳朴秀美的原乡风扑面而来，真有"高楼非吾归，田园始为家"之感。整个园区占地面积 2500 多平方米，集花卉展示、民俗客栈、农家餐厅、水果采摘为一体，为人们提供了观光休闲、农事体验、餐饮住宿的一条龙服务。围合的庭院空间，错落着大大小小的公共庭院和私房露台。整个庄园散发出大自然的气息，各种各样的花草树木，让人仿佛置身于山林之间，享受着一片盎然绿意。

一座廊桥横跨在潦溪两岸，桥长大约 10 来米，成拱形，古朴典雅，雕花精湛。桥上有几个花甲老人正在促膝闲聊，还有青年男女在桥上娱乐嬉戏。走过廊桥，来到溪对岸的绽放路。这里就是三点之二的"健康之花运动点"。整条绽放路长 1.2 千米，象征着每日的十二时辰。路面以彩色沥青作为基底，地上采用了地绘，记录了每个人从呱呱坠地到三十而立的每一个阶段。沿路两旁按照四季种植了金盏菊、炮仗花、凌霄花、绣球花等等，四时有花，一路生花。此时的金盏菊正是"簇蕊红尘秀色争。"绿色的花盘有序地排列着，托起数不清的金黄花朵。花瓣中，棕色的花蕊紧密地围在花朵正中央，密密层层，重重叠叠，在微风中轻轻摇曳。

绽放路也是骑行道，是环梁野山最美骑行线路的一部分。在鲜花盛开的绽放路上，还有不少拍照的打卡点。整条绽放路上点缀了八道景观小品，包括知行桥、耕读亭等等。骑行或漫步在绽放路上，既健身又养眼。

一阵阵儿童的嬉戏打闹声，吸引了我的目光，不远处就是村里的幸福广场，也是第三点的"幸福之花休闲区"。这里打造出了可以容纳老人、中青年、少儿的邻里幸福空间。围绕园丁党群服务中心，便民服务中心，增添了知青亭、亲子沙滩、博物馆、咖啡屋、音乐盒子、夜市广场等等设施，实现了事有所办，老有所养，幼有所育，学有所教，食有所安，在这个空间里吃喝玩乐娱应有尽有。特别是到了夜晚，村民们在广场的啤酒屋、烧烤区、乡村音乐盒子，听着小曲，吹着晚风，喝着乡土精酿啤酒，尽情高歌一曲，在乡野中宣泄着饱满的情绪。年轻人还可以在打造成五光十色的朗读亭和留声墙里，把你当面不敢说出口的话，录制成二维码，可以通过扫描二维码听到你朗读的诗词或留下的想说的话，在五彩斑斓鲜花的衬托下，大声说出你的爱。在埂博物馆里，年轻人可以聚集在一起交流网络流行用语，喝一杯梗奶茶，学习更多正能量的网络梗，让幸福之花的邻里空间成为环梁野山片区中的一个网红旅游景点。精心设计的儿童游乐区，让你在放松身心的同时，不用担心孩子的去向，让你在这个夜晚，在这个区域得到全身心的放松。这里改写了村庄日出而作，日落而息的自然原生态。

咖啡馆旁有一座造型精致的亭子，横梁上书写着"知青亭"三个楷体红字，这是当年二十一位青葱年华的厦门知青共同筹建的，以纪念那个年代的峥嵘岁月，也感恩园丁村的乡梓情怀。顺着知青亭往前走，就是园艺景观长廊，也是村里的花卉展销基地，是最能体现园丁村特色的地方。村干部告诉我，这是村里产业振兴项目之一，采取"以奖代补"的形式，积极引导扶持花农从粗放型苗木种植，转向精细化盆景管理，将花圃变花园，更将展销游览融为一体。长廊里一丛丛牡丹花悄然怒放，牡丹是花中之王，园丁村把它作为主营花卉。一盆盆造型优美的绿植盆景,更是体现了园丁们精湛的技艺与巧思。

绿色既可富国,又能惠民。天蓝、地绿、水净、景美,已成为乡村美好家园的绚丽图案。园丁村让乡愁有了鲜活的载体、灵动的气脉和五彩缤纷的形态!走在"田里有花,山上有花,路边有花,庭院有花,家家乐开花"的园丁村,如同吟咏一首悠长、浪漫、清丽的田园诗;也像欣赏一幅生动、淡雅、古朴的山水画;又像聆听一曲秀美隽永、空灵舒缓、感情细腻、如痴如醉的牧歌……

云淡风轻东岳庙

一剪闲云一溪月，一程山水一年华。早春三月，从红尘的最深处走来，牵一簇山花，相约白鹤山，同游十里画屏，追寻道教遗踪。

白鹤山位于福建建瓯城东郊，距市区不过十里，那可是一块风水宝地。传说许多年前，有人看见建安城东有异气升起，认为这地下可能埋有宝物，于是请来工匠开挖。奇怪的是工匠从早晨开挖，到了傍晚停工后，挖开的地又慢慢合拢起来，而且人们还看见有白鹤从地里飞出来翱翔于山间，于是就把这座山叫作白鹤山。建瓯旧志记载："朝凿暮合，有鹤翔于其上。故而得名白鹤山"；《寰宇记》也有记载："东晋时，有一白鹤翔其上，因而得名。"由此看来，白鹤山的由来，并不是空穴来风。在这里，人们总会不由自主地联想到一些关于仙鹤的诗句，如刘禹锡的"晴空一鹤排云上，便引诗情到碧霄"，再如著名的五言对联"海为龙世界，云是鹤家乡"等等，仙鹤的形象，是世人对自由广阔天空的向往。

灵山必有灵庙，白鹤山麓的东岳庙始建于东晋建武元年（317），已有一千七百多年的历史。庙坐北朝南，占地四十余亩，梵宇重叠，气象壮观。除了庙内的天王殿、前殿、圣帝殿、后殿等建筑群外，庙外还有孟婆亭、奈何桥等建筑。庙后的白鹤山有松树几万株，形成一片风景林，俗称"东岳庙林"。庙前曾有百年樟木、楠木上千株，棵棵苍劲挺拔，绿叶蔽天，青山、幽林、古庙、溪水构成了一幅洞天福地且充满玄机的绝美画卷。

晨曦中的东岳庙轻烟浮动、若隐若现，看似只是寻常的江南古刹，只有深入之后方能发觉其锦绣风华皆藏于腹中。它收存着晋隋遗韵、唐宋格局、明清风貌，也融入了历史人文、风土民情、道学精髓。千百年来，无数的行人留下了探询与叩问的身影，留下了发掘与求证的脚步，使得东岳庙积淀出更多深刻的文明与禅味。

来到东岳庙，首先映入眼帘的是翠竹连畴，青碧遍野。穿过竹林登几级石台阶，进入山门，便是东岳庙的建筑群，层层叠叠，错落有致，古朴宏大，工艺精巧，保存着唐、宋、明、清各代的建筑风格，其规模、形制以及文物价值，都堪称全省仅有。建瓯，在三国吴景帝永安三年（260）时就被设为建安郡，建安郡为全闽第一郡，当时统辖整个闽境十县，其范围包括了今福建省和周边几个省的部分，乃至台湾的全部属地。晋朝也沿袭这一建置。当权者为了显示建安郡全闽第一郡的特殊地位，于是在白鹤山建起了东岳行宫，由东岳大帝统领全郡鬼神。由于东岳大帝为冥界的帝王，故东岳行宫全部按宫殿规格建筑，整个殿宇的建造配置体现冥界统治格局。

第一殿是"金刚殿"，从金刚殿上数十级台阶，便到了"前殿"，前殿又称"排殿"，门额上横书"岱宗隆祀"四字，其上还有一金边木匾，直书"东岳宫"三个黑底金字。排殿横宽约百米，两边各隔成五开间，供奉十殿阎王。排殿正前方是一座长16米的木结构戏台，平时戏台中部的木板收起，即为通道，演戏时再完整铺上。戏台前是一个偌大的空坪，每年的农历三月二十七是东岳大帝的圣诞，东岳庙都要在这里举行盛大的庙会，头尾为期长达七天。方圆近百里的民众倾城而出，穿得簇新的孩子，扮得鲜靓的青年，携儿带女的夫妇，银发飘飘的老人，都要来东岳庙祈福、浪景、迎新。庙内香烟缭绕，人头攒动，各殿中善男信女，排着长长的队伍焚香叩拜、祈祷平安；舞台上，上演着民间艺人自排自演的传统古典剧目；空坪上，一边是舞狮等杂耍表演，另一边是建瓯挑幡竞相。庙外商贾云集，人山人海，摆古玩地摊的，卖香烛炮仗的，经营各种风味小吃的，出售土特产品的，摆出几百米长。殿内的餐厅里外摆着上百张的桌椅，数千男女老少围坐着享受美味佳肴，一批吃完又换上新的一批。此时的东岳庙，俨然是另一个清明上河图的再现，人影纷沓、欢语喧闹、烛光摇曳、紫烟升腾。人们都在这个春天里把积攒、压抑了一冬的热情全抖落在了庙宇山间，因此，才有了"紫陌红尘拂面来，无人不道逛庙回"的浪漫洒脱。

沿空坪往上数级台阶便是正殿"圣帝殿"，这是东岳庙的主建筑。圣帝殿立于大块青石地基之上，门额上横书"东岳行宫"四个大大的黑底金字，显得庄严肃穆。整座建筑呈现着一个"凸"字形，殿宇飞檐高挑轻盈灵动，斗拱奇崛凝重雄浑，特别是圣帝殿重檐歇山式房顶的外檐屋面，一片片黑瓦，俯仰相承勾连相接，从屋脊高处顺势而下，倾斜坡度达60度，展现了一种徒险曲折之美，这个坡度的屋顶泄水十分急促，草叶无法立足，因而显得干净整洁。这样精湛的工艺，不能不让人为之折服。

踏着几节宽大的石阶而上，其正殿的门槛高达60厘米，门槛越高，说明庙宇的规格越高。正殿面阔5间，总宽29米，进深6间，总长22.6米，共有36根直径达1米的楠木将正殿高高举起。殿中上方一块巨大的横匾，上书"峻极于天"四个大字，黑底金字，矫健峻拔，威武不凡，据说是清朝建宁府总镇徐庆超所书。牌匾下的红木神龛中端坐着东岳大帝。东岳大帝又称泰山神，其身世众说纷纭，其中以黄飞虎说流传最广。在小说《封神演义》中黄飞虎家族七世忠良，在商朝世居高位，黄飞虎的父亲黄滚是商朝赫赫有名的镇边老帅，黄飞虎也被封为镇国武成王。商朝末年，纣王受妲己蛊惑，荒淫残暴，害死了黄飞虎的妻子和妹妹。黄飞虎身负家仇，和老父、二弟、三子、四友带一千家将反出五关，投奔周武王，一起讨伐昏庸暴虐的纣王。在兴周灭商的战争中，黄飞虎战死。

周武王评价黄飞虎"威行天下，义重四方，施恩积德，人人敬仰，真忠良君子"。姜子牙特封黄飞虎为五岳之首、东岳泰山天齐仁圣大帝，总管人间生死、地府轮回。

泰山神作为泰山的化身，是上天与人间沟通的神圣使者，是历代帝王受命于天，治理天下的保护神。根据中国古老的阴阳五行学说，泰山位居东方，是太阳升起的地方，也是万物发祥之地，因此泰山神具有主生、主死的重要职能，并由此延伸出几项具体职能：新旧相代，固国安民；延年益寿，长命成仙；福禄官职，贵贱高下等。

要论自然高度，泰山在国内名山中算不上是高山，它却被历代帝王推崇为"崇高至尊、五岳独尊"。要论自然面积，泰山也算不上是大山，它却是华夏民族心目中最大的精神家园。人们不禁要问：泰山为什么这样高大？答案只有一个：泰山是中华民族的神圣之山。它的神气来自雄峙东方的优势位置，来自先民对大自然的无限崇拜，来自高度浓缩的历史文化。

中华大地上，供奉泰山神的"岱庙"很多，大多神秘、威严。如果说泰山是中华民族文化与自然经典之作的话，岱庙则是这部鸿篇巨制的序曲。尤其到了宋代，泰山神被封为"东岳大帝"，岱庙的建筑规模便像皇宫一样，其建筑风格也就充满了至高无上的帝王之气。而建瓯的这座供奉东岳大大帝的岱庙索性叫"东岳行宫"。尽管历经岁月沧桑，东岳行宫依然风韵犹存，并以其神工般的建筑技术，巧妙地解决了通风、采光、排水三大建筑难题，造就了"地震不跨，风吹不倒，雨打不漏"的国宝级古建神话，成为全国重点文物保护单位。

穿行在主殿回廊中，还能分辨出晋隋风月、唐宋风骨和明清风雨遗留下的淡淡痕迹。那些过往就像江南一精一美绝伦的青瓷，透过一阳一光的折射，闪耀着温婉与灵性的光芒。漫步在这样一座高觉庙宇里，不能不徜徉在有关"道"的体悟中。悠远深邃的过去，悠远深邃的将来，都不再让人困惑。无论低头走路，或是抬头看天，感觉一切都那么踏实坦然，这种平静安详不会是刻意的佯装，因为没有谁愿意在内心深处欺骗自己。所有事，还是顺其自然的好，看似无为，或是大有可为，正如庄子在《知北游》中说的一样："天地有大美而不言，四时有明法而不议，万物有成理而不说。"鲁迅曾经说过："中国根底全在道教，以此读史，有许多问题可以迎刃而解"。在意蕴无穷的道文化的浸染中，可以找到回归本真、回归自然的幸福。

不经意间，来到一间道士的房门口。门虚掩着，好奇心让我想推开它，看看清心道士过着怎样一种简单的生活，是否如想象中那样摆放一张木床，木桌上摊开一卷经书，一盅香茶，一盏油灯？抑或是墙壁上斜挂一把剑，窗台上横放一管箫？房内一定整洁素净，还溢满清幽的檀香味。然而我没敢打扰，庙中有太多的清规戒律，我只是个凡人。其实，所有人心灵的门扉都是虚掩着的，而推开那重门的人就是有缘人。

圣帝殿旁有一棵布满青苔的千年古树，庞大的身躯已被岁月蚀空，仍顽强地将条条枝丫伸向高高的空中，枝上长着密密麻麻细小的嫩叶，在蔚蓝天幕的映衬下显得郁郁葱葱，生机盎然。比起山野里的散生树，寺庙里的树似乎因其生长地优势的缘故，不止生命更长久，也更坚挺、更俊朗、更茂盛，其使命也更神圣。庙宇兴兴衰衰，翻新无数回，唯有这棵树春夏秋冬年年未变，人们便把它叫作神树，枝条树干上飘扬的红布似乎在施布着神树的功能。

不知不觉，天色已暮，细碎的夕阳从宫殿两两相望的瓦檐遗漏下来，像是陡落一束束经年的旧事。东岳庙这座泰山神的行宫，就似一位隐士，宁静致远，风轻云淡。它随意的便将自己装订成一卷舒缓的岁月，去迎接每个清晨的朝阳，欣赏每一抹黄昏的余晖，供世人平静的品读。

镇水亭边留伟迹

从古田往西行约半个小时,眼前的景色一变,地势平坦开阔,一幢幢整齐的房屋矗立着;并不陡峭峻急的山在前方突起,山上草木稀疏,在朝阳的光照下,更显深远。那些浅山的后面,是更远更高大的山,隐约地竖在前方,林木茂森,山腰蒸腾着白雾,如画屏一般,画屏中满是山水画的浓墨淡烟,这里就是蛟洋。

据传,唐宋年间,原居我国中原一带客家先民为避战祸,大举南迁。南宋末年,有一支傅姓人进入闽西择居。其时,后来成为蛟洋先祖的傅念七郎公来到此地,发现这里山环水绕,层林叠翠,土肥泉甘,气候宜人,极适合人群生存发展,于是在此择地而居,入垦于傅坳头而成为这里的傅姓开荒始祖。此后,世代繁衍,人口日增,成为当地的望族。

先人们逐渐认定这里是藏龙卧虎的风水宝地,更加热爱和依恋起来。他们根据村中的一座小山岗,其形状如蛟龙回首,气势非凡,号称"回龙岗",还有村中小溪蜿蜒曲折,宛如蛟舞龙腾,称之"蛟溪"。蛟溪两岸地势平缓,称之为"洋",回龙岗下的石下洋、水竹洋、大泥洋便被认定为"三洋开泰"。而蛟龙为吉祥之兆,洋为蛟龙居处,是蛟舞龙腾风云际会的大舞台,象征人杰地灵大有作为,因而选"蛟洋"二字定为村名,直至今日。

随着社会的进步,历史的发展,蛟洋民众重教兴文,祈求文化昌盛,于是群策群力,在清乾隆年间建起了文昌阁,在阁的大门两侧镌刻了嵌

"蛟洋、文阁"四字的"蛟得雨云洋远招；文光牛斗阁长辉"的对联更进一步阐明了蛟洋地名的深远意蕴，而近、现代历史也印证了蛟洋先人的企盼和预言。

建在洋中的文昌阁，为三溪汇流之处，从台基算起高38米，外观6层，1－3层为方形，4－6层为八角形，历时十三年于清乾隆十五年（1754）建成，花十万余工，耗银数千两，是宝塔式与宫殿式结合。各层飞檐饰以凤尾反翘，阁顶矗立红色大葫芦，整体造型均衡、美观。而且左有天后宫，镇龙桥，右有五谷殿，后有镇水亭、圆塘堰相衬托，相辅相成，浑然一体。

文昌阁后面的镇水亭，它既是亭也是庙，这亭因何名镇水？据传是与四面青山三溪水的蛟洋地理环境和历史上的山洪灾害有关。蛟洋村的地势东高西低略呈长形，四周山峦环抱，素有"九寨十三坑"之称，是汀江支流黄潭河的发源地之一。集雨面积大，水流落差大，又属高雷雨区域。发源于阳明山、岐山寨和石狮寨的三溪水，经上半村流至文昌阁旁后汇合于镇水亭前再折向南流。早年，每逢多雨季节，这易长易退的山溪水，常暴发山洪灾害，冲毁两岸农田房舍，威胁人畜安全，令村民苦不堪言。据记载清乾隆年间，一次特大山洪暴发，全村一片汪洋，连刚竣工不久的文昌阁的五谷殿和镇龙桥都被冲毁。

蛟洋曾是多姓氏人的入垦肇基之地，而面对频发的山洪灾害，不少人忧心如焚，无可奈何，只能一走了之。村里至今仍有许多地名，诸如"罗家墩""邓屋坑""李八坑""余坑""叶冈墩"等等均留下了他们入垦此地的历史印记。唯傅姓人矢志不移，坚守祖地，他们一代一代，年复一年地防洪治水，在蛟溪流域筑起了数十座的陂头堰坝，以缓解山洪、力克水患。他们在三溪交汇的圆塘口岸筑坝建亭，并在亭中安奉守护神，亭庙一体，祈望镇住洪魔，以保全村平安，于是取名镇水亭。清乾隆四十三年（1779）镇水亭及亭前的堰坝完工，连同蛟溪两岸的一座座堰坝以及因此而形成的溪潭，对于蓄水灌溉、缓解山洪、治水保土、防灾减灾、安装水碓、便利生产生活，都起了很好的作用。从此镇水亭和蛟溪上的数十座堰坝溪潭自然而然也成为蛟洋村一道特殊景观，镇水亭这古建筑也成为象征蛟洋傅姓人家战洪魔、除水患、保平安、谋福祉的重要标志。

车子在文昌阁前的停车坪上停了下来，下车后沿溪边的步道前行，此程是专为拜访镇水亭而来。远远望去镇水亭坐落在蛟洋村圆塘坝，位于文昌阁正背后的蛟洋溪旁，溪上有座镇龙桥连接。走过镇龙桥，但见桥头古木参天，侧旁有一处毁于"文革"的"百岁牌（人瑞）坊"遗址，桥头斜坡上还有两块清代铭文石刻：一块是道光十年的《余坑禁山碑》，足见前人对保护森林生态资源的高度重视；另一块是乾隆四十三年的《重建桥碑》，从碑文得知，此桥同文昌阁、镇水亭及圆塘坝，均为清乾隆年间所建造，堪称清代一古建筑群。美中不足的是镇龙桥原为木构廊桥，现被水泥桥所取代，缺失了原汁原味的诗画意境。

沿着山边的那条古驿道被铺上了红砖，有百余米长，直抵镇水亭，靠溪的一边立起了青石砌成的栏杆。边上的余坑山上翠环绿笼，清香沁心，半山腰上有一座1985年新建的革命纪念亭，亭中安放着一块历经近百年风雨沧桑的纪念碑。这块纪念碑原立在蛟洋古墟场的烈士纪念亭中，碑高1.65米、宽0.65米，碑上端阴刻楷书"纪念碑"三字，下端刻39名革命烈士的英名，其中，蛟洋暴动第一个壮烈牺牲的傅汉荣、被敌人抓捕惨遭枭首示众的北四区农协主席傅显仁及曾任蛟洋农军教官、三打铁上杭牺牲的曾省吾等英名均嵌刻于碑。该碑题头为"兹将本区革命先烈芳名按其死难次序胪列于后以为永久纪念"，落款是"公历一千九百三十年一月九日，上杭北四区全体群众公立"。纪念碑建成后直至新中国成立，立在墟场公共地点依然保存完好无损。这是上杭县最早建立的革命烈士纪念碑，在全国亦属罕见。

步道的前方就是镇水亭，坐西朝东，砖木结构、红门漆柱、飞檐翘角、雕梁画栋，颇有闽西客家的传统建筑风格。亭高4.5米、宽5.6米、纵深8米。四根顶梁柱把整座建筑分成内外两部分。内为三面墙的厅堂，亦称正殿，安奉一尊土地神塑像，神像前案桌上摆着香烛和各种供品。案前的蒲团上有一位老年信众正在虔诚地跪拜，暗香浮动在亭屋的内外，经年累月的烟火味飘散至亭后山包上的百年松樟与茂密的灌木林深处就不再扩散，笼罩在山林间，仿佛那里是最森严的神灵世界，充溢着可以呼吸信仰的气息……

门楣上端悬挂着红底金字"镇水亭"三字行书匾额，当地人亦称"土地亭"。亭外半部实为凉棚通道，其左右两边空庞，历史上的一条汀（州）漳（州）往来的古驿道由此穿亭而过。亭前两根檐柱立于溪岸，檐水滴于溪中，两檐柱间架着一条有栏杆靠背的杉木长椅，可容十余人落座。长椅下就是溪潭，潭中锦鲤游弋，水草飘飘。

亭的右前方有座横跨蛟洋溪的拦水堰，堰宽约20米、高约3米，从陂潭溢出的水经过堰头飞流直下宛如珠帘，这就是蛟洋十景之一的"镇水帘瀑"。堰的右侧有出水口，引水灌溉溪岸下游的大片农田。

亭的内外墙上镶嵌着乾隆戊戌年、嘉庆甲子年和道光庚寅年修路桥亭的铭文石碑。碑上的石刻文字不少已经风化，但那端庄秀丽的字体依然诉说着遥远的辉煌。亭中有两幅楹联：其一云"做事奸邪，任你祈祷无益；居心正直，见我不拜何妨"；另一幅嵌"镇水、土地"四字："镇邪魔，公德宏施全村乐土；水清秀，渠引灌溉万顷良地"昭彰了公德、祖训、家规，很是耐人寻味。

镇水亭的左侧有口天然泉井，两米见方，水深盈尺，清澈见底，余坑山的树木倒映在水面上，上下都是绿的。泉井的水四季不竭，凉爽甘冽，喝上一口，止渴生津，提神醒脑。毛泽东当年在文昌阁指导中共闽西"一大"期间，每天清晨都带上口杯脸盆来此洗漱，啧啧称赞这泉水之清澄碧透。

1928年3月，中共闽西临时特委在永定溪南成立，同时也成立了闽西暴动委员会，土地革命斗争烈火愈燃愈烈。为了解决闽西革命根据地存在的各种问题，在毛泽东的提议下，闽西临时特委决定1929年7月在蛟洋召开中共闽西第一次代表大会。

如今，这口天然泉井，被当地人称为"圣水"。我蹲下身子，用双手掬一把泉水送进口中，一种凉爽清心的感觉直抵肺腑。放眼望去，蛟洋溪水在秋日正午的阳光下波澜不惊，一群散放的山羊闲适地在布满青草的田地里啃食，一丛丛不知名的野花安然地绽放在山坡上。久远的痕迹与现代的气息错落有致地依山傍水，和谐且安宁。

一直坚信：一座山，必有它的山魂，它会把山魂放置在不同的时空；一座古庙，必有它的底蕴，只是许多底蕴我们无从知晓。镇水亭只有抵近才能感触，就如此刻，这满眼的秋风，如此丰腴。

吟写工夫直有神

清明时节，我来到位于福建东北部，与浙江温州毗邻的边陲小城福鼎，一听这名字，就知道它所拥有的便是一种大福气了。

一个风和日丽的下午，我在下榻的宾馆接待了一位贵宾，他就是福鼎的老茶人、80多岁的曾步成老先生。这位十五岁就随父开始制茶生涯的老人，瘦小的身材透着一种刚毅，布满刀刻般皱纹的脸上隐隐散发着红光，话语不多却让人感到亲切平和。他从包里拿出一盒茶叶说，这就是白琳工夫红茶，最适合下午喝的茶。说着拿过来两个玻璃杯，轻轻地倒入红茶，茶沙沙地落入杯中，伴着淡淡的香，然后提起煮沸的开水，倾倒入杯中，慢慢红茶随炙热的开水漂浮起来，挤在杯口，紧拥着的茶粒苏醒了、复活了，如小精灵般簌簌地伸展着，相互问候着，温馨又快乐。一层薄薄的轻雾裹着阵阵暗香从杯口飘然飞起，散漫而来，似眉目传情的少女舒展着广袖随风轻舞。我深深地呼吸着，任凭茶香奔涌心扉，弥漫全身。

茶粒已经完全舒展开了，大部分茶叶已沉入杯底，一小部分仍然顽强地在水中舒展着身体，犹如一场绝世的舞蹈，然后慢慢地坠落杯底，这一切是那样的从容，那样的自然，那样的让人心动。水已变成了橘红色，似天边的晚霞溶入杯中，安详而又宁静地流淌着。我轻轻地端起茶杯，浅啜一口，霎时，如同幽兰盛开的空谷，香气和着温热的茶汤顺着喉咙而下，隐约有一丝苦涩，但片刻间，被茶汤荡涤后的舌根，两腮似甘泉涌出，满口生津，兰香绕齿，再饮，茶汤温婉，满口余香，甘洌、清爽徐徐上浮，连呼出的气息也是酽酽的香了。

福建的红茶，因产区、品种不同，品质互异，有"白琳""坦洋""政和"工夫之分，其中，白琳工夫为闽红三大工夫茶之冠，品质优异，风格独特，素以形秀有峰，金黄毫显而闻名于世。当我陶醉于白琳工夫茶香之中时，曾老先生满含沧桑的话语又把我带进了仙气缥缈的太姥山……相传，尧帝时太姥山下的竹栏头村有一个村姑叫兰姑，心地善良、乐于助人。那时流行麻疹，因为无药可治，人们无计可施，许多孩子因此夭折。看到死去孩子的父母们终日以泪洗面，兰姑心如刀绞。忽一日，在山中寻药的兰姑，经仙人指点，终于在太姥山鸿雪洞的荒草丛中发现了一株与众不同的茶树。兰姑为之锄草、培土，用鸿雪洞口的丹井水浇灌，直到茶叶长出了莹碧的叶芽，再将他们制成绿雪芽茶，挽救了无数孩子的生命，兰姑也从一个平凡的女子变成了一个受人敬仰的山中女神。茶种千年遗落，茶树代代生息，现在绿雪芽茶树还生长在太姥娘娘塔旁的石缝中，年年发芽抽枝，相传福鼎的茶都是由此繁衍而来的……我没想到白琳工夫中竟有着这么美丽动人的故事，承载着这么悠远博爱的文化。

曾老先生轻抿一口红茶说，"白琳工夫"红茶，起源于19世纪50年代前后，迄今约有150多年历史。在"白琳工夫"的悠久历史中，白茶改制红茶的这段变革对于"白琳工夫"应是一个至关重要的转折点。1930年前后，白茶停止收购，当时福州高丰茶叶行经理吴少卿选购了一些安徽祁门红茶，正在开箱检验，福鼎合茂智茶行老板袁子卿正好在场，品其茶味醇香芳芬，色泽鲜红似桔，比福鼎"白琳工夫"（红茶标）尚胜一筹，袁子卿认为这和品种土壤气候有关，闽茶望尘莫及。事出凑巧，袁子卿回到福鼎时，有一翠郊茶贩名叫吴德章，收购的白茶青卖不掉，未加精心管理，堆在一起发热变红，想冒充红茶出售，袁子卿见色泽近似祁红，遂悉数收购并自行提取大白茶鲜嫩叶料试制。他先将白毫茶青放在日光下晒到六七成干，用手揉软，搓成一团圆，置于茶篓内，盖以布袋，发酵三小时，抖散三小时，抖散晒干，按工夫茶操作过程，精制五十二箱，运到高丰茶行。外商一经鉴别，立即成交，价钱比红茶标高一倍。白茶改制红茶的高利润刺激了上海华荣公司，于是1934年派人来白琳监制，定名为"桔红"，此为白茶改制红茶的开端，它的品质特征代表"白琳工夫"高级茶的独特风格。"白琳工夫"红茶，以得天独厚的外形，幽雅馥郁的香气，沉醇隽永的滋味，占领了国内外市场，中外茶师谓之"秀丽皇后"。据说"白琳工夫"红茶深得英国皇室的宠爱，英女王还特意寄了封信到白琳，盛赞"白琳工夫"。英国人珍爱红茶，把它作为至宝郑重地用精致的柜子锁起来，钥匙佩戴于女主人腰间。老茶师、英国人诺顿曾夸奖说："喝这种茶胜过喝人参汤。"英国情诗王子拜伦在著名的长诗《唐璜》里写道："我觉得我的心变得那么富于同情，我一定要求助于武夷的红茶。"英国人专为红茶设计了温婉的茶具，多以精细陶瓷制成，且常常绘有浪漫的花卉图案，他们的一首民歌这样唱到"当时钟敲4下时，世上的一切瞬间为茶而停"！听着就让人禁不住对红茶时光无限向往。英国人深爱红茶，犹爱"白琳工夫"。

据《福鼎文史》中描述，"白琳工夫"产于福鼎太姥山白琳、湖林一带，这里山峦起伏连绵，气候温暖湿润，雨量充沛，春夏季节，早晚遍地雾气，土质深松而肥，酸性砾质土壤，保水性良好，茶园多分布在海拔300－500米的丘陵地带，茶树饱受阳光雨露滋润，茶叶富含芳香物质。当时，闽、广茶商都在福鼎经营工夫红茶，以白琳为集散地，广收白琳、翠郊、黄冈、湖林等地的红条茶，远销重洋。而白琳的翠郊，是很多福鼎老茶人口中的"白琳工夫"兴盛地之一。

如今的白琳一带，"白琳工夫"作坊乃至企业鲜少找得到了，只能从翠郊这座古民居中依稀感知"白琳工夫"曾经的辉煌，翠郊古民居的主人吴氏正是以经营白琳工夫发家的。我曾去过翠郊古民居，这是一座建于清乾隆十年的民居，糅合了围式客家土楼结构和江浙一带白墙灰瓦的民宅样式，三进院落，既模仿皇家宫殿恢宏跋扈的气势，又采纳江南民居精雕细凿的特点，这是吴氏送给二儿子成家住的府第。建造这座大宅院共历经了13年，耗费白银64万两，光在同一时辰竖立360根柱子就动用了1000多人。据说刘墉随乾隆下江南微服私访时曾到过白琳翠郊，在吴家的一个茶楼与主人吴氏偶遇，闲聊中发现彼此对茶道文化的见解不谋而合，此后持续了多年的书信来往，感情日渐深厚，便赠送了一副对联给吴氏，联曰"学至会时忘粲可，诗留别后见羊何"，寄望朋友间读书有成，友谊长存。翠郊古民居旁就是官道，是浙江到福州的必经之路，四通八达，一派繁荣的景象，而今它藏身青山绿水之间，在凄凄杂草之中默默诉说着白琳工夫百年的沧桑和兴衰。

不知不觉间余晖已穿过窗棂，温柔地流满屋角，在这茶色生香舞春风的傍晚，曾老先生用心地泡饮着一杯又一杯红茶，让我感受着茶与水演绎的风情，品味着一份从容、一份淡定和一份真诚。曾老先生自豪地告诉我，20世纪50年代，在全国工夫红茶评比中，"白琳工夫"以独秀外形，香高持久等特点，荣获季军。"白琳工夫"在百余年的生产历程中，形成了其品质特征，这就是外形重实紧结有锋，色泽乌黑油润，金黄色毫显彼伏，香气清鲜而持久，并带有果香，滋味入口醇和，回味隽永，汤色红艳明亮，有很厚的金黄丝圈，叶底匀整红毫。"白琳工夫"红茶，在制作方面也有其独特之处，选料精细，做工考究，生产厂家在鲜叶收购中，取一芽二叶者为原料，要求早采嫩采，在初制工艺中注意控制萎凋，以提高其鲜爽度，并严格要求采取轻重揉相结合，及时提取成条的芽叶，以保存毫芽……

目前，"白琳工夫"的生产，已形成了半机械化和机械化制茶，为保证品质，采取初精制连线生产，毛茶通过筛分、切细、风选、拣剔、补火、拼和共12道工序完成。其产品从鲜叶采摘，到成品装箱，各工艺掌握十分仔细谨慎，各档茶的老嫩、粗细、长短均有一定规格，毫不含糊，这些工艺特点，对于保证"白琳工夫"的传统风格，极为重要。现在，有关部门正在与福建农业大学园艺系协作在技术改造和基本建设方面进行攻坚，在传统的工艺基础上加上新的电脑控制微生物发酵，使产品更加完美。"白琳工夫"开始了重振百年老字号辉煌的复兴之路。

惜别曾老先生，我重新端起"白琳工夫"红茶，凝视着杯底那安详静卧的叶片，一种敬意便在心底油然而生，这一张张的叶片从树上摘下经过萎凋、揉捻、发酵、干燥诸多工序，好不容易成为醇厚香甜的红茶，在这漫长的煎熬中，红茶没有丝毫的抱怨，也没有些许的消沉，依然向世人展示自己的笑容，挥洒自己的芳香。这便是红茶，于人无所求，于事无所争，不急不躁，不寒不火，历尽沧桑，依然保持着那份宁静与淡泊。"朱颜会消失，白发不会放过我们的。且让我们一起饮茶吧。让我们的心像茶叶初生尚未舒卷那样，那时节我们既不为成功、失败挂怀，也不为男女之情忧心，更不为人生的长路而心情惆怅。那时，我们只是笑，并在笑中看见爱。"每每触摸到林清玄写茶的优美文字，就仿佛尘世间所有的忧愁都会随着他娓娓道来的心情随笔而烟消云散。其实，人的一辈子，怎么活也不过百年，何不效仿红茶，历险弥坚，历久弥香，尽有限之力，做能做之事，不抱怨生活的无奈，不感叹世事的艰辛，只要有一缕茶香相伴，便会在心灵深处留下一道永不褪色的风景。

来杯白琳工夫吧，它可以染香今夜的梦境，也会映红明日的旅程！

后 记

这是一部凝聚了我近几年无数思绪与情感的作品集。

回首创作的日日夜夜,那些灵感迸发的瞬间,那些绞尽脑汁的时刻,如今都成了生命中最珍贵的回忆。每一篇文章,都是我彼时心境的真实写照,是我对生活的观察、对人生的思考、对情感的抒发。它们或喜悦,或悲伤,或激昂,或沉静,都是我内心世界的一部分,如今得以呈现在您的面前。

在这个过程中,我不断地探索着自我,试图用文字去触摸灵魂的深处。我发现,生活中的点点滴滴,无论是一朵绽放的花、一片飘落的叶,还是一个温暖的微笑、一次伤心的离别,都蕴含着无尽的诗意和哲理。而我,只是那个努力捕捉这些瞬间的感受者,并将它们转化为文字的记录者。

创作并非一帆风顺,有时,面对空白的纸张,脑海中思绪万千,却难以找到一个合适的起点;有时,写出来的文字无法准确地表达内心的感受,让我感到无比沮丧。但每一次的突破和进步,都让我感到欣喜和满足,让我更加坚定了对文字的热爱和追求。

我要感谢生活,它是我创作的源泉。那些平凡而又美好的瞬间,那些遥远而又真实的存在,都成了我笔下最生动的素材。感谢陪伴在我身边的人,是你们的信任与支持,让我有勇气和动力去坚持写作;感谢每一位读者,是你们的阅读和反馈,让我知道我的文字并非孤独的存在,它们能够在你们的心中引起共鸣，就是对我最大的鼓励。

这本散文集，是我人生旅程中的一个阶段总结，我知道，这是又一个开始，未来还有更多的故事要讲述、更多的情感要表达。我将继续用文字书写生活，用心去感受世界，为大家带来更多有温度、有深度、有力量的作品。

感谢为本书作序的老领导陈济谋先生，感谢每一位陪伴我走过这段创作之旅的人。愿我们都能在文字的世界里，找到属于自己的那份宁静与美好。

甲辰仲夏于虚竹斋